EDIÇÕES BESTBOLSO

*O colecionador de ossos*

Especialista em criar tramas policiais e de suspense, o premiado escritor norte-americano Jeffery Deaver foi traduzido em mais de 25 idiomas e se tornou best seller em vários países. Em 1999, *O colecionador de ossos* foi adaptado para o cinema, com Denzel Washington e Angelina Jolie nos papéis principais.

# JEFFERY DEAVER

# O COLECIONADOR DE OSSOS

Tradução de
RUY JUNGMANN

11ª edição

EDIÇÕES
BestBolso
RIO DE JANEIRO – 2022

CIP-BRASIL. CATALOGAÇÃO NA FONTE
SINDICATO NACIONAL DOS EDITORES DE LIVROS, RJ

Deaver, Jeffery

D329c    O colecionador de ossos / Jeffery Deaver; tradução de Ruy Jungmann.
11ª ed.  – 11ª edição – Rio de Janeiro: BestBolso, 2022.
         12 × 18 cm.

         Tradução de: The Bone Collector
         ISBN 978-85-7799-066-5

         1. Ficção policial americana. I. Jungmann, Ruy, 1924-2006 . II. Título.

                                    CDD: 813
08-2682                             CDU: 821.111(73)-3

*O colecionador de ossos*, de autoria de Jeffery Deaver.
Título número 071 das Edições BestBolso.

Título original norte-americano:
THE BONE COLLECTOR

Copyright © 1997 by Jeffery Deaver.
Copyright da tradução © Distribuidora Record de Serviços de Imprensa S. A.
Direitos de reprodução da tradução cedidos para Edições BestBolso, um selo da
Editora Best Seller Ltda. Distribuidora Record de Serviços de Imprensa S. A.
e Editora Best Seller Ltda. são empresas do Grupo Editorial Record.

www.edicoesbestbolso.com.br

Ilustração e design de capa: Tita Nigrí

Todos os direitos reservados. Proibida a reprodução, no todo ou em parte, sem
autorização prévia por escrito da editora, sejam quais forem os meios empregados.

Direitos exclusivos de publicação em língua portuguesa para o Brasil em formato
bolso adquiridos pelas Edições BestBolso, um selo da Editora Best Seller Ltda. Rua
Argentina, 171 – 20921-380 – Rio de Janeiro, RJ – Tel.: (21) 2585-2000.

Impresso no Brasil

ISBN 978-85-7799-066-5

Para minha família,
Dee, Danny, Julie, Ethel
e Nelson...
Maçãs não caem longe do pé.
E para Diana, também.

# Parte I
# Rei por um dia

"O presente em Nova York é tão forte
que o passado desaparece."

– John Jay Chapman

# 1

*Sexta-feira, das 22h30 até sábado, 3h30*

Ela só queria dormir.

O avião tinha chegado com duas horas de atraso e ainda houve toda aquela maratona de espera da bagagem. E, *então*, o serviço de transporte para a cidade entrou em colapso total e a limusine também atrasaria. Nesse momento, eles esperavam um táxi.

Na fila de passageiros, seu corpo magro fazia um esforço para compensar o peso do laptop. John continuava a falar ininterruptamente sobre taxas de juros e novas maneiras de reestruturar a operação, mas tudo em que ela conseguia pensar era: sexta-feira, 22h30. Só quero vestir meu moletom e cair no sono.

Olhou para a fila enorme de táxis Yellow Cab. Alguma coisa na cor e semelhança dos carros lembrou-lhe insetos. E arrepiou-se com aquela sensação da infância, de algo se arrastando pela pele, quando ela e o irmão encontravam um texugo morto ou passavam por cima de um formigueiro e olhavam para a massa úmida de corpos e pernas que se contorciam.

T.J. Colfax dirigiu-se lentamente para o táxi, que encostou e parou com um chiado.

O motorista abriu o porta-malas sem sair do carro, permaneceu sentado. Eles mesmos tiveram que arrumar a bagagem, o que irritou John. Ele estava acostumado a que fizessem coisas para ele. Tammie Jean não se importou. Às vezes, ainda se espantava quando se lembrava de que tinha uma secretária para digitar e arquivar coisas para ela. Jogou a valise no bagageiro, fechou-o e entrou no carro.

John subiu em seguida, bateu a porta com estrondo e enxugou o rosto gorducho e a careca, como se o esforço para acomodar a valise no porta-malas o tivesse deixado esgotado.

– Primeira parada, rua 72 leste – murmurou pela divisória que o separava do motorista.

– Em seguida, Upper West Side – acrescentou T.J.

A divisória de acrílico estava muito arranhada e ela mal conseguiu enxergar o motorista.

O táxi partiu em alta velocidade e logo depois descia a via expressa na direção de Manhattan.

– Olhe – disse John –, esse é o motivo dessa multidão toda.

Apontava para um cartaz que dava as boas-vindas aos delegados à conferência de paz das Nações Unidas, marcada para a segunda-feira. A cidade esperava dez mil visitantes. T.J. olhou fixamente para o cartaz – negros, brancos, asiáticos, todos acenando e sorrindo. Mas havia alguma coisa errada no trabalho de arte-final. As proporções e as cores não combinavam. E todos aqueles rostos pareciam descorados.

– Ladrões de corpos – murmurou T.J.

O táxi ia em disparada pela larga via expressa, que brilhava com um tom amarelo desagradável sob as luzes da estrada. Passaram pelo velho estaleiro naval e deixaram para trás os ancoradouros do Brooklyn.

John parou finalmente de falar, puxou sua calculadora e começou a teclar alguns números. T.J. recostou-se mais no assento, olhando para as calçadas quentes, de onde subia vapor, e para os rostos malhumorados de pessoas sentadas nas escadarias de pedra cinzenta que davam para a via expressa. Elas pareciam em semicoma em meio àquele calor.

Estava quente também no táxi. T.J. estendeu a mão para o botão que abaixaria a janela. Não se surpreendeu ao descobrir que ele não funcionava. Estendeu a mão para o botão ao lado de John. Quebrado, também. Só então notou que faltavam as fechaduras das portas.

E as maçanetas também.

Desceu a mão pela porta, procurando o encaixe da maçaneta. Nada... Era como se alguém o tivesse cortado com uma serra.

– O que foi? – perguntou John.

– As portas.... Como podemos abri-las?

John olhava de uma porta para a outra quando uma tabuleta indicando o túnel Midtown apareceu e desapareceu.

– Ei! – disse ele, batendo na divisória. – Você errou a entrada. Para onde está indo?

– Talvez ele vá pegar o retorno em Queensboro – sugeriu T.J.

A ida pelo túnel implicaria caminho mais longo, mas evitaria a cobrança de pedágio. T.J. inclinou-se à frente e bateu na divisória, usando o anel.

– Você vai pela ponte?

O motorista ignorou-os.

– Ei!

Pouco depois, passaram em alta velocidade pelo desvio de Queensboro.

– Merda! – exclamou John. – Para onde está nos levando? Harlem. Aposto que está nos levando para o Harlem.

T.J. olhou pela janela. Um carro corria paralelo a eles, ultrapassando-os lentamente.

Ela bateu com força na janela.

– Socorro! – gritou. – Por favor...

O motorista do carro lançou-lhe um rápido olhar e depois olhou novamente, franzindo as sobrancelhas. Diminuiu a marcha e passou para trás deles, mas, com um solavanco forte, o táxi derrapou por uma rampa de saída para o Queens, virou para um beco e penetrou velozmente na região dos armazéns abandonados. Naquele momento, deviam estar a uns 90 quilômetros por hora.

– O que é que você está *fazendo*?

T.J. bateu com força na divisória.

– Mais devagar. Aonde é que você...?

– Oh, Deus, não – murmurou John. – Olhe.

O motorista havia coberto o rosto com uma máscara de esquiador.

– O que você quer? – gritou T.J.

– Dinheiro? Nós lhe daremos.

Ainda assim, silêncio no assento dianteiro do táxi.

T.J. abriu a pasta e puxou para fora o laptop preto. Inclinou-se para trás e bateu com toda a força com o computador na janela. O vidro agüentou, embora o som da batida parecesse ter apavorado o motorista. O carro guinou para um lado e quase atingiu o muro de tijolos do prédio por onde passavam nesse momento em alta velocidade.

– Dinheiro! Quanto? Eu posso lhe dar um bocado de dinheiro! – gaguejou John, lágrimas escorrendo pelo rosto gordo.

T.J. bateu novamente com toda a força. A tela do computador voou com a força do impacto, mas a janela permaneceu intacta.

Tentou mais uma vez e o computador abriu-se em dois e caiu de suas mãos.

– Merda...

Os dois foram sacudidos violentamente para a frente quando o carro parou em um beco sujo e escuro.

O motorista saltou do táxi, com uma pequena pistola na mão.

– Por favor, não... – implorou ela.

O motorista foi até a parte traseira do táxi, inclinou-se e ficou olhando pelo vidro sujo e engordurado. Permaneceu ali por longo tempo, enquanto ela e John recuavam e se encostavam na porta oposta, seus corpos suados muito unidos.

O motorista pôs as mãos sobre o vidro para evitar o ofuscamento causado pela iluminação pública e olhou-os atentamente.

Um estalo súbito ressoou no ar e T.J. encolheu-se. John soltou um pequeno grito.

Ao longe, por trás do motorista, o céu encheu-se de listras brilhantes vermelhas e azuis. Mais explosões e assovios. Ele se virou e olhou para o alto, enquanto uma imensa aranha alaranjada cobria a cidade.

Fogos de artifício, lembrou-se T.J. de ter lido no *Times*. Um presente do prefeito e do secretário-geral da ONU aos delegados que iam à conferência, dando-lhes as boas-vindas à maior cidade da terra.

O motorista voltou-se para o táxi. Com um som alto e seco, puxou a tranca e abriu lentamente a porta.

O TELEFONEMA FOI ANÔNIMO. Como sempre.

Por isso mesmo não havia como rastrear a chamada e descobrir a qual beco se referia o denunciante. A Central enviara uma mensagem pelo rádio: "Ele disse rua 37, perto da 11. Só isso."

Denunciantes anônimos não eram conhecidos por dar a localização exata de cenas de crimes.

Já suando, embora fossem apenas 9 horas, Amelia Sachs cruzou um trecho de grama alta. Estava dando uma busca no terreno – como diziam os investigadores de cenas de crime –, fazendo um percurso em forma de S. Nada. Inclinou a cabeça para o fone/microfone pregado na blusa azul-marinho do uniforme.

– Radiopatrulheira 5885. Não encontrei nada, Central. Mais alguma informação?

Através da estática, o despachante respondeu:

– Nada mais sobre a localização, 5885. Mas tem uma coisa... o denunciante disse que tinha esperança de que a vítima estivesse morta. Câmbio.

– Repita, Central.

– O denunciante disse que tinha esperança de que a vítima estivesse morta. Para o bem dela. Câmbio.

– Desligo.

Tinha esperança de que a vítima estivesse morta?

Sachs passou por cima de um alambrado arruinado e deu uma busca em outro lote vazio. Nada.

Teve vontade de desistir, de enviar um 10-90, informação sem fundamento, e voltar para o Deuce, que era sua ronda regular. Os joelhos lhe doíam e ela se sentia tão quente quanto um guisado nesse horrível tempo de agosto. Teve vontade de ir até a Autoridade Portuária, conversar um pouco com os rapazes e emborcar uma grande lata de chá gelado. Em seguida, às 11h30 – dentro de poucas horas –, esvaziaria o armário em Midtown South e iria para o centro da cidade, para a sessão de treinamento.

Mas não ignorou – não podia ignorar – a ordem recebida. Continuou a andar: ao longo da calçada quente, passando pelo espaço entre duas casas vazias, por meio de outro campo coberto de vegetação.

Colocou o dedo indicador comprido entre a cabeça e o quepe, passando por camadas de cabelos ruivos longos, enrolados no alto. Coçou-se com força e, em seguida, pôs a mão por debaixo do quepe e coçou-se um pouco mais. O suor descia pela testa e dava-lhe comichão. Coçou também a sobrancelha.

Minhas duas últimas horas na rua, pensou. Posso sobreviver a isso.

Mergulhando mais fundo nas moitas, sentiu a primeira inquieta ção daquela manhã.

Alguém está me espionando.

O vento quente agitava as moitas secas e carros e caminhões passavam barulhentos, entrando e saindo do túnel Lincoln. Pensou no que o pessoal da radiopatrulha freqüentemente pensava: esta porcaria de cidade é tão barulhenta que alguém poderia vir bem atrás de mim, à distância de uma facada, e eu nem desconfiaria.

Ou apontar a mira de uma arma para minhas costas..

Virou-se rapidamente.

Nada, apenas folhas, maquinaria enferrujada e lixo.

Subiu, contorcendo-se, um monte de pedras. Amelia Sachs, 31 anos de idade – *apenas* 31 anos de idade, diria sua mãe –, sofria de artrite. Herdada do avô, tão certo quanto tinha herdado a silhueta flexível da mãe e a boa aparência e a carreira do pai (quanto aos cabelos ruivos, a especulação era livre). Outra pontada de dor, ao passar por uma alta cortina de moitas moribundas. Teve a sorte de parar a um passo de uma queda de 7 metros até o chão.

Abaixo, um escuro desfiladeiro – um corte profundo no leito rochoso do West Side. Por ali passavam os trilhos dos trens que se dirigiam para o norte.

Apertou os olhos, examinando o chão do desfiladeiro, a uma pequena distância do leito da ferrovia.

O que *era* aquilo?

Um círculo de terra revirada, um pequeno galho de árvore projetando-se na parte de cima? Aquilo parecia uma...

Oh, meu bom Deus...

14

Sentiu um arrepio ao ver aquilo, a náusea subindo, pinicando a pele como uma onda de fogo. Conseguiu vencer aquela parte minúscula dentro de si que queria dar as costas à cena e fingir que não a vira.

*Ele tinha esperança de que a vítima estivesse morta. Para o bem dela.*

Correu para uma escada de ferro que descia da calçada para o leito da ferrovia. Estendeu a mão para o corrimão, mas parou exatamente a tempo. Merda. O criminoso poderia ter escapado por ali. Se ela a tivesse tocado, poderia pôr a perder quaisquer impressões digitais que ele houvesse deixado. Muito bem, vamos fazer isso da forma difícil. Respirando fundo para amortecer a dor nas juntas, começou a descer pela rocha, os sapatos escorregando – lustrosos como prata para o primeiro dia de seu novo trabalho – em fendas na pedra. Saltou o último metro para o chão e correu até a cova.

– Meu Deus...

Não era um galho que se projetava do chão. Era a mão de alguém. O corpo tinha sido enterrado na vertical e a terra fora empilhada apenas até o antebraço, o pulso e a mão. Olhou para o dedo anular. Toda a carne fora arrancada e um anel de diamante brilhava em volta do osso sangrento e descarnado da mulher.

Sachs ajoelhou-se e começou a cavar.

Enquanto a terra voava sob as mãos, que cavavam como um cachorro, notou que os dedos que não haviam sido cortados estavam repuxados. Esse detalhe mostrara que a vítima estivera viva quando a última pá de terra fora lançada sobre seu rosto.

E talvez ainda estivesse.

Sachs continuou a cavar furiosamente a terra batida, cortando a mão em um caco de garrafa, seu sangue escuro misturando-se com a terra mais escura. Em seguida, chegou aos cabelos e à testa, de um cinza-azulado cianótico por falta de oxigênio. Cavando mais, viu os olhos vidrados e a boca, que tinha se contorcido em uma careta horrenda, enquanto a vítima tentara, nos últimos poucos segundos, ficar acima da maré crescente de terra preta.

Não era uma mulher, a despeito do anel. Era um homem corpulento, na casa dos 50 anos. Tão morto quanto o solo onde jazia enterrado.

Recuando, não conseguiu tirar os olhos dos olhos da vítima e quase caiu ao tropeçar em um trilho. Durante um minuto inteiro, não conseguiu pensar em nada. Exceto no que deveria ter sido morrer daquela maneira.

Em seguida: *Controle-se*, querida. Você está na cena de um homicídio e é uma policial.

Você sabe o que tem de fazer.

*ADAPTAR*

*A significa Apanhar [prender] um criminoso conhecido.*

*D significa Deter testemunhas ou suspeitos relevantes.*

*A significa Analisar a cena do crime.*

*P significa...*

O que mesmo *P* significa?

Baixou a cabeça para o microfone:

– Radiopatrulheira 5885 para Central. Adicionais. Encontrei um 10-29 junto aos trilhos ferroviários, no cruzamento da 38 com a 11. Homicídio. Preciso de detetives, de policiais civis, do rabecão e do legista de plantão. Câmbio.

– Recebido e entendido, 5885. Criminoso preso? Câmbio.

– Ninguém.

– Cinco-oito-oito-cinco. Câmbio.

Sachs olhou para o dedo que tinha sido afinado até o osso. O anel absurdo. Os olhos. E o sorriso... aquele horrível sorriso. Um calafrio percorreu-lhe o corpo. Amelia Sachs havia nadado entre serpentes em acampamentos à beira de rios e bravateado, honestamente, que não teve problema em se jogar de uma ponte a 30 metros de altura, amarrada em um elástico. Mas só de pensar em confinamento... pensar em estar numa armadilha, imóvel, e um ataque de pânico a acometia como se fosse um choque elétrico. O que era o motivo por que andava rápido e guiava um carro com a velocidade da luz.

*Quando está em movimento, eles não podem pegá-la...*

Ouviu um som e inclinou a cabeça para o lado.

Um murmúrio profundo, tornando-se mais alto.

Pedaços de papel soprados pelo vento ao longo dos trilhos. Redemoinhos de poeira girando a seu redor como fantasmas enfurecidos.

Em seguida, um gemido baixo...

A patrulheira Amelia Sachs, 1,75 metro de altura, descobriu que encarava uma locomotiva da Amtrak de 35 toneladas, um bloco vermelho, branco e azul de aço que se aproximava a uns 15 quilômetros por hora.

– Pare aí! – berrou ela.

O maquinista ignorou-a.

Sachs saltou para o leito da estrada e se plantou no meio dos trilhos, as pernas abertas, sinalizando com os braços para que ele parasse. A locomotiva freou com um rangido. O maquinista enfiou a cabeça pela janela.

– Você não pode passar por aqui – disse ela.

Ele perguntou o que ela queria dizer com aquilo. Amelia pensou que ele parecia jovem demais para dirigir um trem tão grande.

– Isso aqui é uma cena de crime. Por favor, desligue a máquina.

– Moça, não estou vendo nenhum crime.

Sachs, porém, não o estava escutando. Olhava para o buraco no alambrado, no lado oeste do viaduto, no alto, perto da avenida 11.

Aquele teria sido o caminho para trazer o corpo até ali sem ser visto – estacionando na 11 e arrastando o corpo pelo beco estreito até o paredão. Na 37, com que a rua fazia esquina, ele poderia ter sido visto das janelas de dezenas de apartamentos.

– O trem, senhor. Simplesmente deixe-o parado onde está.

– Não posso deixá-lo aqui.

– Por favor, desligue a máquina.

– Ninguém desliga a máquina de um trem dessa maneira. Ela funciona o tempo todo.

– E ligue para o despachante. Ou para outra pessoa. Diga para deterem também os trens que vêm na direção sul.

– Não podemos fazer isso.

– Escute aqui, senhor, eu anotei o número desse veículo.

– Veículo?

– E sugiro que faça isso agora – disse Sachs secamente.

– O que você vai fazer, moça? Me multar?

Amelia Sachs, porém, estava mais uma vez subindo o paredão de pedra, as pobres juntas estalando, os lábios provando o pó de pedra calcária, barro e seu próprio suor. Foi se arrastando até o beco que tinha visto do leito da estrada e, em seguida, virou-se, olhando para a avenida 11 e o Javits Center, do outro lado. O saguão do prédio fervilhava de gente – espectadores e imprensa. Uma grande faixa dizia *Delegados, sejam bem-vindos às Nações Unidas!* Mais cedo naquela manhã, quando a rua estava deserta, o assassino poderia facilmente ter encontrado um local para estacionar e puxado o corpo para os trilhos sem ser visto. Sachs foi devagar até a 11 e passou a vista pela avenida de seis pistas, nesse momento, congestionada pelo tráfego.

Mãos à obra.

Penetrou o mar de carros e caminhões e parou, imóvel, no meio das pistas por onde corria o tráfego na direção norte. Vários motoristas tentaram passar. Teve que multar uns dois e, finalmente, puxou latões de lixo para o meio da rua, formando uma barricada, para ter certeza de que os moradores do local cumpririam seu dever cívico.

Sachs lembrou-se, por fim, do item seguinte das regras de ADAPTAR. *P significa Proteger a cena do crime.*

O som das buzinas começou a encher o céu da manhã coberto de névoa seca, logo acompanhado pelos berros zangados de motoristas. Um momento depois, ouviu as sirenes se juntarem à cacofonia quando chegou o primeiro dos veículos de emergência.

Quarenta minutos depois, a cena borbulhava de policiais e investigadores, dezenas deles – muito mais do que um assassinato no Hell's Kitchen, por mais horripilante que fosse a causa da morte, podia justificar. Mas ela soube por outro policial que aquele era um caso quente, um banquete para a mídia – a vítima era um dos dois passageiros que haviam chegado ao JFK na noite anterior e tomado um táxi para a cidade. Eles jamais chegaram em casa.

– A CNN está aqui – murmurou um guarda.

Por isso mesmo, Amelia não ficou surpresa ao ver o louro Vince Peretti, chefe da Divisão de Investigação e Recursos Criminais, DIRC, que supervisionava a unidade de processamento de cena de crime, subir até o alto do paredão e parar por um momento, enquanto espanava a poeira do terno de dois mil dólares.

Ficou, no entanto, surpresa quando ele a notou e, com um leve sorriso no rosto bem escanhoado, chamou-a com um gesto. Ocorreu-lhe que ia receber um aceno de cabeça, numa indicação de gratidão por seu papel naquele trabalho de rotina. Havia resguardado as impressões digitais *naquela* escada, rapazes. Talvez, até mesmo um elogio em seu currículo. Na última hora de seu último dia como patrulheira. Saindo aclamada.

Ele fitou-a de alto a baixo.

— Patrulheira, você não é nenhuma recruta, é? Estou certo em fazer essa suposição?

— Desculpe, não entendi, senhor.

— Você não é uma recruta, suponho.

Ela não era, pelo menos não tecnicamente, embora só tivesse três anos de serviço — ao contrário da maioria das colegas de sua idade, que eram veteranas de nove a dez anos. Sachs havia sido reprovada por vários anos **antes** de finalmente conseguir ingressar na Academia de Polícia.

— Não entendo bem o que o senhor está perguntando.

Ele pareceu exasperar-se e o sorriso desapareceu.

— Você foi o primeiro policial a chegar?

— Fui, sim, senhor.

— Por que fechou a avenida 11? No que estava *pensando*?

Amelia olhou para a larga rua, ainda bloqueada com a barreira de latões de lixo. Havia se acostumado ao som das buzinas, mas, nesse momento, deu-se conta de que elas faziam um barulho insuportável. O congestionamento se estendia por quilômetros.

— Senhor, o primeiro trabalho do policial é prender um criminoso, deter quaisquer testemunhas, proteger...

— Conheço a regra ADAPTAR, oficial. Você fechou a rua para proteger a cena do crime?

— Sim, senhor. Não achei que o criminoso fosse estacionar na rua transversal. Ele poderia ser visto com facilidade daqueles apartamentos. Está vendo, ali? A 11 me pareceu a melhor opção.

– Foi uma opção errada. Não havia pegadas *naquele* lado dos trilhos, mas havia dois pares delas na direção da escada que leva à rua 37.

– Fechei também a 37.

– É justamente esse o meu argumento. Aquela era a única que precisava ser fechada. E o trem? – perguntou. – Por que parou o trem?

– Bem, senhor, achei que o trem, passando pela cena, poderia invalidar a prova. Ou algo assim.

– Ou *algo assim*, policial?

– Não me expressei muito bem, senhor. O que eu queria dizer...

– O que me diz do Aeroporto de Newark?

– Sim, senhor. – Amelia olhou em volta, à procura de ajuda. Havia outros policiais por perto, mas muito ocupados e ignorando a chamada que ela estava levando. – O que, exatamente, sobre Newark?

– Por que não fechou também o aeroporto?

Oh, maravilhoso. Uma professora de escola primária. Seus lábios de Julia Roberts fecharam-se com força, mas conseguiu dizer razoavelmente:

– Senhor, segundo meu julgamento, pareceu provável que...

– A New York Thruway teria sido também uma boa opção. E também a Jersey Pike e a Long Island Expressway. A interestadual 70, o caminho todo até St. Louis. Todas elas são prováveis rotas de fuga.

Amelia baixou a cabeça e olhou de volta para Peretti. Os dois tinham exatamente a mesma altura, embora os saltos dos sapatos dele fossem mais altos.

– Recebi telefonemas do chefe de polícia – continuou ele –, do diretor da Autoridade Portuária, do gabinete do secretário-geral das Nações Unidas, do organizador daquele evento... – inclinou a cabeça na direção do Javits Center. – Bagunçamos toda a programação da conferência, o discurso de um senador, e o tráfego em todo o West Side. Os trilhos ficam a 15 metros da vítima e a rua que você fechou está a 70 metros de distância e a 10 metros de altura. O que quero dizer é que nem mesmo o furacão Eva bagunçou tanto o Corredor Nordeste da Amtrak.

– Eu apenas pensei...

Peretti sorriu. Uma vez que Sachs era uma bela mulher – suas "reprovações" antes de ingressar na academia tinham coincidido com trabalhos regulares para a agência de modelos Chantelle, na avenida Madison –, o chefe resolveu perdoá-la.

– Patrulheira Sachs – lançou um olhar ao crachá pregado no peito da policial, achatado castamente pelo colete à prova de balas –, uma lição objetiva. O trabalho numa cena de crime é uma questão de equilíbrio. Seria ótimo se pudéssemos fechar com um cordão de isolamento toda a cidade após cada homicídio e prender três milhões de pessoas. Mas não podemos fazer isso. Digo isso construtivamente. Para seu aprimoramento.

– Na verdade, senhor – retrucou bruscamente Amelia –, estou sendo transferida da radiopatrulha. Com vigência a partir de hoje ao meio-dia.

Ele inclinou a cabeça e sorriu alegremente.

– Então, já falamos o bastante. Mas, para que conste, *foi* decisão sua parar o trem e fechar a rua.

– Sim, senhor, foi – respondeu ela prontamente –, sem equívocos a esse respeito.

Com golpes rápidos de sua caneta suada, ele tomou notas em uma caderneta preta.

Oh, por favor...

– Agora, tire aqueles latões de lixo. Cuide do tráfego até que a rua fique novamente desimpedida. Entendeu?

Sem qualquer sim, senhor, não, senhor, ou qualquer outro sinal de que havia entendido, Amelia foi até a avenida 11 e, lentamente, começou a retirar os latões de lixo. Todos os motoristas que passaram por ela fecharam a cara ou murmuraram algo. Sachs olhou para o relógio.

Uma hora, ainda.

Posso sobreviver a isso.

## 2

Com um seco rufar de asas, o falcão-peregrino desceu até o peitoril da janela. A luz no lado de fora, no meio da manhã, era brilhante, e o ar, horrivelmente quente.

– Aí está você – disse ele baixinho.

Em seguida, virou a cabeça seguindo o som da campainha, no térreo.

– É ele? – perguntou na direção da escada. – É?

Nada ouvindo em resposta, Lincoln Rhyme voltou-se outra vez para a janela. A cabeça da ave balançou de um lado para o outro, em um movimento rápido, mas que o falcão, ainda assim, conseguia tornar elegante. Rhyme observou que as garras do animal estavam manchadas de sangue. Um pedaço de carne amarela pendia do bico preto. O falcão estendeu o pescoço curto e entrou no ninho, em movimentos que lembravam não os de uma ave, mas os de uma serpente. Deixou cair a carne no bico virado para cima da companheira, de cor azul esmaecida. Estou olhando, pensou Rhyme, para a única criatura viva na cidade de Nova York que não tem um predador. Exceto Deus.

Ouviu passos de alguém que subia lentamente a escada.

– Era ele? – perguntou a Thom.

O jovem respondeu:

– Não.

– Quem era? A campainha tocou, não?

Thom olhou para a janela.

– A ave voltou. Olhe, manchas de sangue no peitoril. Você consegue ver?

O falcão fêmea apareceu lentamente, azul-acinzentada como um peixe, iridescente. A cabeça da ave vasculhou o céu.

– Estão sempre juntos. Eles se acasalam por toda a vida? – especulou Thom em voz alta. – Como os gansos?

Os olhos de Rhyme voltaram a Thom, que se inclinava a partir da cintura esguia, juvenil, olhando para o ninho, seguindo os pingos de sangue pela janela.

– Quem era? – repetiu Rhyme.

O rapaz estava ganhando tempo e isso o irritou.

– Uma visita.

– Uma visita? Ah – resmungou Rhyme.

Tentou lembrar-se de quando tivera uma *visita* pela última vez. Devia ter uns três meses. Quem? Aquele repórter, talvez, ou algum primo distante. Bem, Peter Taylor, um de seus especialistas em medula espinhal. E Blaine esteve ali várias vezes. Mas ela, claro, não era uma *vi-si-ta*.

– Está congelando aqui – queixou-se Thom.

A vontade dele era abrir a janela. Satisfação imediata. Juventude.

– Não abra a janela – ordenou Rhyme. – E me diga quem esteve aqui.

– Está congelando.

– Você vai espantar a ave. Pode diminuir o ar-condicionado. *Eu* vou diminuir o ar.

– Nós chegamos aqui primeiro – retrucou Thom, erguendo a enorme vidraça da janela. – As aves vieram sabendo perfeitamente que você estava aqui. – Os falcões olharam na direção do ruído, raiva nos olhos. Mas eles sempre olhavam assim. Permaneceram no peitoril, vigiando seu domínio, de nogueiras-do-japão anêmicas e de arborização alternada ao longo da rua.

Rhyme repetiu a pergunta:

– Quem *era*?

– Lon Sellitto.

– Lon?

O que estaria ele fazendo ali?

Thom passou a vista pelo cômodo.

– Este lugar está uma bagunça.

Rhyme não gostava da agitação de uma faxina. Não gostava da movimentação, do barulho do aspirador de pó, que considerava especialmente irritante. Sentia-se contente ali, do jeito como estavam as coisas. Essa sala, que chamava de seu escritório, ficava no segundo andar de sua casa em estilo gótico, no Upper West Side, de frente para o Central Park. A sala era grande, de 7 por 7 metros, e praticamente cada espaço ali estava ocupado por alguma coisa. Às vezes fechava os olhos, fazendo um jogo, e tentava identificar o cheiro dos diferentes objetos espalhados por ali. Os milhares de livros e revistas, as pilhas de fotocó pias formando torres de Pisa, os transistores quentes da TV, as lâmpadas elétricas empoeiradas, os painéis de cortiça para pregar bilhetes. Vinil, peróxido, látex, acolchoados.

Três tipos diferentes de uísque escocês, de uma única espécie de malte.

Merda de falcão.

– Não quero conversar com ele. Diga que estou ocupado.

– E também um policial novo. Ernie Banks. Não, esse era jogador de beisebol, certo? Você devia realmente deixar que eu fizesse uma faxina por aqui. A gente jamais nota como um lugar está imundo, até que chega uma visita.

– Uma visita? Ora, isso parece fino. Vitoriano. O que você acha? Diga a eles que se mandem, porra. O que acha disso como etiqueta de *fin-de-siècle*?

*Uma bagunça...*

Thom estava falando da sala, mas Rhyme achava que talvez estivesse se referindo também a ele, ao patrão.

Os cabelos de Rhyme eram pretos e cheios como os de um rapaz de 20 anos – embora tivesse duas vezes essa idade –, mas, com os fios emaranhados e enrolados, precisavam desesperadamente de uma lavagem e um corte. No rosto, uma barba preta por fazer e aparência suja. Havia acordado com uma coceira incessante nas orelhas, o que significava que aqueles pêlos precisavam também ser aparados. As unhas, das mãos e dos pés, eram compridas e ele vinha usando as mesmas roupas há uma semana – um horrendo pijama de bolinhas. Os olhos eram estreitos, de um castanho profundo, e engastados em um rosto que, como lhe dissera Blaine em várias ocasiões, em tom apaixonado ou não, era bonitão.

– Eles querem falar com você – continuou Thom. – Disseram que é muito importante.

– Faça uma grosseria com eles.

Você não vê Lon há quase um ano.

– E por isso tenho que querer vê-lo agora? Você assustou o falcão? Vou ficar uma fera, se tiver assustado.

– É importante, Lincoln.

– *Muito* importante, eu me lembro de você ter dito. Onde está aquele médico? Ele pode ter telefonado. Eu estava cochilando. E você tinha saído.

– Você está acordado desde as 6 horas.

– Não. – Rhyme calou-se por um momento. – Acordei, sim. Mas em seguida voltei a dormir. Dormi a sono solto. Verificou as mensagens na secretária eletrônica?

– Verifiquei – respondeu Thom. – Nenhuma dele.

– Ele disse que viria aqui no meio da manhã.

– Passa apenas um pouco das 11 horas. Talvez ainda esperemos um instante, antes de notificar o serviço de socorro aéreo e marítimo. O que você acha?

– Você andou falando ao telefone? – perguntou bruscamente Rhyme. – Talvez ele tenha tentado ligar quando você estava batendo papo.

– Eu estava falando com...

– Eu disse alguma coisa? – perguntou Rhyme. – Agora você está zangado. Eu não disse que você não deve dar telefonemas. Pode dar. Você sempre pôde fazer isso. O que eu quis dizer é que ele pode ter telefonado quando você estava na linha.

– Não, o que você quer esta manhã é encher o saco.

– Lá vem você. Sabe, os telefones têm essa coisa... chamada em espera. A gente pode receber dois telefonemas ao mesmo tempo. Eu gostaria que tivéssemos isso. O que está querendo o meu velho amigo Lon? E o amigo *dele*, o jogador de beisebol?

– Pergunte a eles.

– Estou perguntando a *você*.

– Eles querem falar com você. É tudo o que sei.

– Sobre alguma coisa m-u-i-t-o im-por-tan-te.

– Lincoln.

Thom suspirou. Passou a mão pelos cabelos louros. Usava calça esporte marrom, camisa branca, uma gravata com estampa floral, com um nó imaculado. Quando o contratou, há um ano, Rhyme lhe disse que podia usar jeans e camiseta, se quisesse. Ele, porém, sempre se vestia de maneira impecável desde aquele dia. Rhyme não sabia por que isso contribuía para sua decisão de conservar o jovem a seu serviço, mas contribuía. Nenhum dos antecessores de Thom havia durado mais de seis semanas. O número dos que tinham pedido as contas era exatamente igual ao dos que tinham sido mandados embora.

— Muito bem. O que você disse a eles?

Disse que me dessem alguns minutos, para verificar se você estava vestido para recebê-los, e que, em seguida, poderiam subir. Em poucas palavras.

— Você fez isso. Sem me perguntar. Muito, muito obrigado.

Thom deu alguns passos para trás e gritou pela escada estreita, que descia até o térreo:

— Podem subir, cavalheiros.

— Eles lhe disseram algo, não foi? – perguntou Rhyme. – Você está me escondendo alguma coisa.

Thom deixou essas palavras sem resposta, enquanto Rhyme observava a chegada das duas visitas. No momento em que entraram, Rhyme foi o primeiro a falar, dirigindo-se a Thom:

— Feche as cortinas. Você já perturbou demais os falcões.

O que realmente significava apenas que ele estava cheio de toda aquela luz.

MUDA.

Com o esparadrapo sujo e pegajoso sobre a boca, ela não podia pronunciar uma única palavra, e essa situação fazia com que se sentisse ainda mais impotente que as algemas nos pulsos. Mais impotente que os dedos curtos e fortes dele em seu bíceps.

O motorista do táxi, usando ainda a máscara de esquiador, levou-a pelo corredor imundo e molhado, passando por fileiras de ductos e canos. Estavam no subsolo de um centro empresarial. Ela não fazia a menor idéia de onde.

Se eu pudesse falar com ele...

T.J. Colfax era uma jogadora, a vaca do terceiro andar do Morgan Stanley. Uma negociadora.

Dinheiro? Você quer dinheiro? Eu lhe arranjo dinheiro, dinheiro à vontade, rapaz. Barris de dinheiro. Pensou nisso uma dezena de vezes, tentando atrair seu olhar, como se pudesse realmente imprimir as palavras nos pensamentos daquele homem.

*Pooooor faaaavoor*, implorou em silêncio e começou a pensar na possibilidade de transformar seu fundo de aposentadoria em dinheiro e dá-lo todo a ele. *Oh, por favor...*

Lembrou-se da noite anterior: o homem dando as costas aos fogos de artifício, arrastando-os para fora do táxi, algemando-os. Havia trancado os dois no porta-malas e, em seguida, voltado a rodar, inicialmente sobre um calçamento irregular e asfalto esburacado, em seguida sobre asfalto liso e, finalmente, asfalto ondulado. Ela ouviu o zumbido das rodas em uma ponte. Mais voltas, mais estradas acidentadas. Finalmente, o táxi parou, o motorista desceu e pareceu abrir um portão ou algum tipo de porta. Entrou em uma garagem, pensou ela. Todos os sons da cidade desapareceram e o barulhento cano de descarga do carro aumentou de volume, reverberando de paredes próximas.

Em seguida, o porta-malas foi aberto e o homem puxou-a para fora. Arrancou o anel de diamante de seu dedo e enfiou-o no bolso. Em seguida, levou-a por um caminho de paredes fantasmagóricas, figuras desmaiadas de olhos vazios fitando-a, um açougueiro, um demônio, três crianças chorosas, pintadas sobre reboco que se desmanchava. Arrastou-a para um porão bolorento e soltou-a como um fardo no chão. Em seguida, subiu a escada e deixou-a na escuridão, cercada por um cheiro nauseante – carne podre, lixo. Ali ficou durante horas, dormindo um pouco, chorando muito. Acordou subitamente ao ouvir um som forte. Uma violenta explosão. Próxima. Em seguida, mais sono agitado.

Meia hora antes, ele havia voltado. Levou-a para o porta-malas e rodaram por mais vinte minutos. Aqui. Onde quer que fosse *aqui*.

Em seguida, entraram em um porão escuro. No centro, ela viu um grosso cano preto. Ele a algemou ao cano e amarrou seus pés, puxando-os retos para a frente e colocando-a sentada. Agachou-se e prendeu suas pernas com uma corda fina, o que levou vários minutos.

Ele usava luvas de couro. Levantando-se, olhou-a durante um longo momento, curvou-se e rasgou a blusa dela, abrindo-a. Foi para trás dela e ela arquejou, sentindo as mãos nos ombros, tateando, apertando as omoplatas.

Chorando, implorando através da mordaça.

Sabendo o que ia acontecer.

As mãos desceram, ao longo dos braços e sob eles, passando para a frente do corpo. Mas ele não tocou os seios. Não, enquanto as mãos passavam leves pela pele, parecia que estava procurando as costelas. Cutucou-as e alisou-as. T.J. arrepiou-se e tentou afastar-se. Ele a agarrou com violência, acariciou-a um pouco mais, pressionando com força, sentindo a flexibilidade do osso.

Ele se levantou. Ela ouviu passos que se afastavam. Durante um longo momento, só silêncio, quebrado pelos gemidos dos condicionadores de ar e dos elevadores. Em seguida, grunhiu assustada ao ouvir um barulho que vinha bem de trás dela. Um ruído que se repetia. *Wsssh. Wsssh.* Um som muito conhecido, mas que não conseguiu identificar. Tentou virar-se para ver o que ele estava fazendo, mas não pôde. O que era aquilo? Escutando o som rítmico, repetindo-se, repetindo-se. O som remeteu-a diretamente para a casa da mãe.

*Wsssh. Wsssh.*

Manhã de sábado em um pequeno bangalô em Bedford, Tennessee. Era o único dia em que a mãe não trabalhava fora e ocupava a maior parte do tempo fazendo faxina na casa. T.J. acordava com o sol forte e descia trôpega a escada para ajudá-la. *Wsssh.* Enquanto chorava com essa recordação, escutou o som e se perguntou por que, em nome de Deus, ele estava varrendo o chão, com movimentos cuidadosos, seguros, de uma vassoura.

ELE NOTOU A SURPRESA e o constrangimento no rosto dos dois.

Algo que não é visto com muita freqüência em policiais do Esquadrão de Homicídios de Nova York.

Lon Sellitto e o jovem Banks (Jerry, não Ernie) sentaram-se nos lugares que Rhyme lhes indicou com um gesto da cabeça cabeluda: cadeiras iguais de vime, empoeiradas e incômodas.

Rhyme havia mudado muito desde que Sellito estivera ali pela última vez, e o detetive não conseguiu disfarçar muito bem o choque que sentiu. Banks não tinha um parâmetro com que comparar o que via naquele momento, mas, ainda assim, ficou chocado. A sala desarrumada, aquele homem olhando-os desconfiado. O cheiro, com certeza – o cheiro visceral que cercava a criatura em que Lincoln Rhyme se transformara.

Rhyme sentiu grande arrependimento por tê-los deixado subir.

– Por que não ligou antes, Lon?

– Você nos teria dito para não vir.

Verdade.

Thom apareceu no alto da escada e Rhyme dispensou-o:

– Thom, não vamos precisar de você.

Lembrou-se de que o rapaz sempre perguntava às visitas se queriam beber ou comer alguma coisa.

Uma verdadeira Martha Stewart.

O silêncio continuou durante um momento. O alto e amassado Sellitto – um veterano de vinte anos de serviço na polícia – olhou para uma caixa ao lado da cama e fez menção de falar. O que quer que estivesse prestes a dizer foi cortado pela visão de fraldas descartáveis para adultos.

Jerry Banks tomou a palavra:

– Li seu livro, senhor.

O jovem policial tinha mão pesada quando o trabalho era barbear-se, e Rhyme viu uma infinidade de pequenos cortes. E que topete encantador! Deus do céu, ele não pode ter mais de 20 anos. Quanto mais velho fica o mundo, pensou Rhyme, mais jovens parecem tornar-se seus habitantes.

– Qual?

– Seu manual sobre cena de crime, claro. Mas estou me referindo ao livro ilustrado. O que publicou há poucos anos.

– Nele havia também palavras. Na verdade, é constituído *principalmente* de palavras. Você as leu?

– Ora, claro – respondeu rapidamente Banks.

Uma pilha imensa de volumes encalhados de *Cenas do crime* podia ser vista encostada numa parede da sala.

— Eu não sabia que o senhor e Lon eram amigos — acrescentou Banks.

— Lon não lhe mostrou o anuário? Não lhe mostrou as fotos? Não subiu a manga da camisa e mostrou as cicatrizes, dizendo que havia se ferido quando trabalhava com Lincoln Rhyme?

Sellitto, porém, não estava achando graça. Bem, eu posso lhe dar ainda menos motivo para um sorriso, se é o que quer. O detetive procurava alguma coisa na maleta. O que ele tem *aí dentro*?

— Por quanto tempo vocês foram parceiros? — perguntou Banks, tentando dar início à conversa.

— Ah, isso é um verbo para você — retrucou Rhyme e olhou para o relógio.

— Nós não fomos parceiros — explicou Sellitto. — Eu trabalhava em Homicídios e ele era o chefe da DIRC.

— Oh — disse Banks, ainda mais impressionado.

Chefiar a Divisão de Investigação e Recursos Criminais era um dos cargos de mais prestígio do Departamento de Polícia.

— Isso mesmo — disse Rhyme, olhando para a janela, como se seu médico pudesse chegar de falcão. — Os dois mosqueteiros.

Em voz paciente, que o enfureceu, Sellitto disse:

— Durante sete anos, com intervalos, trabalhamos juntos.

— E foram bons anos — cantarolou Rhyme.

Thom fez uma cara de desgosto. Sellitto, porém, não percebeu a ironia. Ou, o que era mais provável, ignorou-a. E continuou:

— Estamos com um problema, Lincoln. Precisamos de um pouco de ajuda.

A pilha de papéis foi posta com força sobre a mesinha-de-cabeceira.

— Um pouco de ajuda? — A risada explodiu do nariz estreito, que Blaine sempre desconfiou ser produto de um cirurgião, mas que não era. Ela também tinha achado que os lábios dele eram perfeitos demais. (Acrescente uma cicatriz, disse ela em tom de brincadeira e, durante uma das brigas dos dois, quase fizera isso.) E por que, perguntou

30

a si mesmo, a aparição voluptuosa de Blaine continuava a surgir à sua frente? Acordou pensando em sua ex e se sentiu obrigado a lhe escrever uma carta, que nesse momento estava na tela do computador. Aproveitou a ocasião e salvou-a no disco rígido. O silêncio encheu a sala, enquanto ele dava os comandos com um único dedo.

– Lincoln? – disse Sellitto.

– Sim, senhor. Uma pequena ajuda. Minha. Ouvi.

Banks mantinha um sorriso inadequado nos lábios, enquanto mexia, pouco à vontade, o traseiro na cadeira.

– Tenho um encontro agora – disse Rhyme.

– Um encontro.

– Com um médico.

– Mesmo? – perguntou Banks, provavelmente para acabar com o silêncio que os ameaçava, mais uma vez.

Sellitto, sem saber para onde a conversa se encaminhava, perguntou:

– E você, como vai?

Banks e Sellitto não haviam perguntado sobre sua saúde quando chegaram. Era o tipo de pergunta que pessoas tendiam a evitar quando viam Lincoln Rhyme. A resposta podia ser muito complicada e, quase com certeza, desagradável.

Rhyme respondeu simplesmente:

– Bem, obrigado. E você? E Betty?

– Nós nos divorciamos – respondeu rapidamente Sellitto.

– Mesmo?

– Ela ficou com a casa e eu com a metade de um filho. – O policial respondeu com uma alegria forçada, como se já tivesse usado a mesma frase antes, e Rhyme achou que devia haver uma história dolorosa por trás do rompimento. História que não tinha a menor vontade de ouvir. Ainda assim, não se surpreendia com o casamento naufragado. Sellitto era um burro de carga no trabalho. Era um dos cento e tantos detetives de primeira classe do Departamento durante anos e obtinha promoções quando as notas eram dadas por mérito, e não por tempo de serviço. Trabalhava quase oitenta horas por semana. Rhyme nem mesmo sabia que ele era casado nos primeiros meses em que trabalharam juntos.

*31*

– Onde você está morando agora? – perguntou Rhyme, com esperança de que um pouco de bate-papo conseguisse tirá-los dali.

– Brooklyn. Nos Heights. Às vezes vou para o trabalho a pé. Lembra-se daquelas dietas que eu sempre fazia? O macete não é fazer dieta. É exercício.

Ele não parecia nem mais gordo nem mais magro do que o Lon Sellitto de três anos antes. Ou, por falar nisso, o Sellitto de 15 anos antes.

– De modo que – interrompeu-os Banks – é um médico, como o senhor dizia. Para uma...

– Uma nova forma de tratamento? – respondeu Rhyme, completando a pergunta que ia murchando. – Exatamente

– Boa sorte.

– Muito, *muito* obrigado.

Eram 11h36. Bem além do meio da manhã. Atraso é imperdoável em um médico.

Observou os olhos de Banks examinarem suas pernas duas vezes. Flagrou pela segunda vez o jovem, ainda com espinhas no rosto, e não ficou surpreso quando notou que ele enrubescia.

– De modo que – continuou Rhyme – lamento muito, mas realmente não disponho de tempo para ajudá-los.

– Mas ele não chegou ainda, não é, o médico? – perguntou Lon Sellitto, no mesmo tom à prova de bala que usava para abrir buracos em álibis de suspeitos de homicídio.

Thom apareceu à porta, trazendo um bule de café.

Escroto, disse Rhyme movendo a boca, mas sem emitir nenhum som.

– Lincoln esqueceu-se de oferecer algo aos senhores, cavalheiros.

– Thom me trata como se eu fosse uma criança.

– Se a carapuça serve... – respondeu o ajudante.

– Muito bem – retrucou Rhyme secamente. – Sirvam-se de café. Vou tomar um pouco de cerveja escura.

– Cedo demais – cortou-o Thom. – O bar não abriu ainda. – E agüentou muito bem o olhar irado de Rhyme.

Mais uma vez, os olhos de Banks percorreram o corpo de Rhyme. Talvez estivesse esperando ver apenas pele e osso. O processo de atrofia, porém, tinha parado pouco depois do acidente e seu primeiro fisioterapeuta o esgotara com tantos exercícios. Thom, que podia ser um chato às vezes e uma mãezona em outras, também era um fisioterapeuta muito bom. Todos os dias submetia Rhyme a exercícios de reabilitação. Fazia medições rigorosas da goniometria – medições da amplitude do movimento que aplicava a cada junta do corpo de Rhyme. Examinava com todo o cuidado a espasticidade, enquanto mantinha os braços e as pernas dele em um ciclo constante de abdução e adução. O trabalho de reabilitação não era nenhum milagre, mas dava tônus muscular, reduzia as contraturas debilitantes e mantinha o sangue circulando. Para alguém cujas atividades musculares haviam sido limitadas aos ombros, cabeça e dedo anular da mão esquerda durante três anos e meio, Lincoln Rhyme não estava em tão má forma assim.

O jovem detetive desviou o olhar do complicado controle ECU ao lado do dedo de Rhyme, ligado por fios a outro painel de controle, de onde saíam um conduíte e cabos, ligados ao computador e a uma tela de parede.

A vida de um tetraplégico é feita de fios, disse um terapeuta a Rhyme, muito tempo antes. A dos ricos, pelo menos. A dos que têm sorte.

– Esta manhã – disse Sellitto – houve um assassinato no West Side.

– Temos recebido relatos de homens e mulheres sem-teto que desapareceram no último mês – acrescentou Banks. – No início, pensamos que poderia ser um deles. Mas não era – disse em tom dramático. – A vítima da noite passada foi uma daquelas pessoas.

Rhyme olhou, o rosto sem expressão, para o jovem de rosto espinhento.

– Daquelas *pessoas*?

– Ele não assiste ao noticiário – explicou Thom. – Se estão falando sobre o seqüestro, ele nada ouviu a esse respeito.

– Você não assiste ao noticiário? – Sellitto soltou uma risada. – Você era o CDF que lia quatro jornais por dia e gravava os noticiários para assisti-los quando voltava para casa. Blaine me disse que você a chamou de Katie Couric certa noite, quando estavam fazendo amor.

– Agora só leio literatura – respondeu Rhyme pomposa e falsamente.

Thom explicou:

– Literatura é notícia que continua a ser notícia.

Rhyme o ignorou.

– Um homem e uma mulher – continuou Sellitto. – Estavam voltando de uma viagem de negócios à Costa Oeste. Tomaram um Yellow Cab no JFK. Nunca chegaram em casa. Recebemos uma informação às 23h30. Esse táxi estava descendo a BQE, no Queens. Como passageiros, um homem e uma mulher, brancos, no assento traseiro. Parecia que estavam tentando quebrar uma janela do carro. Batendo no vidro. Ninguém anotou a placa.

– Essa testemunha... a que viu o táxi, conseguiu ver o motorista?

– Não.

– A passageira?

– Nenhum sinal dela.

Já eram 11h41. Rhyme estava furioso com o Dr. William Berger.

– Coisa ruim – murmurou, distraído.

Sellitto soltou um longo e ruidoso suspiro.

– Continue, continue – disse Rhyme.

– Ele estava usando o anel dela – explicou Banks.

– *Quem* estava usando *o quê*?

– A vítima. Foi encontrada esta manhã. Ele estava usando o anel da mulher. Da outra passageira.

– Tem certeza de que o anel era dela?

– Tinha as iniciais dela no lado de dentro.

– De modo que vocês têm um ED – continuou Rhyme – que quer que saibam que está com a mulher e que ela continua viva.

– O que é um ED? – quis saber Thom.

Vendo que Rhyme ignorava a pergunta, Sellitto explicou:

– Elemento desconhecido.

– Mas quer saber como ele conseguiu que coubesse no dedo? – perguntou Banks, um pouco esbugalhado demais para o gosto de Rhyme. – O anel?

– Desisto.

34

– Arrancou a pele do dedo do cara. Toda ela. Até o osso.

Rhyme sorriu levemente.

– Ah, ele é sabido, não?

– Por que sabido?

– Para ter certeza de que não ia aparecer ninguém e tirar o anel. Estava sujo de sangue, não?

– Uma sujeira.

– Para começar, era difícil ver o anel. Depois, a questão da Aids, hepatite. Ainda assim, mesmo que alguém notasse, um bocado de gente iria tentar pegar o troféu. Qual é o nome dela, Lon?

O detetive inclinou a cabeça para o colega, que abriu a caderneta de notas.

– Tammie Jean Colfax. Conhecida com T.J. Vinte e oito anos. Trabalha para o Morgan Stanley.

Rhyme observou que Banks também usava um anel. Um anel de formatura. O rapaz era educado demais para ter apenas a escola secundária e ser formado pela Academia de Polícia. Nada havia nele que sugerisse o Exército. Não ficaria surpreso se a jóia tivesse o nome Yale gravado. Detetive de homicídios? Para onde estava indo o mundo?

O jovem policial segurou com as duas mãos a xícara de café, que sacudia vez por outra. Com um pequeno gesto do dedo anular no painel de controle, ao qual a mão esquerda estava ligada, Rhyme clicou várias configurações, reduzindo o ar-condicionado. Geralmente, não desperdiçava tempo controlando coisas como aquecimento e ar-condicionado. Reservava-o para coisas absolutamente necessárias, como iluminação, o computador e o dispositivo que virava páginas de livros. Mas, quando a sala ficava fria demais, o nariz começava a escorrer. E *isso* era uma tortura insuportável para um tetraplégico.

– Nota pedindo resgate? – perguntou Rhyme.

– Nenhuma.

– Você é o detetive encarregado do caso? – perguntou Rhyme a Sellitto.

– Sou. Subordinado a Jim Polling. E queremos que você reviste o relatório da CC.

Outra risada.

35

– Eu? Eu não leio um relatório de CC há três anos. O que poderia dizer a vocês?

– Poderia dizer toneladas de coisas, Linc.

– Quem é atualmente o diretor da DIRC?

– Vince Peretti.

– O filhinho do deputado – lembrou-se Rhyme. – Peça a ele para ler.

Sellitto hesitou por um momento.

– Nós preferimos você.

– Nós, quem?

– O chefe.

– E como o Capitão Peretti – perguntou Rhyme, sorrindo como uma colegial – se sente com esse voto de desconfiança?

Sellitto levantou-se e andou pela sala, olhando para as pilhas de revistas *Forensic Science Review*. Catálogo da Harding & Boyle Scientific Equipment Company. *The New Scotland Yard Forensic Investigation Annual. American College of Forensic Examiners Journal. Report of the American Society of Crime Lab Directors. Forensics da CRC Press. Journal of the International Institute of Forensic Science.*

– Olhe só para elas – disse Rhyme. – As assinaturas foram suspensas há anos. E todas as revistas estão empoeiradas.

– *Tudo* aqui está horrivelmente empoeirado, Linc. Por que você não se mexe e faz uma faxina neste chiqueiro?

Banks deu a impressão de estar horrorizado. Rhyme abafou uma explosão de riso, o que lhe pareceu estranho. Havia baixado a guarda e a irritação tinha se dissolvido e transformado em divertimento. Por um momento, lamentou que ele e Sellitto tivessem se afastado um do outro. Em seguida, matou esse sentimento. Rosnou:

– Não posso ajudá-lo. Sinto muito.

– Temos aquela conferência de paz que começa na segunda-feira. Nós...

– Que conferência?

– Das Nações Unidas. Embaixadores, chefes de Estado. Haverá uns dez mil caras importantes na cidade. Ouviu falar naquela coisa que aconteceu em Londres há dois dias?

– *Coisa?* – repetiu ironicamente Rhyme.

– Alguém tentou explodir com uma bomba o hotel em que a Unesco realizava uma reunião. O prefeito está se cagando de medo de que alguém tente fazer o mesmo na conferência daqui. Ele não quer manchetes desagradáveis no *Post*.

– E há também o pequeno problema – observou secamente Rhyme – de que a Srta. Tammie Jean talvez não esteja gostando de sua volta para casa.

– Jerry, dê-lhe alguns detalhes. Desperte o apetite dele.

Banks desviou a atenção das pernas de Rhyme para a cama, que era – e Rhyme reconheceu prontamente isso – algo mais interessante. Especialmente o painel de controle. O aparelho parecia saído de um ônibus espacial e ter custado quase o mesmo preço.

– Dez horas depois de terem sido seqüestrados, encontramos o passageiro, John Ulbrecht, baleado e enterrado vivo no leito da Amtrak, nas proximidades do cruzamento da rua 37 com a 11. Bem, quando o encontramos, ele já estava morto. Mas tinha *sido* enterrado vivo. A bala era de Colt 32 milímetros. – Banks ergueu a vista e acrescentou: – Segundo o Catálogo Honda de Projéteis.

Isso significava que não haveria deduções astuciosas, baseadas em uso de armas exóticas pelo elemento desconhecido. Esse Banks parecia um rapaz esperto, pensou Rhyme, e ele só sofre mesmo de juventude, que poderá ou não superar. Lincoln Rhyme acreditava que ele mesmo nunca tinha sido jovem.

– Marcas no projétil? – perguntou.

– Seis endentações e estrias, giro para a esquerda.

– De modo que ele usou uma Colt – observou Rhyme e olhou novamente para o diagrama da cena do crime.

– Você disse "ele" – continuou o jovem detetive. – Na verdade, são "eles".

– O quê?

– Elementos desconhecidos. Houve dois deles. Encontramos dois pares de pegadas entre a cova e a base de uma escada de ferro que leva à rua – explicou Banks, apontando para o diagrama da CC.

– Alguma pegada na escada?

– Nenhuma. Foi limpa. Fizeram um bom trabalho. As pegadas vão até a cova e voltam à escada. De qualquer modo, *teve* de haver dois deles quando mataram a vítima. Ela pesava mais de cem quilos. Um homem só não pode ter feito isso.

– Continue.

– Levaram-no à cova, jogaram-no dentro dela, atiraram e o enterraram, voltaram à escada, subiram e desapareceram.

– Atiraram quando já estava na cova? – perguntou Rhyme.

– Isso mesmo. Não havia rastro de sangue em lugar algum em volta da escada ou no caminho até a cova.

Rhyme descobriu que estava levemente interessado, mas limitou-se a dizer:

– Para que vocês precisam de mim?

Os dentes amarelos de Sellitto apareceram quando ele sorriu.

– Temos um mistério nas mãos, Linc. Um bocado de indícios que não fazem nenhum sentido.

– E daí?

Eram raros os crimes em que todos os tipos de prova material faziam sentido.

– Bem, isso tudo é realmente esquisito. Leia o relatório. Por favor. Vou colocá-lo aqui. Como esse troço funciona?

Sellitto olhou para Thom, que colocou o relatório no dispositivo que virava páginas.

– Não tenho tempo, Lou – protestou Rhyme.

– Isto é uma geringonça e tanto – disse Banks, olhando para o dispositivo. Rhyme não respondeu. Relanceou para a primeira página e depois leu cuidadosamente. Moveu o dedo anular um exato milímetro para a esquerda. Uma vareta de borracha virou a página.

Lendo. Pensando. Bem, isso *é* estranho.

– Quem foi encarregado de processar a cena?

– O próprio Peretti. Quando soube que a vítima era uma das pessoas do táxi, apareceu e assumiu o comando.

Rhyme continuou a ler. Durante um minuto, as palavras rotineiras e sem imaginação do relato mantiveram seu interesse. Em seguida, a campainha soou e seu coração disparou. Olhou para Thom. Olhos frios e que deixavam claro que o tempo de brincadeira acabara. Thom inclinou a cabeça e desceu imediatamente para o térreo.

Todos os pensamentos sobre motoristas de táxi, provas e banqueiros seqüestrados desapareceram da mente poderosa de Lincoln Rhyme.

– O Dr. Berger    anunciou Thom pelo interfone.

Até que enfim. Finalmente.

– Sinto muito, Lon, mas vou ter que pedir que se retire. Foi bom revê-lo. – Um sorriso. – Interessante, esse caso.

Sellitto hesitou por um momento, mas em seguida se levantou.

– Mas você lê o relatório até o fim, Lincoln? E depois diz o que pensa do caso?

– Pode apostar que digo – prometeu Rhyme. E voltou a reclinar a cabeça no travesseiro. Tetraplégicos como Rhyme, com todos os movimentos da cabeça e do pescoço, podiam ativar uma dezena de controles usando apenas os movimentos tridimensionais da cabeça. Rhyme, porém, evitava descansos de cabeça. Eram tão poucos os prazeres sensuais que lhe restavam que não estava disposto a abdicar do conforto de repousar a cabeça em seu travesseiro de duzentos dólares. As visitas o haviam deixado cansado. Não era ainda meio-dia e tudo o que queria era dormir. Os músculos do pescoço latejavam de dor.

No momento em que Sellitto e Banks chegaram à porta, chamou-os:

– Lon, espere.

O detetive voltou-se para ele.

– Há uma coisa que você não sabe. Você só encontrou metade da cena do crime. A importante é a outra metade... a cena primária. A casa dele. É onde ele estará. E vai ser difícil encontrá-la.

– Por que acha que há outra cena?

– Porque ele não atirou na vítima quando ela estava na cova. Ele atirou nela lá... na cena primária. E é lá que ele provavelmente conserva a mulher. Deve ser um local subterrâneo ou em uma parte muito deserta da cidade. Ou as duas coisas... Porque, Banks – Rhyme evitou dessa maneira a pergunta do jovem detetive –, ele não se arriscaria a

39

atirar em alguém e manter uma prisioneira, a menos que o local fosse tranqüilo e privado.

– Talvez ele tenha usado um silenciador.

– Não há traços de borracha ou algodão abafante no projétil – lembrou secamente Rhyme.

– Mas como a vítima poderia ter sido baleada ali? – retrucou Banks. – Quero dizer, não havia absolutamente manchas de sangue na cena.

– Suponho que a vítima foi baleada no rosto – disse Rhyme.

– Ora, foi, sim – respondeu Banks, um sorriso estúpido aparecendo nos lábios. – Como o senhor soube?

– Muito doloroso, profundamente incapacitante, pouquíssimo sangue com uma bala de 32 milímetros. Raramente letal, se o cara erra o cérebro. Com a vítima nesse estado, o elemento desconhecido podia levá-lo para onde quisesse. Digo elemento desconhecido no singular porque foi um só.

Houve um momento de silêncio.

– Mas... mas havia dois pares de pegadas – quase murmurou Banks, como se estivesse desarmando uma mina terrestre.

Rhyme deixou escapar um suspiro.

– Os solados são idênticos. Foram deixados pelo mesmo homem, que fez o percurso duas vezes. Para nos enganar. E as pegadas na direção norte têm a mesma profundidade que as que seguem para o sul. Em vista disso, ele não estava levando uma carga de cem quilos de um lado para o outro. A vítima estava descalça?

Banks folheou as notas.

– De meias.

– Bem, neste caso, o criminoso estava usando os sapatos da vítima para fazer seu pequeno e inteligente percurso até a escada e de volta.

– Se ele não desceu pela escada, como *foi* que chegou à cova?

– Ele carregou o homem em ambas as direções.

– Não há outras escadas descendo para o leito da estrada em qualquer direção, por vários quarteirões.

– Mas *há* túneis paralelos à estrada – continuou Rhyme. – Eles se ligam aos porões de velhos armazéns ao longo da avenida 11. Durante

**40**

a Lei Seca, um gângster chamado Owney Madden mandou escavá-los, de modo a enviar uísque contrabandeado para os trens da New York Central que seguiam para Albany e Bridgeport.

— Mas por que simplesmente não enterrar a vítima perto do túnel? Por que correr o risco de ser visto, levando o cara o caminho todo até a passagem de nível?

Impaciente agora, Rhyme voltou a falar:

— Você *compreende* o que ele está nos dizendo, não?

Banks fez menção de falar, mas, em seguida, sacudiu a cabeça.

— Ele *tinha* que deixar o corpo em um local onde fosse visto — continuou Rhyme. — Ele precisava que alguém o encontrasse. Foi por isso que deixou a mão levantada. Ele está *acenando* para nós. Para chamar nossa atenção. Desculpem, vocês podem ter apenas um elemento desconhecido, mas ele é inteligente por dois. Em algum local nas proximidades, há uma porta de acesso a um túnel. Vão até lá e procurem impressões digitais. Não vão encontrar nenhuma. Mas vão ter que fazer isso, apesar de tudo. A imprensa, vocês sabem. Quando a história começar a ser divulgada... Bem, boa sorte, cavalheiros. Agora, queiram me desculpar. Lon?

— Sim?

— Não esqueça a cena primária do crime. O que quer que aconteça, você vai ter que encontrá-la. E rápido.

— Obrigado, Linc. Simplesmente, leia o relatório.

Rhyme respondeu que, claro, o leria, e notou que eles acreditaram na mentira. Inteiramente.

## 3

Ele tinha o melhor jeito de tratar um paciente que Rhyme já vira. E se alguém conhecia a maneira como médicos tratavam pacientes, essa pessoa era Lincoln Rhyme. Certa vez, calculou que tinha consultado 78 médicos nos últimos três anos e meio.

— Bonita vista — comentou Berger, olhando pela janela.

– Não é mesmo? Bela.

Por causa da altura da cama, contudo, Rhyme nada podia ver, exceto um céu coberto de névoa seca, brilhando acima do Central Park. Isso – e as aves – tinha constituído a essência da paisagem para ele desde que estava ali, de volta do último hospital de reabilitação, há dois anos e meio. Conservava as cortinas cerradas durante a maior parte do tempo.

Thom rolou o patrão na cama – uma manobra que ajudava a manter limpos seus pulmões – e, em seguida, cateterizou-lhe a bexiga, o que tinha de ser feito a cada cinco ou seis horas. Após um trauma na medula espinhal, os esfíncteres podem ficar travados, abertos ou fechados. Rhyme teve a sorte de os seus ficarem inteiramente fechados – contando que houvesse alguém por perto para abrir, quatro vezes por dia, com um cateter e lubrificante, o pequeno tubo que não cooperava.

Dr. Berger observou com distanciamento clínico o procedimento, e Rhyme não se incomodou em nenhum momento com a falta de privacidade. Uma das primeiras coisas que paralíticos superam é a vergonha. Embora, às vezes, façam um esforço pouco convincente para manter o decoro – pedindo que lhe cubram o corpo com um lençol quando são banhados, evacuam ou urinam –, paralíticos graves, aleijados de verdade, aleijados machos, não dão bola para isso. No primeiro centro de reabilitação em que se internou, quando um paciente ia a uma festa ou voltava de um encontro na noite anterior, os outros doentes empurravam suas cadeiras até a cama do indivíduo, para lhe observar a produção de urina, o que era um indicador do sucesso da noite fora do hospital. Certa vez, Rhyme despertou a admiração interna de seus colegas paralíticos ao registrar a marca impressionante de 1.430cc.

– Dê uma olhada no peitoril da janela, doutor – disse ele a Berger. – Eu tenho meus próprios anjos da guarda.

– Ora, ora. Falcões?

– Falcões-peregrinos. Geralmente, eles fazem seus ninhos em lugares mais altos. Não sei por que resolveram morar comigo.

Berger lançou um olhar às aves, deixou a cortina cair e voltou-se para o quarto. Os pássaros não o interessavam. Não era um homem alto, mas parecia em bom estado físico, era um corredor, pensou Rhyme, arriscando um palpite. Parecia estar no fim da casa dos 40 anos, mas os cabelos pretos não tinham sinal de fios brancos. Ele tinha uma aparência tão boa quanto a de um âncora de noticiário de televisão.

– É uma cama e tanto.

– Gostou?

A cama era uma Clinitron, uma imensa placa retangular. Era uma cama de apoio de ar fluidificado e continha quase uma tonelada de contas de vidro revestidas de silicone. Ar pressurizado fluía entre as contas, que lhe suportavam o peso do corpo. Se Rhyme pudesse sentir alguma coisa, a sensação seria de estar flutuando no ar.

Berger bebia nesse momento o café pedido por Rhyme e que Thom trouxera revirando os olhos e murmurando baixinho, antes de se retirar:

– Nós não ficamos de repente bem-educados?

O médico virou-se para Rhyme:

– Pelo que me disse, você foi policial.

– Fui. Eu era o chefe da Polícia Técnica, do DPNY.

– O senhor foi baleado?

– Não. Isso aconteceu quando eu dava uma busca na cena de um crime. Operários encontraram um cadáver num canteiro de obras, em uma estação do metrô. Era de um jovem patrulheiro desaparecido seis meses antes... Havia nessa época um assassino que andava matando policiais. Recebi o pedido de me encarregar pessoalmente do caso e, quando estava dando uma busca no local, uma viga caiu. Fiquei soterrado durante quase quatro horas.

– Alguém andava realmente por aí matando policiais?

– Matou três e feriu outro. O criminoso era um policial. Dan Shepherd. Um sargento da radiopatrulha.

Berger lançou um olhar à cicatriz cor-de-rosa no pescoço de Rhyme, o sinal revelador da tetraplegia – a traqueotomia que permanecia na garganta da vítima durante meses após o acidente. Às vezes, durante anos, quando não para sempre. Rhyme, porém, graças a sua natureza obstinada e aos esforços incansáveis de terapeutas, havia se libertado do ventilador. Nesse momento, possuía um par de pulmões que poderiam mantê-lo debaixo d'água por cinco minutos.

– De modo que houve um trauma cervical.

– C4.

– Ah, sim.

A C4 é a zona privada de ferimentos na medula espinhal. Um trauma acima da quarta vértebra cervical poderia tê-lo matado. Abaixo da C4, ele poderia ter recuperado parcialmente o movimento dos braços e das mãos, mas não das pernas. Um trauma na infame quarta vértebra mantinha-o vivo, embora praticamente como tetraplégico total. Perdera o movimento das pernas e dos braços. Os músculos abdominais e intercostais haviam se atrofiado na maior parte, e ele respirava basicamente com o diafragma. Podia mover cabeça e pescoço, e os ombros ligeiramente. Por sorte a viga de carvalho poupara uma única e minúscula fibra de um neurônio motor, o que lhe permitia mover o dedo anular da mão esquerda.

Rhyme poupou ao médico a novela do ano que se seguiu ao acidente, o mês de tração no crânio: garras em orifícios abertos no crânio, puxando a espinha para endireitá-la, 12 semanas do dispositivo chamado auréola – o babador de plástico e um andaime de aço em volta da cabeça para manter o pescoço imóvel. Para conservar os pulmões bombeando ar, usou durante um ano um grande ventilador e, em seguida, um estimulador do nervo frênico. Os cateteres. A cirurgia, o íleo paralítico, as úlceras de tensão, a hipotensão e a bradicardia, as escaras que se transformavam em úlceras de decúbito, as contraturas quando o tecido muscular começou a encolher e ameaçou acabar com a preciosa mobilidade do dedo, a enfurecedora dor fantasma – queimaduras e dores em extremidades que não podiam experimentar qualquer sensação.

Falou a Berger, contudo, sobre o último problema:

Disreflexia autônoma.

Esse problema vinha acontecendo com maior freqüência nos últimos tempos. Batidas fortes do coração, pressão arterial que extrapolava os limites razoáveis, dores de cabeça lancinantes. Esses sintomas podiam ser provocados por algo tao simples como uma pri são de ventre. Explicou que nada podia ser feito para prevenir essas crises, exceto evitar estresse e constrição física.

O especialista em recuperação de Rhyme, Dr. Peter Taylor, estava preocupado com a freqüência dos ataques. O último – ocorrido um mês antes – havia sido tão grave que Taylor se sentiu obrigado a dar instruções a Thom sobre como tratar aquele estado sem esperar por ajuda médica e insistiu em que programasse seu número de telefone na discagem automática. Taylor avisou que uma crise muito forte poderia transformar-se em um ataque cardíaco ou num derrame cerebral.

Berger ouviu o relato com interesse e disse em seguida:

– Antes de passar para minha atual especialidade, eu era especialista em ortopedia geriátrica. Principalmente em prótese da articulação de quadril. Não sei muita coisa sobre neurologia. Quais são suas possibilidades de recuperação?

– Nenhuma, meu estado é permanente – respondeu Rhyme, tal vez um pouco rápido demais. E acrescentou: – O senhor compreende meu problema, não, doutor?

– Acho que sim. Mas gostaria de ouvi-lo.

Sacudindo a cabeça para afastar um fio rebelde de cabelo, Rhyme respondeu:

– Todos têm o direito de cometer suicídio.

– Acho que discordaria disso – retrucou Berger. – Em alguns casos, o senhor pode ter o poder de fazer isso, mas *não* o direito. Há uma diferença.

Rhyme soltou uma risada amarga.

– Não sou lá grande coisa como filósofo, mas eu diria que nem mesmo tenho o poder. É por isso que preciso do senhor.

Lincoln Rhyme tinha pedido a quatro médicos que o matassem. Todos haviam recusado. Muito bem, disse ele a si mesmo, vou fazer isso sozinho. E deixou de comer. O processo de autofagia até a morte, porém, transformou-se em tortura. Deixou-o com violentas cãibras no estômago e dores de cabeça insuportáveis. Não conseguia dormir. Por isso, desistiu do método e, em uma conversa imensamente difícil, pediu a Thom que o matasse. O rapaz irrompera em lágrimas – a única vez em que tinha demonstrado tanta emoção – e disse que desejava poder fazer isso. Ele se sentaria a seu lado e o observaria morrer, se recusaria a iniciar os processos de ressuscitação. Mas não o mataria pessoalmente.

Então, aconteceu um milagre. Se podia ser chamado assim.

Tão logo foi publicado seu livro, o *Cenas de crime*, repórteres apareceram para entrevistá-lo. Uma matéria – no *New York Times* – continha uma importante citação sua:

"Não, não estou pensando em escrever mais livros. Meu próximo grande projeto consiste em me suicidar. É um grande desafio. Nos últimos seis meses, ando à procura de alguém que me ajude a fazer isso."

Essa grave linha final chamou a atenção do serviço de aconselhamento psicológico do Departamento de Polícia da Cidade de Nova York, e de várias pessoas de seu passado, principalmente de Blaine (que lhe disse que ele estava maluco em pensar nisso, que tinha que deixar de pensar apenas em si mesmo – exatamente como fazia quando estavam juntos – e, já que estava ali, achou que podia dizer que ia se casar novamente).

A citação chamou também a atenção de William Berger, que, certa noite, ligou de Seattle. Após alguns momentos de conversa agradável, Berger explicou que tinha lido o artigo no jornal. Seguiu-se uma pausa e ele perguntou:

– Já ouviu falar na Sociedade Lethe?

Rhyme tinha ouvido. Era um grupo pró-eutanásia que há meses ele vinha tentando localizar. Era um grupo mais agressivo do que o Passagem Segura ou a Sociedade da Cicuta.

– Nossos voluntários são citados para prestar depoimento em dezenas de casos de suicídios auxiliados em todo o país – explicou Berger. – Por isso temos que agir com discrição.

E disse que queria atender ao pedido de Rhyme. Mas se recusou a agir imediatamente, e eles haviam tido várias conversas nos últimos sete ou oito meses. Aquele era o primeiro encontro de ambos.

46

– Não há nenhuma maneira de você fazer a passagem sozinho? *Passagem...*

– À exceção do método de Gene Harrod, não. E mesmo isso é um pouco difícil.

Harrod era um rapaz tetraplégico de Boston que resolveu que queria se matar. Não tendo encontrado quem o quisesse ajudar, cometeu suicídio da única maneira que podia. Com o pouco controle de movimentos de que dispunha, provocou um incêndio em seu apartamento, e quando as chamas ficaram altas entrou nelas com a cadeira de rodas, tocando fogo em si mesmo. Morreu de queimaduras de terceiro grau.

O caso foi mencionado inúmeras vezes por pessoas que achavam que tinham o direito de morrer quando quisessem e como exemplo da tragédia que as leis contra a eutanásia podiam provocar.

Berger conhecia bem o caso e sacudiu a cabeça, num gesto de solidariedade.

– Não, isso não é maneira de alguém morrer. – Deu uma olhada no corpo, nos fios e painéis de controle de Rhyme. – O que me diz de suas habilidades mecânicas?

Rhyme explicou o que sabia sobre o ECU – o dispositivo de controle fabricado pela E&J que ele operava com o dedo anular, o controle de sugar e soprar que usava na boca, as varetas de sustentação do queixo e a unidade de comando de voz do computador, que podia digitar na tela as palavras à medida que ele as pronunciava.

– Mas tudo isso teria de ser iniciado por alguém, não? – perguntou Berger. – Por exemplo, alguém teria de ir a uma loja de armas, comprar uma, montá-la, preparar o gatilho e conectá-lo a seu controlador, certo?

– Certo.

O que tornaria a pessoa cúmplice de um assassinato, bem como de homicídio culposo.

– E seu equipamento? – perguntou Rhyme. – É eficaz?

– Equipamento?

– O que o senhor usaria para, hum, praticar o ato.

– É muito eficiente. Nunca tive queixa de um paciente.

Rhyme pestanejou. Berger riu e Rhyme juntou-se a ele na risada. Se você não pode rir da morte, do que pode rir?

Dê uma olhada.

— Trouxe-o consigo?

A esperança floresceu no coração de Rhyme. Era a primeira vez em anos que sentia uma sensação agradável.

O médico abriu uma maleta e – de uma forma muito solene, pensou Rhyme – tirou uma garrafa de conhaque. Um pequeno frasco de comprimidos. Um saco plástico e um elástico.

— Qual é a droga?

— Seconal. Ninguém a receita mais. Antigamente, o suicídio era muito mais simples. Estes bebês aqui farão o serviço, sem a menor dúvida. Hoje em dia, é quase impossível matar-se com os tranqüilizantes modernos. Halcion, Librium, Dalmane, Xanax... A pessoa pode dormir por muito tempo, mas, no fim, acaba acordando.

— E o saco?

— Ah, o saco. – Berger o levantou no ar. – Este é o emblema da Sociedade Lethe. Extra-oficialmente, claro... Isso não quer dizer que temos um logotipo. Se os comprimidos e o conhaque não forem suficientes, usamos o saco. Cobrimos a cabeça, com o elástico em volta do pescoço. Com um pouco de gelo dentro, porque o saco fica muito quente depois de alguns minutos.

Rhyme não conseguiu despregar os olhos do trio de apetrechos. O saco, de plástico grosso, como um avental descartável de pintor. O conhaque era barato, observou, e a droga, de nome genérico.

— Esta é uma bela casa – observou Berger, olhando em volta. – Central Park Oeste... O senhor vive de aposentadoria por invalidez?

— Em parte. Faço também serviço de consultoria para a polícia e o FBI. Após o acidente, a companhia de construção que estava fazendo a escavação concordou, em juízo, em me pagar uma indenização de três milhões de dólares. A empresa jurou que não tinha culpa alguma, mas, aparentemente, há uma jurisprudência segundo a qual um tetraplégico ganha automaticamente qualquer ação intentada contra empresas de construção, pouco importa de quem seja a culpa. Basta que o queixoso vá ao tribunal babando.

— E o senhor escreveu aquele livro, certo?

— Recebo alguns direitos autorais pelo livro. Não muita coisa. O livro teve uma boa venda, mas não foi um sucesso.

Berger apanhou um exemplar de *Cenas de crime* e folheou-o.

— Cenas de crimes famosos. Olhe só para isso. — Riu. — Há aqui... quantas, quarenta, cinqüenta cenas?

— Cinqüenta e uma.

Rhyme tinha revisitado — em pensamento e imaginação, uma vez que havia escrito o livro após o acidente — tantas velhas cenas de crimes em Nova York quantas pôde relembrar. Alguns crimes solucionados, outros, não. Escreveu sobre a Velha Cervejaria, a famosa casa de cômodos em Five Points onde haviam sido praticados 13 assassinatos sem relação entre si em uma única noite de 1839. Sobre Charles Aubridge Deacon, que assassinou a mãe no dia 13 de julho de 1863, durante os tumultos causados pela convocação para o serviço militar no tempo da Guerra Civil. Ele alegou que ex-escravos a haviam matado, acirrando a ira pública contra os negros. Sobre o assassinato do triângulo amoroso do arquiteto Stanford White em um crime no alto do Madison Square Garden original e sobre o desaparecimento do Juiz Crater. Sobre George Metesky, o bombardeador louco da década de 1950, e Murph, o Surf, que roubou o diamante Estrela da Índia.

— Suprimentos de construção civil do século XIX, correntes subterrâneas, escolas para mordomos — leu Berger, folheando o livro —, saunas gay, prostíbulos de Chinatown, igrejas ortodoxas russas... Como descobriu tudo isso sobre a cidade?

Rhyme encolheu os ombros. Em seus anos como diretor da DIRC estudou tanto a cidade quanto os métodos científicos de investigação, incluindo sua história, política, geologia, sociologia, infra-estrutura. E explicou:

— A criminalística não existe em um vácuo. Quanto mais sabemos sobre o ambiente, melhor podemos aplicar...

No exato momento em que sentiu o entusiasmo insinuando-se na voz, parou bruscamente.

Ficou furioso consigo mesmo por ter sido enganado com tanta facilidade.

– Boa tentativa, Dr. Berger – disse secamente.

– Ah, pare com isso. Pode me chamar de Bill. Por favor.

Rhyme não cairia naquilo outra vez.

– Ouvi tudo isso antes. Pegue uma grande folha de papel, limpa e em branco, e escreva todas as razões por que deve se suicidar. Em seguida, pegue outra folha de papel grande, limpa, em branco, e escreva todas as razões por que não deve fazer isso. Palavras como *produtivo, útil, interessante* vêm à mente. Palavras impressionantes. Que fazem efeito. Mas elas não significam merda nenhuma para mim. Além do mais, eu não poderia pegar a porra de um lápis nem para salvar minha alma.

– Lincoln – disse bondosamente Berger –, preciso ter certeza de que é um candidato apropriado ao programa.

– "Candidato"? "Programa"? Ah, a tirania dos eufemismos – comentou Rhyme, amargo. – Doutor, eu tomei uma decisão. Gostaria de fazer isso hoje. Agora, para dizer a verdade.

– Por que hoje?

Os olhos de Rhyme voltaram ao frasco de comprimidos e ao saco. E respondeu baixinho, em voz chorosa:

– Por que não? Que dia é hoje? 23 de agosto? Este dia é tão bom quanto qualquer outro.

O médico bateu com os dedos nos lábios finos.

– Vou *ter* de passar algum tempo conversando com você, Lincoln. Se ficar realmente convencido de que você quer ir em frente...

– Eu quero – disse Rhyme, notando, como freqüentemente acontecia, quanto as palavras soam fracas sem gestos corporais para acompanhá-las. Ele queria desesperadamente pôr a mão no braço de Berger ou erguer as palmas das mãos em uma expressão de súplica.

Sem perguntar se incomodava, Berger tirou do bolso um maço de Marlboro e acendeu um cigarro. Puxou também um cinzeiro dobrável e abriu-o. Cruzou as pernas magras. Parecia um rapaz tímido em uma reunião de universitários.

– Lincoln, você entende o problema que temos aqui, não?

Claro que entendia. Era a razão por que Berger estava ali e por que um de seus médicos tinha se recusado a "praticar o ato". Apressar uma morte inevitável era uma coisa: quase um terço dos médicos que tratam pacientes terminais receita ou administra doses fatais de medicamentos. A maioria dos promotores públicos faz vista grossa, a menos que o médico bote a coisa a perder – como aconteceu com Kevorkian.*

Mas um tetraplégico? Um paraplégico? Um aleijado? Ah, isso era diferente. Lincoln Rhyme tinha 40 anos de idade. Havia se libertado do ventilador. Excluindo algum gene traiçoeiro em sua constituição, não havia razão médica para ele não chegar aos 80.

Berger voltou a falar:

– Deixe que eu seja curto e grosso, Lincoln. Tenho também de me certificar de que tudo isto não é uma armação.

– Armação?

– Promotores públicos. Eu me meti em encrenca antes.

Rhyme soltou uma risada.

– O procurador-geral de Nova York é um homem muito ocupado. Ele não vai instalar um grampo para flagrar um defensor da eutanásia.

Rhyme olhou distraído para o relatório que descrevia a cena do crime.

...a uns 3 metros a sudoeste da vítima, encontrada enrodilhada sobre um pequeno monte de areia branca: uma bola de fibra, de aproximadamente 6 centímetros de diâmetro, de cor branca esmaecida. Uma amostra da fibra foi submetida a uma unidade de raios X dispersora de energia e descobriu-se que consistia em $A_2 B_5(S, A)_8 O_{22} (OH_2)$. Nenhuma origem foi indicada e as fibras não puderam ser individuadas. Amostra enviada à sede do FBI PERT para análise.

---

*Jack Kevorkian: Ex-médico norte-americano, dedicou-se nos anos 1980 a defender o suicídio assistido de pacientes em estado terminal. Conhecido como "Doutor Morte", Kevorkian diz ter ajudado cerca de 130 pessoas a pôr fim às suas vidas, muitas delas usando o que chamou de "máquina de clemência", que injetava drogas letais na corrente sanguínea. Em 1991, ele perdeu sua licença para praticar a medicina. Em 1999, foi condenado a 25 anos de prisão, mas conseguiu liberdade condicional em 2007, em razão de seu frágil estado de saúde. (*N. do E.*)

– Eu simplesmente tenho de ser cuidadoso – continuou Berger. – Esta, atualmente, é minha vida profissional. Desisti inteiramente da ortopedia. De qualquer modo, é mais que um trabalho. Resolvi dedicar minha vida a ajudar outras pessoas a acabar com a vida delas.

Ao lado dessa fibra, a aproximadamente 7,5 centímetros de distância, foram encontrados dois pedaços de papel, um de papel de jornal comum, no qual estavam impressas as palavras "15 horas", em fonte Times New Roman, em tinta compatível com a usada em jornais comerciais. O outro pedaço parecia ser o canto de uma página tirada de um livro, com o número da página, "238", impresso. A fonte usada era Garamond, e o papel, calandrado. O ALS e a análise subseqüente de ninhidrina não revelaram cristas latentes de marcas de impressão digital em qualquer um deles... A individuação não foi possível.

Várias coisas incomodavam Rhyme. A fibra, por exemplo. Como Peretti não entendera o que ela significava? Uma coisa tão óbvia. E por que estavam essas provas – os pedaços de jornal e a fibra – todas juntas? Havia algo errado ali.

– Lincoln?

– Desculpe.

– Eu estava dizendo... Você não é uma vítima de queimaduras que sofre dores insuportáveis. Nem uma pessoa que não tem onde morar. Você tem dinheiro, tem talento. Seu trabalho de consultoria para a polícia... isso ajuda muita gente. Se você quiser, sim, poderá ter uma vida *produtiva* pela frente. Uma longa vida.

– Longa, sim. Aí está o problema. Uma vida longa. – Estava cansado de seu bom comportamento. E disse secamente: – Mas não *quero* uma vida longa. É simples assim.

Berger respondeu, devagar:

– Se houver a menor possibilidade de que você possa lamentar sua decisão... bem, *eu* seria o homem que teria de viver com isso. Não você.

– Quem poderia ter certeza sobre uma coisa como essa?

Os olhos de Rhyme voltaram ao relatório:

Um parafuso de ferro foi encontrado sobre os pedaços de papel. Era um parafuso comum, tendo gravadas em cima as letras "CE". cinco centímetros de comprimento, giro para a direita, 38/40 centímetros de diâmetro.

– Vou ter uma agenda muito cheia nos próximos dias – disse Berger, consultando o relógio. Um Rolex. A morte sempre foi lucrativa. – Vamos conversar agora por uma hora, mais ou menos. Fale um pouco e tire um dia para esfriar a cabeça. Voltarei depois.

Alguma coisa incomodava Rhyme. Uma coceira enfurecedora – a maldição de todos os tetraplégicos –, embora, neste caso, fosse uma coceira intelectual. Do tipo que o atormentou a vida inteira.

– Escute, será que poderia me fazer um favor? Esse relatório aí. O senhor poderia virar as páginas para mim? Veja se pode achar a fotografia de um parafuso.

Berger hesitou por um momento.

– Uma foto?

– Uma polaróide. Deve estar colada a alguma página, lá para o fim. Virar as páginas uma por uma demora muito.

Berger tirou o relatório do dispositivo e virou as páginas para Rhyme.

– Aí. Pare.

Enquanto olhava para a foto, Rhyme foi tomado por uma pontada de pressa. Oh, não aqui, não agora. *Por favor, não.*

– Sinto muito, o senhor poderia virar as páginas para o ponto em que eu estava?

Berger fez o que ele pediu.

Rhyme nada disse e continuou a ler o relatório com atenção.

Os pedaços de papel...

*15 horas... página 238.*

O coração de Rhyme batia forte, e a testa cobriu-se de suor. Ouviu um zumbido frenético nos ouvidos.

Que manchete para os tablóides, HOMEM MORRE EM CONVERSA COM O DR. MORTE...

Berger pestanejou.

– Lincoln, está sentindo alguma coisa?

Os olhos argutos do médico examinaram-no com cuidado. Da maneira mais casual que pôde, Rhyme respondeu:

– Sabe, doutor, sinto muito. Mas há uma coisa que tenho de fazer.

Berger inclinou a cabeça, sem saber bem o que dizer:

– Seus assuntos, afinal de contas, não estão resolvidos?

Sorridente. Despreocupado.

– Posso lhe pedir que volte aqui dentro de algumas horas?

Cuidado. Se ele desconfiar de que você *quer* fazer algo, irá classificá-lo como não-suicida, pegará os frascos e o saco plástico e voará de volta para o lugar de onde veio.

Abrindo uma agenda, Berger respondeu:

– Hoje não posso. Neste caso, amanhã... Não. Sinto muito, a data mais próxima é segunda-feira. Depois de amanhã.

Rhyme hesitou por um momento. Deus... O desejo de sua alma estava finalmente a seu alcance, aquilo com que tinha sonhado todos os dias no último ano. Sim ou não?

Decida.

Finalmente, Rhyme ouviu sua própria voz respondendo:

– Tudo bem. Segunda-feira. – E exibiu um sorriso impotente nos lábios.

– Qual é exatamente o problema?

– Um homem com quem trabalhei. Ele pediu alguns conselhos e não prestei a devida atenção. Vou ter de telefonar para ele.

Não, não era disreflexia, absolutamente... nem um ataque de ansiedade.

Lincoln Rhyme sentia algo que não sentira durante anos. E estava com pressa.

– Eu poderia lhe pedir que mandasse Thom subir? Acho que ele está lá embaixo, na cozinha.

54

– Sim, claro, será um prazer.

Rhyme notou algo estranho nos olhos de Berger. O que era? Cautela? Talvez. Mas parecia quase um desapontamento. Nesse momento, porém, não havia tempo para pensar no assunto. Quando os passos do médico sumiram escada abaixo, Rhyme berrou numa forte voz de barítono:

– Thom? Thom!

– O quê? – ouviu o jovem responder.

– Ligue para Lon. Diga a ele para vir aqui. Agora!

Olhou para o relógio. Passava do meio-dia. Eles tinham menos de três horas.

## 4

— A cena do crime foi montada – disse Lincoln Rhyme.

Lon Sellitto havia tirado o paletó, revelando uma camisa horrivelmente amassada. Inclinou-se para trás, os braços cruzados, apoiando-se em uma mesa abarrotada de papéis e livros.

Jerry Banks também tinha voltado, e seus olhos azul-claros estavam pregados nos de Rhyme. A cama e o painel de controle não o interessavam mais.

Sellitto franziu as sobrancelhas.

– Mas qual é a história que o elemento desconhecido está tentando nos vender?

Em cenas de crime, especialmente em casos de homicídio, os criminosos freqüentemente bagunçavam as provas para confundir os investigadores. Alguns eram inteligentes nesse trabalho; outros, não. Como o marido que espancou a esposa até a morte e tentou fazer com que a coisa parecesse latrocínio – embora ele pensasse apenas em roubar as jóias *dela*, deixando seus próprios braceletes de ouro e um anel de diamante sobre sua cômoda.

– Isso é o que torna o caso tão interessante – continuou Rhyme. – Não é sobre o que aconteceu, Lon. É sobre o que *vai* acontecer.

Sellitto, o cético, perguntou:

— O que o leva a pensar assim?

— Os pedaços de papel. Eles significam 15 horas, hoje.

— Hoje?

— Olhe! — Rhyme indicou o relatório com um gesto impaciente da cabeça.

— Nesse pedaço de papel está escrito "15 horas" — disse Banks, apontando. — Mas o outro é um número de página. Por que acha que significa hoje?

— *Não* é um número de página. — Rhyme ergueu uma das sobrancelhas. Eles continuavam sem compreender. — Lógica! A única razão para ele deixar pistas era querer nos dizer algo. Se é isso, então 238 tem que ser algo mais do que um simples número de página, porque não há pista de qual livro veio. Bem, se não é um número de página, o que é?

Silêncio.

Exasperado, Rhyme continuou, seco:

— É uma *data*! Vinte-e-três-oito. Vinte e três de agosto. Alguma coisa vai acontecer hoje, às 15 horas. E agora, a bola de fibra? É amianto.

— Amianto? — perguntou Sellitto.

— No relatório? A fórmula? É hornblenda. Dióxido de silício. Isso *é* amianto. Não entendo por que Peretti enviou-a para o FBI. Muito bem, temos amianto em um leito de ferrovia, onde não devia haver nenhum. E temos um parafuso de ferro com ferrugem na parte superior, mas nenhuma nas roscas. O que significa que esteve preso a algum lugar durante muito tempo e só recentemente foi tirado.

— Talvez tenha aparecido na areia — sugeriu Banks. — Quando ele cavava a cova.

— Não — respondeu Rhyme. — No centro da cidade, a camada rochosa fica próxima da superfície, o que significa que acontece o mesmo com os lençóis freáticos. Todo o solo da rua 34 até o Harlem contém umidade suficiente para oxidar ferro em questão de dias. A peça estaria inteiramente enferrujada, e não apenas a parte superior, se estivesse enterrada. Não, foi arrancada de algum lugar, levada para a cena do crime e deixada lá. E aquela areia... O que areia branca faz em um leito de estrada de ferro no centro de Manhattan? A composição do solo ali é greda, limo, granito, terra compacta e argila mole.

Banks fez menção de falar, mas foi interrompido bruscamente por Rhyme:

— E o que essas coisas faziam ali, todas juntas? Ele está nos dizendo alguma coisa, o nosso elemento desconhecido. Podem apostar que está. Banks, o que me diz da porta de acesso?

— O senhor tinha razão — respondeu o jovem. — Descobriram uma porta a uns 30 metros ao norte da cova. Arrombada e aberta pelo lado de dentro. O senhor também tinha razão sobre as impressões digitais. Nada. E nenhuma marca de pneus de carro ou qualquer vestígio de prova.

Uma bola de amianto suja, um parafuso, um pedaço de jornal...

— A cena? — perguntou Rhyme. — Intacta?

— Liberada.

Lincoln Rhyme, o paralítico com pulmões extraordinários, exalou um forte assovio, enojado.

— Quem cometeu *esse* erro?

— Não sei — respondeu Sellitto, sem jeito. — O comandante do turno, provavelmente.

Peretti, compreendeu Rhyme.

— Nesse caso, você está empacado com o que tem nas mãos.

Quaisquer pistas sobre quem era o seqüestrador e sobre o que ele pretendia fazer estavam ou no relatório ou desaparecidas para sempre, pisoteadas pelos policiais, espectadores e operários da estrada de ferro. O trabalho preliminar — busca nas vizinhanças da cena do crime, interrogatório de testemunhas, desenvolvimento de pistas, o trabalho tradicional do *detetive* — fora feito de forma displicente. Cenas de crimes deviam ser processadas "com a rapidez de um relâmpago", era o que Rhyme ordenava a seus subordinados na DIRC. Havia demitido muitos técnicos que não se moveram com rapidez suficiente para seu gosto.

— Peretti vistoriou pessoalmente a cena? — perguntou.

– Ele e um grupo inteiro.

– Um grupo inteiro? – perguntou ironicamente Rhyme. – O que é um *grupo inteiro*?

Sellitto olhou para Banks, que respondeu:

– Quatro técnicos da unidade de fotos, quatro de impressões digitais latentes. Oito encarregados de busca. O médico-legista do necrotério.

– *Oito* encarregados de busca na cena do crime?

No processamento de uma cena de crime ocorre o que é chamado de curva campanular. No caso de um único homicídio, dois policiais são considerados o grupo mais eficiente. Sozinho, um policial pode deixar passar certas coisas; com três ou mais, a tendência é deixar passar ainda mais. Lincoln Rhyme sempre tinha dado buscas sozinho. Deixava que os encarregados de levantar impressões digitais latentes fizessem o trabalho de coleta de amostras e que os de foto filmassem e fotografassem quanto quisessem. Mas sempre vasculhava sozinho o terreno.

Peretti. Ele mesmo admitira Peretti, filho de um político rico, em seu grupo, mais ou menos há sete anos, e o rapaz tinha se mostrado um detetive competente, aplicado. A unidade de Cena do Crime era considerada o supra-sumo, e havia sempre uma lista de espera de gente que queria fazer parte dela. Rhyme sentia um prazer perverso ao diminuir a fila de candidatos, oferecendo-lhes o álbum de família – uma coleção de fotos de crimes particularmente horripilantes. Alguns policiais ficavam lívidos, outros riam com deboche. Outros tantos devolviam o livro, as sobrancelhas erguidas, como se perguntassem: "E daí?" E havia aqueles que Lincoln Rhyme contrataria. Peretti fora um deles.

Sellitto fez uma pergunta. Rhyme notou que o detetive o fitava. Ele repetiu:

– Você vai trabalhar conosco neste caso, não vai, Lincoln?

– Trabalhar com vocês? – Rhyme soltou uma gargalhada. – Eu não posso, Lon. Estou simplesmente compartilhando umas idéias com vocês. Agora elas são suas. Ponha-as em prática. Thom, ligue para Berger.

Lamentava a decisão de ter adiado a conversa com o Dr. Morte. Talvez não fosse tarde demais. Não podia suportar a idéia de esperar mais um ou dois dias para sua *passagem*. E na segunda-feira... Não queria morrer numa segunda-feira. Parecia comum demais.

— Diga que vai, por favor.

— Thom!

— Tudo bem — respondeu o jovem ajudante, as mãos para o alto num gesto de rendição.

Rhyme olhou para o lugar na mesinha-de-cabeceira em que haviam estado a garrafa, os comprimidos e o saco plástico — tão perto, mas, como tudo mais em sua vida, inteiramente fora de seu alcance.

Sellitto deu um telefonema, inclinando a cabeça quando a chamada foi atendida. Identificou-se. O relógio na parede marcava 12h30.

— Sim, senhor. — A voz do detetive transformou-se num murmúrio respeitoso. O prefeito, arriscou Rhyme. — Sobre o seqüestro no Kennedy. Estive conversando com Lincoln Rhyme... Sim, senhor, ele tem algumas idéias sobre o caso.

O detetive foi até a janela, olhou fixamente, para o falcão, sem vê-lo, contudo, e tentou explicar o inexplicável ao homem que administrava a cidade mais misteriosa da Terra. Desligou e voltou-se para Rhyme.

— Ele e o chefe querem sua ajuda, Linc. Pediram isso, especificamente. O próprio Wilson.

Rhyme soltou uma risada.

— Lon, olhe para esta sala. Olhe para *mim*. Dou a impressão de que posso me encarregar de um caso?

— Não de um caso normal. Mas este não é um caso normal, ou é?

— Sinto muito. Simplesmente não tenho tempo para isso. Aquele médico... O tratamento. Thom, você ligou para ele?

— Ainda não. Vou ligar num minuto.

— Agora! Faça isso agora!

Thom olhou para Sellitto. Foi até a porta e saiu. Rhyme sabia que ele não ia ligar. Que vida de merda.

Banks tocou em um ponto cortado pela lâmina de barbear e disse impulsivamente:

– Apenas algumas idéias. Por favor. Esse elemento desconhecido, o senhor disse que...

Com um gesto, Sellitto mandou que se calasse. Continuou a olhar para Rhyme.

Seu escroto, pensou Rhyme. O velho silêncio. Como as pessoas odiavam o silêncio e como corriam para preenchê-lo com alguma coisa. Quantas testemunhas e quantos suspeitos haviam entregado os pontos sob um silêncio quente e tenso como aquele. Bem, ele e Sellitto *haviam sido* uma boa equipe. Rhyme conhecia provas; Lon Sellitto conhecia pessoas.

Os dois mosqueteiros. E, se havia um terceiro, era a pureza da ciência.

Os olhos do detetive voltaram ao relatório sobre a cena do crime.

– Lincoln. O que você acha que vai acontecer hoje, às 15 horas?

– Não tenho a menor idéia – respondeu Rhyme.

– Não?

Golpe baixo, Lon. Você me paga por isso.

Finalmente, disse:

– Ele vai matá-la... a mulher que estava no táxi. E de uma maneira particularmente horripilante. Isso eu lhe garanto. De um modo tão cruel quanto ser enterrado vivo.

– Jesus! – murmurou Thom à soleira da porta.

Por que eles simplesmente não podiam deixá-lo em paz? Ajudaria se lhes falasse sobre a terrível dor que sentia no pescoço e nos ombros? Ou sobre a dor fantasma – muito mais fraca e muito mais sobrenatural – que lhe percorria o corpo? Sobre a exaustão que sentia com a luta diária para... bem, fazer tudo? Sobre o mais esmagador cansaço de todos – o de ter que depender de outra pessoa?

Talvez pudesse lhes contar sobre o mosquito que havia entrado no quarto na noite passada e lhe picado a cabeça durante uma hora. Ficara tonto de cansaço, espantando-o com movimentos de cabeça, até que o inseto finalmente aterrissou em sua orelha, onde Rhyme deixou que o picasse, uma vez que este era um lugar que podia esfregar no travesseiro para aliviar a coceira.

Sellitto ergueu uma das sobrancelhas.

– Hoje. – Rhyme soltou um suspiro. – Um dia. É isso.

– Obrigado, Linc. Eu lhe devo mais uma. – Sellitto puxou uma cadeira para mais junto da cama e fez um sinal com a cabeça para que Banks fizesse o mesmo. – Agora, conte o que está pensando. Qual é o jogo desse sacana?

– Não tão rápido assim – advertiu-o Rhyme. – Eu não trabalho sozinho.

– É justo. Quem você quer na equipe?

– Um técnico da DIRC. O melhor no laboratório. Quero-o aqui, com o equipamento básico. E precisamos também de alguns rapazes para emprego tático. Serviços de emergência. E quero também alguns telefones – disse Rhyme, olhando para a garrafa de uísque na cômoda.

Lembrou-se do conhaque que Berger trouxera no kit. De maneira nenhuma tomaria um troço barato daqueles. O número de sua *Passagem Final* seria cortesia de um Lagavulin de 16 anos ou de um caro Macallan, envelhecido durante décadas. Ou de ambos.

Banks tirou do bolso o telefone celular.

– Que tipos de linha? Apenas...

– Linhas convencionais.

– Aqui?

– Claro que não – retrucou Rhyme, irritado.

– O que ele está dizendo é que quer pessoas que façam as ligações – explicou Sellitto. – Do Grande Edifício.

– Ah.

– Ligue para o centro – ordenou Sellitto. – Dê um jeito para que nos consigam três ou quatro despachantes.

– Lon – perguntou Rhyme –, quem está fazendo o trabalho de rotina sobre a morte esta manhã?

Banks abafou uma risada.

– Os Irmãos Hardy.

Bastou um olhar de Rhyme para o sorriso desaparecer do rosto de Banks.

– Detetives Bedding e Saul, senhor – acrescentou rapidamente o jovem.

Sellitto, porém, sorriu também.

– Os Irmãos Hardy. Todos os chamam assim. Você não os conhece, Linc. Eles são da Força-Tarefa de Homicídios, do centro.

– Eles se parecem muito, é isso – explicou Banks. – E, bem, são um bocado engraçados.

– Não quero comediantes.

– Não, eles são competentes – garantiu Sellitto. – Os melhores levantadores de pistas que temos. Lembra-se do caso daquele animal que seqüestrou uma menininha de 8 anos no Queens no ano passado? Bedding e Saul fizeram o levantamento. Entrevistaram toda a bandidagem... fizeram 2.200 interrogatórios. Foi graças a eles que a salvamos. Quando soubemos que a vítima desta manhã era o passageiro do JFK, o chefe Wilson incluiu-os pessoalmente na equipe.

– O que eles estão fazendo agora?

– Procurando testemunhas, principalmente. Seguindo os trilhos do trem. E farejando o que for possível sobre o motorista e o táxi.

Rhyme gritou para Thom, que estava no corredor:

– Ligou para Berger? Não, claro que não ligou. A palavra "insubordinação" lhe diz alguma coisa? Pelo menos seja útil. Traga para mais perto aquele relatório sobre a cena do crime e comece a virar as páginas. – Indicou com a cabeça o dispositivo. – Essa droga é uma lata velha.

– Hoje não estamos um bocado bem-humorados? – retrucou o ajudante.

– Ponha isso *mais alto*. Estou ficando ofuscado.

Leu o relatório durante um minuto. Em seguida, levantou os olhos.

Sellitto estava ao telefone, mas Rhyme o interrompeu:

– O que quer que aconteça hoje às 15 horas, se pudermos descobrir o lugar sobre o qual ele está falando, esta será a cena do crime. Vou precisar de alguém para trabalhar nisso.

– Ótimo – concordou Sellitto. – Vou ligar para Peretti. Jogar um osso para ele. Sei que ele está uma fera, porque o estamos ignorando.

– Eu pedi Peretti? – rosnou Rhyme.

– Mas ele é o menino de ouro da DIRC – lembrou Banks.

– Não quero nada com ele – murmurou Rhyme. – Quero outra pessoa.

Sellitto e Banks trocaram olhares. O detetive mais velho sorriu, coçando distraído a camisa amassada.

– Quem quer que você queira, Linc, já conseguiu. Lembre-se, você é rei por um dia.

ENCARANDO O OLHO ESCURO.

T.J. Colfax, morena das colinas do leste do Tennessee, formada pela Escola de Administração de Empresas da New York University, negociante habilíssima em moedas estrangeiras, emergiu de um sonho profundo. Os cabelos emaranhados estavam colados ao rosto, o suor escorria pela face, o pescoço e o peito.

Quando deu por si, olhava para o olho negro – um buraco em um cano enferrujado, de uns 15 centímetros de diâmetro, do qual uma pequena placa de aceno fora removida.

Sugou pelo nariz o ar bolorento... uma vez que a boca continuava lacrada com fita adesiva, com gosto de plástico, quente, azedo.

E John?, pensou. Onde estaria ele? Recusou-se a pensar no estalo alto que tinha ouvido no porão na noite anterior. Havia crescido no leste do Tennessee e sabia como era o som de um tiro.

Por favor, disse mentalmente, rezando por seu chefe. Que ele esteja bem.

Fique calma, ordenou furiosa a si mesma. Vai começar a chorar novamente, lembrando-se do que aconteceu. No porão, após o tiro, tinha perdido inteiramente o controle sobre si mesma, soluçando em pânico, e quase morreu sufocada.

Certo. Calma.

Olhe para o olho preto do cano. Finja que ele está piscando para você. O olho de seu anjo da guarda.

T.J. estava sentada no chão, cercada por centenas de canos, ductos e serpentes de conduítes e fios. Mais quente que o jantar de seu irmão, mais quente que o assento traseiro do Nova de Jule Whelan, há dez anos. Água pingava, estalactites pendiam das vigas antigas acima de sua cabeça. Uma meia dúzia de minúsculas lâmpadas amarelas eram a única iluminação. Acima de sua cabeça – logo acima – havia um letreiro. Não conseguiu lê-lo com clareza, embora lhe distinguisse a margem vermelha. Ao fim do que quer que pudesse ser a mensagem havia um enorme ponto de exclamação.

Lutou mais uma vez para se soltar, mas as algemas a mantiveram presa, machucando o osso. De sua garganta subiu um grito de desespero, um grito de animal. A grossa fita em sua boca e o ruído insistente de maquinaria abafaram o som. Ninguém poderia tê-la ouvido.

O olho negro continuou a fitá-la. Você vai me salvar, não vai?, pensou.

Subitamente, o silêncio foi quebrado por uma batida forte, um sino de ferro, muito longe. Como se fosse uma porta de navio fechando-se com um estrondo. O som vinha do buraco no cano. De seu olho amigo.

Encostou as algemas no cano e fez um esforço para se levantar. Mas não conseguiu mover-se mais do que alguns centímetros.

Ok, não se desespere. Relaxe. Tudo vai ficar bem.

E foi nesse momento que conseguiu ver o letreiro acima de sua cabeça. Ao tentar levantar-se, havia se esticado ligeiramente e movido a cabeça para um lado. A posição deu-lhe uma visão oblíqua das palavras.

Oh, não... Oh, Jesus do meu coração...

As lágrimas recomeçaram.

Lembrou-se da mãe, os cabelos puxados para trás do rosto redondo, usando seu vestido azul de ficar em casa, com estampa de espigas de milho, murmurando: "Vai dar tudo certo, querida. Não se preocupe."

Mas ela não acreditava nessas palavras.

Acreditava no que o letreiro dizia.

Perigo de vida! Vapor superaquecido sob alta pressão. Não retire a placa de acesso do cano. Telefone para a Consolidated Edison para obter acesso. Perigo de vida!

O olho negro fitou-a, o olho que se abria para o coração de um cano de vapor. E que olhava diretamente para a carne rosada de seu peito. De algum lugar nas profundezas do cano veio outro estalo de metal sobre metal, de operários batendo com martelos, apertando velhas juntas.

Enquanto chorava e chorava, Tammie Jean Colfax ouviu outro estalo. Em seguida, um gemido distante, muito baixo. E lhe pareceu, através das lágrimas, que o olho negro finalmente piscou.

## 5

— A situação é a seguinte – começou Lincoln Rhyme. – Temos uma vítima de seqüestro e um prazo fatal às 15 horas.

– Não houve pedido de pagamento de resgate – disse Sellitto, suplementando a sinopse feita por Rhyme. Em seguida, ao ouvir a campainha do celular, virou-se para atendê-lo.

– Jerry – ordenou Rhyme a Banks –, passe para eles os dados sobre a cena do crime esta manhã.

Na sala escura de Lincoln Rhyme havia mais gente do que em sua memória recente. Depois do acidente, amigos apareciam às vezes, sem avisar (a probabilidade de que ele estivesse em casa era alta, afinal), mas ele havia desencorajado essas visitas. E tinha deixado também de retornar os telefonemas, tornando-se cada vez mais recluso, mergulhando aos poucos em profunda solidão. Passou o tempo escrevendo seu livro e, quando lhe faltou inspiração para escrever outro, lendo. Quando a leitura se tornou maçante, houve filmes da locadora e TV a cabo e música. Em seguida, desistiu da TV e do aparelho de som e passava as horas olhando fixamente para reproduções de obras de arte, que o assistente colava com fita adesiva na parede em frente à cama. No fim, elas também haviam sido retiradas.

Solidão.

Isso era tudo o que queria, e como sentia falta dela nesse momento.

Andando de um lado para o outro, parecendo tenso, estava Jim Polling. Lon Sellitto era o encarregado do caso, mas um incidente como esse precisava de um comandante, e Polling se ofereceu para o trabalho. O caso era uma bomba-relógio e poderia acabar com carreiras num piscar de olhos, de modo que o comissário-chefe e o vice-comissário estavam felizes por Polling estar ali para segurar o rojão. Praticariam a fina arte do distanciamento e, quando a imprensa chegasse para as entrevistas, poderiam usar termos como *responsabilidade delegada*, *designado fulano*, e *de acordo com as informações de...* e olhariam rápido para Polling quando a conversa passasse ao campo das perguntas difíceis. Rhyme não podia compreender por que alguém se ofereceria para encarregar-se de um caso como aquele.

Polling era um tipo esquisito. O homenzinho havia aberto caminho à força pela Delegacia Norte do centro da cidade e se transformado em um dos mais bem-sucedidos e famosos detetives especializados em homicídios. Conhecido por seu temperamento difícil, ele tinha se metido em sérios problemas ao matar um suspeito desarmado. Mas conseguiu, surpreendentemente, recompor a carreira ao obter a condenação no caso Shepherd – o caso do assassino em série, aquele em que Rhyme foi ferido. Promovido a capitão após a prisão, noticiada com estardalhaço pela imprensa, Polling passou por uma das difíceis mudanças da meia-idade – trocar as calças jeans e os ternos da Sears por ternos da Brooks Brothers (nesse dia ele usava um casual Calvin Klein azul-marinho) – e iniciou uma obstinada ascensão para um luxuoso escritório em um andar alto da One Police Plaza.

Outro policial encostou-se numa mesa próxima. Cabelos cortados rentes, alto, magro, de pernas compridas, Bo Haumann era também capitão e chefe da unidade Operações Especiais, a equipe SWAT do DPNY.

Banks encerrou a sinopse no momento em que Sellitto desligava o celular.

– Os Irmãos Hardy.

– Mais alguma coisa sobre o táxi? – perguntou Polling.

– Nada. Eles ainda estão procurando.

– Algum indício de que ela estivesse trepando com quem não devia? – perguntou Polling. – Talvez um namorado psicopata?

– Nada, nenhum namorado. Ela saía uma vez ou outra com alguns caras. Ninguém que a andasse seguindo, ao que parece.

– E ainda nenhum telefonema pedindo resgate? – perguntou Rhyme.

– Nenhum.

A campainha tocou nesse momento. Thom saiu para atender.

Rhyme acompanhou com o olhar as vozes que se aproximavam.

Um momento depois, o assistente subiu a escada acompanhado de uma policial uniformizada. A distância ela parecia muito jovem, mas ao aproximar-se Rhyme notou que ela provavelmente tinha uns 30 anos. Era alta e tinha uma beleza selvagem , mal-humorada, típica das mulheres que habitam as páginas de revistas de moda.

Vemos os outros como nos vemos e, desde o acidente, Lincoln Rhyme raramente reparava no corpo das pessoas. Observou-lhe a altura, os quadris enxutos, os cabelos cor de fogo. Outra pessoa notaria esses atributos e diria: Que avião! No caso de Rhyme, esse pensamento não lhe ocorreu. O que, de fato, ficou registrado foi a expressão nos olhos da mulher.

Não a surpresa – obviamente, ninguém tinha dito a ela que ele era um inválido –, mas outra coisa. Uma expressão que ele jamais tinha visto. Era como se o estado dele a deixasse à vontade. O oposto de como a maioria das pessoas reagia. No momento em que entrou no quarto, ela pareceu relaxar.

– Policial Sachs? – perguntou Rhyme.

– Sim, senhor – respondeu ela, contendo-se no momento em que ia lhe estender a mão.

– Detetive Rhyme.

Sellitto apresentou-a a Polling e Haumann. Ela também tinha ouvido falar nos dois, se não por outra coisa, pelo menos pela reputação, e, nesse momento, seus olhos se tornaram mais uma vez cautelosos.

Relanceou os olhos em volta da sala, para a poeira, a escuridão. Deu uma olhada rápida em uma das reproduções de arte. O pôster estava parcialmente desenrolado, sob uma mesa. *Nighthawks*, de Edward

Hopper. Pessoas solitárias em um jantar à noite. Aquele quadro foi o último a habitar suas paredes.

Rhyme explicou em rápidas palavras o que significa o prazo fatal das 15 horas. Sachs inclinou a cabeça com calma, mas Rhyme percebeu um lampejo – de quê? medo? repugnância? – em seus olhos.

Jerry Banks, com um anel de formatura – mas não uma aliança – no dedo, sentiu-se imediatamente atraído pela beleza da moça e lhe endereçou um sorriso particular. O único olhar de resposta de Sachs, porém, deixou claro que dali não sairia namoro.

– Talvez seja uma cilada – sugeriu Polling. – Nós encontramos o lugar para onde ele está nos atraindo, entramos e uma bomba explode.

– Duvido – disse Sellitto, encolhendo os ombros. – Por que ele se daria esse trabalho? Se alguém quer matar um policial, tudo o que tem a fazer é procurar um e meter bala nele.

Silêncio constrangido por um momento, enquanto Polling olhava rapidamente de Sellitto para Rhyme. Todos ali se deram conta de que tinha sido no caso Shepherd que Rhyme sofreu o acidente.

A gafe, porém, nenhuma importância teve para Lincoln Rhyme. Ele continuou a falar:

– Concordo com Lon. Mas eu diria a quaisquer equipes de Busca e Vigilância e do HRT que se preparassem para uma emboscada. Parece que nosso rapaz está fazendo suas próprias regras.

Sachs olhou mais uma vez para o pôster com o quadro de Hopper. Rhyme seguiu-lhe o olhar. Talvez aquelas pessoas não fossem realmente solitárias, refletiu. Pensando bem, elas pareciam contentes.

– Temos dois tipos de prova material – prosseguiu. – A prova padrão. Aquilo que o elemento desconhecido não quis deixar na cena do crime: cabelo, fibras, impressões digitais, talvez sangue, pegadas de pés calçados. Se pudermos descobrir um número suficiente delas... e se tivermos sorte, isso nos levará à cena primária do crime.

– Ou ao esconderijo dele – sugeriu Sellitto. – Alguma coisa temporária.

– Uma casa segura? – disse Rhyme pensativo, inclinando a cabeça. – Aposto que você tem razão, Lon. Ele precisa de um lugar de onde possa operar. – Parou por um momento, antes de recomeçar.

– E há também a prova plantada no local. À parte os pedaços de papel... que nos dizem a hora e a data... temos o parafuso, a bola de amianto e a areia.

– Uma merda de caçada de lixeiro – rosnou Haumann e passou a mão pelos cabelos à escovinha.

Era sem tirar nem pôr o sargento-instrutor de que Rhyme se lembrava.

– Se é assim, posso dizer ao chefe que há possibilidade de chegarmos a tempo à vítima? – perguntou Polling.

– Acho que pode, sim.

O capitão deu um telefonema e se dirigiu a um canto da sala enquanto falava. Ao desligar, grunhiu:

– O prefeito. O chefe está com ele. Haverá uma entrevista coletiva dentro de uma hora e tenho que estar lá para ter certeza de que o pau deles está dentro das calças e com o fecho corrido. Alguma coisa mais que eu possa dizer aos garotões?

Sellitto olhou para Rhyme, que sacudiu a cabeça.

– Ainda não – disse o detetive.

Polling deu a Sellitto o número de seu celular e saiu literalmente correndo pela porta.

Pouco depois, um homem magro, começando a ficar careca, de uns 30 anos de idade, subiu vagarosamente a escada. Mel Cooper tinha a aparência esquisita de sempre, a de um vizinho chato que passa o dia assistindo a novelas. Era seguido por dois policiais mais jovens que traziam um baú e duas valises, que pareciam pesar 500 quilos cada um. Os policiais arriaram a pesada carga e foram embora.

– Mel.

– Detetive.

Mel aproximou-se de Rhyme e segurou-lhe a mão direita inútil. O único contato físico naquele dia com um dos visitantes, notou Rhyme. Ele e Cooper haviam trabalhado juntos durante anos. Com diplomas em química orgânica, matemática e física, Cooper era um especialista em identificação – impressões digitais, DNA e reconstrução de indícios, seguindo os métodos científicos de investigação criminal – e análise de provas materiais.

– Como vai o maior criminalista do mundo? – perguntou Cooper.

Rhyme respondeu com uma bem-humorada e muda expressão de pouco-caso. Esse título lhe fora dado pela imprensa anos antes, após a notícia surpreendente de que o FBI o havia escolhido – um policial municipal – como conselheiro para organizar o PERT, Physical Evidence Response Team (Equipe de Análise de Prova Material). Não satisfeitos com "cientista forense" e "especialista em assuntos criminais", os repórteres haviam-no batizado como "criminalista".

O termo estava realmente em uso há anos, inicialmente aplicado ao lendário Paul Leland Kirk, diretor da Escola de Criminologia de Berkeley, da Universidade da Califórnia. A escola, a primeira no país, fora fundada pelo ainda mais lendário chefe de polícia August Vollmer. O título tinha recentemente se tornado célebre e, quando técnicos criminais em todo o país conheciam louras em coquetéis, descreviam-se como criminalistas, e não como cientistas forenses.

– O pesadelo de todos nós – comentou Cooper. – Pegamos um táxi e descobrimos que há um psicopata ao volante. E o mundo inteiro de olho na cidade por causa daquela conferência. Eu andava me perguntando se eles não iriam suspender sua aposentadoria para cuidar deste caso.

– Como vai sua mãe? – perguntou Rhyme.

– Ainda se queixando de todas as dores e os incômodos possíveis. E ainda mais sadia do que eu.

Cooper morava com a mãe idosa no mesmo bangalô do Queens em que tinha nascido. Sua paixão era a dança de salão – e o tango, a sua especialidade. Sendo as fofocas entre policiais o que são, houve especulações na DIRC sobre suas preferências sexuais. Embora não sentisse interesse pela vida pessoal dos colegas, Rhyme ficara tão surpreso quanto todo mundo ao finalmente conhecer Greta, a namorada de Cooper, uma escandinava deslumbrante que lecionava matemática avançada em Columbia.

Cooper abriu o baú, forrado de veludo. Retirou as peças de três grandes microscópios e começou a montá-los.

– Ah, eletricidade caseira.

Olhou para as tomadas, parecendo desapontado. Empurrou para o alto do nariz os óculos de aro de metal.

– É porque isto aqui é uma casa, Mel.

– Pensava que você vivia em um laboratório. Eu não teria ficado surpreso.

Rhyme olhou para os aparelhos, em tons cinzentos e pretos, com muito sinal de uso, semelhantes aos que haviam sido seus companheiros constantes por 15 anos: um microscópio composto padrão, um microscópio de contraste de fase e um modelo operado a luz polarizada. Cooper abriu as valises, nas quais estava guardado o grande estoque de frascos, potes e instrumentos científicos do Sr. Gênio. Num átimo, palavras voltaram à mente de Rhyme, palavras que haviam feito parte de seu vocabulário diário. Tubos de ensaio de coleta de sangue, ácido acético, ortololidina, reagente luminol, pincel Magna, contraste púrpura de Ruhemann...

O homenzinho magrelo olhou em volta da sala.

– Parece igualzinho ao que era seu gabinete, Lincoln. Como é que você *encontra* alguma coisa nesta bagunça? Vou precisar de um pouco de espaço por aqui.

– Thom – Rhyme indicou com a cabeça a mesa menos atravancada.

Revistas, papéis e livros foram afastados para um lado, pondo à vista um tampo que Rhyme não via há um ano.

Sellitto olhou para o relatório sobre a cena do crime.

– Que nome vamos dar ao elemento desconhecido? Não temos ainda um número de caso.

Rhyme lançou um olhar a Banks.

– Escolha um número. Qualquer número.

– O número da página – sugeriu Banks. – Quero dizer, a data.

– Elemento desconhecido 238. Tão bom como qualquer outro.

Sellitto anotou o dado no relatório.

– Hum, queira desculpar? Detetive Rhyme?

Foi a patrulheira quem falou. Rhyme voltou-se para ela.

– Eu devia estar no Grande Edifício ao meio-dia.

Era a gíria policial para designar a One Police Plaza.

– Policial Sachs... – Ele se esquecera momentaneamente dela. – Você foi o primeiro policial na cena esta manhã? No homicídio nos trilhos da estrada de ferro?

– Exatamente. Fui eu que recebi o aviso. – Ao falar, ela se dirigiu a Thom.

– Eu estou *aqui*, policial – lembrou-lhe severamente Rhyme, mal controlando a irritação. – Bem aqui. – Enfurecia-se quando falavam com ele através de outras pessoas, através de pessoas *sadias*.

Ela girou rapidamente a cabeça e ele notou que a lição havia sido aprendida.

– Sim, senhor – respondeu ela, com um tom suave na voz, mas gelo nos olhos.

– Estou aposentado. Simplesmente me chame de Lincoln.

– Quer, por favor, me dizer logo o motivo?

– O que disse? – perguntou ele.

– A razão por que me mandou vir aqui. Sinto muito. Eu não estava raciocinando. Se quiser um pedido de desculpas por escrito, faço isso. Só que estou atrasada para minha nova missão e não pude telefonar para meu comandante.

– Desculpas? – perguntou Rhyme.

– É o seguinte: eu não tinha experiência em cenas de crime. O que fiz foi mais ou menos improvisar.

– Do que você está falando?

– De ter parado os trens e fechado a avenida 11. Foi culpa *minha* o senador não ter podido fazer seu discurso em Nova Jersey e alguns delegados das Nações Unidas não terem podido chegar a tempo do aeroporto de Newark para as sessões.

Rhyme riu.

– Você sabe quem eu sou?

– Ouvi falar no senhor, claro. Eu pensava que o senhor...

– Estivesse morto? – perguntou Rhyme.

– Não. Não foi o que quis dizer. – Embora fosse. Rapidamente, ela continuou a falar: – Todos nós estudamos em seu livro na Academia. Mas não ouvimos nada sobre o senhor. Pessoalmente, quero dizer... – Olhou para o alto da parede e disse formalmente: – Em meu julgamento, como primeiro policial a chegar à cena do crime, achei que seria melhor parar o trem e fechar a rua a fim de proteger o local. E foi isso o que fiz, senhor.

– Chame-me de Lincoln. E você é...

– Eu...?

– Seu primeiro nome?

– Amelia.

– Amelia. Em homenagem à aviadora?

– Não, senhor. Nome de família.

– Amelia, não quero um pedido de desculpas. Você fez o que era certo e Vince Peretti errou.

Sellitto ficou constrangido com essa inconveniência, mas Lincoln Rhyme não lhe deu bola. Ele era, afinal de contas, uma das poucas pessoas no mundo que poderiam ficar com a bunda numa cadeira quando o presidente dos Estados Unidos entrasse na sala.

– Peretti administrou a cena do crime como se o prefeito estivesse olhando por cima do ombro dele, e essa é a maneira número um de botar as coisas a perder. Ele chamou gente demais, errou completamente ao restabelecer o tráfego de trens e carros e nunca deveria ter liberado a cena tão cedo, como fez. Se tivéssemos mantido seguros os trilhos, quem sabe poderíamos ter encontrado um recibo de cartão de crédito com um nome. Ou uma grande e bela impressão digital de polegar.

– Pode ser que sim – disse delicadamente Sellitto. – Mas vamos simplesmente manter esse dado entre nós.

Dando ordens silenciosas, seus olhos giraram na direção de Sachs, Cooper e do jovem Jerry Banks.

Rhyme soltou uma risadinha debochada. Em seguida, voltou-se para Sachs, e a flagrou, como fizera com Banks naquela manhã, olhando fixamente para suas pernas e o corpo sob o cobertor cor de damasco. Dirigiu-se a ela:

– Pedi que viesse aqui para processar para nós a próxima cena do crime.

– O quê?! – Dessa vez ela lhe falou diretamente.

– Processar para nós – repetiu ele sucintamente. – A próxima cena do crime.

– Mas... – Ela riu. – Eu não sou da DIRC. Sou patrulheira. Nunca realizei trabalho de cena de crime.

– Este caso é incomum. Como o detetive Sellitto vai lhe dizer. É realmente *esquisito*. Certo, Lon? É verdade, se fosse uma cena clássica, eu não a chamaria. Mas vamos precisar de um par de olhos novos na cena de que estou falando.

Amelia olhou para Sellitto, que nada disse.

– Eu, simplesmente... Eu não seria competente nisso, tenho certeza.

– Muito bem – disse pacientemente Rhyme. – Quer saber a verdade?

Amelia inclinou a cabeça.

– Preciso de uma pessoa que teve peito para parar um trem, a fim de proteger a cena, e depois agüentar a pressão.

– Obrigada pela oportunidade, senhor. Lincoln. Mas...

– Lon – disse secamente Rhyme.

– Policial Sachs – grunhiu o detetive, dirigindo-se a Amelia –, ninguém aqui está lhe dando opção. Você foi designada para este caso, a fim de prestar serviços na cena do crime.

– Senhor, devo protestar. Estou me transferindo da radiopatrulha. Hoje. Consegui transferência por motivos médicos. Em vigor há uma hora.

– Motivos médicos? – perguntou Rhyme.

Amelia hesitou, olhando novamente para as pernas dele.

– Tenho artrite.

– Tem? – perguntou Rhyme.

– Artrite crônica.

– Sinto muito.

Rapidamente, ela continuou:

– Só recebi aquele rádio esta manhã porque havia alguém doente. Não planejei isso.

– Sim, entendo. Eu também tinha outros planos – retrucou Lincoln Rhyme. – Agora, vamos dar uma olhada nas provas.

## 6

— O parafuso.

Lembrando a regra clássica sobre cena de crime: examine primeiro a prova mais incomum.

Thom girou repetidamente nas mãos o saco de plástico, enquanto Rhyme examinava o pino de metal, uma metade enferrujada, a outra, não. Rombudo. Usado.

– Tem certeza sobre as impressões digitais? Tentou o reagente a partículas pequenas? Esse é o melhor, no caso de provas materiais expostas aos elementos.

– Tenho – garantiu Mel Cooper.

– Thom – ordenou Rhyme –, tire este cabelo de cima de meus olhos! Bote-o para trás com um pente. Eu lhe disse esta manhã para penteá-lo.

O ajudante suspirou e penteou para trás os fios emaranhados.

– Tome cuidado – murmurou ele, ameaçador, para o patrão.

Rhyme sacudiu a cabeça, dispensando-o e emaranhando ainda mais os cabelos. Sentada em um canto, Amelia Sachs tinha uma expressão de mau humor, as pernas sob a cadeira, na posição de um corredor. Dava a impressão de estar à espera do tiro de partida.

Rhyme voltou a examinar o parafuso.

No tempo em que estava na DIRC, começou a montar bancos de dados semelhantes ao catálogo federal de lascas de pintura de automóveis e aos arquivos sobre tipos de tabaco do BATF. Criou uma pasta de modelos de projéteis, fibras, tecidos, pneus, sapatos, ferramentas, óleo de motor, fluido de transmissão. Passou centenas de horas compilando listas, com índices e remissões recíprocas.

Mas, mesmo no tempo de trabalho obsessivo de Rhyme, a DIRC jamais chegou a catalogar peças de metal. Perguntou-se por que e ficou furioso consigo mesmo por não ter reservado tempo para fazer isso, e ainda mais com Vince Peretti por tampouco ter pensado no assunto.

— Teremos de telefonar para todos os fabricantes de parafusos e empreiteiros do nordeste do país. Não, do país *inteiro*. Perguntar se fabricam um modelo como este e a quem o venderam. Mande por fax uma descrição e uma foto do parafuso aos nossos despachantes, em Comunicações.

— Poderia haver um milhão deles — disse Banks. — Todas as Ace Hardware e Sears do país.

— Não acho — respondeu Rhyme. — O parafuso tem de ser uma pista viável. Ele não o deixaria se fosse inútil. Há uma fonte limitada desses parafusos. Posso apostar.

Sellitto deu um telefonema e levantou os olhos alguns minutos depois.

— Consegui os despachantes que você queria, Lincoln. Quatro. Onde podemos arranjar uma lista de fabricantes?

— Mande um patrulheiro até a rua 32 — respondeu Rhyme. — À Biblioteca Pública. Lá eles têm catálogos de empresas. Até conseguir um, ponha os despachantes para trabalhar nas Páginas Amarelas, seção Negócios.

Sellitto repetiu as instruções ao telefone.

Rhyme olhou para o relógio: 13h30.

— Agora, o amianto.

Por um momento, a palavra brilhou na mente de Rhyme. Sentiu uma pontada em lugares onde nenhuma pontada podia ser sentida. O que ele tanto sabia sobre amianto? Era alguma coisa que tinha lido ou ouvido — recentemente, ao que parecia, embora não confiasse mais em sua noção de tempo. Quando uma pessoa fica deitada no mesmo lugar um mês após outro, o tempo passa a correr lentamente, em um estado de quase morte. Poderia estar pensando em algo que tinha lido dois anos antes.

– O que sabemos sobre amianto? – perguntou baixinho.

Ninguém respondeu, mas isso pouco importava. Respondia a si mesmo. Aliás, de qualquer modo, preferia que fosse assim. O amianto era uma molécula complexa, um polímero de silicato. Não queima porque, como o vidro, já está oxidado.

Quando processava cenas de crimes de velhos assassinatos – trabalhando com antropólogos e dentistas especializados em assuntos criminais –, muitas vezes fazia isso em prédios isolados com amianto. Lembrou-se do gosto peculiar das máscaras que os operários eram obrigados a usar durante uma escavação. Na verdade, lembrou-se, foi durante a remoção de amianto em uma linha do metrô da cidade, realizada três anos e meio antes, que equipes encontraram, em uma sala de geradores, o corpo de um policial assassinado por Dan Shepherd. No momento em que se curvou lentamente para tirar uma fibra da roupa azul-clara do policial, ouviu o estalo e o gemido da viga de carvalho. A máscara o havia salvo de morrer por sufocamento na poeira e areia que caíram e o cercaram por todos os lados.

– Talvez ele a tenha levado para um local de remoção de amianto – sugeriu Sellitto.

– Poderia ser isso – concordou Rhyme.

Sellitto voltou-se para o jovem assistente:

– Ligue para a EPA e o Departamento de Defesa do Meio Ambiente, da prefeitura. Descubra se há lugares onde estão fazendo atualmente obras de remoção de amianto.

O detetive deu o telefonema.

– Bo – perguntou Rhyme –, você tem equipes que possamos usar?

– Prontas para entrar em ação – confirmou o comandante da UOE –, embora metade da força esteja a serviço desse troço das Nações Unidas. Foi emprestada ao Serviço Secreto e à segurança das Nações Unidas.

– Consegui informações da EPA.

Banks chamou Haumann com um gesto e os dois se dirigiram para um canto da sala. Tiraram do lugar várias pilhas de livros. No momento em que Haumann desenrolava alguns mapas táticos da

UOE cobrindo a cidade de Nova York, alguma coisa caiu com um estalo no chão.

Banks sobressaltou-se.

— Jesus!

De onde estava, Rhyme conseguiu ver o que havia caído. Haumann hesitou por um momento, curvou-se em seguida, pegou uma vértebra descorada de coluna vertebral e recolocou-a na mesa.

Rhyme sentiu o peso de vários pares de olhos focalizados nele, mas nada disse. Haumann curvou-se sobre o mapa, enquanto Banks, ao telefone, lhe passava informações sobre locais onde era feita remoção de amianto. O comandante marcou-os com um lápis de cera. Parecia haver um grande número desses locais, espalhados pelos cinco bairros da cidade. Era desanimador.

— Temos que limitar mais a busca. Vejamos, a areia – disse Rhyme a Cooper. – Examine-a no microscópio e diga o que acha.

Sellitto passou ao técnico o envelope que continha a prova. Cooper derramou o conteúdo em uma placa esmaltada de exame. O pó brilhante soltou uma pequena nuvem de poeira. Havia também uma pedra, tornada lisa por desgaste, que ficou no centro da placa.

Lincoln Rhyme sentiu um nó na garganta. Não com o que via – não sabia ainda para *o que* estava olhando –, mas com o impulso nervoso que partiu de seu cérebro e morreu a meio caminho do braço direito inútil, em uma ânsia para pegar um lápis e usá-lo. Era a primeira vez em um ano, mais ou menos, que sentia isso. O desejo encheu-lhe os olhos de lágrimas, e seu único consolo foi a lembrança do pequeno vidro de Seconal e o saco plástico que o Dr. Berger levava consigo – imagens que pairaram na sala como se fossem as de um anjo salvador.

Pigarreou.

— Examine-a.

— O quê?

— A pedra.

Sellitto fitou-o, curioso.

— A pedra não tem correspondência com as outras provas – disse Rhyme. – Não devia estar aí. Quero saber por que está. Examine-a.

**78**

Usando um fórceps com pontas de porcelana, Cooper pegou a pedra e examinou-a. Colocou óculos de trabalho e tocou a pedra com o feixe de uma PoliLight – um dispositivo do tamanho de uma bateria de carro, com uma vareta luminosa.

– Nada – disse.

– DMV?

A deposição de metal a vácuo é a melhor técnica para fazer com que apareçam impressões digitais invisíveis em superfícies não-porosas. Ela produz evaporação de ouro ou zinco em uma câmara de vácuo contendo o objeto a ser testado. O metal recobre a impressão digital latente, tornando visíveis os redemoinhos e picos da impressão digital.

Cooper, porém, não tinha trazido equipamento de DMV.

– O que você *tem* aí? – perguntou Rhyme, irritado.

– Preto Sudão, revelador físico estabilizado, iodo, preto de amido, DFO e violeta genciana, pincel Magna.

Trouxera também ninhidrina para tirar impressões digitais de superfícies porosas e Supercola para usar em superfícies lisas. Rhyme lembrou-se da notícia que varrera a comunidade de polícia especializada alguns anos antes. Um técnico que trabalhava no laboratório de criminalística do Exército dos Estados Unidos no Japão usou Supercola para consertar uma câmera quebrada e descobrira, espantado, que a fumaça do adesivo provocava o aparecimento, com mais nitidez, de impressões digitais latentes do que a maioria dos produtos químicos elaborados para esse fim.

Esse era o método que Cooper empregava no momento. Usando o fórceps, colocou a pedra em uma pequena caixa de vidro e acrescentou uma pitada da cola na placa quente que havia no interior da caixa. Minutos depois, tirou a pedra do recipiente.

– Conseguimos alguma coisa – disse.

Borrifou a pedra com pó UV de comprimento de onda longo e iluminou-a com um facho da vareta PoliLight. Uma impressão digital apareceu com grande clareza. Bem no alvo. Cooper fotografou-a com uma polaróide CU-5, uma câmera 1:1. Passou a foto a Rhyme.

– Mais perto. – Rhyme apertou os olhos enquanto a examinava.
– Isso mesmo! Ele rolou-a.

Impressões digitais roladas – passar um dedo sobre uma superfície – produziam uma imagem diferente das que eram deixadas quando alguém pegava em um objeto. Era uma diferença sutil – na largura das cristas de atrito em vários pontos no total da impressão –, mas que Rhyme reconheceu claramente.

– Olhe aí, o que é isso? perguntou baixinho. – Essa linha.

Viram uma marca fraca, em forma crescente, na impressão digital.

– Parece...

– Isso mesmo – concordou Rhyme. – A unha dela. Normalmente não obteríamos isso. Mas aposto que ele inclinou a pedra justamente para ter certeza de que seria vista. O gesto deixou uma impressão oleosa. Como uma crista de atrito.

– Por que ele faria isso? – perguntou Sachs.

Mais uma vez irritado porque ninguém ali parecia entender com a mesma rapidez que ele, Rhyme explicou secamente:

– Ele está nos dizendo duas coisas. A primeira: que a vítima é uma mulher. No caso de não termos feito a conexão entre ela e o corpo achado esta manhã.

– Por que ele faria isso? – perguntou Banks.

– Para aumentar a aposta – retrucou Rhyme. – Para nos fazer suar mais. Ele está nos dizendo que uma mulher corre perigo. Ele dá valor às vítimas exatamente como nós, embora aleguemos que não fazemos isso.

Rhyme olhou para as mãos de Sachs. E ficou surpreso ao descobrir que, para uma mulher tão bela, os dedos *dela* eram um horror. Quatro deles terminavam em grandes Band-Aids e vários outros pareciam roídos até a cutícula. A cutícula de um deles estava coberta de sangue escuro. Notou também a inflamação na pele embaixo das sobrancelhas, por tirá-las, supôs. E uma marca de arranhão ao lado da orelha. Hábitos autodestrutivos. Há milhões de maneiras de uma pessoa fazer mal a si mesma, além de tomar comprimidos e beber Armagnac.

– Quanto à outra coisa que ele está nos dizendo, já avisei vocês sobre ela – continuou Rhyme. – Ele conhece provas. Está dizendo: não percam tempo com técnicas comuns de levantamento de provas materiais. Não vou deixar nenhuma. Isso é o que *ele* pensa, claro. Mas vamos encontrar alguma coisa. Podem apostar que vamos. – Subitamente, fechou a cara. – O mapa. Precisamos do mapa. Thom!

– Que mapa? – perguntou espantado o assistente.

– Você *sabe* de que mapa estou falando.

Thom soltou um suspiro.

– Nem desconfio, Lincoln.

Olhando pela janela e falando em parte para si mesmo, Rhyme continuou, em tom pensativo:

– O viaduto sobre a linha da estrada de ferro, os túneis dos contrabandistas de bebida e as portas de acesso, o amianto... todos são coisas antigas. Ele gosta da Nova York *histórica*. Eu quero o mapa Randel.

– Qual e onde?

– Nas pastas com as pesquisas que fiz para meu livro. Onde mais?

Thom mexeu em pastas e tirou a fotocópia de um longo mapa horizontal de Manhattan.

– Este?

– *Esse mesmo!*

Era o mapa Randel, desenhado em 1811 para que os comissários da cidade pudessem planejar a grade de ruas de Manhattan. O mapa tinha sido impresso horizontalmente, com o Battery Park, sul, à esquerda, e o Harlem, norte, à direita. Mostrada dessa maneira, a ilha parecia o corpo de um cão no momento do salto, a cabeça estreita erguida para um ataque.

– Pregue-o aí no alto. Ótimo.

Enquanto o ajudante cumpria a ordem, Rhyme disse:

– Thom, vamos alistá-lo provisoriamente na polícia. Dê-lhe um distintivo ou alguma outra coisa, Lon.

– Lincoln... – murmurou o rapaz.

– Nós precisamos de você. Ora, vamos. Você não quis sempre ser um Sam Spade ou um Kojak?

Só quis ser Judy Garland – respondeu Thom.

– Jessica Fletcher, então! Você vai escrever o perfil. Vamos, pegue aquela Mont Blanc que você sempre mostra vaidosamente no bolso da camisa.

O jovem revirou os olhos, enquanto puxava uma caneta Parker e pegava um bloco empoeirado de papel amarelo em uma pilha sob uma das mesas.

– Não, tenho uma idéia melhor – anunciou Rhyme. – Pendure um desses pôsteres. Esses pôsteres de arte. Pregue-o virado e escreva no verso com um marcador. Em letras grandes, para que eu possa vê-las.

Thom escolheu o de nenúfares de Monet e pregou-o na parede.

– No alto – ordenou o crimininalista –, escreva "Elemento Desconhecido 238". Em seguida, quatro colunas: "Aparência", "Residência", "Veículo", "Diversos". Lindo. Agora, vamos começar. O que nós sabemos sobre ele?

– O veículo... – começou Sellitto. – Ele tem um Yellow Cab.

– Certo. E, sob "Diversos", escreva que ele está familiarizado com procedimentos relativos à cena do crime.

– O que – acrescentou Sellitto – pode significar que ele já esteve conosco.

– Como assim? – perguntou Thom.

– Ele pode ter ficha na polícia – explicou o detetive.

– Devemos acrescentar que ele está armado com um Colt 32 milímetros? – perguntou Banks.

– Sim – confirmou o chefe do rapaz.

– E ele conhece CAs... – adicionou Rhyme.

– O quê? – perguntou Thom.

– Cristas de atrito... impressões digitais. É isso o que elas são, como você sabe, as cristas em nossas mãos e nossos pés que nos dão tração. E anote aí que ele provavelmente está operando a partir de uma casa segura. Bom trabalho, Thom. Olhem para ele. É um policial nato.

Thom alegrou-se e afastou-se da parede, espanando a camisa, onde se havia grudado uma teia de aranha.

— Aí estamos, pessoal – disse Sellitto. – Nossa primeira olhada no Sr. 238.

Rhyme virou-se para Mel Cooper.

— Agora, a areia. O que você pode dizer sobre ela?

Cooper levantou os óculos de segurança para a testa pálida. Derramou uma amostra em uma placa e introduziu-a sob a objetiva do microscópio de luz polarizada. Ajustou os botões.

— Hum. Isso é curioso. Nada de biinterferência.

Microscópios de luz polarizada mostram biinterferências – a refração dupla de cristais, fibras e outros materiais. Areia de praia apresenta biinterferências espetaculares.

— De modo que isso não é areia – murmurou Rhyme. – É alguma coisa tirada do fundo... Pode individuar a coisa?

Individuação... O objetivo do criminalista. A maior parte da prova material pode ser *identificada*. Mas, mesmo que se saiba o que é, há centenas, ou milhares, de origens de onde ela poderia ter vindo. A prova *individuada* é aquela que só pode provir de uma única fonte ou de um número muito pequeno delas. Uma impressão digital, um perfil de DNA, uma lasca de pintura que se ajusta em um ponto descascado no carro do criminoso como se fosse uma peça de quebra-cabeça.

— Talvez – respondeu o técnico –, se eu puder descobrir *o que* é isso.

— Vidro triturado? – sugeriu Rhyme.

Vidro é basicamente areia fundida. O processo de fabricação de vidro, porém, altera a estrutura cristalina. Não há biinterferência em vidro comum. Cooper examinou atentamente a amostra.

— Não, não acho que seja vidro. Não sei o que é. Como eu gostaria de ter aqui um EDX.

Instrumento muito popular em laboratórios de polícia técnica, o EDX é um microscópio escaneador de elétrons, acoplado a uma unidade de raios X dispersora de energia. O aparelho mostra que elementos há em amostras vestigiais encontradas em cenas de crime.

— Consiga um para ele – ordenou Rhyme a Sellitto. Em seguida, olhou ao redor. – Precisamos de mais equipamentos. Quero também uma unidade de levantamento de impressões digitais mais preciso. E um GC-MS.

O cromatógrafo de gás decompõe substâncias e revela os elementos que as compõem e a fotoespectrometria usa luz para identificar cada um deles. Esses instrumentos permitem que criminalistas submetam a testes amostras desconhecidas de apenas um milionésimo de grama e as comparem com um banco de dados de cem mil substâncias conhecidas, catalogadas por identidade e marca de fábrica.

Por telefone, Sellitto passou a lista ao laboratório da Polícia Técnica.

– Mas não vamos poder esperar por esses instrumentos sofisticados, Mel. Você vai ter que fazer isso da maneira tradicional. Diga mais alguma coisa sobre essa areia de araque.

– Está misturada com um pouco de sujeira. Temos aqui argila mole, um pouco de quartzo, feldspato e mica. E fragmentos mínimos de folhas e plantas em decomposição. E pontinhos do que poderia ser bentonita.

– Bentonita. – Rhyme pareceu satisfeito. – Isso é uma cinza vulcânica que os construtores civis usam em pasta de perfuração, quando estão escavando fundações em áreas úmidas de cidade onde o leito rochoso é profundo. Evita desabamentos. De modo que estamos procurando uma área urbanizada que está junto ou perto de água, provavelmente ao sul da rua 32. Ao norte desse local, o leito rochoso fica muito mais perto da superfície e os construtores não precisam de pasta de perfuração.

Cooper moveu a placa.

– Se tivesse que dar um palpite, eu diria que isto é principalmente cálcio. Espere, há também alguma coisa fibrosa.

Cooper girou o botão. Rhyme teria pago qualquer preço para poder dar uma espiada através daquela ocular. Lembrou-se de todas as noites que passara com o rosto colado à esponja de borracha cinzenta, observando fibras, fragmentos de húmus, células sanguíneas ou aparas de metal entrando e saindo de foco.

– E há mais uma coisa. Um grânulo maior. Três camadas. Uma semelhante a tecido ceratótico e duas de cálcio. Cores ligeiramente diferentes. A outra é translúcida.

– Três camadas? – disse irritado Rhyme. – Droga, é uma concha! Ficou furioso consigo mesmo. Devia ter pensado nessa possibilidade.

– Certo, é isso mesmo – concordou Cooper, inclinando a cabeça. – Ostra, acho.

Os leitos de ostras em volta da cidade eram encontrados principalmente na costa de Long Island e Nova Jersey. Rhyme tivera esperança de que o elemento desconhecido limitasse a Manhattan a área geográfica de busca – onde havia sido encontrada a vítima daquela manhã. Murmurou:

– Se ele está abrindo toda a área do metrô, a busca vai dar em nada.

– Estou vendo agora outra coisa – disse Cooper. – Acho que é limo. Mas muito antigo. Granular.

– De concreto, talvez? – sugeriu Rhyme.

– Possivelmente. Sim. Mas, neste caso, não entendo o motivo das conchas – acrescentou Cooper, pensativo. – Em volta de Nova York, os leitos de ostras estão cheios de vegetação e lama. Está misturada com concreto e nela não há qualquer matéria vegetal.

– Bordas! – disse subitamente Rhyme. – Com que se parecem as bordas da concha, Mel?

O técnico voltou a espiar pela ocular.

– Fraturadas, não desgastadas. Isto foi pulverizado por pressão seca. Nenhum sinal de erosão por água.

Os olhos de Rhyme passearam pelo mapa Randel, escaneando-o à direita e à esquerda e concentrando-se nas ancas do cachorro.

– Entendi! – exclamou.

Em 1913, F.W. Woolworth construiu a estrutura de sessenta andares que ainda leva seu nome, revestida de terracota e adornada com gárgulas e esculturas góticas. Durante 16 anos, foi o prédio mais alto do mundo. Uma vez que o leito rochoso naquela parte de Manhattan se situava a mais de 30 metros abaixo da Broadway, os operários tiveram que abrir profundas colunas para fixar o prédio. Não muito depois do início das obras, os operários descobriram os restos mortais de Talbott Soames, industrial de Manhattan que tinha sido seqüestrado em 1906. O corpo foi encontrado enterrado em uma espessa camada do que parecia ser areia branca, mas que na realidade eram conchas pulverizadas de ostras, fato este que foi um carnaval para os tablói des, mencionando a obsessão do magnata por comida sofisticada As conchas eram tão comuns na ponta leste da baixa Manhattan que passaram a ser usadas para aterros. E foram elas que deram nome à Pearl Street.

– Ela está em algum lugar no centro da cidade – anunciou Rhyme. – Provavelmente, no East Side. E talvez perto da Pearl. E estará em um subterrâneo, possivelmente a uma profundidade de 1,5 a 4,5 metros. Talvez em um canteiro de obras, talvez em um porão. Em um velho prédio ou em um túnel.

– Faça uma checagem cruzada no diagrama da EPA, Jerry – orde-nou Sellitto a seu auxiliar. – Onde estão fazendo remoção de amianto?

– Ao longo da Pearl? Nada. – O jovem policial ergueu o mapa em que ele e Haumann estavam trabalhando. – Há uns trinta locais de limpeza: em Midtown, no Harlem e no Bronx. Mas nada no centro.

– Amianto... amianto... – disse mais uma vez Rhyme em voz baixa, pensativo. *O que* era tão conhecido sobre o amianto?

O relógio marcava nesse momento 14h05.

– Bo, temos que começar a agir. Mande seu pessoal para lá e inicie uma busca. Todos os prédios ao longo da Pearl Street. Na Water Street também.

– Homem – suspirou o policial –, são muitos prédios.

Mas saiu pela porta.

Rhyme voltou-se para Sellitto:

– Lon, é melhor você ir também. Isso vai ser como um fim de corrida decidido apenas por fotografia. Eles vão precisar de todas as pessoas que puderem arranjar para a busca. Amelia, quero que você também vá para lá.

Escute, estive pensando...

– Policial Sachs – cortou-a secamente Sellitto –, você recebeu suas ordens.

Um leve rubor cobriu o belo rosto da moça.

Rhyme dirigiu-se a Cooper·

– Mel, você veio até aqui de ônibus?

– Em um VRR – respondeu ele.

Os grandes ônibus empregados em cenas de crime eram enormes caminhões cobertos – cheios de instrumentos e suprimentos para coleta de provas, mais bem equipados do que laboratórios completos de muitas pequenas cidades. Quando chefiou a DIRC, porém, Rhyme encomendou veículos menores para uso em cenas de crime – basicamente, caminhonetes –, contendo o equipamento essencial para coleta e análise. Os Veículos de Resposta Rápida (VRR) tinham aparência bem comum, mas Rhyme conseguiu, na base da carteirada, mandar equipá-los com os motores turbinados dos carros de interceptação da polícia. Não raro, eles chegavam à cena do crime antes das radiopatrulhas. Muitas vezes, o primeiro policial a chegar à cena do crime era um veterano técnico de laboratório. Era o sonho de todo promotor público.

– Dê as chaves a Amelia.

Cooper entregou-as à moça, que olhou por um momento para Rhyme, virou-se e desceu correndo a escada. Até os passos dela pareciam furiosos.

– Muito bem, Lon. No que você está pensando?

Sellitto olhou para o corredor vazio e aproximou-se de Rhyme.

– Você quer realmente F.P. neste caso?

– F.P.?

– Sachs. F.P. é o apelido dela.

– Significa o quê?

– Não diga isso quando ela estiver presente. Ela explode. O pai dela foi patrulheiro de ronda a pé por quarenta anos. Por isso, chamam-na de Filha do Patrulheiro.

– Você acha que eu não devia tê-la escolhido?

– Não, acho que não devia. Por que você a quer?

– Porque ela subiu um aterro de 10 metros para não contaminar a cena. Porque fechou uma avenida movimentada e uma linha da Amtrak. Isso é iniciativa.

– Ora, vamos, Linc. Conheço uma dezena de policiais que fariam isso.

– Bem, ela é a pessoa que eu quero.

Rhyme lançou um olhar solene a Sellitto, lembrando-lhe sutilmente e sem discussão quais haviam sido os termos do acordo entre ambos.

– Tudo o que vou dizer é o seguinte: acabei de falar com Polling. Peretti está uma fera porque foi passado para trás – disse Sellitto. – E se... não, quero dizer, *quando*... os chefões descobrirem que alguém da radiopatrulha está dando busca na cena, vai ser um arranca-rabo daqueles.

– Provavelmente – disse Rhyme baixinho, os olhos no pôster do perfil do elemento desconhecido. – Mas eu tenho a impressão de que esse vai ser o menor de nossos problemas hoje.

E deixou a cabeça cansada cair no grosso travesseiro.

## 7

A caminhonete partiu em alta velocidade na direção dos escuros e fuliginosos cânions de Wall Street, no centro de Nova York.

Os dedos de Amelia Sachs dançavam no volante, enquanto ela tentava imaginar onde poderia ser o cativeiro de T.J. Colfax. Encontrá-la parecia um trabalho sem esperança. O distrito financeiro jamais pareceu tão enorme, tão cheio de becos, bueiros, vãos de portas e janelas escuras.

Tantos lugares para esconder um refém.

Mentalmente, reviu a mão projetando-se da cova no leito da estrada de ferro. E o anel de diamante no osso sangrento do dedo. Ela conhecia aquele tipo de jóia. Chamava-os de anéis de consolo – o tipo de jóia comprada por moças ricas e solitárias.

Continuou a acelerar na direção sul, esquivando-se de mensageiros em bicicletas e de táxis.

Mesmo nesta tarde clara, sob sol forte, aquela parte da cidade era fantasmagórica. Os prédios lançavam sombras e estavam cobertos pela fuligem escura como sangue coagulado.

| ELEMENTO DESCONHECIDO 238 | | | |
|---|---|---|---|
| Aparência | Residência | Veículo | Diversos |
| | • Prov. tem casa segura | • Táxi Yellow Cab | • Conhece procedimentos de cena do crime(CC)<br>• Possivelmente tem antec. criminais<br>• Conhece levantamento de impressões digitais<br>• Arma = Colt 32 milímetros |

Fez uma curva a 65 quilômetros por hora, derrapando no asfalto esponjoso, e pisou no acelerador para trazer a caminhonete de volta aos 85 quilômetros por hora.

Um motor excelente, pensou. E resolveu descobrir qual era o comportamento da caminhonete a 120.

Anos antes, enquanto o pai dormia – ele fazia a ronda das 3 às 7 horas –, a adolescente Amie Sachs pegava as chaves do Camaro do velho e dizia à mãe, Rose, que ia às compras. Ela queria alguma coisa do açougue? E antes que a mãe pudesse dizer "Não, é melhor você pegar o trem. Não, você não vai dirigir", ela desaparecia pela porta, ligava o motor e partia como uma bala na direção oeste.

Voltando para casa três horas depois, sem trazer carne, Amie subia em passos leves a escada e encontrava uma mãe nervosa e furiosa que – para divertimento da filha – lhe passava um sermão sobre os riscos de engravidar, e como isso lhe arruinaria as possibilidades de usar aquele belo rosto para ganhar um milhão de dólares como modelo profissional. Mas quando finalmente descobriu que a filha não andava trepando por aí, mas simplesmente dirigindo o carro a 160 quilômetros por hora nas estradas de Long Island, voltou a ficar nervosa e enfurecida e passou-lhe sermões sobre o perigo de amassar aquele belo rosto e arruinar suas possibilidades de ganhar um milhão de dólares como modelo profissional.

As coisas ficaram ainda piores quando tirou a carteira de motorista.

Sachs espremeu-se entre dois caminhões parados em fila dupla, alimentando a esperança de que nem o motorista nem o passageiro abrissem uma porta. Em um chiado que só seria captado por um medidor Doppler, passou por eles.

*Quando você está em movimento eles não podem pegá-la...*

Massageando o rosto redondo com os dedos curtos e rombudos, Lon Sellitto nenhuma atenção prestava naquele estilo Indy 500 de dirigir. Falava com o parceiro sobre o caso como se fosse um contador discutindo um balancete. Quanto a Banks, embora não estivesse mais lançando olhares esperançosos para os olhos e lábios de Sachs, conferia o velocímetro a cada dois minutos.

Derraparam em uma curva acentuada do outro lado da Ponte do Brooklyn. Amelia pensou novamente na prisioneira, imaginando as unhas longas e elegantes de T.J., enquanto batia com seus próprios dedos roídos no volante. Mais uma vez, ocorreu-lhe a imagem que se recusava a desaparecer: o galho branco de bétula que era uma mão, projetando-se da cova úmida. E o único osso, sanguinolento.

– Esse cara é meio louco – disse, de repente, para mudar a direção dos pensamentos.

– Quem? – perguntou Sellitto.

– Rhyme.

– Eu acho – disse Banks, entrando na conversa – que ele se parece com o irmão mais novo de Howard Hughes.

– Sim, bem, eu também fiquei surpreso – reconheceu Sellitto. – Ele não parecia nada bem. E ele era um cara bonitão. Mas, bem, vocês sabem, depois de tudo por que ele passou... Como que você, Sachs, pode estar na radiopatrulha dirigindo dessa maneira?

– Foi para onde me designaram. Ninguém me perguntou, simplesmente me deram *ordens*. – Exatamente como você, pensou ela. – Ele era realmente tão competente assim?

– Rhyme? Mais do que você pode imaginar. A maioria dos caras da polícia de Nova York lida com duzentos cadáveres por ano. Os melhores. Rhyme fazia o dobro disso. Mesmo quando dirigia a DIRC. Veja o caso de Peretti, ele é competente, mas sai a campo apenas uma vez a cada duas semanas, mais ou menos, e apenas em casos que despertam atenção da mídia. Você não está ouvindo isso de mim, policial Sachs.

– Não, senhor.

– Rhyme, porém, ia pessoalmente às cenas de crime. E quando não estava fazendo isso, andava por aí.

– Fazendo o quê?

– Simplesmente andava. Olhando para coisas. Andava quilômetros. Por toda a cidade. Comprando coisas, apanhando coisas, *colecionando* coisas.

– Que tipo de coisas?

– Tipos de provas. Areia, restos de comida, revistas, calotas de carro, sapatos, livros de medicina, drogas, plantas... Diga qualquer coisa e ele andava por aí procurando-as, catalogando-as. Sabe como é... Quando aparecia uma prova material, ele formava uma idéia melhor de onde o criminoso poderia ter estado ou o que estava fazendo. Ligávamos para ele e ele estava no Harlem, no Lower East Side ou em Hell's Kitchen.

– Vocação de família?

– Não. O pai dele era uma espécie de cientista em um laboratório de fama nacional ou algo assim.

– Foi o que ele estudou? Ciências?

– Sim. Estudou na Champaign-Urbana e conquistou alguns diplomas de prestígio. Química e História. Por que escolheu isso, não faço a menor idéia. Os pais dele já haviam falecido quando o conheci, o que vai fazer agora uns 15 anos. Não tem irmãos. Cresceu em Illinois. Esse é o motivo do nome dele, Lincoln.

Ela quis saber se ele era ou tinha sido casado, mas não perguntou. Ficou no "Ele era realmente tão competente assim?".

– Pode perguntar.

– Um merda?

Banks riu.

– Minha mãe tinha uma expressão para isso – respondeu Sellitto. – Ela dizia que alguém era "meio esquisito". Essas palavras descrevem Rhyme. Ele é esquisito. Certa ocasião, um técnico de laboratório imbecil borrifou luminol... um reagente para identificar amostras de sangue... em cima de uma impressão digital, em vez de ninhidrina, e inutilizou a impressão. Rhyme demitiu-o na hora. Em outra ocasião, um policial foi ao banheiro em uma cena de crime e puxou a descarga. Rhyme subiu nas tamancas como se fosse um foguete balístico e disse ao babaca que fosse até o porão e retirasse o que houvesse na peça de retenção da fossa. – Sellitto soltou uma risada. – O policial, um oficial, respondeu: "Eu não vou fazer isso. Sou um tenente." E Rhyme: "Que bom saber disso. Agora, você é um encanador." Eu podia contar casos como esses eternamente. Porra, você está indo a 130 por hora!

Passaram como um relâmpago pelo Grande Edifício e ela pensou, sentindo-se mal: era aí que eu devia estar neste exato momento.

Conhecendo novos colegas em Informações, assistindo à sessão de treinamento, saturando-me do ar-condicionado.

Manobrou habilmente em volta de um táxi que furava um sinal vermelho.

Jesus, que calor. Poeira quente, fedor quente, gasolina quente. As horas feias da cidade. O mau humor subia alto como a água cinzenta nos hidrantes do Harlem. Dois Natais antes, ela e o namorado haviam feito uma curta celebração das festas de fim de ano – das 23 horas à meia-noite, o único tempo comum de folga que suas escalas de serviço permitiam – numa noite de 4 graus centígrados. Ela e Nick, sentados em frente ao Rockefeller Center, perto do rinque de patinação, tomando café e conhaque. Os dois concordavam que preferiam uma semana de frio a um único dia quente de agosto.

Finalmente, descendo como uma bala a Pearl, ela descobriu o posto de comando de Haumann. Deixando no asfalto marcas de 2,5 metros de marca de freada, Sachs enfiou o VRR em uma vaga entre o carro dele e um carro-forte.

– Puxa, você dirige bem – comentou Sellitto, descendo.

Por alguma razão, Sachs ficou feliz ao notar as suadas impressões digitais de Jerry Banks bem visíveis no vidro da janela quando ela abriu a porta traseira.

Policiais do carro-forte e patrulheiros uniformizados lotavam o local, uns cinqüenta ou sessenta deles. E mais estavam a caminho. Parecia que toda a atenção da Police Plaza tinha se concentrado no centro de Nova York. Quando deu por si, Sachs pensava distraidamente que se alguém quisesse tentar um assassinato ou invadir a Gracie Mansion, residência oficial do prefeito, ou um consulado, este seria o momento mais conveniente.

Haumann aproximou-se rápido da caminhonete. Dirigiu-se a Sellitto:

– Estamos fazendo diligências de porta em porta, examinando todas as obras em construção na Pearl. Ninguém sabe de nada sobre trabalho com amianto e ninguém ouviu gritos de socorro.

Sachs fez menção de descer da caminhonete, mas foi detida por Haumann:

**93**

Não. Suas ordens sao para ficar aqui com o veículo da cena de crime.

Ela desceu, mesmo assim.

– Sim, senhor. Quem exatamente disse isso?

– O detetive Rhyme. Acabei de falar com ele. Você deve ligar para a Central quando chegar ao posto de controle.

Mal terminou de falar, Haumann começou a afastar-se. Sellitto e Banks apressaram os passos na direção do posto.

– Detetive Sellitto – gritou Sachs.

Ele se virou.

– Desculpe, detetive – disse a moça. – O negócio é o seguinte: quem é meu comandante de turno? A quem estou subordinada?

– Você está subordinada a Rhyme – retrucou ele secamente.

Amelia soltou uma risada.

– Mas não posso ficar *subordinada* a ele.

Sellitto fitou-a, sem entender.

– Quero dizer, não há questões de hierarquia, coisas assim? De jurisdição? Ele é um *civil*. Eu preciso de alguém, de um escudo, a quem possa ficar subordinada.

Conservando a calma, Sellitto respondeu:

– Escute aqui. *Todos* nós estamos subordinados a Lincoln Rhyme. Não me importa se ele é civil, se é o chefe ou se é a porra do Batman. Entendeu bem?

– Mas...

– Se quiser se queixar, faça isso por escrito, mas amanhã.

E deu-lhe as costas. Sachs fitou-o por um momento, voltou ao volante da caminhonete e ligou para a Central, informando que estava 10-84 na cena do crime. E que aguardava instruções.

E riu, aborrecida, quando a mulher respondeu:

– 10-4, radiopatrulha 5885. Fique de prontidão. O detetive Rhyme entrará em contato em breve, câmbio.

*Detetive* Rhyme.

– 10-4, câmbio – retrucou Sachs e olhou para os fundos da caminhonete, especulando sobre o que havia dentro daquelas valises pretas.

**ERAM 14H45.**

O telefone tocou na casa de Rhyme. Thom atendeu.

– É o despachante da Central.

– Complete a ligação.

O telefone ganhou vida:

– Detetive Rhyme, o senhor não se lembra de mim, mas trabalhei na DIRC quando o senhor era o chefe. Paisana. Fazia serviço de telefonista. Emma Rollins.

– Claro que me lembro. Como vão as crianças, Emma?

Rhyme lembrava-se de uma negra grandalhona e alegre que sustentava cinco filhos com dois empregos. Lembrava-se de seus dedos grossos cutucando os botões com tanta força que, certa vez, quebrou um dos telefones oficiais.

– Jeremy vai entrar na faculdade em poucas semanas e Dora continua dando uma de atriz, ou pensa que está. Os menores estão bem.

– Lon Sellitto recrutou-a, foi isso?

– Não, senhor. Ouvi dizer que o senhor estava trabalhando nesse caso e devolvi as crianças para o 911. Emma vai aceitar esse trabalho, eu disse a ela.

– O que você tem para nós?

– Estamos trabalhando com um catálogo de companhias que fabricam parafusos. E com um livro que contém uma lista de empresas que os vendem por atacado. Descobrimos pelas que estão gravadas no parafuso, as letras *CE*, que o parafuso foi fabricado especialmente para a Con Ed.

Diabo! Claro.

– São marcados dessa maneira porque têm comprimento diferente da maioria dos parafusos fabricados pela companhia... 38, 40 centímetros e com muito mais roscas do que a maioria dos outros parafusos. A fabricante é a Michigan Tool and Die, de Detroit. Os parafusos são usados em velhos canos e apenas em Nova York. Canos fabricados há sessenta, setenta anos. Pela maneira como as partes dos canos se engatam, eles têm que ter uma vedação muito boa. Se encaixam mais forte do que o noivo e a noiva na noite do casamento, foi o que me disse o homem da companhia. Estava querendo me deixar encabulada.

— Emma, eu amo você. Fique de sobreaviso, sim?

Pode apostar que fico.

— Thom! – berrou Rhyme. – Este telefone não vai funcionar. Eu mesmo preciso fazer as ligações. Aquela coisa de ativação de voz no computador. Posso usá-la?

Você nunca me mandou instalar isso.

— Não mandei?

Não.

— Estou precisando dela.

— Não a temos.

Faça *alguma coisa*. Eu quero poder dar os telefonemas.

— Acho que há um ECU manual em algum lugar por aqui.

Thom deu uma busca em uma caixa encostada na parede. Descobriu um pequeno painel eletrônico e ligou uma de suas extremidades ao telefone e a outra a um controle próximo do pescoço de Rhyme.

— Isso é complicado demais!

— Mas é o que temos. Se tivéssemos ligado o infravermelho acima de sua sobrancelha, como sugeri, você poderia ligar para o telesexo há pelo menos dois anos.

— Fios demais – disse Rhyme, enojado.

O pescoço entrou em espasmo súbito e jogou o controle fora de seu alcance.

— Merda!

Subitamente, essa tarefa insignificante e a missão pareceram-lhe impossíveis. Estava exausto, o pescoço doía, a cabeça doía. E doíam principalmente os olhos. Ardiam – o que para ele era *mais* doloroso – e sentiu uma grande necessidade de passar as costas dos dedos sobre as pálpebras fechadas. Um minúsculo gesto de alívio, algo que o restante do mundo fazia todos os dias.

Thom recolocou o controle no encaixe. Rhyme extraiu confiança sabe-se lá de onde e perguntou ao ajudante:

Como isso funciona?

Aí está a tela. Está vendo no controlador? Mova o controle até ficar sobre o número, espere um segundo e o número é programado.

Para o número seguinte, faça a mesma coisa. Quando tiver digitado todos os sete números, empurre o controle até aqui para discar.

— Não está funcionando – disse secamente Rhyme.

— É só praticar.

— Não temos tempo para isso!

— Venho atendendo ao telefone para você por um tempo longo demais – rosnou Thom.

— Tudo bem – disse Rhyme, baixando a voz, o que era sua maneira de pedir desculpas. — Eu pratico depois. Poderia, por favor, ligar para a Con Ed? Vou precisar falar com um supervisor.

A CORDA DOÍA, as algemas doíam, porém o que mais a assustava era o barulho.

Tammie Jean Colfax sentiu todo o suor que havia em seu corpo descer pelo rosto, peito e braços, enquanto lutava para serrar os elos das algemas, de um lado para o outro, no parafuso enferrujado. Embora os punhos estivessem dormentes, achou que estava conseguindo gastar um pouco a corrente.

Parou, exausta, e movimentou os braços de um lado para o outro a fim de evitar uma cãibra. Voltou à escuta. Aquilo era, pensou, o som de operários apertando parafusos e encaixando peças a golpes de martelo. Batidas finais dos martelos. Pensou que eles estavam acabando o trabalho nos canos e pensando em ir para casa.

Não se vão, gritou para si mesma. Não me deixem. Enquanto houvesse operários trabalhando ali, ela estaria segura.

Uma batida final e, em seguida, silêncio ensurdecedor.

Acabe com isso, menina. Vamos.

Mamãe...

T.J. chorou por vários minutos, pensando na família no Tennessee. As narinas entupiram, e, quando começou a sufocar, assoou-se violentamente e sentiu uma explosão de lágrimas e muco. Mas voltou a respirar. Ficou mais confiante. Resistir. Recomeçou a serrar.

– COMPREENDO A URGÊNCIA, detetive, mas não sei como posso ajudá-lo. Nós usamos parafusos em toda a cidade. Canalizações de petróleo, gasoduto...

– Tudo bem – disse Rhyme secamente, falando com a supervisora da Con Ed na sede da companhia, na rua 14. – Vocês isolam fios com amianto?

Hesitação.

– Nós removemos 90% desse material – respondeu a mulher em tom defensivo. – 95%.

As pessoas podiam ser muito irritantes!

– Compreendo. Preciso saber se é usado amianto no isolamento.

– Não – respondeu ela, inflexível. – Bem, nunca no caso de eletricidade. Usamos amianto apenas no caso de vapor, e isso representa a menor porcentagem de nossos serviços.

Vapor!

Era o menos conhecido e mais perigoso serviço de utilidade pública da cidade. A Con Ed aquecia água a 1.000 graus e em seguida enviava-a através de uma rede de 160 quilômetros de canos que passavam por baixo de Manhattan. O próprio vapor causticante era superaquecido – a cerca de 380 graus – e disparado como um foguete pela cidade a 120 quilômetros por hora.

Rhyme lembrou-se de um artigo de jornal.

– Vocês tiveram algum rompimento na linha recentemente?

– Tivemos, sim, senhor. Mas não houve vazamento de amianto. Esse local foi submetido a limpeza há anos.

– Mas *há* amianto em volta de alguns dos canos no sistema do centro da cidade?

A mulher hesitou.

– Bem...

– Onde foi o rompimento? – perguntou Rhyme depressa.

– Na Broadway. Em um quarteirão ao norte da Chambers.

– O *Times* não publicou um artigo sobre isso?

– Não sei. Talvez. Sim.

– O artigo mencionava amianto?

– Mencionava – reconheceu ela –, mas dizia simplesmente que, no passado, a contaminação por amianto havia sido um problema.

– O cano que se rompeu... por acaso cruza a Pearl Street, mais ao sul?

– Um momento, deixe-me ver. Sim, cruza. Na Hanover Street. No lado norte.

Ele viu a imagem de T.J. Colfax, a mulher de dedos finos e unhas longas que estava prestes a morrer.

– E o vapor será religado às 15 horas?

– Isso mesmo. A qualquer minuto, agora.

– Vocês não podem fazer isso! – berrou Rhyme. – Alguém mexeu na linha. Vocês não podem religar o vapor!

Cooper levantou os olhos do microscópio, preocupado.

A supervisora voltou a falar:

– Bem, não sei...

Rhyme gritou para Thom.

– Ligue para Lon. Diga-lhe que a moça está em um porão na esquina de Hanover e Pearl. No lado norte. – Falou-lhe sobre o vapor. – Mande para lá também o corpo de bombeiros. Com equipamento de proteção contra calor.

E voltou a gritar no telefone:

– Chame as equipes de manutenção! Agora! Elas não podem religar o vapor. *Não podem*!

Repetiu distraído as palavras, detestando sua imaginação estranha, a mostrar em cenas intermináveis a carne da mulher tornando-se rosada, em seguida vermelha e finalmente se rompendo sob as nuvens abrasadoras do vapor branco que escapava em golfadas.

NA CAMINHONETE, o rádio estalou. Faltavam três minutos para as 15 horas, pelo relógio de Sachs. Respondeu à chamada:

– Radiopatrulha 5885. Câmbio...

– Esqueça o linguajar oficial, Amelia – disse Rhyme. – Não temos tempo para isso.

– Eu...

– Nós achamos que sabemos onde ela está. No cruzamento de Hanover e Pearl.

Amelia olhou por cima dos ombros e viu dezenas de policiais da Unidade de Operações Especiais, UOE, correndo a toda velocidade para um velho prédio.

Você quer que eu...

– Eles vão procurá-la. Você tem que se preparar para trabalhar na cena do crime.

– Mas eu poderia ajudar...

– Não. Quero que volte à caminhonete. Há nela uma valise com a etiqueta "02". Leve-a com você. E em uma pequena caixa preta há uma PoliLight. Você viu uma delas em minha sala. Mel estava usando-a. Leve-a, também. Na valise marcada "03" você vai encontrar fones de ouvido e um microfone de lapela. Ligue-o a seu celular e siga para o prédio para onde foram os policiais. Canal 37. Estarei em uma linha convencional, mas você será transferida para mim.

Canal 37. A freqüência especial de operação que cobria toda a cidade. A freqüência de prioridade.

– O quê? – perguntou, mas o rádio silenciou.

No cinto, ela levava uma comprida lanterna de halógeno. Deixou, por isso, o volumoso equipamento de 12 volts na caçamba da caminhonete e pegou a PoliLight e a valise. Ela devia pesar uns 25 quilos. Exatamente de que as drogas de minhas juntas precisam. Ajustou a alça, rilhou os dentes para combater a dor e correu para o cruzamento.

Sellitto, arquejante, corria também para o prédio. Banks juntou-se a ele.

– Você ouviu? – perguntou Sellitto.

Sachs inclinou a cabeça.

– É esse lugar aí? – indagou.

Sellitto indicou o beco com um movimento da cabeça.

– Ele teve de trazê-la por aqui. A portaria do prédio tem uma estação de vigilância.

Os dois caminharam rapidamente pelo cânion escuro de lajes, horrivelmente quente, de onde saía um cheiro forte de urina e lixo. Por perto, latas de lixo amassadas.

– Ali – gritou Sellitto. – Aquelas portas.

Os policiais se separaram em leque, correndo. Três das quatro portas estavam fechadas por dentro.

100

A quarta havia sido forçada e agora estava fechada por uma corrente. A corrente e o cadeado eram novos.

– É essa aí!

Sellitto estendeu a mão para a porta, mas hesitou. Pensando provavelmente em impressões digitais. Em seguida, pegou a maçaneta e deu um puxão. A porta abriu-se em alguns centímetros, mas a corrente agüentou. Deu ordem a três guardas para irem para a frente do prédio e tentarem chegar ao porão pelo lado de dentro. Um dos guardas pegou uma pedra do chão do beco e começou a bater na maçaneta da porta. Meia dúzia de golpes, uma dúzia. Contorceu-se quando a mão bateu na porta, sangue escorrendo de um dedo ferido.

Um bombeiro chegou correndo com uma Halligan – uma combinação de picareta e pé-de-cabra. Enfiou a ponta da peça na corrente e quebrou o cadeado. Sellitto olhou para Sachs, como se esperasse algo. Ela retribuiu o olhar.

– Ora, entre! – berrou ele.

– O quê?

– Ele não lhe disse?

– Quem?

– Rhyme.

Droga, ela se esquecera de ligar o fone de ouvido ao celular. Mexeu nos dois e finalmente conseguiu fazer a ligação. Ouviu:

– Amelia, onde...

– Estou aqui.

– Está no prédio?

– Estou.

– Entre. A companhia desligou o vapor, mas não sei se a tempo. Leve um paramédico e um patrulheiro da UOE. Vá até a sala das caldeiras. Você provavelmente vai vê-la logo, a moça, Colfax. Dirija-se a ela, mas não diretamente, não em uma linha reta da porta até ela. Não quero que você estrague quaisquer pegadas que ele possa ter deixado. Entendeu?

– Entendi.

Amelia inclinou enfaticamente a cabeça, sem pensar que ele não podia vê-la. Chamando com um gesto um paramédico e um policial

*101*

da Unidade de Operações Especiais e dizendo que a seguissem, entrou no corredor escuro, sombras por toda parte, gemidos de máquinas, som de água gotejando.

— Amelia – disse Rhyme.

— Sim?

— Nós conversamos antes sobre a possibilidade de uma emboscada. Pelo que sei a respeito dele até agora, não creio que seja o caso. Ele não está aí, Amelia. Seria ilógico. Mas mantenha livre a mão com que atira.

*Ilógico.*

— Tudo bem.

— Agora, vá! Depressa!

## 8

Uma caverna escura. Quente, preta, úmida.

Os três desceram rapidamente o imundo corredor na direção da única porta visível. Uma tabuleta advertia: Sala de Caldeiras. Amelia estava atrás de um policial da UOE, equipado com colete à prova de bala e capacete. O paramédico fechava a retaguarda.

As articulações da mão direita e o ombro lhe doíam com o peso da valise. Passou-a para a mão esquerda, quase a deixou cair e ajustou novamente a alça. Avançaram.

Ao chegar à porta, o policial da SWAT empurrou-a para dentro e girou a submetralhadora em volta da sala fracamente iluminada. A lanterna presa ao cano da arma lançou um feixe de luz fraca sobre partículas de vapor que flutuavam por ali. Sachs sentiu cheiro de umidade, de mofo. E outro cheiro, repugnante.

*Click.*

— Amelia? – A explosão de estática na voz de Rhyme pegou-a de surpresa e a deixou apavorada. – Onde está você, Amelia?

Com a mão trêmula, ela baixou o volume.

— Dentro – arquejou.

102

– Ela está viva?

Sachs vacilou sobre os pés, olhando para aquilo. Apertou os olhos, insegura sobre o que estava realmente vendo. Em seguida, compreendeu.

– Oh, não.

Falou em um murmúrio, sentindo vontade de vomitar.

O cheiro enjoativo de carne cozida a envolveu. Mas isso não era o pior. Nem a visão da pele da mulher, vermelha brilhante, quase alaranjada, desfazendo-se em enormes escamas, o rosto inteiramente descascado. Não, o que lhe causou o maior pavor foi ver o ângulo em que estava o corpo de T.J. Colfax, a torção impossível dos membros e do torso, quando ela tentara fugir do borrifo do calor abrasador.

*Ele tinha esperança de que a vítima estivesse morta. Para o seu próprio bem...*

– Ela está viva? – repetiu Rhyme.

– Não – sussurrou Sachs. – Não vejo como... Não.

– A sala está segura?

Sachs lançou um olhar para o policial, que também ouvira a transmissão e inclinou a cabeça.

– Cena do crime segura.

– Quero que o policial da UOE saia daí e que, em seguida, você e o paramédico examinem a mulher.

Sachs engasgou-se mais uma vez com o cheiro e se obrigou a controlar esse reflexo. Ela e o paramédico percorreram um caminho oblíquo até o cano. Ele se inclinou para a frente, sem demonstrar emoção, e apalpou o pescoço da mulher. Sacudiu a cabeça.

– Amelia? – perguntou Rhyme.

Seu segundo cadáver no cumprimento do dever. Ambos no mesmo dia.

– MCCC – disse o paramédico.

Sachs inclinou a cabeça e, formalmente, disse ao microfone:

– Temos uma pessoa morta: morte confirmada na cena do crime.

– Morta por queimadura de vapor? – perguntou Rhyme.

– É o que parece.

– Amarrada à parede?

– A um cano. Algemada, mãos nas costas. Pés amarrados com corda de varal de roupa. Mordaça. Ele abriu o cano de vapor. Ela estava a apenas uns 60 centímetros do cano. Deus!

– Acompanhe o paramédico até a saída, pelo mesmo caminho por onde vieram. Até a porta. Cuidado com onde pisam.

Ela obedeceu às instruções, olhando para o cadáver. Como pele podia ficar tão vermelha? Como a casca de um caranguejo cozido.

– Muito bem, Amelia. Você vai processar a cena do crime. Abra a valise.

Sachs nada respondeu. Continuou a olhar para o corpo.

– Amelia, você está à porta?... Amelia?

– *O quê?* – gritou ela.

– Você está à porta?

A voz dele estava tão horrivelmente calma! Tão diferente da voz escarninha, exigente, do homem de que se lembrava naquela sala. Calma... e alguma coisa mais. Ela não sabia o quê.

– Estou, estou à porta. Sabe, isto é loucura.

– Inteiramente insano – concordou Rhyme, quase alegre. – A valise está aberta?

Sachs levantou a tampa da valise e olhou para dentro. Alicates e fórceps, um espelho com cabo, bolas de algodão, colírio, pinças, pipetas, espátulas, bisturis...

O que *significa* tudo isso?

...um espanador, um pedaço de tecido grosseiro de algodão, envelopes, peneiras, pincéis, tesouras, sacos de papel e de plástico, latas de metal, garrafas... ácido nítrico a 5%, ninhidrina, silicone, iodo, suprimentos para levantamento de impressões digitais.

Impossível. Falando ao microfone, disse:

– Acho que o senhor não acreditou em mim, detetive. *Não* sei realmente coisa alguma sobre trabalho em cena de crime.

Os olhos continuavam presos ao corpo destruído da mulher, água gotejando do nariz despelado. Um pedaço branco de osso aparecia no rosto, que estava contraído em uma espécie de sorriso angustiado. Tal como a vítima daquela manhã.

– Eu acreditei em você, Amelia – disse ele, encerrando o assunto. – Agora, a valise está aberta? – Ele estava calmo e parecia... o quê? Sim, era *esse* o tom. Sedutor. Ele parece um amante falando.

Eu o odeio, pensou Amelia. É errado odiar um paralítico. Mas eu o odeio.

– Você está no porão, certo?

– Sim, senhor.

– Escute, você tem que me chamar de Lincoln. Vamos ficar muito íntimos até tudo isso acabar.

Daqui a mais ou menos 60 minutos.

– Você vai encontrar elásticos na valise, se não estou enganado.

– Estou vendo alguns.

– Coloque-os em volta dos sapatos. No lugar onde fica a parte mais larga do pé. Se houver alguma confusão sobre pegadas, você saberá quais são as suas.

– Tudo bem. Feito.

– Pegue alguns sacos e envelopes para guardar provas. Coloque dez deles no bolso. Você sabe usar pauzinhos para comer?

– O que disse?

– Você mora na cidade, não? Já foi à Mott Street? Para comer o frango do General Tsao? Macarrão frio com pasta de gergelim?

O vômito subiu à menção de comida. Recusou-se a olhar para a mulher pendurada à sua frente.

– Sei usar pauzinhos para comer – respondeu ela, fria.

– Olhe dentro da valise. Não sei se vai encontrá-los. Quando eu trabalhava em cenas de crime, faziam parte do equipamento.

– Não estou vendo nenhum.

– Bem, mas vai encontrar aí alguns lápis. Ponha-os no bolso. Agora você vai percorrer a grade. Cubra cada centímetro. Está pronta?

– Estou.

– Em primeiro lugar, diga o que está vendo.

– Uma grande sala. Talvez 6 por 9 metros. Cheia de canos enferrujados. Chão de concreto, rachado. Paredes de tijolos. Mofo.

– Alguma caixa? Alguma coisa no chão?

– Não, o chão está vazio. Exceto pelos canos, tanques de óleo, a caldeira. Há areia... de conchas pulverizadas, uma pilha que escorreu de uma rachadura na parede. E há também um pouco daquele troço cinzento.

– Troço? – protestou ele. – Eu não reconheço essa palavra. Que *troço* é esse?

Amelia foi tomada por um acesso de raiva. Acalmou-se e respondeu:

– Amianto, mas não em forma de chumaço, como esta manhã. Está em forma de folhas que se desfazem.

– Ótimo. Agora, a primeira varredura. Você está à procura de pegadas e de quaisquer pistas que ele tenha deixado para nós.

– Você acha que ele deixou mais pistas?

– Eu apostaria nisso – respondeu Rhyme. – Ponha os óculos de proteção e use a PoliLight. Mantenha-a baixa. Faça uma varredura da sala. Cada centímetro. Comece. Sabe como percorrer uma grade?

– Sei.

– Como?

Amelia ficou irritada.

– Não preciso ser testada.

– Ah, me divirta um pouco. Como?

– Para a frente e para trás em uma direção e, em seguida, para a frente e para trás na perpendicular.

– Cada passo de não mais de 30 centímetros de comprimento.

Ela não sabia desse detalhe.

– Eu sei – disse.

– Então, vá em frente.

A PoliLight acendeu-se com um brilho sobrenatural. Ela sabia que aquilo era chamado de FLA – fonte de luz alternativa – e que tornava fluorescentes impressões digitais, sêmen, sangue e algumas pegadas. A luz brilhante, de cor verde, fazia com que as sombras dançassem e saltassem e, mais de uma vez, ela sacou a arma contra uma forma escura que descobriu ser um mero fantasma da escuridão.

– Amelia?

O tom de voz de Rhyme era seco. Amelia sobressaltou-se mais uma vez.

– Sim? O quê?

– Está vendo alguma pegada?

Ela continuou a olhar fixamente para o chão.

– Eu... hã, não. Estou vendo listras no chão. Ou algo assim.

Encolheu-se por ter dito isso. Rhyme, porém, ao contrário de Peretti naquela manhã, não deu atenção. E continuou:

– Então é isso. Ele varreu o local depois.

Amelia ficou surpresa.

– Sim, é isso! Marcas de vassoura. Como soube?

Rhyme soltou uma risada – um som irritante para Sachs, ali naquela tumba malcheirosa.

Rhyme continuou:

– Ele foi inteligente o bastante para cobrir suas pegadas esta manhã. Não há razão para ficar parada agora. Ah, esse rapaz é competente. Mas você também é. Continue.

Sachs inclinou-se à frente, as articulações em fogo, e iniciou a busca. Cobriu cada centímetro quadrado do chão.

– Nada aqui. Nada, absolutamente.

Ele notou o tom definitivo na voz de Amelia.

– Você apenas começou, Amelia. Cenas de crime são tridimensionais. Lembre-se disso. O que você está dizendo é que nada há no chão. Agora, dê uma busca nas paredes. Comece com o local mais longe do vapor e cubra cada centímetro.

Lentamente, ela descreveu um círculo em volta da boneca horripilante no centro da sala. Lembrou-se de uma brincadeira de Mastro de Maio, de que participara ainda criança, quando tinha uns 5 ou 6 anos de idade, em alguma festa de rua no Brooklyn, enquanto o pai a filmava orgulhoso. Fazendo círculos lentos. Era uma sala vazia, mas, ainda assim, havia milhares de lugares para examinar.

Não tinha como... Impossível.

Mas não era. Em uma beirada, a cerca de 1,80 metro o chão, descobriu o conjunto seguinte de pistas. Soltou uma risada alta.

– Encontrei algumas coisas aqui.

– Juntas?

– Isso mesmo. Uma lasca grande de madeira preta.

– Pauzinhos para comer.

– O quê? – perguntou ela.

– Os lápis. Use-os para apanhar a prova. Está molhada?

– Tudo por aqui está molhado.

– Certo, tinha que estar. O vapor. Coloque-a em um saco de papel para guardar provas. O plástico conserva a umidade e, nesse calor, bactérias destruirão as provas vestigiais. O que mais há aí? – perguntou ele ansiosamente.

– Não sei bem, cabelos, acho. Curtos, aparados. Uma pequena pilha deles.

– Soltos ou presos à pele?

– Soltos.

– Há um rolo de fita gomada de 5 centímetros na valise. Pegue-os com a fita.

Sachs recolheu a maior parte dos cabelos e enfiou-os em um envelope de papel. Estudou a beirada em volta dos cabelos.

– Estou vendo algumas manchas. Parecem ser de ferrugem ou sangue. – Iluminou o local com a PoliLight. – Elas estão ficando fluorescentes.

– Você sabe fazer um teste de presunção de sangue?

– Não.

– Então vamos supor que seja sangue. Poderia ser sangue da vítima?

– Não parece. Está longe demais e não há nenhuma trilha até o corpo dela.

– A beirada vai até algum lugar?

– Parece que sim. Até um tijolo no muro. O tijolo está solto. Não há impressões digitais nele. Vou movê-lo para um lado. Eu... oh, Jesus!

Amelia arquejou, recuou tropeçando uns 30 ou 60 centímetros, e quase caiu.

– O que foi? – perguntou Rhyme.

Ela deu um passo para a frente e ficou olhando, incrédula.

– Amelia. Fale comigo.

– É um osso. Um osso ensangüentado.

– Humano?

– Não sei – respondeu ela. – Como eu poderia...? Não sei.

– Morte recente?

– Parece que sim. De mais ou menos 5 centímetros de comprimento por 5 de diâmetro. Nele há sangue e carne. Foi serrado, meu Deus. Quem faria uma porra dessas?

– Não perca a calma.

– E se ele o arrancou de outra vítima?

– Nesse caso, vamos ter que encontrá-lo o mais rápido possível, Amelia. Guarde-o. Saco plástico para o osso.

Enquanto ela o fazia, Rhyme perguntou:

– Mais alguma prova plantada aí? – Ele parecia preocupado.

– Não.

– Isso é tudo? Cabelos, um osso e uma lasca de madeira. Ele não está facilitando as coisas para nós, está?

– Devo levar as provas a seu... escritório?

Rhyme ria nesse momento.

– Ele gostaria que nos satisfizéssemos com isso. Mas não. Não acabamos ainda. Vamos descobrir mais alguma coisa sobre o Elemento Desconhecido 238.

– Mas não há mais nada aqui.

– Claro que há, Amelia. Há o endereço e o telefone dele, e sua descrição e esperanças e objetivos. Está tudo aí, à sua volta.

Embora furiosa com o tom professoral usado por ele, Amelia ficou calada.

– Você tem uma lanterna?

– Tenho minha lanterna de halógeno...

– Não – resmungou ele. – O feixe de luz é estreito demais. Você vai precisar de um feixe largo de 12 volts.

– Eu não a trouxe – retrucou ela secamente. – Devo voltar lá e pegá-la?

– Não há tempo para isso. Examine os canos.

Amelia examinou-os durante dez minutos, subindo até o teto e, com a luz forte, examinou locais que talvez não tivessem sido iluminados nos últimos cinqüenta anos.

– Não, não encontrei nada.

– Volte para a porta. Rápido.

Amelia hesitou e voltou à porta.

– Ok, estou aqui.

– Agora, feche os olhos. Que cheiro está sentindo?

– Que cheiro estou sentindo? Você disse cheiro? – Será que ele está louco; pensou.

– Sempre cheire o ar numa cena de crime. Isso pode lhe dizer uma centena de coisas.

Ela manteve os olhos abertos, inspirou e disse:

– Bem, eu não *sei* o que estou cheirando.

– Essa não é uma resposta aceitável.

Amelia exalou em desespero e teve esperança de que o som estivesse chegando alto e claro ao telefone de Rhyme. Apertou os lábios, inalou, lutou novamente contra a vontade de vomitar.

– Mofo, bolor. O cheiro da água quente do vapor.

– Você não sabe de onde vem o cheiro. Simplesmente descreva-o.

– Água quente. O perfume da mulher.

– Tem certeza de que é o perfume dela?

– Bem, não.

– Você está usando algum perfume?

– Não.

– Que tal loção pós-barba? Do paramédico? Do policial da UOE?

– Acho que não. Não.

– Descreva-o.

– Seco. Como gim.

– Dê um palpite, loção pós-barba de homem ou perfume de mulher?

O que Nick usava? Arrid Extra Dry.

– Não sei – confessou ela. – Perfume de homem.

– Vá até o corpo.

Ela olhou uma vez para o cano e, em seguida, para o chão.

– Eu...

– Faça isso – ordenou Lincoln Rhyme.

Ela fez. A pele que se soltava parecia casca de bétula preta e vermelha.

110

– Cheire o pescoço dela.

– O pescoço todo está... Quero dizer, não sobrou muita pele.

– Sinto muito, Amelia, mas você vai ter que fazer isso. Temos que saber se é o perfume dela.

Ela inalou. Engasgou e quase vomitou.

Vou botar tudo para fora, pensou Amelia. Exatamente como Nick e eu naquela noite no Pancho's, derrubados por aquelas drogas de frozen daiquiris. Dois policiais linha-dura, emborcando bebidas afrescalhadas, nas quais nadavam peixes-espada azuis de plástico.

– Está sentindo o cheiro do perfume?

Lá vem de novo... Engasgando-se novamente.

Não. Não! Fechou os olhos, concentrando-se nas juntas doloridas. Na pior delas – a do joelho. E, milagrosamente, a onda de náusea passou.

– Não é o perfume dela.

– Ótimo. De modo que nosso rapaz é vaidoso o suficiente para usar um bocado de loção pós-barba. Isso poderia ser um indicador de classe social. Ou, quem sabe, ele quer disfarçar algum outro cheiro que poderia deixar. Alho, charuto, peixe, uísque. Vamos ter que descobrir isso. Agora, Amelia, ouça com atenção.

– O quê?

– Eu quero que você seja ele.

Oh, psicomerda. Exatamente o que eu precisava.

– Acho que realmente não temos tempo para isso.

– Nunca há tempo suficiente em uma cena de crime – disse Rhyme em tom apaziguador. – Mas isso não vai nos deter. Simplesmente ponha isso na cabeça. Você esteve pensando da maneira como nós pensamos. Quero que pense da maneira como ele pensa.

– Tudo bem, mas como faço isso?

– Use a imaginação. Foi por isso que Deus nos deu imaginação. Agora, você é ele. Você a algemou e amordaçou. Trouxe-a para essa sala. Algemou-a ao cano. Apavorou-a. E está gostando disso.

– Como você sabe que ele estava gostando?

– *Você* está gostando. Não *ele*. Como eu sei? Porque ninguém se dá esse trabalho todo para fazer alguma coisa de que não gosta. Agora, você sabe se mexer por aí. Esteve aí antes.

*111*

– Por que pensa assim?

– Você precisava examinar o local antes... descobrir um lugar abandonado, com um cano ligado ao sistema de vapor. E para reunir as pistas que deixou no leito da estrada de ferro.

Sachs ficou hipnotizada pela voz fluida, baixa, que ele usava. Esqueceu-se inteiramente de que o corpo dele era uma ruína.

– Oh. Certo.

– Você retira a tampa do cano de vapor. Em que você está pensando?

– Não sei. Que quero acabar logo com isso. Quero ir embora daqui.

Mal dissera essas palavras, porém, pensou: errado. E não ficou surpresa quando ouviu a língua de Rhyme estalar nos fones de ouvido:

– Você quer, realmente?

– Não. Quero que isso dure.

– Isso mesmo! Acho que é exatamente isso o que você quer. Você está pensando no que é que o vapor vai fazer com ela. O que mais você sente?

– Eu...

Um pensamento vago formou-se em sua mente. Viu a mulher lutando para se soltar. Viu outra coisa... viu *alguém*. Ele, pensou. O Elemento Desconhecido 238. Mas o que havia com ele? Estava perto de compreender. O que... *o quê*? Subitamente, porém, o pensamento desapareceu. Sumiu.

– Não sei – murmurou.

– Você sente alguma pressa? Ou está tranqüila com o que está fazendo?

– Estou com pressa. Tenho que ir embora. A polícia pode chegar a qualquer minuto. Mas eu ainda...

– O quê?

– Psiu... – ordenou ela e escaneou novamente a sala, à procura do que quer que fosse que havia plantado em sua mente a semente do pensamento desaparecido.

A sala estava rodando, uma noite escura, estrelada. Redemoinhos de escuridão e luzes distantes, ictéricas. Senhor, por favor, não deixe que eu desmaie!

112

Talvez ele...

Ali! É isso. Os olhos de Amelia seguiam o cano de vapor. Notaram outra placa de acesso em uma alcova escura da sala. Aquele teria sido um local melhor para esconder a mulher – não se podia vê-la da porta, se alguém passasse por ali –, e a segunda placa só tinha quatro parafusos, e não oito, como que ele havia escolhido.

Por que não aquele cano?

Nesse momento, compreendeu.

– Ele não quer... *Eu* não quero ir embora exatamente agora, quero ficar de olho nela.

– Por que você pensa isso? – perguntou Rhyme, repetindo as palavras que ela lhe dissera pouco antes.

– Há outro cano ao qual eu podia tê-la acorrentado, mas escolhi este que está à vista de todos.

– De modo a poder vê-la?

– Acho que sim.

– Por quê?

– Talvez para ter certeza de que ela não vai fugir. Talvez para ter certeza de que a mordaça está segura... Não sei...

– Ótimo, Amelia. Mas o que isso *significa*? De que maneira podemos *usar* esse fato?

Sachs olhou em volta da sala à procura do lugar de onde ele teria a melhor visão da mulher, sem ser visto. Achou que seria ali, num ponto escuro entre dois grandes tanques de óleo de aquecimento.

– Isso mesmo! – exclamou, excitada, olhando para o chão. – Ele estava aqui! – disse, esquecendo que estava representando um papel. – Ele varreu o lugar.

Vasculhou a área com a luz cor de bile da PoliLight.

– Nenhuma pegada – continuou, desapontada.

Mas, quando ergueu a lanterna para apagá-la, uma mancha brilhou em um dos tanques.

– Consegui uma impressão! – anunciou.

– Uma impressão?

– Tem-se uma vista melhor da moça se nos inclinamos para a frente e nos apoiamos no tanque. Foi isso o que ele fez, tenho certeza.

113

Só que isso é meio sobrenatural, Lincoln. Ela... é deformada. A mão dele. – Arrepiou-se toda olhando para a palma de mão monstruosa.

– Na valise, há uma garrafa de aerossol rotulada DFO. Torna uma mancha fluorescente. Borrife a impressão, acenda a PoliLight e fotografe a imagem com uma polaróide 1:1.

Amelia avisou-o quando concluiu a operação e ele disse:

– Agora, limpe o chão entre os tanques com o aspirador de pó. Se tivermos sorte, ele coçou a cabeça e perdeu um fio de cabelo ou roeu uma unha.

*Meus* hábitos, pensou Sachs. Essa era uma das coisas que acabaram arruinando sua carreira de modelo – as unhas manchadas de sangue, as sobrancelhas arqueadas em um formato esquisito. Tentou, vezes sem conta, acabar com isso. Finalmente, desanimada, desistiu, sem entender bem como um pequeno hábito podia mudar de forma tão dramática a vida de uma pessoa.

– Ponha num saco a poeira recolhida.

– Saco de papel?

– Sim, de papel. Agora, o corpo, Amelia.

– O quê?

– Ora, você vai *ter* que processar o corpo.

O coração de Amelia foi parar no estômago. Outra pessoa, por favor. Mande alguém fazer isso. Respondeu:

– Não, só depois que o legista terminar. A regra é essa.

– Hoje as regras não estão valendo, Amelia. Estamos fazendo as nossas. O legista receberá o corpo, mas depois de nós.

Sachs aproximou-se da mulher.

– Você conhece a rotina? – disse Rhyme.

– Conheço.

Aproximou-se mais do corpo mutilado.

E então parou. As mãos a poucos centímetros da pele da mulher.

Não posso fazer isso. Estremeceu. Disse a si mesma para continuar. Mas não conseguiu: os músculos não respondiam ao comando.

– Sachs? Você ainda está aí?

Ela não conseguiu responder.

Eu não posso fazer isso... Simples assim. Impossível. *Não posso.*

114

— Sachs?

Olhou para dentro de si mesma e, sem saber por que, viu o pai, uniformizado, abaixando-se sobre a calçada quente e esburacada da rua 42 oeste, passando o braço por baixo de um bêbado imundo a fim de ajudá-lo a voltar para casa. Em seguida, viu-se com Nick, bebendo cerveja em um bar do Bronx, em companhia de um seqüestrador, que o mataria instantaneamente se soubesse que um jovem policial estava ali trabalhando à paisana. Os dois homens de sua vida, fazendo o que tinham que fazer.

— Amelia?

As duas imagens surgiram repentinamente em seus pensamentos. Não soube por que a acalmaram. E sequer podia desconfiar de onde veio a calma.

— Estou aqui – respondeu a Lincoln Rhyme e iniciou o trabalho, da maneira como havia sido ensinada, verificando se havia alguma coisa sob as unhas ou entre os cabelos, passando um pente através de pêlos – incluindo os pubianos. E dizendo a Rhyme o que estava fazendo, enquanto fazia.

Ignorando as órbitas cegas dos olhos.

Ignorando a carne vermelha.

Fazendo força para ignorar o cheiro.

— Pegue as roupas dela – ordenou Rhyme. – Corte tudo. Ponha uma folha de jornal embaixo delas para recolher qualquer vestígio que cair.

— Devo examinar os bolsos?

— Não, faremos isso aqui. Embrulhe as roupas no jornal.

Sachs cortou e tirou a blusa e a saia, a calcinha. Estendeu a mão para o que pensou que fosse o sutiã, pendurado no peito. A sensação foi estranha, e a peça desintegrou-se em seus dedos. Em seguida, como se tivesse levado uma bofetada, compreendeu o que estava segurando e soltou um pequeno grito. Não era pano, era pele.

— Amelia? Você está bem?

— Estou – respondeu ela, ofegante. – Estou bem.

— Descreva as peças que foram usadas para imobilizá-la.

— Veda-juntas para a mordaça, de 5 centímetros de largura. Algemas tipo padrão para as mãos, corda de varal de roupa para os pés.

**115**

– Passe a PoliLight pelo corpo dela. Ele pode tê-la tocado com mãos limpas. Procure impressões digitais.

Amelia fez o que ele ordenou.

– Nada.

– Ok. Agora corte a corda, mas não desfaça os nós. Coloque-a no saco plástico.

Sachs pegou a corda.

– Vamos precisar das algemas – disse Rhyme.

– Certo. Eu tenho uma chave.

– Não, Amelia. Não as abra.

– O quê?

– O mecanismo de fechamento da algema é uma das melhores maneiras de descobrir alguma coisa sobre o criminoso.

– Bem, como vou tirar as algemas sem a chave? – perguntou e soltou uma risada.

– Há uma serra na valise.

– Você quer que eu serre a algema?

Houve uma pausa. Rhyme finalmente respondeu:

– Não, não a algema, Amelia.

– Então, o que você quer que eu faça... Oh, não, você não pode estar falando sério. As *mãos* dela?

– Você vai ter que cortá-las. – Rhyme estava irritado com a relutância.

Tudo bem, é isso. Sellitto e Polling escolheram um doido varrido como parceiro. Talvez a carreira *deles* esteja afundando, mas não vou afundar com eles.

– Esqueça.

– Amelia, isso é apenas outra maneira de reunir prova.

Por que ele parecia tão razoável? Em desespero, ela procurou desculpas.

– Elas vão ficar todas ensangüentadas se eu as cortar...

– O coração dela não bate mais. Além disso – acrescentou ele como se fosse um cozinheiro dando entrevista na TV –, o sangue foi cozido e se tornou sólido.

A ânsia de vômito, novamente.

– Continue, Amelia. Vá até a valise. Pegue a serra. Está na tampa da valise. – E acrescentou, gélido: – Por favor.

– Por que você me mandou raspar embaixo das unhas dela? Eu poderia simplesmente ter lhe levado as mãos!

– Amelia, nós precisamos das algemas. Temos que abri-las aqui e não podemos esperar pelo legista. Isso é uma coisa que tem de ser feita.

Amelia voltou à porta. Abriu a valise, tirou do estojo a serra de aspecto sinistro. Olhou para a vítima, imóvel em uma pose de pessoa torturada, no centro daquela sala horripilante.

– Amelia? *Amelia*?

Do lado de fora, as nuvens continuavam paradas, o ar amarelado e os prédios próximos estavam cobertos de fuligem, como se fossem ossos calcinados. Ela, porém, nunca tinha se sentido tão feliz na vida em estar na rua, envolvida pelo ar da cidade. Com a valise da Polícia Técnica em uma das mãos, a serra afiada na outra, os fones em volta do pescoço, ignorou a grande multidão de policiais e curiosos que a fitavam e dirigiu-se em linha reta para a caminhonete.

Ao passar por Sellitto, entregou-lhe a serra, sem parar sequer, praticamente jogando-a na direção dele.

– Se ele quer tanto assim que isso seja feito, que venha aqui e faça pessoalmente.

# Parte II
# O princípio de Locard

"Na vida real, você só é baleado
na cena do crime de homicídio."

– Vernon J. Geberth
Tenente-comandante (aposentado)
Departamento de Polícia de Nova York

# 9

*Sábado, das 16 horas às 22h15*

— Estou numa enrascada, senhor.

O homem do outro lado da mesa parecia um vice-comissário de polícia de um programa de TV. O que, por acaso, era o cargo dele. Cabelos brancos, fisionomia calma, óculos de aros dourados, disposição para defender até a morte.

– Muito bem, qual é o problema?

O vice-comissário Randolph C. Eckert olhou-a, sobre o nariz comprido, com uma expressão que Sachs reconheceu imediatamente: sua inclinação ao princípio da igualdade o fazia tão rígido com mulheres policiais quanto com seus colegas homens.

– Tenho uma queixa, senhor – disse ela formalmente. – O senhor ouviu falar naquele caso do seqüestro no táxi?

O vice-comissário inclinou a cabeça.

– Ah, *aquele* que causou o maior transtorno na cidade.

– Aquela droga de conferência das Nações Unidas – continuou ele – e o mundo todo olhando. Isso é injusto. Ninguém fala sobre crimes em Washington. Ou em Detroit. Bem, em Detroit, falam. Digamos, Chicago. Nunca. Não, é em Nova York que as pessoas viram presuntos. Richmond, Virgínia, teve mais assassinatos per capita do que nós no ano passado. Conferi esse dado. Preferia descer de pára-quedas, desarmado, em Central Harlem do que dirigir por South East, Washington, D.C., com os vidros do carro levantados.

– Sim, senhor.

– Sei que encontraram a moça já morta. Deu em todos os noticiários. Aqueles repórteres...

– No centro da cidade. Agora mesmo.

– Bem, é uma pena.

– Sim, senhor.

– Ela foi simplesmente assassinada? Nenhum pedido de resgate ou qualquer outra coisa?

– Não ouvi falar em resgate.

– Qual é a queixa?

– Fui a primeira policial a chegar à cena de um homicídio relacionado com esse.

– Você trabalha na radiopatrulha? – perguntou Eckert.

– *Trabalhava*. Eu devia me transferir esta manhã para Assuntos Públicos. Para uma sessão de treinamento. – Ergueu as mãos, cobertas com Band-Aids cor de carne, e deixou-as cair em seguida no colo. – Mas eles me seqüestraram.

– Quem?

– O detetive Lon Sellitto, senhor. E o capitão Haumann. E Lincoln Rhyme.

– Rhyme?

– Sim, senhor.

– Não é o cara que chefiou a Polícia Técnica há alguns anos?

– Sim, senhor. Ele mesmo.

– Eu pensava que ele havia falecido.

Egos como aquele não morrem nunca.

– Está para lá de vivo, senhor.

O vice-comissário olhou pela janela.

– Ele não pertence mais à Força Policial. O que está fazendo metido nesse caso?

– Como consultor, acho. O encarregado do caso é Lon Sellitto. O capitão Polling está supervisionando as investigações. Estive esperando por essa transferência durante 18 meses. Mas eles me obrigaram a trabalhar na cena do crime. Eu nunca *trabalhei* em cenas de crime. Isso não faz nenhum sentido e, para ser franca, não gostei de ser transferida para um trabalho para o qual não fiz treinamento.

– Cena de crime?

– Rhyme me deu ordem para me encarregar de tudo na cena do crime. Sozinha.

Eckert não compreendeu o que ela estava dizendo. As palavras não faziam sentido para ele.

– Por que um civil está dando ordens a policiais para fazer *alguma coisa?*

– O que quero dizer, senhor – Amelia jogou a isca –, bem, o que quero dizer é que estou pronta para ajudar, até certo ponto. Mas não estou preparada para esquartejar vítimas...

– O quê?

Ela pestanejou, espantada por ele não ter ouvido falar naquilo. Contou a história das algemas.

– Deus do céu! Em que diabos eles estão pensando? Perdoe meu linguajar. Será que eles não sabem que o país inteiro está de olho? O assunto esteve na CNN o dia todo, esse seqüestro. Cortar as mãos dela fora? Você é a filha de Herman Sachs, não?

– Sou, sim.

– Bom policial. *Excelente* policial. Concedi a ele uma das condecorações que recebeu. O homem que um policial de ronda deve ser. Midtown South, certo?

– Hell's Kitchen. Minha ronda.

Minha *antiga* ronda.

– Herman Sachs provavelmente impediu mais crimes do que toda a divisão de detetives soluciona em um ano. Simplesmente acalmando as pessoas, sabe como é.

– Esse era papai. Com certeza.

– As mãos dela? – rosnou Eckert. – A família da moça vai nos processar quando souber disso. Somos processados por tudo. Há um estuprador que está nos processando por ter sido baleado na perna ao atacar um policial com uma faca. Os advogados dele estão defendendo a teoria de que o policial deveria ter usado "a alternativa menos mortal". Em vez de atirar, devemos levar a coisa no bico ou usar um spray imobilizador. Ou falar delicadamente com eles. Não sei. Talvez eu deva conversar com o chefe e com o prefeito sobre o que está me contando. Vou dar uns telefonemas. – Olhou para um relógio de parede. Passava um pouco das 16 horas. – Encerrou seu turno por hoje?

– Tenho que apresentar relatório na casa de Lincoln Rhyme. É de lá que estamos operando. – Lembrou-se da serra e disse friamente: – Na verdade, do quarto dele. Esse é o nosso posto de comando.

– O quarto de um civil é o posto de comando de vocês?

– Eu ficaria muito grata pelo que o senhor pudesse fazer, senhor. Espero há muito tempo por essa transferência.

– Cortar fora as mãos da moça! Meu bom Deus!

Amelia levantou-se e dirigiu-se à porta, saindo por um dos corredores do prédio que, muito em breve, seria seu novo local de trabalho.

A sensação de alívio demorou apenas um pouco mais para chegar do que esperava.

ELE ESTAVA EM PÉ a uma janela de vidro ondulado, observando uma matilha de cães selvagens à caça no terreno do outro lado da rua.

Estava no primeiro andar desse velho prédio, uma estrutura revestida de mármore dos idos do século XIX. Cercada por terrenos vazios e casas de cômodos – algumas desertas, outras ocupadas por inquilinos, embora a maioria invadida por sem-tetos –, a velha mansão ficou vazia durante anos.

O colecionador de ossos pegou novamente o pedaço de lixa e usou-o mais uma vez. Olhou para o que estava fazendo. E em seguida novamente pela janela.

As mãos executavam um movimento circular, preciso, o pequeno pedaço de lixa sussurrando, shhhhh, shhhhh... Como uma mãe pedindo ao filho para calar-se.

Uma década antes, em dias promissores em Nova York, um artista louco se mudara para aquele lugar. Enchera o prédio úmido de dois andares de antiguidades quebradas e enferrujadas: grades de ferro trabalhado, pedaços de molduras e vitrais manchados, colunas descascadas. Algumas obras do artista continuavam penduradas nas paredes. Afrescos em reboco velho: murais, jamais completados, mostrando operários, crianças, amantes consumidos pela angústia. Faces redondas, destituídas de emoção – os temas explorados por aquele homem –, olhavam inexpressivamente para a frente, como se suas almas tivessem sido seccionadas de seus corpos suaves.

O pintor nunca teve sucesso, mesmo depois de pôr em prática sua idéia de marketing mais original – o próprio suicídio –, e o banco exe cutou a hipoteca do prédio.

*Shhhhh...*

O colecionador de ossos encontrou aquele lugar por acaso um ano antes e imediatamente teve certeza de que aquele era o seu lar. A desolação do bairro era certamente importante para ele – e obviamente prática. Mas havia outro motivo de interesse, mais pessoal: o terreno no outro lado da rua. Durante uma escavação alguns anos antes, uma enxada desenterrara ossos humanos. Descobriu-se que aquele terreno tinha sido um dos velhos cemitérios da cidade. Artigos de jornal sugeriram que as sepulturas podiam conter não só os restos de nova-iorquinos do tempo da colônia, mas também de índios das tribos manate e lenape.

Ele pôs de lado o que estava polindo com a lixa – um osso cárpico, delicado, de palma de mão – e pegou o punho, que soltara cuidadosamente do rádio e do cúbito na noite anterior, pouco antes de dirigir-se ao Aeroporto Kennedy para pegar as primeiras vítimas. O osso ficou secando durante mais de uma semana e a maior parte da carne já tinha desaparecido, mas ainda precisou fazer um pouco de força para separar o complicado conjunto de ossos. Eles se soltaram com estalos baixos, como peixes rompendo a superfície de um lago.

Ah, os policiais, eles eram muito mais competentes do que esperava. Observou-os na busca pela Pearl Street, especulando consigo mesmo se eles algum dia descobririam onde tinha deixado a mulher que pegara no aeroporto. Ficou atônito quando os viu correr subitamente para o prédio certo. Achava que seriam necessárias duas ou três vítimas para que desenvolvessem sensibilidade para as pistas. Eles não a salvaram, claro. Mas foi por pouco. Um ou dois minutos mais cedo teriam feito toda diferença.

Como acontece com tantas outras coisas na vida.

O navicular, o lunato, o hamato, o capitato... os ossos, entrelaçados como um quebra-cabeça grego, separaram-se sob seus dedos fortes. Tirou deles fragmentos de carne e tendão. Escolheu o maior multiangular – na base em que se encaixava antes o polegar – e voltou a lixar.

*Shhhhh, shhhhh.*

O colecionador de ossos apertou os olhos ao olhar para fora e viu um homem de pé ao lado de uma das velhas sepulturas. Isso *devia* ser sua imaginação, porque o homem usava chapéu-coco e vestia uma capa cor de mostarda. Depositou flores escuras ao lado da lápide e em seguida virou-se, evitando os cavalos e carruagens, a caminho da ponte que formava um arco elegante sobre o tubo de descarga Collect Pond, na Canal Street. Quem ele estava visitando? Os pais? Um irmão? Filhos que haviam falecido de tuberculose ou de uma das terríveis epidemias de gripe que vinham assolando recentemente a cidade...

*Recentemente?*

Não, recentemente, não, claro. Há cem anos – era *isso* o que tinha em mente.

Piscou e olhou novamente para o local. Nenhum sinal de carruagens ou cavalos. Nem do homem de chapéu-coco. Embora tivessem parecido tão reais como se fossem de carne e osso.

Como se *eles* fossem reais.

*Shhhhh, shhhhh.*

O passado, mais uma vez, estava se intrometendo. Estava vendo coisas que haviam acontecido *antes*, que haviam acontecido *naquela época*, como se fossem *agora*. Poderia controlar isso. Sabia que poderia.

Mas enquanto olhava pela janela, compreendeu que, claro, não havia nem antes nem depois. Não para ele. Ele ia e voltava no tempo, um dia, cinco anos, cem ou duzentos anos, tal como uma folha seca em uma ventania.

Olhou para o relógio. Hora de sair.

Deixando o osso na cornija da lareira, lavou as mãos com cuidado, como se fosse um cirurgião. Em seguida, durante cinco minutos, passou uma escova redonda pela roupa, para tirar quaisquer fragmentos de poeira, sujeira ou cabelos que pudessem levar os policiais até ele.

Entrou na garagem de carruagens próxima a um quadro semiterminado de um açougueiro com cara de lua cheia, vestido com um avental sanguinolento. O colecionador de ossos pensou em usar o táxi, mas mudou de idéia em seguida. Imprevisibilidade é a melhor defesa. Dessa vez, tomaria uma carruagem... o *sedã*, o Ford. Deu partida no carro, parou-o na rua, fechou e trancou a porta da garagem.

*Nem antes nem depois...*

Ao passar pelo cemitério, a matilha de cães levantou os focinhos para o Ford e, em seguida, voltou a fuçar as moitas, procurando ratos e cavando loucamente em busca de água no calor insuportável.

*Nem naquela época nem agora...*

Tirou do bolso a máscara de esquiador e as luvas, colocou-as no assento ao lado e saiu em alta velocidade do velho bairro. O colecionador de ossos saía novamente à caça.

10

Algo mudara na sala, mas ela não conseguiu descobrir o quê.

Lincoln Rhyme notou a curiosidade em seus olhos.

— Sentimos sua falta, Amelia — disse ele, com cautela. — Outras atividades?

Amelia desviou o olhar.

— Parece que ninguém informou a meu novo comandante que eu não compareceria ao trabalho hoje. Acho que alguém devia ter feito isso.

— Ah, é.

Amelia olhava para a parede, procurando aos poucos descobrir o que era tudo aquilo. Além dos instrumentos básicos trazidos por Mel Cooper, havia agora um microscópio de escaneamento de elétrons, equipado com unidade de raios X, e aparelhos de alta temperatura para testar amostras de vidro, um microscópio de comparação, um tubo de gradiente de densidade para examinar amostras de solo e centenas de provetas, potes e vidros de produtos químicos.

E, no meio da sala, o orgulho de Cooper — o cromatógrafo computadorizado a gás e o espectrômetro de massa. E outro computador, contactado on-line ao que Cooper tinha na DIRC.

Sachs passou por cima dos grossos cabos que desciam pela escada

– a corrente doméstica funcionava, mas as amperagens exigidas eram demais para as tomadas do quarto. E, naquele pequeno passo para o lado, uma manobra elegante e treinada, Rhyme observou como ela era realmente bonita. Certamente a mulher mais bela que já tinha visto nas fileiras do Departamento de Polícia.

Por um momento, julgou-a imensamente atraente. Diz-se que o sexo está na cabeça, e ele sabia que isso era verdade. Cortar os cabos não diminuía a ânsia. Lembrou-se, ainda com uma sensação de horror, de uma noite, seis meses após o acidente. Ele e Blaine haviam tentado. Apenas para ver o que acontecia, esforçando-se para serem descontraídos. Não era nada de mais.

Mas *tinha* sido um grande nada. Para começar, sexo é um assunto complicado, e quando se acrescentam cateteres e sacos à equação, é preciso um bocado de perseverança e senso de humor, além de uma base mais sólida do que eles tinham. Na verdade, o que acabou com aquilo, e rápido, foi a cara que ela fez. Viu no sorriso duro, forçado, de Blaine Chapman Rhyme que ela estava fazendo aquilo por piedade e constatar isso foi para ele uma punhalada no coração. Pediu o divórcio duas semanas depois. Blaine protestou, mas assinou os documentos na primeira audiência de reconciliação.

Sellitto e Banks, de volta nesse instante, organizavam as provas coletadas por Sachs. Ela observou-os, levemente interessada.

– A Unidade de Provas Latentes encontrou apenas oito outras impressões parciais, que pertencem aos dois empregados de manutenção do prédio – disse Rhyme a ela.

– Oh.

Ele inclinou generosamente a cabeça.

– Só *oito*?

– Ele está fazendo um elogio – explicou Thom. – Aproveite-o. É o máximo que conseguirá dele.

– Traduções não são necessárias, por favor, e obrigado, Thom.

– Gostei de ter podido ajudar – respondeu ela, na entonação mais agradável que pôde dar à voz.

Bem, o que era *isso*? Rhyme achou que ela entraria no quarto como um furacão e jogaria os sacos de prova em cima de sua cama. Talvez a própria serra e até mesmo o saco plástico com as mãos arrancadas da vítima. Ele esperava uma briga daquelas; as pessoas raramente tiram as luvas quando lutam com um paralítico. Estivera pensando naquela expressão nos olhos dela quando a conhecera, talvez prova de alguma afinidade obscura entre eles.

Mas não. Notou então que tinha errado. Amelia Sachs era igual a todo mundo – dando-lhe uma palmadinha na cabeça e procurando a saída mais próxima.

Com um estalido, seu coração transformou-se em gelo. Ao falar, foi como se estivesse se dirigindo a uma teia de aranha no alto da parede mais distante:

– Estivemos conversando sobre o prazo fatal da próxima vítima. Aparentemente, não há um momento específico.

– O que achamos – disse Sellitto – é que, o que quer que esse escroto tenha planejado para a próxima, a coisa está em andamento. Ele não sabe exatamente quando será o momento da morte. Lincoln pensou que talvez ele tenha enterrado algum pobre filho-da-puta em algum lugar onde não haja muito ar.

Os olhos de Sachs apertaram-se ligeiramente ao ouvir essas palavras. Rhyme notou a reação. Enterrar uma pessoa viva. Se é para ter uma fobia, essa é tão boa quanto qualquer outra.

Foram interrompidos por dois homens usando ternos cinzentos, que subiram a escada e entraram no quarto como se morassem ali.

– Nós batemos à porta – disse um deles.

– Tocamos a campainha – disse o outro.

– Ninguém atendeu.

Estavam ambos na casa dos 40 anos, um era mais alto que o outro, mas tinham os dois os mesmos cabelos cor de areia. Sorriam da mesma maneira e, antes que o sotaque do Brooklyn os entregasse, Rhyme pensou: gente do interior. Um deles tinha uma autêntica coleção de sardas espalhadas pelo nariz pálido.

– Cavalheiros.

*129*

Sellitto apresentou os Irmãos Hardy: detetives Bedding e Saul, a equipe do trabalho pesado. O talento deles era investigativo – conversar com pessoas que residiam perto de uma cena de crime, à procura de testemunhas e pistas. Embora esta fosse uma das belas-artes, Rhyme jamais a tinha aprendido, nem sentido desejo de aprender. Sentia-se contente em desencavar fatos sólidos e passá-los a policiais como esses, que, armados com os dados, transformavam-se em detectores de mentiras vivos, que podiam reduzir a migalhas os melhores álibis de suspeitos. Nenhum dos dois parecia achar estranho ter de prestar contas a um civil entrevado.

Saul, o mais alto e que não tinha sardas, começou:

– Nós encontramos 36...

– ...38, se contarmos dois usuários de crack. Eu conto, ele, não.

– ...elementos. Conversamos com todos eles. Não tivemos muita sorte.

– A maioria é de cegos, surdos e sofrendo de amnésia. O senhor sabe, o habitual.

– Nenhum sinal do táxi. Passamos um pente fino no West Side. Zero. Fim.

– Mas conte a melhor notícia – disse Bedding.

– Encontramos uma testemunha.

– Uma testemunha? – perguntou Banks, ansiosamente. – Fantástico.

Rhyme, muito menos entusiasmado, disse:

– Continue.

– Nos arredores esta manhã, no leito da estrada de ferro.

– Ele viu um homem descer a avenida 11, virar...

– Subitamente – acrescentou Bedding, o sem sardas.

– ...E entrar em um beco que leva a uma passagem subterrânea do trem. Ele ficou ali durante um momento...

– Olhando para baixo.

Rhyme ficou aborrecido com a história.

– Isso não parece coisa do nosso rapaz. Ele é sabido demais para se arriscar a ser visto dessa maneira.

– Mas... – prosseguiu Saul, erguendo um dos dedos e olhando para o parceiro.

– Só havia uma única janela em toda a vizinhança de onde se podia ver o local.

– Que era o lugar onde estava nossa testemunha.

– Ele acordou cedo, Deus o abençoe.

Antes de lembrar-se de que estava zangado com ela, Rhyme perguntou:

– Bem, Amelia, o que acha disso?

– Como disse? – Sua atenção desviou-se da janela.

– Você estava certa – disse Rhyme. – Você fechou a 11. Não a rua 37.

Ela não soube o que responder. Rhyme, porém, voltou-se imediatamente para os gêmeos:

– Descrição.

– Nossa testemunha não pôde contar muita coisa.

– Estava bêbado. Já a essa hora.

– Ele disse que foi um cara baixote. Não deu a cor dos cabelos. Raça...

– Possivelmente branco.

– Usando? – perguntou Rhyme.

– Alguma coisa escura. Foi o melhor que ele conseguiu dizer.

– E fazendo o quê? – perguntou Sellitto.

– Vou citar o que ele disse: "Ele simplesmente ficou ali, olhando para baixo. Pensei que ele fosse saltar. Vocês sabem, na frente do trem. Olhou para o relógio algumas vezes."

– E depois foi finalmente embora. Continuou a olhar em volta, como se não quisesse ser visto.

O que ele estaria fazendo?, perguntou Rhyme a si mesmo. Observando a vítima morrer? Ou isso teria acontecido antes de colocar o corpo ali, verificando se o leito da estrada de ferro estava deserto?

– Ele chegou dirigindo ou andando? – perguntou Sellitto.

– Andando. Conferimos em todos os estacionamentos...

– E garagens.

– ...na vizinhança. Mas isso foi perto do centro de convenções, de modo que havia manobristas. Havia um bocado deles com bandeiras alaranjadas, chamando os carros.

– E, por causa da exposição, metade dos pátios estava cheia por volta das 7 horas. Pegamos uma lista de uns novecentos tíquetes de estacionamento.

Sellitto sacudiu a cabeça.

– Trabalhem nessa lista... – disse.

– Já mandamos alguém fazer isso – explicou Bedding.

– ...mas pode apostar que esse elemento desconhecido não ia deixar seu carro em um estacionamento – continuou Sellitto. – Ou receber tíquetes de estacionamento.

Rhyme inclinou a cabeça em um gesto de concordância e perguntou:

– E o prédio na Pearl Street?

Um deles – ou ambos os gêmeos – respondeu:

– Esse é o item seguinte em nossa lista. Estamos a caminho.

Rhyme notou que Sachs consultava o relógio em seu pulso branco, próximo aos dedos vermelhos. Rhyme deu instruções a Thom para acrescentar as novas características do elemento desconhecido à tabela do perfil.

– Quer conversar com esse cara? – perguntou Banks. – O que estava perto da estrada de ferro?

– Não. Eu não confio em testemunhas – respondeu Rhyme afetadamente. – Quero voltar ao trabalho. – Lançou um olhar a Mel Cooper. – Cabelos, sangue, osso e uma lasca de madeira. O osso, primeiro – disse.

MORGEN...

A jovem Monelle Gerger abriu os olhos e, lentamente, sentou-se na cama meio arriada. Em seus dois anos no East Greenwich Village, nunca se acostumou às manhãs.

O corpo roliço, de 21 anos de idade, moveu-se para a frente e ela recebeu nos olhos vermelhos o golpe de um implacável sol de agosto.

– *Mein Gott*...

Saiu da boate às 5 horas, chegou em casa às 6, fez amor com Brian até as 7...

Que horas seriam?

O início da manhã, disso tinha certeza.

Apertou os olhos para ver melhor o relógio: 16h30.

Não tao *früh morgens* assim, afinal de contas.

Tomar café ou lavar roupa?

Era por volta dessa hora do dia que ela ia vagarosamente até o Dojo's para um desjejum de hambúrguer e três xícaras de café forte. Ali encontrou as pessoas que conhecia agora, freqüentadores de boates como ela – gente do centro da cidade.

Mas ultimamente vinha negligenciando um bocado de coisas, as coisas domésticas. Vestiu duas camisetas para disfarçar o corpo roliço e o jeans, pendurou cinco ou seis colares no pescoço, pegou a cesta de roupa suja e jogou dentro uma caixa de sabão.

Soltou os três ferrolhos da porta. Levantou a cesta de roupa e desceu a escura escada do prédio. Parou ao chegar no porão.

*Irgendwas stimmt hier nicht.*

Sentindo-se inquieta, Monelle olhou em volta da escada deserta, para os corredores escuros.

O que está diferente aqui?

A luz, é isso! As lâmpadas na entrada estão queimadas. Não – olhou com mais atenção –, foram *tiradas*. Esses garotos escrotos roubam tudo. Tinha vindo morar aqui, na Deutsche Haus, porque diziam que era um paraíso para pintores e músicos alemães. Descobriu que era simplesmente mais um prédio sem elevador, sujo, do East Village, caro demais, como tantos outros por ali. A única diferença é que podia espinafrar o zelador em sua própria língua.

Atravessou a porta do porão e entrou na sala do incinerador, que estava tão escura que teve de tatear ao longo da parede para ter certeza de que não ia tropeçar no lixo espalhado pelo chão.

Empurrando e abrindo a porta, entrou no corredor que dava para a lavanderia.

Um arrastar de pés. Movimentos leves e rápidos.

Virou-se rápido, mas nada viu a não ser sombras imóveis. Tudo o que ouviu foi o som do tráfego e os gemidos do prédio velho, velhíssimo.

Na escuridão, distinguiu pilhas de caixas e cadeiras abandonadas sob fios com uma capa de sujeira engordurada. Continuou a andar na direção da lavanderia. Nada de lâmpadas também ali. Sentiu-se nervosa, lembrando-se de algo que acontecera anos antes. Ia em companhia do pai por um estreito beco que saía da Langer Strasse, perto de Obermain Brücke, a caminho do zoológico. Devia ter uns 5 ou 6 anos. O pai a agarrou subitamente pelo ombro e apontou para a ponte, dizendo-lhe que um ogro esfomeado vivia ali embaixo. Quando a cruzassem de volta para casa, avisou ele, teriam que andar rápido. Sentiu um calafrio de pânico subir pela espinha até os cabelos louros cortados curtos.

Estúpido. Ogros...

Continuou a descer o corredor úmido, escutando o zumbido de algum equipamento elétrico. Bem longe, ouviu uma canção do Oasis.

A lavanderia estava às escuras.

Bem, se haviam tirado as lâmpadas, teria que ser assim. Subiria a escada, esmurraria a porta de Herr Neischen até que ele viesse correndo. Diria a ele o diabo por causa dos ferrolhos quebrados nas portas da frente e dos fundos e dos garotos bebedores de cerveja que ele nunca expulsava a pontapés da escada do prédio. E lhe diria também o diabo por causa das lâmpadas que haviam desaparecido.

Entrou e apertou o interruptor.

Luz branca, brilhante. Três grandes lâmpadas refulgiram como sóis, revelando uma sala vazia, mas imunda. Monelle foi até as quatro máquinas de lavar e jogou as peças brancas na mais próxima. Contou moedas, depositou-as nas aberturas e empurrou as alavancas para a frente.

Nada.

Sacudiu a alavanca. Bateu na máquina. Nenhuma resposta.

– Merda. Este prédio *gottverdammte*.

Então viu o fio. Algum idiota tinha desligado as máquinas. Sabia quem. Neischen tinha um filho de 12 anos que era responsável pela maioria das confusões que aconteciam no prédio. Quando se queixou de alguma coisa no ano anterior, o pestinha tentou lhe dar um pontapé.

Pegou o fio e agachou-se, estendendo a mão por trás da máquina, à procura da tomada. Ligou-a.

E sentiu a respiração do homem na nuca.

*Nein!*

Ele estava espremido entre a parede e a parte traseira da lavadora. Soltando um grito agoniado, ela vislumbrou uma máscara de esquiador e roupas escuras e, em seguida, a mão dele desceu sobre seu braço como se fosse a boca de um animal. Ela perdeu o equilíbrio e ele empurrou-a para a frente facilmente. Monelle caiu no chão, batendo no concreto áspero com o rosto e engolindo o grito que lhe subia à garganta.

Ele saltou sobre ela no mesmo momento, prendendo seus braços contra o chão e tapando-lhe a boca com um pedaço grosso de fita preta.

*Hilfe!*

*Nein, bitte nicht.*

*Bitte nicht.*

Ele não era grande, mas era forte. Rapidamente, virou-a de bruços e ela ouviu o tinido de algemas fechando-se em volta de seus punhos.

O homem levantou-se. Durante um longo momento, nenhum som, só o gotejar de água, os arquejos da respiração de Monelle, o clique de um pequeno motor em algum lugar do porão.

Ficou à espera de mãos em seu corpo, rasgando-lhe a roupa. Ouviu quando ele foi até a porta, a fim de certificar-se de que estavam a sós.

Ele tinha privacidade completa, disso ela sabia, furiosa consigo mesma: ela era uma das poucas moradoras que usavam a lavanderia. A maioria a evitava porque o local era deserto demais, perto demais das portas e janelas dos fundos, longe demais de qualquer ajuda.

Ele voltou e rolou-a outra vez, colocando-a de costas. Murmurou alguma coisa que ela não conseguiu entender. Em seguida: "Hanna."

*Hanna?* É um engano. Ele pensa que sou outra pessoa. Sacudiu com força a cabeça, tentando fazer com que ele compreendesse.

Mas, ao olhá-lo nos olhos, parou. Mesmo com a máscara de esquiador, dava para notar que havia alguma coisa errada nele. Ele estava nervoso. Examinou-lhe o corpo de alto a baixo, sacudindo a cabeça. Fechou os dedos enluvados em volta de seus grossos braços. Apertou-lhe os ombros carnudos, agarrou uma dobra de gordura. Ela estremeceu de dor.

E foi isso o que ela viu: desapontamento. Ele a havia capturado e agora não tinha certeza se, afinal de contas, a queria.

Ele enfiou a mão no bolso e, lentamente, retirou-a. O estalido do canivete se abrindo foi como um choque elétrico. E deu início a uma crise de soluços.

*Nein, nein, nein!*

Um silvo escapou dos lábios dele como se fosse vento através de árvores no inverno. Ele agachou-se sobre ela, como se discutisse algo consigo mesmo.

– Hanna – murmurou. – O que vou fazer?

Subitamente, ele tomou uma decisão. Guardou o canivete, levantou-a com um puxão e levou-a pelo corredor, passando pela porta dos fundos – a porta com o ferrolho quebrado, o motivo por que tinha batido à porta de Herr Neischen durante semanas, pedindo-lhe que mandasse consertá-lo.

## 11

O criminalista é um homem de muitos talentos.

Tem que conhecer botânica, geologia, balística, medicina, química, literatura, engenharia. Se está a par dos fatos – se sabe que aquela cinza com alto teor de estrôncio provavelmente veio de uma sinaleira de estrada, que *faca* é a palavra portuguesa que corresponde a *knife* em inglês, que etíopes não usam talheres e comem apenas com a mão direita, que um projétil com marcas e estrias produzidas por cano de arma, com giro para a direta, não pode ter sido disparado por uma pistola Colt –, enfim, se conhece essas coisas, pode estabelecer a conexão que coloca o elemento desconhecido na cena do crime.

Mas se há um assunto que os criminalistas dominam é anatomia. E esta certamente era uma especialidade de Lincoln Rhyme, porque tinha passado os três últimos anos e meio mergulhado na lógica peculiar dos ossos e nervos.

136

Olhava para o saco, nas mãos de Jerry Banks, que continha as provas coletadas na sala das caldeiras. E disse:

– Osso de perna. Não-humano. De modo que não pertence à próxima vítima.

Era um anel de osso de cerca de 5,5 centímetros de circunferência, serrado com perfeição. Havia sangue nos riscos deixados pela lâmina da serra.

– Um animal de tamanho médio – continuou. – Um cão, ovelha ou cabra, grande, acho, pesando cerca de 65 quilos. Mas vamos ver se o sangue pertence realmente a um animal. Ainda assim, poderia pertencer à vítima.

Alguns criminosos costumam bater em suas vítimas até a morte usando ossos como arma – e, às vezes, como um punhal. Rhyme participou de três casos parecidos; as armas escolhidas foram um jarrete de boi, um osso de perna de veado e, um caso especialmente intrigante, o cúbito da própria vítima.

Mel Cooper preparou um teste de difusão em geléia para descobrir a origem do sangue.

– Vamos ter que esperar pelos resultados – explicou, em tom de desculpa.

– Amelia – disse Rhyme –, você talvez possa nos dar uma mãozinha aqui. Use a lupa e examine o osso. E diga o que vê.

– Não o microscópio? – perguntou ela.

Ele pensou que ela fosse protestar. Amelia, porém, pegou o osso e examinou-o, curiosa.

– Ampliação demais – explicou Rhyme.

Amelia pôs os óculos de proteção e curvou-se sobre a placa branca esmaltada. Cooper virou um abajur para iluminar a amostra.

– As marcas de corte – disse Rhyme. – São irregulares ou uniformes?

– Bastante uniformes.

– Uma serra elétrica.

Rhyme ficou pensando se o animal estava vivo quando o elemento fez aquilo.

| ELEMENTO DESCONHECIDO 238 | | | |
|---|---|---|---|
| **Aparência** | **Residência** | **Veículo** | **Diversos** |
| • Branco, homem, estatura baixa<br>• Roupa escura | • Prov. tem casa segura | • Táxi Yellow Cab | • Conhece proc. de CC<br>• Possivelmente tem antec. criminais<br>• Conhece levantamento de impressões digitais<br>• Arma = Colt 32 milímetros |

– Está vendo alguma coisa diferente?

Ela concentrou-se no osso por mais um momento e murmurou:

– Não sei. Acho que não. Isso parece apenas um pedaço de osso.

Foi quando Thom passou por ali e lançou um olhar à bandeja.

– Essa aí é sua pista? Que engraçado.

– Engraçado – repetiu Rhyme. – *Engraçado*?

– Você tem alguma teoria? – perguntou Sellitto.

– Nenhuma. – Curvou-se e cheirou o osso. – É ossobuco.

– O quê?

– Perna de vitela. Preparei uma para você um dia desses, Lincoln. Ossobuco. Perna de vitela refogada. – Olhou para Sachs e fez uma careta. – Ele disse que estava sem sal.

– Droga! – exclamou Sellitto. – Ele a comprou em um mercado.

– Se tivermos sorte – disse Rhyme –, ele a comprou em *seu* mercado.

Cooper confirmou que o teste de precipitina tinha dado negativo para sangue humano nas amostras recolhidas por Sachs.

– Provavelmente, bovino – disse.

– Mas o que ele está tentando nos dizer com isso? – perguntou Banks.

Rhyme não fazia a menor idéia.

– Vamos continuar. Alguma coisa na corrente e no cadeado?

Cooper olhou nas peças de metal, guardadas em um saco plástico.

– Ninguém mais põe nome de marca em correntes. De modo que, neste caso, não demos sorte. O cadeado é um Secure-Pro, modelo padrão. Não muito seguro e, definitivamente, não-profissional. Quanto tempo foi preciso para quebrá-lo?

– Três segundos – respondeu Sellitto.

– Veja. Nenhum número de série, e são vendidos em todas as lojas de ferragens e bazares do país.

– Chave ou segredo? – perguntou Rhyme.

– Segredo.

– Ligue para o fabricante. Pergunte se podemos desarmá-lo e reconstruir a combinação pelas tranquetas, e se pode dizer em que remessa estava o cadeado e para onde foi.

Banks hesitou.

– É uma possibilidade muito remota.

O olhar de Rhyme provocou-lhe um forte rubor no rosto.

– E o entusiasmo em sua voz, detetive, está me dizendo que você é justamente a pessoa indicada para fazer esse trabalho.

– Sim, senhor – respondeu o jovem, levantando defensivamente o telefone celular. – Já estou trabalhando.

– Isso aí na corrente é sangue? – perguntou Rhyme.

– De um de nossos rapazes – explicou Sellitto. – Cortou a mão quando tentava quebrar o cadeado.

– Nesse caso, a peça está contaminada – comentou Rhyme, fechando a cara.

– Ele estava tentando salvar a moça – desculpou-o Sachs.

– Compreendo. Bonito gesto da parte dele. Mas a peça está contaminada. – Voltou-se para a mesa ao lado de Cooper. – Impressões digitais?

Cooper respondeu que a havia examinado e encontrado apenas as impressões digitais de Sellitto nos elos da corrente.

– Muito bem, agora a lasca de madeira encontrada por Amelia. Procure impressões digitais.

– Já procurei – disse rapidamente Sachs. – Na cena do crime.

F.P., Rhyme pensou. Ela não parecia ser o tipo de pessoa que tem um apelido. Mulheres belas raramente são.

– Vamos experimentar a artilharia pesada, apenas para termos certeza – resolveu e deu instruções a Cooper. – Use DFO ou ninhidrina. E, em seguida, aplique o Nd: yag.

– Aplicar o quê? – perguntou Banks.

– Um laser de neodímioítrio-alumínio-granada.

O técnico umedeceu a lasca com o líquido de um borrifador e apontou o feixe de laser para a peça. Colocou óculos de proteção escuros e examinou atentamente o material.

– Nada.

Desligou a luz e submeteu a lasca a um exame visual cuidadoso. Ela media aproximadamente 15 centímetros e era de madeira escura. Tinha manchas pretas, como se fossem de alcatrão, e estava impregnada de sujeira. Segurou-a com o fórceps.

– Sei que Lincoln gosta do método dos pauzinhos para comer – disse Cooper –, mas sempre peço um garfo quando vou ao Ming Wa's.

– Você poderia esmagar as células dessa maneira – resmungou o criminalista.

– Eu *poderia*, mas não estou – respondeu Cooper.

– Que tipo de madeira? – perguntou Rhyme.

– Carvalho. Sem dúvida.

– Marcas de serra ou de plaina?

Rhyme inclinou a cabeça para a frente. Imediatamente, o pescoço entrou em espasmo e foi insuportável a cãibra que lhe percorreu os músculos. Arquejou, fechou os olhos e torceu o pescoço, estirando-o. Sentiu as fortes mãos de Thom massageando-o. A dor passou, finalmente.

– Lincoln? – perguntou Sellitto. – Você está bem?

Rhyme respirou fundo.

– Ótimo. Não foi nada.

– Aqui.

Cooper levou a peça de madeira à cama, baixou a lente para que Rhyme pudesse ver o espécime.

Rhyme examinou-o.

– Cortado na direção dos veios com uma serra de arco. Há uma grande variação nos cortes. De modo que acho que era de um pilar ou viga fabricado há mais de um século. Aproxime mais a peça, Mel. Quero cheirá-la.

Cooper pôs a bandeja sob o nariz de Rhyme.

– Creosoto... um destilado de alcatrão. Usado para proteger madeira contra os efeitos do tempo, antes de as madeireiras começarem a usar tratamento sob pressão. Cais, docas, dormentes de estrada de ferro.

– Talvez tenhamos aqui um maníaco por trens – sugeriu Sellitto. – Lembre-se do leito ferroviário nesta manhã.

– Poderia ser. Procure compressão celular – ordenou Rhyme.

O técnico estudou a lasca com o microscópio composto.

– Madeira comprimida, sem a menor dúvida. Mas *a favor* dos veios, não contra. Não é de dormente. Foi tirada de um pilar ou coluna. Compensação de peso.

Um osso... um velho pilar de madeira..

– Estou vendo terra impregnada na madeira. Isso nos diz alguma coisa?

Cooper colocou um grande bloco de papel sobre a mesa, tirou a capa do bloco, pôs a lasca em cima e puxou com um pincel um pouco da terra inserida na lasca. Examinou os pontinhos no papel branco – uma constelação ao avesso.

– Você tem aí o suficiente para fazer um teste de gradiente de densidade? – perguntou Rhyme.

Nesse teste, a areia é posta em um tubo contendo líquidos de gravidade específica diferentes. O solo se separa e cada partícula fica suspensa de acordo com sua própria gravidade. Rhyme reuniria uma extensa biblioteca de perfis de gradientes de densidade da areia dos cinco bairros da cidade. Infelizmente, o teste só funciona com uma quantidade razoável de solo. Cooper não achava que tivessem o suficiente.

– Poderíamos tentar, mas teríamos que usar toda a amostra. E se não funcionar, nada mais teremos para outros testes.

Rhyme instruiu-o a fazer um exame visual e, em seguida, analisá-la com o GC-MS – cromatógrafo-espectrômetro a gás.

O técnico pincelou uma lâmina com um pouco de areia. Examinou-a durante alguns minutos sob o microscópio composto.

– Estranho, Lincoln. É de camada de solo de superfície. Com um nível incomumente alto de vegetação. Mas numa forma curiosa. Muito deteriorada, profundamente decomposta.

Ergueu a vista e Rhyme notou rugas profundas sob seus olhos. Lembrou-se de que, após horas de trabalho de laboratório, as marcas eram muito visíveis.

– Queime – ordenou Rhyme.

Cooper montou uma amostra na unidade de GC-MS. A máquina acordou com um zumbido, seguido de um silvo.

– Mais um ou dois minutos.

– Enquanto esperamos – disse Rhyme –, o osso... Continuo a pensar nesse osso. Passe-o pelo microscópio, Mel.

Cooper pôs o osso na plataforma de exame do microscópio composto. Curvou-se sobre a peça.

— Epa! Temos alguma coisa aqui.

— O quê?

— Muito pequena. Transparente. Passe-me o hemostato — disse Cooper a Sachs, indicando com a cabeça uma pinça de garras.

Ela lhe entregou o instrumento, que ele usou sondando com cuidado a medula do osso. Puxou alguma coisa.

— Uma pequena peça de celulose regenerada – anunciou Cooper.

— Celofane – identificou-a Rhyme. – Dê mais detalhes.

— Marcas de estiramento e pressão. Eu diria que ele não a deixou intencionalmente. Não há bordas cortadas. Não é incompatível com papel celofane para trabalho pesado – observou Cooper.

— Não incompatível. – Rhyme franziu as sobrancelhas. – Não gosto das apostas que ele faz.

— *Temos* que pagar para ver, Lincoln – retrucou Cooper, alegre.

— "Associado com". "Sugere". Odeio especialmente esse "não incompatível com".

— Muito versátil, o material – esclareceu Cooper. – O máximo que ouso dizer é que se trata provavelmente de celofane usado em açougue comercial ou em mercados. Nada de especial. Definitivamente não é material de embrulho de marca conhecida.

Jerry Banks entrou no quarto, vindo do corredor.

— Más notícias. A Secure-Pro não mantém registros dos segredos dos cadeados. Uma máquina escolhe aleatoriamente os segredos.

— Ah.

— Mas, interessante... Os fabricantes dizem que recebem telefonemas da polícia o tempo todo, com perguntas sobre seus produtos, e você foi o primeiro a pensar em descobrir a origem de um cadeado com base no segredo.

— Até que ponto isso pode ser "interessante", se é um beco sem saída? – resmungou Rhyme e voltou-se para Mel Cooper, que sacudia a cabeça, enquanto olhava a tela do computador GC-MS. – O que foi?

— Consegui o resultado da amostra de solo. Mas lamento dizer que a máquina pode estar biruta. O conteúdo de nitrogênio não combina com as tabelas. Vamos ter que fazer o teste novamente, usando mais amostras desta vez.

Rhyme ordenou-lhe que fosse em frente e olhou para o osso.

– Quanto tempo, desde a morte do animal?

Cooper examinou algumas raspas no microscópio eletrônico.

– Conglomerados mínimos de bactérias. O Bambi aqui provavelmente morreu há pouco tempo, é o que parece. Ou saiu da geladeira há umas oito horas.

– Então nosso criminoso comprou-o recentemente – observou Rhyme.

– Ou comprou-o há um mês e congelou-o – sugeriu Sellitto.

– Não – disse Cooper. – A peça não foi congelada. Não há prova de dano aos tecidos ocasionado por cristais de gelo. E não foi refrigerado por tanto tempo. Não está seco. Refrigeradores modernos desidratam os alimentos.

– É uma boa pista – comentou Rhyme. – Vamos trabalhar nisso.

– Trabalhar? – repetiu Sachs, rindo – Você está dizendo que devemos visitar todos os mercados da cidade e descobrir quem vendeu ossos de vitela ontem?

– Não – corrigiu-a Rhyme. – Nos *dois* últimos dias.

– Quer os Irmãos Hardy?

– Deixe que eles continuem a fazer o que estão fazendo. Ligue para Emma, no centro, se ela ainda estiver trabalhando. E, se não estiver, chame-a de volta à sede com as outras despachantes e coloque-as em regime de trabalho extraordinário. Consigam uma lista de todos os mercados da cidade. Aposto que nosso rapaz não está comprando comida para uma família de quatro pessoas, de modo que podemos limitar a lista a fregueses que compram cinco artigos ou menos.

– Mandados? – perguntou Banks.

– Se alguém se recusar a colaborar, arranjaremos um mandado – resolveu Sellitto. – Mas vamos ver se conseguimos sem isso. Quem sabe? Alguns cidadãos podem cooperar. Às vezes, acontece.

– Mas como os mercados vão saber quem comprou perna de vitela? – perguntou Sachs.

Ela não estava mais indiferente como antes. Havia uma pontada de irritação em sua voz. Rhyme especulou se a frustração da moça não poderia ser um sintoma do que ele mesmo freqüentemente sentia – o peso incômodo da prova. O problema básico do criminalista não é que haja prova de menos, mas que haja demais.

– Verifiquem os scanners – lembrou Rhyme. – Eles registram as vendas nos computadores. Para fins de levantamento de estoque e reabastecimento. Vá em frente, Banks. Vejo que alguma coisa lhe passou pela cabeça. Fale. Desta vez não vou mandá-lo para a Sibéria.

– Só cadeias de supermercados possuem scanners, senhor – sugeriu o jovem detetive. – Há centenas de mercados independentes e açougueiros que não os possuem.

– Bom argumento. Mas acho que ele não iria a um pequeno estabelecimento. O anonimato é importante para ele. Deve estar fazendo suas compras em grandes supermercados. Impessoais.

Sellitto ligou para Comunicações e explicou a Emma de que precisavam.

– Vamos tirar uma foto polarizada do celofane – disse Rhyme a Cooper.

O técnico colocou o minúsculo fragmento em um microscópio polarizado, ajustou uma câmera polaróide à ocular do aparelho e tirou uma foto. Era uma foto colorida, um arco-íris riscado por listras cinzentas. Rhyme examinou-a. A configuração em si nada lhes dizia, mas poderia ser comparada a outras amostras de celofane para verificar se provinha de uma origem comum.

Um pensamento ocorreu a Rhyme:

– Lon, chame aqui uma dezena de policiais da Unidade de Operações Especiais. Rápido.

– Aqui? – perguntou Sellitto.

– Vamos montar uma operação conjunta.

– Tem certeza disso?

– Tenho! Quero eles aqui, agora.

– Tudo bem.

Inclinou a cabeça na direção de Banks, que ligou para Haumann.

E agora, a respeito daquela outra pista deixada de propósito os pêlos encontrados por Amelia.

Cooper separou-os com um bastonete e, em seguida, colocou vários deles sob a ocular de um microscópio de contraste de fase. Esse instrumento dispara duas fontes de luz contra um único objeto, o segundo feixe ligeiramente retardado – fora de fase –, de modo que a amostra é simultaneamente iluminada e lança uma sombra.

Não é humano – disse Cooper. – Isso eu posso dizer de cara. E são pêlos de proteção, não de baixo.

Pêlos da pelagem de um animal, era o que ele queria dizer.

– Que tipo? De cão?

– De vitela? – sugeriu Banks, com entusiasmo juvenil.

– Verifique as escamas – ordenou Rhyme.

Com essas palavras, ele se referia às escamas microscópicas que formam a bainha externa de um fio de cabelo.

Cooper digitou alguma coisa no computador e, segundos depois, pequenas imagens de bastonetes escamados surgiram na tela.

– Isso graças a você, Lincoln. Lembra-se do banco de dados?

Na Polícia Técnica, Rhyme organizara uma enorme coleção de microfotografias de diferentes tipos de pêlos.

– Lembro-me, sim, Mel. Mas na última vez em que os vi, eles estavam organizados em fichários. Como você conseguiu baixá-los no computador?

– ScanMaster, claro. JPEG compactado.

Jota. O que isso significava? Em poucos anos, a tecnologia o havia deixado para trás, e como. Espantoso...

Enquanto Cooper examinava as imagens, Lincoln Rhyme especulava novamente sobre o que vinha pensando durante todo o dia – a pergunta que continuava a emergir na superfície de sua mente: por que as pistas? O ser humano é imprevisível, mas devemos pensar, antes de qualquer outra coisa, que ele é apenas isso – um ser. Um animal que ri, um animal perigoso, inteligente, assustado, mas que sempre age por uma *razão* – um motivo que fará com que a criatura se mova na direção de seus desejos. O cientista Lincoln Rhyme não acreditava em acaso, aleatoriedade, frivolidade. Até mesmo psicopatas obedecem a uma lógica própria, ainda que confusa, e ele sabia que havia uma razão por que o Elemento Desconhecido 238 só lhes falava dessa maneira cifrada.

– Descobri! – gritou Cooper. – De roedor. Rato, provavelmente. E os pêlos foram raspados.

– Que droga de pista! – exclamou Banks. – Há um milhão de ratos nesta cidade. Essa prova não nos leva a lugar algum. De que adianta ele nos dizer isso?

Sellitto fechou os olhos e disse alguma coisa entre os dentes. Sachs não notou o olhar. Olhou para Rhyme, curiosa. Rhyme ficou surpreso por ela não ter descoberto o que significava a mensagem do seqüestrador, mas nada disse. Não via razão para, por ora, contar aos outros o que significava essa horripilante informação.

A sétima vítima de James Schneider, ou a oitava, caso se queira incluir entre elas a pobre, angelical e pequenina Maggie O'Connor, foi a esposa de um imigrante trabalhador, que tinha escolhido uma modesta habitação para sua família nas proximidades da Hester Street, no Lower East Side.

E foi graças à coragem dessa infeliz mulher que os guardas municipais e policiais descobriram a identidade do criminoso. Hanna Goldschmidt era uma judia alemã altamente considerada na comunidade fechada na qual residiam ela, o marido e os seis filhos (o sétimo falecera no parto).

O colecionador de ossos dirigiu lentamente pela cidade, com cuidado para permanecer abaixo do limite de velocidade, embora soubesse perfeitamente que os guardas de trânsito de Nova York não deteriam ninguém por uma infração tão banal como excesso de velocidade.

Parou em um sinal e viu outro cartaz das Nações Unidas. Viu faces vazias, sorridentes – tais como as faces sobrenaturais pintadas nas paredes da mansão – e, em seguida, olhou para mais longe, para a cidade em volta. Ocasionalmente, ficava surpreso quando erguia os olhos e descobria prédios tão maciços, de cornijas de pedra tão altas, de vidro tão liso, de carros tão elegantes, de pessoas tão limpas. A cidade que conhecia era escura, baixa, fumacenta, cheirando a suor e a lama.

*147*

Cavalos pisavam nos transeuntes, bandos errantes de malfeitores – alguns de não mais de 10 ou 11 anos – derrubavam a vítima com um golpe de porrete ou saco cheio de chumbo na cabeça e corriam para longe, levando o relógio e a carteira... *Essa* era a cidade do colecionador de ossos.

Às vezes, porém, se via numa situação como aquela – dirigindo um reluzente Taurus XL, por uma rua lisa, asfaltada, escutando a WNYC, e irritado, como todos os nova-iorquinos, quando perdia um sinal verde, perguntando-se por que diabos as autoridades municipais não permitiam uma curva para a direita num sinal vermelho.

Inclinou a cabeça, escutou batidas surdas vindas do porta-malas. Mas havia tanto barulho ao redor que ninguém ouviria os gritos de Hanna.

A luz mudou.

Claro que é incomum, mesmo nestes tempos avançados, que uma mulher se aventure sozinha pelas ruas da cidade à noite, sem a companhia de um cavalheiro. E, naqueles dias, isso ainda era mais incomum. Ainda assim, nessa noite infeliz, Hanna não teve outra opção a não ser deixar a casa por um curto período de tempo. O filho mais jovem estava com febre e, enquanto o marido rezava na sinagoga próxima, saiu para comprar uma compressa para colocar na testa em fogo da criança. Ao fechar a porta, disse à filha mais velha:

"Feche bem o ferrolho quando eu sair. Volto logo."

Infelizmente, porém, ela não cumpriria a promessa. Isso porque, apenas alguns momentos depois, encontrou por acaso James Schneider.

O colecionador de ossos olhou em volta para as ruas maltratadas onde estava. Essa área – perto do local onde enterrou a primeira vítima – era o Hell's Kitchen, no West Side, outrora o território das gangues irlandesas e agora a região preferida de jovens profissionais liberais, agências de publicidade, estúdios de fotógrafos e restaurantes elegantes.

Sentiu o cheiro de esterco e não ficou surpreso quando, de repente, um cavalo surgiu à sua frente.

Em seguida, contudo, notou que o animal não era uma aparição do século XIX, mas que estava atrelado a um dos coches abertos que cruzavam o Central Park, cobrando preços do século XX. As cocheiras dos animais se situavam nas proximidades.

Riu consigo mesmo. Embora fosse um som oco.

Podemos apenas especular sobre o que aconteceu, porque não houve testemunhas. Mas podemos imaginar com uma clareza até grande demais o horror. O bandido puxou a mulher que esperneava para um beco e golpeou-a com uma adaga, com a intenção cruel não de matá-la, mas de subjugá-la, como era seu costume. Mas tal era a força da boa Sra. Goldschmidt, pensando, como sem dúvida aconteceu, em seus filhos, que ela surpreendeu o monstro, atacando-o furiosamente – esmurrando-lhe repetidamente o rosto e arrancando-lhe os cabelos.

Libertou-se momentaneamente e de sua boca saiu um grito horripilante. O covarde Schneider apunhalou-a várias outras vezes e fugiu.

A corajosa mulher cambaleou até a calçada e perdeu os sentidos, morrendo nos braços de um policial que ouvira o alarme dado pelos vizinhos.

A história vinha de um livro, guardado no bolso traseiro da calça do colecionador de ossos: *Crimes na antiga Nova York*. Não conseguia explicar a atração irresistível que sentia pelo volume fino. Se tivesse que descrever sua relação com esse livro, diria que era viciado nele. Setenta e cinco anos de idade e ainda em bom estado, uma jóia de encadernação. O livro era seu amuleto e talismã. Ele o havia descoberto em uma das pequenas filiais da biblioteca pública e cometera um dos poucos delitos leves de sua vida, enfiando-o certo dia no bolso da capa de chuva e saindo do prédio.

Leu centenas de vezes o capítulo sobre Schneider e o sabia de cor.

Continuou a dirigir lentamente. Estavam quase chegando.

Quando o pobre e choroso marido de Hanna curvou-se sobre o corpo sem vida, fitou-lhe o rosto – pela última vez antes de ela ser levada à funerária (porque, de acordo com a fé judaica, os mortos devem ser enterrados com a maior rapidez possível). E notou no rosto de porcelana da mulher uma contusão em forma de um curioso emblema. Era um símbolo redondo, parecendo uma lua crescente, e um grupo formado do que pareciam ser estrelas acima da lua.

O policial disse que aquilo devia ser uma marca deixada pelo anel do hediondo assassino ao atacar a pobre vítima. Detetives pediram ajuda de um pintor e ele fez um esboço da marca. (O bom leitor é remetido à prancha XXII.) Visitas foram feitas a joalheiros na cidade, tendo sido obtidos os nomes e endereços de homens que haviam comprado recentemente anéis como aquele. Dois dos cavalheiros que os haviam adquirido estavam acima de qualquer suspeita, sendo um deles diácono em uma igreja, e o outro, culto professor de uma universidade renomada. O terceiro, porém, era um homem do qual os guardas desconfiavam como autor de atividades nefandas – um certo James Schneider.

O citado cavalheiro fora influente em uma série de instituições beneficentes na cidade de Manhattan, tais como a Liga de Assistência dos Tuberculosos e a Sociedade do Bem-Estar dos Aposentados. Ele despertou a atenção da polícia quando vários integrantes desses grupos desapareceram logo após sua visita. Ele nunca chegou a sofrer acusações, mas fugiu tão logo tiveram início as investigações.

Em seguida ao horrendo assassinato de Hanna Goldschmidt, uma busca pelos antros duvidosos da cidade nenhum sinal revelou do local onde Schneider poderia ser encontrado. Os guardas colocaram cartazes no centro da cidade e nas zonas próximas ao rio, contendo a descrição do bandido, mas ele não pôde ser preso – uma verdadeira tragédia, para sermos exatos, à luz da carnificina que logo depois aconteceria na cidade por obra de suas mãos vis.

As ruas estavam livres. O colecionador de ossos entrou no beco. Abriu a porta do armazém e desceu uma rampa de madeira até um longo túnel.

Depois de certificar-se de que o lugar estava deserto, foi até a traseira do carro. Abriu o porta-malas e puxou Hanna para fora. Ela era pelancuda, gorda, como um saco de adubo mole. Ficou novamente zangado e levou-a com violência por outro largo túnel. O tráfego da West Side Highway corria célere por cima de suas cabeças. Ouviu a respiração pesada da mulher e ia justamente estender a mão para afrouxar a mordaça quando a sentiu estremecer e ficar completamente flácida. Arquejando com o esforço de carregá-la, soltou-a no chão do túnel e afrouxou a mordaça. O ar penetrou debilmente pelas narinas da mulher. Teria ela simplesmente desmaiado? Verificou os batimentos cardíacos. O coração parecia funcionar normalmente.

Cortou a corda de varal de roupa que lhe prendia os pés, inclinou-se para a frente e murmurou:

– Hanna, *kommen Sie mit mir miti*, Hanna Goldschmidt...

– *Nein* – murmurou ela, e a voz morreu no silêncio.

Ele se aproximou mais e esbofeteou-a de leve.

– Hanna, você tem que vir comigo.

– *Mein name ist nicht Hanna* – gritou ela. E deu-lhe um pontapé bem no queixo.

Uma explosão de luz amarela relampejou na cabeça do criminoso e ele saltou quase 1 metro para o lado, tentando manter o equilíbrio. Hanna levantou-se e correu cegamente pelo corredor escuro. Mas ele veio rápido em seu encalço. Pegou-a antes que tivesse corrido 10 metros. Ela caiu com força no chão, ele também, grunhindo ao perder o fôlego.

O colecionador de ossos ficou deitado durante um minuto, sentindo forte dor, lutando para respirar, agarrando-lhe a camiseta, enquanto ela se debatia. Deitada de costas, ainda algemada, a moça usou a única arma que tinha – um dos pés, que ergueu no ar e desceu com força sobre a mão do homem. Uma pontada de dor percorreu o corpo dele e a luva voou para longe. A moça ergueu novamente a perna forte e só a sua má pontaria salvou-o do salto do sapato, que bateu com tanta força no chão que teria quebrado ossos, se tivesse acertado o alvo.

– *So nicht!* – exclamou ele furioso. Agarrou-a pelo pescoço com a mão nua e apertou até que ela se contorceu, gemeu e enfim parou de se contorcer e gemer. Estremeceu várias vezes e ficou imóvel.

Ao tomar-lhe a pulsação, notou que o coração batia muito de leve. Nada de truques desta vez. Pegou a luva no chão, calçou-a e arrastou a mulher pelo túnel até o poste. Mais uma vez, amarrou-lhe os pés e pôs um novo pedaço de fita adesiva na boca. Quando ela recuperou os sentidos, as mãos dele exploravam-lhe o corpo. Ela arquejou no início e procurou afastar-se, enquanto ele lhe acariciava a carne atrás da orelha. O cotovelo, o queixo. Não havia muitos outros lugares onde quisesse tocá-la. Ela era tão *acolchoada*... e isso o repugnava.

Ainda assim, sob a pele... Segurou-lhe com força a perna. Os grandes olhos dela se esbugalharam quando ele meteu a mão no bolso e o canivete surgiu. Sem um momento de hesitação, ele cortou-lhe a pele, descendo até o osso branco-amarelado. Ela gritou através da fita, um uivo enlouquecedor, e chutou com força. Está gostando disso, Hanna? A moça soluçou e gemeu alto. Ele teve que baixar a orelha para a perna da moça a fim de escutar o som delicioso da ponta da lâmina raspando o osso de um lado para o outro. *Skrisssss.*

Em seguida, pegou-lhe o braço.

Seus olhos se encontraram durante um momento e ela sacudiu pateticamente a cabeça, implorando em silêncio. O olhar dele desceu para o antebraço gordo e, mais uma vez, o corte foi profundo. O corpo da moça ficou rígido com a dor. Outro grito selvagem, mudo. Mais uma vez, ele baixou a cabeça, como se fosse um músico, para ouvir o som da lâmina raspando o osso cúbito. *Skrisssss, skrisssss...* Então ele se deu conta de que a moça tinha desmaiado.

Finalmente, saiu de cima dela e voltou para o carro. Plantou as pistas seguintes, pegou uma vassoura no porta-malas e varreu as pegadas. Subiu a rampa, estacionou, deixou o motor em funcionamento e desceu mais uma vez, varrendo com todo cuidado as marcas dos pneus.

Parou e olhou de volta para o túnel lá embaixo. Olhando para ela, simplesmente olhando. De repente, um raro sorriso passou pelos lábios do colecionador de ossos. Ficou surpreso ao notar que o primeiro dos convidados já tinha aparecido. Uma dúzia de pares de minúsculos olhos vermelhos, duas dúzias, em seguida três dúzias... Parecia que eles estavam olhando curiosos para a carne do corpo de Hanna... e sentindo o que poderia ser fome. Mas isso podia ser imaginação dele. Mas Deus sabia, era uma imagem mais do que vívida.

# 12

— Mel, examine as roupas de Colfax. Amelia, você poderia ajudá-lo? Ela inclinou gentilmente a cabeça, o tipo de gesto usado na sociedade educada. Rhyme reconheceu estar realmente furioso com ela.

Seguindo instruções do técnico, Sachs calçou luvas de látex, abriu com cuidado as roupas e passou uma escova de crina pelo tecido, tudo isso sobre grandes folhas limpas de papel. Caíram pequenos fragmentos. Cooper recolheu-os com a fita adesiva e examinou-os no microscópio composto.

— Não há muita coisa aqui — comunicou. — O vapor eliminou a maior parte dos vestígios. Estou vendo um pouco de solo. Não o suficiente para fazer um D-G. Espere... Excelente. Peguei alguns fragmentos de fibra. Olhe para eles...

— Ora, eu não posso — retorquiu Rhyme, irritado.

— Azul-marinho, uma mistura de acrílico e lã, acho. Não é grosso o suficiente para ser material de tapete e não é fio torcido. De modo que é de pano.

— Neste calor, ele usaria meias grossas ou suéter. Máscara de esquiador?

— Essa seria minha aposta — disse Cooper.

Rhyme pensou por um momento.

— De modo que ele está falando sério ao nos dar uma oportunidade de salvar as vítimas. Se estivesse decidido a matá-las, pouca diferença faria se elas o vissem ou não.

Sellitto entrou na conversa:

— Isso significa também que o canalha pensa que pode safar-se. Não pensa em suicídio. Poderá nos dar algum poder de barganha, se tiver reféns quando o localizarmos.

— Gosto desse seu otimismo, Lon — disse Rhyme.

Thom atendeu a campainha da porta e um momento depois Jim Polling subia a escada, parecendo desgrenhado e preocupado. Bem, ir de uma entrevista à imprensa para outra, no gabinete do prefeito no edifício federal, fazia isso com qualquer um.

– Lamento sobre a truta – disse-lhe Sellitto. Em seguida, explicou a Rhyme: – Jimmy é um desses pescadores *de verdade*. Põe no anzol suas próprias iscas e tudo mais. Quanto a mim, saio num barco com um grupo e com engradados de cerveja e me sinto feliz.

– Vamos pegar esse escroto e depois nos preocuparemos com o peixe – retrucou Polling, servindo-se do café que Thom deixara no peitoril da janela.

Olhou para fora e ficou surpreso ao ver duas grandes aves fitando-o. Virou-se para Rhyme e explicou que, por causa do seqüestro, tinha sido obrigado a adiar a pescaria em Vermont. Rhyme jamais havia pescado – nunca teve tempo nem inclinação para hobbies –, mas sentiu inveja de Polling. A serenidade da pescaria agradava-o. Era um esporte que se podia praticar sozinho. Esportes de paralíticos tinham que ser de outro tipo. Competitivos. Provando coisas ao mundo... e a si mesmos. Basquete, tênis, maratona em cadeira de rodas. Rhyme resolveu que, se fosse praticar um esporte, seria pesca. Embora jogar a linha com um único dedo estivesse provavelmente além da tecnologia moderna.

– A mídia lhe deu o título de seqüestrador em série – disse Polling.

Se a carapuça servir, pensou Rhyme.

– E o prefeito está ficando maluco. Quer chamar os federais. Convenci o chefe a resistir a isso. Mas não podemos perder outra vítima.

– Faremos o melhor que pudermos – retrucou causticamente Rhyme.

Polling tomou um gole do café preto e aproximou-se da cama.

– Você está bem, Lincoln?

– Ótimo – respondeu Rhyme.

Polling fitou-o por mais um momento e, em seguida, inclinou a cabeça para Sellitto.

– Passe-me as informações. Teremos outra entrevista coletiva dentro de meia hora. Assistiu à última? Ouviu o que o repórter perguntou? O que achávamos da maneira como a família da vítima se sentia por ela ter sido cozida até a morte?

Banks sacudiu a cabeça.

– Cara...

– Eu quase derrubei o filho-da-puta com um murro – disse Polling.

Três anos e meio antes, lembrou-se Rhyme, durante a investigação do assassino de policiais, o capitão havia quebrado a câmera de uma equipe de TV quando o repórter perguntou se Polling estava sendo agressivo demais na investigação simplesmente porque o suspeito, Dan Shepherd, era membro da força policial.

Polling e Sellitto retiraram-se para um canto da sala e o detetive o pôs a par das últimas novidades. Quando o capitão desceu a escada, Rhyme notou que ele não estava tão animado quanto antes.

– Muito bem – disse Cooper. – Temos um cabelo. Estava no bolso dela.

– O fio inteiro? – perguntou Rhyme sem muita esperança e não ficou surpreso quando Cooper respondeu:

– Sinto muito. Nada de bulbo capilar.

Sem o bulbo, cabelo não é prova individuada, mas meramente prova de um tipo de classe. Não se pode fazer com ele um teste de DNA e ligá-lo a uma pessoa específica. Ainda assim, tem bom valor probatório. Um famoso estudo da Polícia Montada do Canadá, realizado anos antes, concluíra que se um fio de cabelo encontrado em uma cena de crime corresponde ao do suspeito, as probabilidades são de 1 para 4.500 de que foi ele quem o deixou ali. O problema com o cabelo, porém, é que não se pode deduzir muita coisa sobre a pessoa a quem pertencia. É quase impossível determinar o sexo, e a raça tampouco pode ser estabelecida com segurança. A idade pode ser calculada apenas no caso de cabelo de bebês. A cor engana por causa de grandes variações na pigmentação e do uso de tinturas cosméticas e, uma vez que todas as pessoas perdem dezenas de fios por dia, nem se pode dizer que o suspeito está começando a ficar careca.

– Compare-o com os cabelos da vítima. Faça uma contagem de escamas e uma comparação de pigmentação da medula – ordenou Rhyme.

Pouco depois, Cooper levantou a vista do microscópio.

– Não é de Colfax.

155

– Descriçao? – pediu Rhyme.

– Castanho-claro. Não é enrolado, de modo que eu diria que nao é negróide. A pigmentação sugere que tampouco é mongolóide.

– Neste caso, é de um branco – concluiu Rhyme, indicando a tabela na parede. – Confirma o que a testemunha disse. Cabelo da cabeça ou do corpo?

– Há pouca variação de diâmetro e uma distribuição uniforme de pigmentação. É cabelo de cabeça.

– Comprimento?

– Três centímetros.

Thom perguntou se podia acrescentar ao perfil que o seqüestrador tinha cabelos castanhos.

Rhyme respondeu que não.

– Vamos esperar uma confirmação. Escreva que achamos que ele usa uma máscara de esquiador, azul-marinho. Raspas de unhas, Mel?

Cooper examinou os vestígios, mas nada encontrou de útil.

– A impressão digital que você encontrou. A da parede. Vamos dar uma olhada nela. Você poderia mostrá-la, Amelia?

Sachs hesitou por um momento e, em seguida, levou-lhe a foto polaróide.

– O seu monstro – disse Rhyme.

Era uma palma de mão grande e deformada, na verdade grotesca, não com os redemoinhos e bifurcações elegantes de cristas de atrito, mas uma configuração confusa de linhas minúsculas.

– É uma foto maravilhosa... Você é uma Edward Weston, Amelia. Mas, infelizmente, não é uma mão. Isso não são cristas. É uma luva. De couro. Velha. Mão direita, Mel?

O técnico confirmou com um aceno de cabeça.

– Thom, escreva que ele tem um velho par de luvas. – Rhyme voltou-se aos outros: – Estamos começando a reunir algumas idéias sobre ele. Ele não vai deixar *suas* impressões digitais na cena do crime. Mas está deixando impressões de luvas. Se encontrarmos a luva com ele, poderemos enquadrá-lo na cena do crime. Ele é esperto, mas não brilhante.

– E o que criminosos brilhantes usam? – perguntou Sachs.

– Camurça forrada com algodão – explicou Rhyme. – Onde está o filtro do aspirador de pó?

O técnico esvaziou o filtro em forma de cone, parecido com um coador de café, sobre uma folha de papel branco.

Prova vestigial...

Promotores públicos, repórteres e jurados adoram provas óbvias. Luvas sangrentas, facas, armas recém-disparadas, cartas de amor, sêmen e impressões digitais. A prova favorita de Lincoln Rhyme, porém, era a vestigial – poeira e cheiro nas cenas de crime, tão facilmente deixados por criminosos.

O aspirador, porém, nada recolhera de útil.

– Muito bem – disse Rhyme –, vamos em frente. Agora, uma olhada nas algemas.

Sachs enrijeceu-se quando Cooper abriu o saco de plástico e deixou as algemas caírem sobre uma folha de papel. Como previra Rhyme, era mínima a quantidade de sangue. O médico-legista de plantão tinha feito as honras com uma serra, depois que um procurador do Departamento de Polícia enviou uma autorização ao Instituto Médico Legal.

Cooper examinou as algemas.

– Boyd & Keller. Das piores. Nenhum número de série. – Borrifou o aço cromado com DFO e acendeu a PoliLight. – Nenhuma impressão digital, apenas uma mancha deixada pela luva.

– Vamos abri-las.

Cooper pegou uma chave genérica de algemas para abri-las. Usando uma seringa, jogou ar dentro do mecanismo.

– Você ainda está furiosa comigo, Amelia – disse Rhyme. – Sobre as mãos.

A pergunta pegou-a desprevenida.

– Eu não fiquei furiosa – respondeu ela. – Achei aquilo antiético. O que você sugeriu.

– Você sabe quem foi Edmond Locard?

Amelia fez que não.

– Um francês. Nascido em 1877. Ele fundou o Instituto de Criminalística da Universidade de Lyon. E estabeleceu a única regra

*157*

que me orientou enquanto dirigi a Polícia Técnica. O Princípio da Troca, de Locard. Ele pensava que, em todas as ocasiões em que dois seres humanos entram em contato, algo de um é trocado com algo do outro, e vice-versa. Poeira, sangue, células da pele, sujeira, fibras, resíduos metálicos. Pode ser difícil descobrir exatamente o que foi trocado e ainda mais difícil descobrir o que isso significa. Mas uma troca *de fato* ocorre... e por meio dela podemos prender nossos elementos desconhecidos.

Essa pequena lição não a interessou nem um pouco.

– Você tem sorte – disse Mel Cooper a Sachs, sem achá-la. – Ele ia pedir a você e ao paramédico que fizessem uma autópsia no local e que examinassem o conteúdo do estômago dela.

– Isso não teria sido útil – disse Rhyme, evitando os olhos de Amelia.

– Eu o convenci a não pedir isso – continuou Cooper.

– Autópsia – repetiu Sachs, suspirando, como se nada que viesse da parte de Rhyme pudesse surpreendê-la.

Ora, ela nem está *aqui*, pensou Rhyme zangado. A mente dela está a milhares de quilômetros de distância.

– Ah! – exclamou Cooper. – Encontrei alguma coisa. Acho que é um pedaço da luva.

Cooper pôs um pontinho na lâmina do microscópio composto. E examinou-o.

– Couro. Cor avermelhada. Polido num dos lados.

– Vermelho. Isso é bom – disse Sellitto. E explicou para Sachs: – Quanto mais esquisitas as roupas deles, mais fácil descobrir os criminosos. Ninguém ensina isso na Academia, pode apostar. Algum dia, vou lhe contar como foi que prendemos Jimmy Plaid, da turma de Gambino. Lembra-se disso, Jerry?

– A gente podia ver aquelas calças a quilômetros de distância – lembrou-se o detetive mais jovem.

– O couro está ressecado – continuou Cooper. – Não há muita coisa na textura. Você tinha razão quando disse que as luvas eram velhas.

– De que animal?

158

– Eu diria que é pele de cabrito. Alta qualidade.

– Se fossem novas, isso poderia significar que ele é rico – resmungou Rhyme. – Mas já que são velhas, ele pode tê-las achado na rua ou as comprado de segunda mão. Nada de deduções rápidas com base nos acessórios usados por 238, ao que parece. Muito bem. Thom, adicione ao perfil que as luvas são de pele de cabrito, avermelhadas. O que mais temos?

– Ele usa loção pós-barba – lembrou-lhe Sachs.

– Eu havia esquecido isso. Talvez para disfarçar outro cheiro. Elementos desconhecidos fazem isso, às vezes. Escreva isso também, Thom. Repetindo, como era o cheiro, Amelia? Você o descreveu.

– Seco. Como gim.

– O que me diz sobre a corda de varal de roupa? – perguntou Rhyme.

Cooper examinou-a.

– Já vi isso antes. Plástico. Várias dezenas de fios internos, compostos de seis a dez tipos diferentes de plástico e um... não, dois filamentos metálicos.

– Eu quero o nome do fabricante e a origem.

Cooper sacudiu a cabeça.

– Impossível. Genérico demais.

– Droga! – murmurou Rhyme. – E o nó?

– Bem, *isso* é estranho. Muito eficiente. Está vendo como enlaça duas vezes? PVC é a corda mais difícil de dar nó, e este está perfeito.

– A Polícia Técnica tem um arquivo de nós?

– Não.

Imperdoável, pensou Rhyme.

– Senhor?

Rhyme virou-se para Banks.

– Eu velejo um pouco...

– Você é de Westport – sugeriu Rhyme.

– Bem, para dizer a verdade, sim. Como descobriu?

Se houvesse um teste de Polícia Técnica para localização da origem de Jerry Banks, o resultado seria positivo para Connecticut.

– Um palpite.

– Não é um nó de marinheiro. Nunca vi um desses.

– Bom saber. Pendure-o ali. – Rhyme, com um movimento de cabeça, indicou a parede, ao lado da foto polaróide do papel celofane e o pôster de Monet. – Voltaremos a ele mais tarde.

A campainha tocou e Thom desceu a escada para atender. Rhyme passou por um mau momento, pensando que talvez fosse o Dr. Berger, voltando para lhe dizer que não estava mais interessado no "projeto" de ambos.

O som pesado das botas, porém, disse-lhe quem estava chegando.

Os policiais da Unidade de Operações Especiais, todos grandalhões, todos de fisionomia séria, usando uniforme de combate, entraram educadamente na sala e inclinaram a cabeça para Sellitto e Banks. Todos eram homens de ação, e Rhyme apostaria que, por trás dos dez pares de olhos imóveis, havia dez reações muito desfavoráveis à vista de um homem deitado para sempre.

– Cavalheiros, os senhores ouviram falar do seqüestro na noite passada e da morte da vítima esta tarde. – E continuou, depois de ouvir o murmúrio de assentimento: – Nosso elemento desconhecido tem em seu poder outra vítima. Temos uma pista no caso e preciso que vocês procurem locais na cidade e consigam provas. Imediata e simultaneamente. Um homem, uma localização.

– O senhor quer dizer – um policial bigodudo perguntou – que não teremos apoio tático?

– Os senhores não vão precisar disso.

– Com todo o respeito, senhor, não gosto de entrar em situações táticas sem reforço. De um parceiro, pelo menos.

– Não acredito que haverá fogos de artifício. Os alvos são as maiores cadeias de mercados da cidade.

– Mercados?

– Não todos. Apenas um de cada cadeia. J&G's, ShopRite, Food Warehouse...

– O que exatamente vamos fazer?

– Comprar pernas de vitela.

– O quê?

– Um pacote em cada mercado. Lamento dizer que vou ter de lhes pedir que paguem de seu próprio bolso, cavalheiros. Mas a Prefeitura os reembolsará. Ah, e precisamos delas com urgência.

ELA ESTAVA DEITADA de lado, imóvel.

Tendo acostumado os olhos à escuridão do velho túnel, podia ver os pequenos sacanas aproximando-se. Mantinha os olhos em um, em especial.

A perna lhe doía horrivelmente, embora a maior dor fosse no braço, onde ele cortara fundo a pele. Como estava algemada com as mãos atrás das costas, não podia ver o ferimento, não sabia quanto havia sangrado. Mas devia ter perdido muito sangue. Estava muito tonta e podia sentir o líquido pegajoso escorrendo pelos braços e lados do corpo.

Som de atrito – garras afiadas como agulhas no concreto, corcovas cinzentas, pardas correndo pelas sombras. Os ratos continuavam a se aproximar lentamente. Devia haver uma centena deles.

Ela se obrigou a ficar inteiramente imóvel e manteve os olhos no grande rato preto. Schwarzie, foi o nome que lhe deu. Ele estava à frente dos outros, movendo-se para a frente e para trás, observando-a.

Aos 19 anos, Monelle Gerger já tinha feito duas viagens pelo mundo. Pegando carona, fora até Sri Lanka, Camboja e Paquistão. Passou pelo Nebraska, onde as mulheres olharam fixamente e com desprezo para os piercings em suas sobrancelhas e os seios sem sutiã. Pelo Irã, onde os homens olhavam para seus braços como se fossem cães no cio. Dormiu em parques públicos na Cidade da Guatemala e passou três dias com as forças rebeldes na Nicarágua, depois de perder-se a caminho de um santuário de vida silvestre.

Mas nunca teve tanto medo quanto naquele momento.

*Mein Gott.*

E o que mais a assustava era o que estava prestes a fazer consigo mesma.

Um rato correu perto dela, o corpo marrom adiantando-se rápido, recuando, aproximando-se mais alguns centímetros. Os ratos estavam com medo, pensou ela, porque se pareciam mais com répteis do que com roedores. Nariz e cauda de serpente. E aqueles horríveis olhos vermelhos.

Atrás deles viu Schwarzie, do tamanho de um gato pequeno. Ele se levantou sobre as ancas e olhou para aquilo que o fascinava. Vigiando. Esperando.

Então, o pequeno atacou. Correndo a toda com os pés finos como agulhas, ignorando-lhe o grito abafado, ele veio rápido e direto. Rápido como uma barata, arrancou um pedacinho de sua perna cortada. A mordida doeu como se fosse fogo. Monelle soltou um uivo – de dor, sim, mas também de raiva. Eu não quero porra nenhuma com você! Bateu com o calcanhar nas costas do rato, ouvindo um som surdo de coisa esmagada. O rato estremeceu uma vez e ficou imóvel.

Outro correu para seu pescoço, arrancou um pedaço e saltou para trás, fitando-a, torcendo o nariz como se estivesse passando a língua em volta da pequena boca, saboreando o petisco.

*Dieser Schmerz...*

Estremeceu com a dor lancinante que irradiava da mordida. *Dieser Schmerz!* A dor! Monelle obrigou-se a ficar novamente imóvel.

O pequeno agressor preparou-se para outra investida, mas, de repente, deu uma volta e se afastou. Monelle viu por quê. Schwarzie finalmente assumira a dianteira do grupo, vindo buscar o que queria.

Ótimo, ótimo.

Era por ele que ela estava esperando. Porque ele não parecera interessado em seu sangue ou sua carne. Chegara bem perto vinte minutos antes, fascinado pela fita prateada que lhe tapava a boca.

O rato menor correu para dentro do grupo, enquanto Schwarzie vinha devagar para a frente, seus pés obscenamente minúsculos. Em seguida, tornou a avançar: 1,80 metro, 1,50 metro.

Chegou a um metro.

Monelle permaneceu absolutamente imóvel, respirando o mais levemente que podia, receando que uma inspiração mais profunda o assustasse.

Schwarzie parou. Adiantou-se novamente. E parou. A 60 centímetros de sua cabeça.

Não mova nenhum músculo.

Seu lombo estava encurvado alto e os beiços continuavam a retrair-se sobre os dentes marrons e amarelos. Ele se moveu mais 30 centímetros, parou, os olhos virando rápidos de um lado para o outro. Sentou-se, esfregou uma pata na outra e adiantou-se outra vez.

Monelle Gerger fingiu-se de morta.

Mais 15 centímetros. *Vorwärts!*

Venha!

Ele chegou a seu rosto. Monelle sentiu cheiro de lixo e óleo no corpo do rato, de fezes, de carne podre. Ele farejou e ela sentiu a coceira insuportável dos bigodes do rato no nariz quando os pequenos dentes emergiram da boca e começaram a roer a fita.

Durante 5 minutos, ele roeu em volta da boca. Outro rato aproximou-se e fincou os dentes em seu tornozelo. Ela fechou os olhos para a dor e fez força para ignorá-la. Schwarzie expulsou-o dali e em seguida ficou em pé nas sombras, estudando-a.

*Vorwärts*, Schwarzie! Venha!

Lentamente, ele veio em pés macios. Com lágrimas lhe escorrendo pelo rosto, Monelle relutantemente baixou a boca para ele.

Roendo, roendo...

Venha!

Monelle sentiu a respiração imunda, quente, na boca, quando ele rompeu a fita e começou a rasgar e puxar grandes pedaços do plástico brilhante. O rato puxou os pedaços da boca e apertou-os gulosamente com as garras das patas dianteiras.

Já é suficiente?, pensou ela.

Teria que ser. Não podia agüentar mais.

Devagar, levantou a cabeça, um milímetro de cada vez. Schwarzie pestanejou e inclinou-se curioso para a frente.

Monelle abriu a boca e ouviu o som maravilhoso da fita se rasgando. Sugou profundamente ar para os pulmões. Podia respirar de novo!

E podia gritar, pedindo socorro.

— *Bitte, helfen Sie mir!* Por favor, me ajudem!

Schwarzie recuou, espantado com o uivo, deixando cair a preciosa fita prateada. Mas não foi muito longe. Parou, voltou-se e levantou-se sobre as ancas gordas.

Ignorando-lhe o corpo preto, encurvado, ela chutou o pilar em que estava amarrada. Poeira e sujeira desceram flutuando como se fossem neve, mas a madeira resistiu. Gritou até sentir a garganta em fogo.

– *Bitte*. Ajudem-me!

O barulho pegajoso do tráfego engoliu o som.

Silêncio. Em seguida, Schwarzie aproximou-se dela novamente. E não estava sozinho dessa vez. O bando repugnante o acompanhou indo e vindo, nervosos. Atraídos irresistivelmente pelo cheiro tentador do sangue.

OSSO E MADEIRA, madeira e osso.

– Mel, o que temos aí?

Rhyme apontava o computador ligado ao cromatógrafo-espectrógrafo. Cooper submetera a novo teste a areia encontrada na lasca de madeira.

– Ainda rica em nitrogênio. Não combina com as tabelas.

Três testes e os mesmos resultados. Um exame na unidade mostrou que ela estava funcionando perfeitamente. Cooper pensou um pouco e disse:

– Esse excesso de nitrogênio... talvez de um fabricante de armas ou munições.

– Isso seria Connecticut, não Manhattan.

Rhyme olhou para o relógio: 16h30. Como o tempo corria rápido naquele dia. E como tinha corrido lentamente nos três últimos anos e meio. Sentia-se como se tivesse ficado acordado durante dias.

O jovem detetive examinou atentamente o mapa de Manhattan, afastando para um lado a vértebra esbranquiçada que tinha caído mais cedo no chão.

O disco fora deixado ali pelo especialista de Rhyme em recuperação, Peter Taylor. Ele foi um dos primeiros que consultou. O médico examinou-o como bom conhecedor, recostou-se na cadeira de vime e tirou alguma coisa do bolso.

– Hora das apresentações – começou o médico.

Rhyme olhou para a mão aberta.

– Esta aqui é a quarta vértebra cervical. Exatamente igual à existente em seu pescoço. A que se partiu. Está vendo essas pequenas caudas na extremidade? – O médico revirou-a várias vezes. – No que você pensa quando a vê?

Rhyme respeitava-o – um homem que não o tratava como se ele fosse uma criança, um débil mental ou um chato –, mas naquele dia, como não estava com vontade de conversar, não respondeu.

Taylor, ainda assim, continuou:

– Alguns de meus pacientes pensam que ela se parece com uma arraia. Outros dizem que lembra uma nave espacial. Ou um avião. Ou um caminhão. Sempre que faço a pergunta, as pessoas geralmente a comparam com alguma coisa grande. Ninguém jamais diz: "Oh, um pedaço de cálcio ou magnésio." Entenda, elas não gostam da idéia de que algo tão insignificante transformou suas vidas em um verdadeiro inferno.

Rhyme voltou a olhar ceticamente para o visitante, mas o tranqüilo médico de cabelos grisalhos era um veterano no tratamento de paraplégicos e disse bondosamente:

– Fale comigo, Lincoln.

Taylor tinha aproximado mais o disco do rosto de Rhyme.

– Você está pensando que é injusto que esta coisinha lhe cause tanto sofrimento. Mas esqueça isso. *Esqueça*. Quero que você se lembre de como era antes do acidente. O bom e o ruim em sua vida. Felicidade, tristeza... Você pode sentir isso novamente. – O rosto do médico se tornara imóvel. – Mas, para ser franco, tudo o que eu vejo agora é alguém que desistiu de lutar.

Taylor deixou a vértebra na mesa-de-cabeceira. Por acaso, ao que parecia. Mas depois Rhyme viu que aquele ato tinha sido deliberado. Nos últimos meses, enquanto tentava decidir se iria se suicidar ou não, olhou fixamente para o pequeno disco. E ele tinha se tornado um emblema do argumento de Taylor – um argumento em favor da vida. Mas, no fim, esse lado perdeu. As palavras do médico, por mais válidas que fossem, não podiam superar o peso da dor, da exaustão e do sofrimento que Lincoln Rhyme sentia dia após dia.

Desviou o olhar do disco. Olhou para Amelia Sachs e disse:

– Quero que você pense novamente na cena do crime.

Eu lhe contei tudo o que vi.

Não o que você *viu*. Quero saber o que você sentiu.

Rhyme lembrou-se das milhares de vezes em que tinha processado uma cena de crime. Às vezes, acontecia um milagre. Olhava em volta e, de algum lugar, surgiam idéias sobre o elemento desconhecido. Não podia explicar como isso acontecia. Os behavioristas falavam em elaboração de perfil como se a tivessem inventado. Os criminalistas, porém, vinham fazendo isso há centenas de anos. Percorra a grade, ande pelo lugar onde *ele* andou, descubra o que *ele* deixou no local e o que *ele* levou – e você sairá da cena do crime com um perfil tão nítido quanto um retrato.

– Diga-me – insistiu ele. – Como você se sentiu?

– Inquieta. Tensa. – Amelia encolheu os ombros. – Não sei. Realmente, não sei. Lamento.

Se pudesse se mover, Rhyme teria saltado da cama, agarrado Amelia pelos ombros e lhe dado umas boas sacudidas. E gritado: *Mas você sabe do que estou falando! Sei que você sabe. Por que você não colabora comigo?... Por que está me ignorando?*

Então, compreendeu... Ela estava lá, no porão cheio de vapor. Olhando para o corpo arruinado de T.J. Sentindo aquele cheiro nauseante. Viu isso na maneira como o polegar de Amelia soltou uma cutícula sangrenta, viu isso na maneira como ela mantinha aquela polidez absurda com ele. Ela detestou ficar naquele porão nojento e odiava-o por lhe lembrar que uma parte sua ainda continuava lá.

– Você está cruzando o porão – disse ele.

– Realmente não acredito que possa ajudar mais.

– Vamos continuar – disse ele, lutando para controlar a impaciência. Sorriu. – Diga em que você pensou.

O rosto da moça tornou-se imóvel e ela respondeu:

– São... apenas pensamentos. Impressões que todos têm.

– Mas *você* estava lá. *Todos* não estavam. Diga.

– Era assustador ou algo assim...

Ela pareceu lamentar a palavra desajeitada.

*Pouco profissional.*

– Eu senti...

– Alguém espionando-a? – perguntou ele.

As palavras dele surpreenderam-na.

– Sim, foi exatamente isso.

O próprio Rhyme sentira isso antes. Muitas vezes. Havia sentido isso três anos e meio antes, curvado sobre o corpo em decomposição do jovem policial, tirando uma fibra do uniforme. Teve *certeza* de que havia alguém por perto. Mas não havia ninguém – apenas uma grande viga de carvalho que escolheu aquele exato momento para soltar-se com um chiado, partir-se e descer sobre o ponto em que se localizava sua quarta vértebra cervical, com todo o peso da terra.

– O que você pensou, Amelia?

Ela não resistia mais. Os lábios estavam relaxados, os olhos se dirigiram para o pôster enrolado de *Nighthawks* – pessoas sentadas para jantar, solitárias, ou se sentindo contentes por estarem sozinhas. Respondeu:

– Eu me lembro de ter dito a mim mesma: "Cara, que lugar velho." Era como uma das fotografias de fábricas e coisas assim do início do século. E eu...

– Espere – cortou-a Rhyme. – Vamos pensar nisso. Velho...

Seus olhos moveram-se para o mapa do Levantamento Randel. Antes, ele tinha comentado o interesse do elemento desconhecido pela Nova York histórica. E o prédio onde T.J. Colfax morreu era velho, também. E também o túnel da estrada de ferro no qual haviam encontrado o primeiro corpo. Os trens da New York Central, antigamente, corriam pela superfície. Mas houve tantas mortes de pessoas que cruzavam a linha que a avenida 11 ganhou o nome de Avenida da Morte e a estrada de ferro foi obrigada a desviar as linhas para o subsolo.

– E a Pearl Street – disse Rhyme pensativo para si mesmo – era uma importante linha auxiliar na velha Nova York. Por que ele está tão interessado em coisas antigas? – Voltou-se para Sellitto e perguntou: – Terry Dobyns ainda trabalha para nós?

– O psiquiatra? Sim. Trabalhamos juntos em um caso no ano passado. Falando nisso, ele perguntou por você. Disse que ligou umas duas vezes e que você nunca...

– Certo, certo, certo – interrompeu-o Rhyme. – Chame-o aqui. Quero saber o que ele acha dos hábitos mentais do 238. Agora, Amelia, o que mais você pensou?

Ela encolheu os ombros, mas com uma indiferença grande demais.

– Nada.

– Nada?

E onde ela *escondia* seus sentimentos?, especulou ele, lembrando-se de algo que Blaine dissera certa vez, vendo uma mulher deslumbrante descendo a Quinta Avenida: *Quanto mais belo o pacote, mais difícil desembrulhá-lo.*

– Não sei... Tudo bem, lembro-me de uma coisa em que pensei. Mas não significa nada. Não é uma observação profissional.

*Profissional...*

É uma merda quando você estabelece seus próprios padrões, não é, Amelia?

– Diga.

– Quando você disse para eu fingir que era ele... E quando eu descobri onde ele ficou para olhá-la?

– Continue.

– Bem, eu pensei... – Parecia que lágrimas ameaçavam encher seus belos olhos. Eles eram de um azul iridescente, notou Rhyme. Ela se controlou. – Eu me perguntei se ela teria um cachorro. A moça, Colfax.

– Um cachorro? Por que pensou nisso?

Amelia hesitou e, em seguida, respondeu:

– Um amigo meu... há alguns anos. Estávamos combinando comprar um cachorro quando fôssemos morar juntos. Eu sempre quis ter um cachorro. Um collie. Foi engraçado. Essa era a raça que ele também queria. Mesmo antes de nos conhecermos.

– Um cachorro. – O coração de Rhyme bateu como besouros se chocando em uma porta de tela no verão. – E...?

168

– Eu pensei que aquela mulher...

– T.J. – disse Rhyme.

– T.J. – continuou Sachs. – Simplesmente pensei como aquilo era triste... se tivesse um bicho de estimação, ela não voltaria mais para casa e para ele, e não brincaria mais com ele. Não pensei em namorados ou marido. Pensei em bichos de estimação.

– Mas por que esse pensamento? Cachorros, bichos de estimação? Por quê?

– Não sei.

Silêncio.

Finalmente, Amelia disse:

– Acho que, vendo-a amarrada ali... E pensei nele ali, de pé, vigiando-a. Simplesmente ali, entre os tanques de óleo. Era como se estivesse observando um animal numa gaiola.

Rhyme olhou para as ondas senoidais na tela do computador do GC-MS.

Animais...

Nitrogênio...

– Merda! – exclamou ele.

Cabeças voltaram-se para ele.

– É merda! – disse Rhyme, olhando para a tela.

– É claro! – disse Cooper, excitado, penteando os cabelos com as mãos. – Todo esse nitrogênio. É esterco. E esterco velho.

De repente, Lincoln Rhyme teve um daqueles momentos. O pensamento simplesmente explodiu em sua mente. A imagem era de cordeiros.

– Lincoln, você está bem? – perguntou Sellitto.

Um cordeiro, andando tranqüilamente pela rua.

*Era como se ele estivesse observando um animal...*

– Thom – perguntou Sellitto –, ele está bem?

*...numa gaiola.*

Rhyme imaginou o animal, confiante. Um sino no pescoço, dezenas de outros vindo atrás dele.

– Lincoln – disse Thom, preocupado –, você está suando. Está se sentindo bem?

169

– Psiu – ordenou o criminalista.

Sentiu a coceira do suor descendo pelo rosto. Inspiração e ataque do coração. Os sintomas são estranhamente semelhantes. Pense, pense...

Ossos, postes de madeira e esterco...

– Isso mesmo! – disse baixinho. Um cordeiro traidor, levando o rebanho para o abate. – Currais – disse ele. – Ela está sendo mantida em cativeiro em um curral.

## 13

— Não há currais em Manhattan.

– No *passado*, Lon – lembrou Rhyme. – Coisas antigas excitam nosso rapaz. Dão tesão nele. Temos que pensar em *velhos* currais. Quanto mais antigos, melhor.

Ao realizar pesquisas para seu livro, Rhyme leu sobre um assassinato do qual fora acusado Owney Madden, um bandido refinado: ele matou a tiros um contrabandista rival em frente à sua casa no Hell's Kitchen. Madden nunca foi condenado – pelo menos, não por esse crime em particular. No banco dos réus, falando com sua voz melodiosa e sotaque britânico, ele deu ao tribunal uma aula sobre traição. "Esse caso foi inventado por meus rivais, que estão contando mentiras a meu respeito. Meritíssimo, sabe o que eles me lembram? Em meu bairro, Hell's Kitchen, rebanhos de cordeiros eram levados pelas ruas, dos currais para os matadouros na rua 42. E sabe quem ia à frente deles? Não um cachorro, não um homem. Mas um deles. Um cordeiro traidor, com um sino em volta do pescoço. Ele ia à frente do rebanho, subindo aquela rampa. Mas parava ali e o restante entrava. Eu sou um cordeiro inocente e essas testemunhas que depõem contra mim são os traidores."

– Ligue para a biblioteca, Banks – continuou Rhyme. – Eles devem ter lá um historiador.

| ELEMENTO DESCONHECIDO 238 | | | |
|---|---|---|---|
| **Aparência** | **Residência** | **Veículo** | **Diversos** |
| • Branco, homem, estatura baixa<br>• Roupa escura<br>• Luvas velhas, pelica, avermelhadas<br>• Loção pós-barba: para encobrir cheiro?<br>• Máscara de esquiador? Azul-marinho? | • Prov. tem casa segura | • Táxi Yellow Cab | • Conhece proc. de CC<br>• Possivelmente tem antec. criminais<br>• Conhece levantamento de impressões digitais<br>• Arma = Colt 32 milímetros<br>• Amarra vít. com nós incomuns<br>• O "antigo" o atrai |

O jovem detetive pegou o telefone celular e fez a ligação. A voz baixou um tom ou dois enquanto falava. Depois de explicar de que necessitavam, parou de falar e olhou para o mapa da cidade.

– E então? – perguntou Rhyme.

– A biblioteca está procurando alguém. Conseguiram... – baixou a voz enquanto alguém respondia do outro lado e ele repetia o pedido. Começou a fazer gestos de assentimento com a cabeça e anunciou: – Consegui duas localizações... não, três.

– Quem é? – perguntou Rhyme. – Com quem você está falando?

– Com o curador dos arquivos da cidade... Ele disse que houve três grandes áreas de currais em Manhattan. Uma no West Side, perto da rua 60... Outra no Harlem, nas décadas de 1930 e 1940. E, finalmente, no Lower East Side durante a Revolução.

– Precisamos de endereços, Banks. Endereços.

Banks voltou à escuta.

– Ele não tem certeza.

– Por que ele não pode verificar isso? Diga a ele para fazer uma pesquisa!

– Ele ouviu o que o senhor disse, senhor – respondeu Banks. – E perguntou: onde? Verificar onde? Naquela época não havia Páginas Amarelas. Ele está examinando velhos...

– Mapas demográficos de bairros comerciais, sem nomes de rua – especulou Rhyme. – Obviamente. Diga a ele para *dar um palpite*.

– É isso que ele está fazendo. Está pensando.

– Precisamos que ele dê um palpite logo.

Banks continuou a escutar, assentindo com a cabeça.

– O que, o que, o que, *o quê*?

– Perto da rua 60 com a Décima – respondeu o jovem policial. E um momento depois: – Lexington, perto do rio Harlem.... E em seguida... onde ficava a fazenda Delaney. Isso fica próximo da Delaney Street?

– *Claro* que fica. A partir de Little Italy, o caminho todo até o East River. Um bocado de chão. *Quilômetros*. Pergunte a ele se não pode ser mais preciso.

– Nas imediações da Catherine Street. Lafayette... Walker. Ele não tem certeza.

– Perto dos prédios das cortes de justiça – sugeriu Sellitto e voltou-se para Banks: – Ponha as equipes de Haumann em ação. Divida-as. Diga-lhes para visitar os três bairros.

O jovem detetive fez a ligação e em seguida levantou os olhos:

– E agora, o quê?

– Esperamos – disse Rhyme.

– Odeio essa merda de esperar – murmurou Sellitto.

Sachs virou-se para Rhyme:

– Posso usar seu telefone?

Rhyme indicou o aparelho na mesa-de-cabeceira.

Ela hesitou.

– Vocês têm um lá fora? – E apontou para o corredor.

Rhyme confirmou.

Com uma postura perfeita, Sachs saiu da sala. Pelo espelho do corredor, Rhyme pôde vê-la, solene, fazendo a preciosa ligação. Para quem?, perguntou a si mesmo. Namorado? Marido? Creche? Por que tinha hesitado ao mencionar o "amigo", quando lhe falou sobre o cachorro? Havia uma história por trás disso, apostava.

Quem quer que ela estivesse procurando não estava no número chamado. Rhyme notou que seus olhos se transformaram em dois seixos azul-escuros quando não recebeu resposta. Ela levantou os olhos e surpreendeu Rhyme observando-a pelo vidro empoeirado. Virou as costas. Pôs o telefone no gancho e voltou para a sala.

Houve silêncio durante cinco minutos. Rhyme carecia do mecanismo que a maioria das pessoas usa para aliviar a tensão. Quando tinha os movimentos, fora um maníaco em andar de um lado para o outro, o que deixava os funcionários da Polícia Técnica loucos. Nesse momento, seus olhos vasculhavam energicamente o mapa Randel da cidade, enquanto Sachs enfiava a mão sob o quepe de patrulheira e coçava a cabeça. O invisível Mel Cooper catalogava provas, calmo como um cirurgião.

Todos, menos uma pessoa na sala, saltaram quando o telefone de Sellitto chamou. Ele escutou e os lábios se abriram num sorriso.

– Entendi!

*173*

Quem ligou foi um dos homens de Haumann que estava no cruzamento da 11 com a rua 60. Tinham ouvido gritos de mulher vindo de algum lugar por ali. Não sabiam com certeza de onde. Estavam investigando de porta em porta.

— Calce seus tênis de corrida — ordenou Rhyme a Sachs.

Notou seu ar de frustração. Ela olhou para o telefone de Rhyme, como se o aparelho pudesse tocar a qualquer momento com uma ordem do governador para retirá-la do caso. Em seguida, olhou para Sellitto, que examinava um mapa tático da Unidade de Operações Especiais cobrindo a área do West Side.

— Amelia — disse Rhyme —, nós perdemos uma vítima. Foi uma pena. Mas não temos que perder outra.

— Se você a tivesse visto — murmurou ela. — Se apenas tivesse visto o que ele fez com ela...

— Mas eu vi, Amelia — disse ele tranquilamente, os olhos implacáveis e desafiadores. — Eu vi o que aconteceu com T.J. Vi o que aconteceu com corpos deixados em porta-malas quentes durante um mês. Vi o que meio quilo de C4 faz com braços, pernas e rostos. Processei a cena do crime no clube social Happy Land. Mais de oitenta pessoas carbonizadas. Tiramos fotos polaróide dos rostos das vítimas, ou do que restava delas, para que fossem identificadas pelas famílias... porque não há maneira de um ser humano passar por aquelas fileiras de corpos e permanecer lúcido. Exceto nós. Não tínhamos opção. — Respirou fundo para tentar combater a dor lancinante que lhe percorreu o pescoço. — Entenda, se quiser ter sucesso neste trabalho, Amelia... Se quiser ter sucesso na *vida*, vai ter que aprender a esquecer os mortos.

Um após outro, todos na sala haviam interrompido o que estavam fazendo e olhavam para os dois.

Nada de palavras gentis da parte de Amelia Sachs. Nada de sorrisos polidos. Ela tentou manter o rosto impassível. Mas o rosto era transparente como vidro. A fúria que sentia contra ele — desproporcional ao comentário que ele tinha feito — fervia dentro dela, o rosto contraído sob a força de uma sombria energia. Empurrou para o lado um cacho dos cabelos ruivos e agarrou na mesa os fones de ouvido. Quando chegou à escada, parou e lançou-lhe um olhar duro, lembrando a Rhyme que nada havia de mais frio que o sorriso frio de uma bela mulher.

E, por alguma razão, Rhyme se descobriu pensando: Que bom ter você de volta, Amelia.

– O QUE VOCÊ conseguiu? Tem mercadoria para entregar, tem uma história para contar, tem fotos?

Malandro estava sentado em um bar no East Side, na Terceira Avenida – que para a cidade era o que os shoppings são para os subúrbios grã-finos. Aquele bar de segunda classe logo estaria agitado com candidatos a yuppies. Nesse momento, porém, era o refúgio de moradores locais malvestidos, que comiam peixe duvidoso e saladas murchas.

O homem magro, com pele cor de ébano, usava uma camisa muito branca e um terno muito verde. Inclinou-se para Malandro.

– Você tem notícias, tem códigos secretos, tem cartas? Tem alguma merda?

– Cara... Ah...

– Você não está rindo quando diz "Ah" – observou Fred Dellray, na realidade D'Ellret, mas isso fora há gerações. Tinha 1,88 metro de altura, raramente sorria, a despeito de falar em gíria, e era um agente especial de primeira classe da Superintendência do FBI em Manhattan.

– Não, cara. Não estou rindo.

– Então, o que foi que você *conseguiu*?

– A coisa demora, cara.

Malandro, um homem de baixa estatura, coçou o cabelo sebento.

– Mas você não tem tempo. Tempo é precioso, o tempo voa, e tempo é uma coisa que você não tem. Entendeu?

Dellray pôs a mão enorme sob a mesa, na qual havia duas xícaras de café, e apertou a coxa de Malandro até que ele gemeu.

Seis meses antes, aquele cara magrelo tinha sido flagrado tentando vender fuzis M-16 automáticos a uma dupla de radicais de direita que – fosse isso verdade ou não – eram também agentes do BATF.

Os federais, claro, não queriam Malandro, aquela *coisa* pequenina, de olhos esbugalhados, nojenta. Queriam quem estava fornecendo os fuzis. A ATF teve algum sucesso, mas não houve estouros de depósitos clandestinos de armas, de modo que o entregaram para Dellray, o Número Uno do FBI para tratar desses casos, e descobrir se o homenzinho podia ter alguma utilidade. Até então, porém, ele se mostrara apenas um rato irritante, que aparentemente não tinha nem informações confidenciais, nem códigos secretos e nem mesmo merda alguma para passar aos federais.

— A única maneira de evitarmos fazer uma acusação contra você, qualquer acusação, é você nos passar alguma coisa bela e nojenta. Estamos entendidos?

— Não tenho nada para vocês *agora*, é isso o que estou dizendo. *Agora*.

— Mentira, mentira. Você tem alguma coisa para contar. Posso ver isso na sua cara. Você sabe de alguma coisa, seu sacana.

Um ônibus parou do lado de fora, com um silvo do freio. Um grupo de paquistaneses cascateou pela porta.

— Cara, essa merda de conferência das Nações Unidas – murmurou Malandro –, para que diabos eles vieram para cá? Esta cidade já está cheia demais. Todos eles são estrangeiros.

— "Merda de conferência." Seu safadinho, seu bostinha – disse Dellray. – O que você tem contra a paz mundial?

— Nada.

— Agora me conte alguma coisa boa.

— Não sei de nada bom.

— Com quem você estava conversando? – Dellray sorriu diabolicamente. – Eu sou o Camaleão. Posso rir e ficar feliz, ou posso fazer cara feia e apertar.

— Não, cara, não – reclamou Malandro. – Merda, isso dói. Pare com isso.

O garçom olhou para eles. Um rápido olhar de Dellray e ele voltou a enxugar os copos.

— Tudo bem, eu sei de uma coisa. Mas preciso de ajuda. Preciso...

— Hora de apertar, de novo.

– Vá se foder, cara. Vá se foder!

– Oh, isso é o que eu chamo de um diálogo inteligente – retrucou Dellray. – Você parece um personagem desses filmes ordinários, você sabe, o bandido e o mocinho finalmente se encontram. Como Stallone e qualquer outro cara. E tudo o que um consegue dizer ao outro é: "Foda-se, cara." "Não, foda-se *você*." Agora, você vai me contar alguma coisa que valha a pena. Estamos entendidos?

E olhou para Malandro até ele pedir arrego.

– Tudo bem, o negócio é o seguinte. Estou confiando em você, cara, estou mesmo.

– Sei, sei, sei. O que descobriu?

– Eu estava conversando com Jackie. Conhece Jackie?

– Conheço.

– E ele estava me contando.

– O que ele estava contando?

– Ele me disse que tinha ouvido uma coisa, que alguém estava indo e vindo esta semana, fazendo isso nos aeroportos.

– O que estava entrando e saindo? Mais fuzis M-16?

– Eu lhe disse, cara, não foi nada que *eu* fiz. Estou contando o que Jackie...

– ...lhe disse, já sei.

– Certo, cara. Apenas de modo geral, sabe? – Malandro virou os grandes olhos castanhos para Dellray. – Eu ia mentir para você?

– Jamais perca sua dignidade – avisou solenemente o agente, apontando um dedo severo para o peito de Malandro. – Agora, que história é essa sobre aeroportos? Kennedy? La Guardia?

– Não sei. Tudo o que sei é que alguém ia a um aeroporto. Alguém mau.

– Dê um nome.

– Não tenho nomes.

– Onde está Jackie?

– Não sei, droga. África do Sul, acho. Libéria, talvez.

– O que isso *significa*?

Dellray apertou seu cigarro.

– Acho que havia uma chance de alguém se ferrar, você sabe, de modo que ninguém ia receber as remessas que vinham.

– Dê um palpite.

Malandro se encolheu, com medo, mas Dellray não estava pensando em atormentá-lo mais. Estava ouvindo alarmes: Jackie – um traficante de armas que os dois departamentos conheciam há anos – podia ter ouvido alguma coisa de um de seus clientes, soldados que estavam na África, na Europa Central, em células de milícias na América, sobre algum ataque terrorista em aeroportos. Normalmente, Dellray não pensaria nesse assunto, exceto pelo seqüestro no JFK na noite anterior. Não deu muita atenção ao caso – era um caso do DPNY. Mas agora pensava também naquele atentado a bomba frustrado na reunião da Unesco em Londres, pouco antes.

– Seu amigo lhe disse mais alguma coisa?

– Não, cara. Nada. Ei, estou com fome. A gente não pode comer alguma coisa?

– Lembra-se do que eu lhe disse sobre dignidade? Pare de gemer. – Dellray levantou-se. – Vou dar um telefonema.

O VRR DERRAPOU e parou na rua 60.

Sachs tirou do veículo a valise usada nas cenas de crime, a PoliLight e a grande lanterna de 12 volts.

– Vocês chegaram a tempo? – gritou Sachs para um membro da Unidade de Operações Especiais. – Ela está bem?

Ninguém respondeu. Ela ouviu gritos.

– O que está acontecendo? – disse ela em voz baixa, correndo arquejante para a grande porta, que havia sido derrubada pelos homens da UOE. A porta dava para uma grande entrada de automóveis que descia para um prédio abandonado. – Ela ainda está *lá*?

– Está tudo bem.

– Por quê? – perguntou, chocada.

– Recebemos ordens de não entrar.

– Não entrar? Ela está gritando. Não estão ouvindo?

Um policial da UOE respondeu:

– Eles nos disseram para esperar por você.

*Eles*. Não, não *eles*, absolutamente. Lincoln Rhyme. Aquele filho-da-puta.

— É você quem deve encontrá-la – disse o policial. – *Você* é quem deve entrar.

Amelia ligou os fones de ouvido.

— Rhyme! – disse secamente. – Você está na linha?

Nenhuma resposta... O covarde escroto.

*Esquecer os mortos*... Filho-da-puta! Ela estava duas vezes mais furiosa do que quando desceu a escada da casa dele, há alguns minutos.

Olhou para trás e notou um paramédico ao lado do ônibus da UOE.

— Você, venha comigo.

Ele deu um passo à frente e viu que ela sacava a arma. Parou.

— Estou fora – disse o paramédico. – Não sou obrigado a entrar até que a área esteja segura.

— Agora! Mova-se!

Ela girou na direção dele e ele deve ter visto mais cano de revólver do que queria. Fez uma careta e correu atrás dela.

Ouviram um grito que vinha do subsolo.

— Aiiiii! *Hilfe!* – Depois soluços.

Sachs começou a correr para a porta enorme, de uns 4 metros de altura, e para a escuridão esfumaçada no lado de dentro.

Em seus pensamentos, ouviu uma voz: *Você é ele, Amelia. O que você está pensando?*

Vá embora, respondeu ela mudamente.

Lincoln Rhyme, porém, recusou-se a desaparecer.

*Você é um assassino e um seqüestrador, Amelia. Por onde você andaria, em que tocaria?*

Esqueça! Eu vou salvá-la. Foda-se a cena do crime...

— *Mein Gott!* Por favor! Alguém! Por favor, me ajudem!

Vá, gritou Sachs consigo mesma. Corra! Ele não está aqui. Você está em segurança. Vá até ela, vá...

Acelerou, a valise chacoalhando enquanto corria. Em seguida, já uns 7 metros dentro do túnel, parou. Não queria saber que um tinha ganho a parada.

Ah, foda-se – cuspiu. Pôs a valise no chão e abriu-a. Bruscamente, perguntou ao paramédico: – Você, qual é o seu nome?

O jovem, nervoso, respondeu:

– Tad Walsh. O que está acontecendo?

E olhou para dentro da escuridão.

– Oh... *Bitte, helfen Sie mir!*

– Dê-me cobertura – disse Sachs baixinho.

– Cobertura? Espere aí, isso não é minha atribuição.

– Pegue a arma, certo?

– Eu devo dar proteção a você contra *o quê*?

Enfiando a automática na mão do rapaz, ela caiu de joelhos.

– Soltei a trava de segurança. Tenha cuidado.

Amelia pegou dois elásticos e passou-os em volta dos sapatos. Retomando a pistola, disse a ele que fizesse o mesmo.

Com mãos trêmulas, o rapaz fez o que ela mandou.

– Estou pensando...

– Calado. Ele ainda pode estar aqui.

– Espere aí – disse baixinho o paramédico. – Isso não é minha função.

– Nem a minha. Segure isto. – E entregou a lanterna ao rapaz.

– Mas se ele ainda estiver aqui, provavelmente vai atirar na lanterna. Era nisso que *eu* atiraria.

– Neste caso, mantenha a luz alta. Acima de meu ombro. Eu entro na frente. Se alguém levar um tiro, serei eu.

– Nesse caso, o que faço? – Tad parecia um adolescente falando.

– Eu correria como o diabo – disse Sachs baixinho. – Agora, siga-me. E mantenha firme esse facho de luz.

Levando a valise preta da Polícia Técnica na mão esquerda, com a arma apontada para a frente, olhou para a porta e os dois entraram na escuridão. Ela viu novamente as conhecidas marcas de vassoura, exatamente como na outra cena de crime.

– *Bitte nicht, bitte nicht, bitte...* – Um curto grito e depois silêncio

– O que diabo está acontecendo lá embaixo? – murmurou Tad.

– Shhhh – silvou Amelia.

Andaram devagar. Sachs soprou os dedos que empunhavam a Glock, para secar o suor pegajoso, olhou para possíveis alvos, como pilares de madeira, sombras, maquinaria abandonada, iluminados pela lanterna mantida oscilante nas mãos de Tad.

Não encontrou pegadas.

Claro que não. Ele é esperto.

*Mas nós também somos,* ouviu Lincoln Rhyme dizer em seus pensamentos. E ela lhe disse que calasse a boca.

Mais devagar agora.

Mais 1,5 metro. Parada. Novamente movendo-se devagar. Fazendo força para ignorar os gemidos da moça. Sentiu aquilo novamente – aquela sensação de estar sendo espionada, o percurso suave da mira de uma arma seguindo-a. O colete, pensou, não deteria uma bala de metal. A metade dos bandidos, de qualquer modo, usava Black Talons – de modo que um tiro numa perna ou braço matava com tanta eficiência quanto um tiro no peito. E com muito mais dor. Nick tinha lhe contado que uma dessas balas podia partir um corpo humano em dois. Um de seus parceiros, atingido por dois desses projéteis, havia morrido em seus braços.

*Acima e atrás...*

Pensando nele, lembrou-se de uma noite, deitada sobre o sólido ombro de Nick, olhando para a silhueta de seu belo rosto italiano no travesseiro, enquanto ele lhe contava sobre a invasão de um local para salvar um refém. "Quem quiser pegá-la quando você entrar, vai fazer isso de cima e por trás..."

– Merda. – Abaixou-se, girando em volta de si mesma, apontando a Glock para o teto, pronta para esvaziar todo o pente.

– O quê? – murmurou Tad, medroso. – *O quê?*

O vazio escancarou-se para ela.

– Nada. – Respirou fundo e levantou-se.

– Não *faça* isso.

Os dois ouviram um som de engasgamento à frente.

– Jesus! – disse Tad novamente. – Odeio isso.

Esse cara é bicha, pensou ela. Sei disso porque ele está dizendo tudo o que *eu* queria dizer.

Parou.

– Ilumine aquele lugar lá em cima. À frente.

– Oh, meu bendito...

Sachs, finalmente, compreendeu os pêlos que tinha encontrado na última cena de crime. Lembrou-se do olhar trocado entre Sellitto e Rhyme. Ele havia descoberto o que o elemento desconhecido planejara. Ele soube que era isso que estava acontecendo – mas, *ainda assim*, ordenou à UOE que esperasse. Por isso odiou-o ainda mais.

Viu à sua frente uma moça estendida no chão, em uma poça de sangue. Ela virou para a luz os olhos vidrados e desmaiou, exatamente no momento em que um rato preto enorme – do tamanho de um gato – rastejou por cima de sua barriga e dirigiu-se para a garganta carnuda. E arreganhou os dentes imundos para morder-lhe o queixo.

Em movimentos suaves, Sachs ergueu a pesada Glock preta, a palma da mão esquerda embaixo do cabo para lhe dar um apoio firme. Fez pontaria.

*Atirar é respirar.*

Inale, exale. Aperte o gatilho.

Pela primeira vez no cumprimento do dever, Sachs usou a arma. Quatro tiros. O rato imenso que estava em cima do peito da moça praticamente explodiu. Ela acertou outro no chão atrás da moça, e outro que, em pânico, correu para ela e para o paramédico. Os outros desapareceram silenciosamente, rápido como água sobre areia.

– Jesus! – exclamou o paramédico. – Você podia ter atingido a moça.

– A 10 metros de distância? – resmungou Sachs. – Dificilmente.

Pelo rádio, Haumann perguntou se eles estavam sob fogo.

– Negativo – respondeu Sachs. – Eu estava apenas atirando em alguns ratos.

– Ouvido e entendido.

Amelia tomou a lanterna das mãos do paramédico e, apontando o facho para o chão, deu um passo à frente.

– Está tudo bem – disse em voz alta. – Você vai ficar bem.

Os olhos da moça se abriram, a cabeça balançou frouxamente de um lado para o outro.

– *Bitte, bitte...*

Ela estava muito pálida. Os olhos azuis colaram-se em Sachs, como se tivesse medo de perdê-la.

– *Bitte, bitte...* Por favor...

A voz subiu para um alto ganido e ela começou a soluçar e a debater-se em pavor, enquanto o paramédico aplicava ataduras nos ferimentos.

Sachs aninhou nos braços a cabeça loura, sussurrando:

– Você vai ficar bem, querida, vai ficar bem, vai ficar bem...

# 14

O escritório, no alto de um edifício no centro de Manhattan, tinha vista para Nova Jersey. A poeira que pairava no ar deixava o pôr-do-sol perfeito.

– Temos que fazer isso.

– Não podemos.

– Temos que fazer isso – repetiu Fred Dellray e tomou um gole de café... ainda pior do que o servido no restaurante no qual ele e Malandro estiveram não muito tempo antes. – Tirar o caso das mãos deles. Eles sobreviverão.

– É um caso local – disse o Assistente Especial da Superintendência do FBI em Nova York. O AES era um homem meticuloso, que jamais poderia trabalhar clandestinamente. Porque, quando se olhava para ele, todo mundo pensava: Oh, um agente do FBI.

– Não é local. Eles o estão *tratando* como caso local. E é um caso importante.

– Estamos com um desfalque de oitenta agentes por causa dessa coisa das Nações Unidas.

– E o caso tem relação com essa conferência – retrucou Dellray. – Tenho certeza disso.

– Se é isso, vamos informar à *Segurança* da ONU. Deixar que todos... Oh, não me olhe desse jeito.

Segurança das Nações Unidas? Segurança das Nações Unidas? Escute aqui, você já ouviu alguma vez a palavra oximoro?... Billy, está vendo esta foto? Da cena, esta manhã? A mao saindo da terra, toda a pele arrancada desse dedo? Foi uma merda o que fizeram lá.

– O DPNY está nos mantendo informados – respondeu o superintendente. – Temos a Divisão de Comportamento Criminal ligada conosco, se as Nações Unidas quiserem mais informações

– Oh, Jesus Cristo. Comportamento ligado conosco? Temos que pegar esse estripador, Billy. *Pegá-lo*. E não perder tempo com burocracia.

– Conte-me de novo o que lhe disse seu informante.

Dellray reconhecia uma rachadura numa pedra quando a via. Não ia deixar que ela se fechasse de novo. Fogo rápido então: sobre Malandro, Jackie em Joanesburgo ou em Monróvia, e a conversa à boca pequena no tráfico de armas de que alguma coisa ia acontecer no aeroporto de Nova York naquela semana e que era melhor evitar o lugar.

– É *ele* – garantiu Dellray. – Tem que ser.

– O DPNY tem uma Unidade de Operações Especiais.

– Mas não antiterrorismo. Dei uns telefonemas. Ninguém na AT sabe de coisa alguma a esse respeito. Para o DPNY, turista morto é péssimo para relações públicas. Eu quero esse caso, Billy. – E Fred Dellray pronunciou uma palavra que jamais dissera em seus oito anos como agente secreto: – Por favor.

– Baseado em quê você diz isso?

– Oh, oh, que pergunta mais boba – respondeu Dellray, apontando-lhe o dedo indicador como uma professora rigorosa. – Vejamos. Conseguimos aquela lei antiterrorismo novinha em folha. Mas isso não é suficiente para você. Quer que seja observada a questão de jurisdição? Eu lhe dou jurisdição. Um crime contra a Autoridade Portuária, que administra os portos. Seqüestro, que é crime da alçada federal. Posso mesmo argumentar que esse sacana está usando um táxi e, portanto, afetando o comércio interestadual. Mas não queremos fazer *esses* jogos, queremos, Billy?

– Você não está me entendendo. Posso recitar as leis federais até dormindo, obrigado. Quero saber se vamos assumir a solução do caso o que vamos dizer às pessoas e deixar *todo mundo* satisfeito. Porque, lembre-se, quando esse elemento desconhecido for preso e acusado, vamos ter que continuar a trabalhar com o DPNY. Não vou mandar meu irmão mais velho para bater no irmão mais velho dele, mesmo que eu possa fazer isso quando eu quiser. Lon Sellitto está encarregado das investigações e ele é um cara competente.

— Um tenente? – resmungou Dellray. – Puxou o cigarro de trás da orelha e colocou-o sob as narinas por um momento.

— Jim Polling está supervisionando o caso.

Dellray recuou com fingido horror.

— Polling? O pequeno Adolph? O "você-tem-o-direito-de-ficar-calado-porque-vou-bater-nessa-sua-cabeça-de-merda"? Polling? *Ele*?

O AES não tinha resposta para essas palavras. Disse apenas:

— Sellitto é competente. Um verdadeiro burro de carga. Trabalhei com ele em duas forças-tarefa da OC.

— Esse elemento desconhecido está seqüestrando gente a torto e a direito e aposto que ele vai ficar ainda mais ambicioso.

— O que você quer dizer com isso?

— Temos senadores na cidade. Temos deputados, temos chefes de Estado. Acho que essas pessoas que ele está seqüestrando agora são apenas um treinamento.

— *Você* esteve conversando com Comportamento e não me disse?

— É o que ando farejando por aí. Dellray não pôde evitar tocar no nariz fino.

O AES soprou o ar de dentro das bochechas de agente federal bem escanhoado.

— Quem é o IC?

Dellray teve problema para pensar em Malandro como um informante confidencial, o que parecia algo saído dos romances de Dashiell Hammett. A maioria dos *ICs* era composta de esqs, abreviatura de esqueletos, significando sacaninhas magrelos, repugnantes. Uma carapuça que servia perfeitamente em Malandro.

— Ele é um mentiroso – reconheceu Dellray. – Mas, Jackie, o cara de quem ele ouviu a coisa é um tipo que merece crédito.

**185**

– Sei que você quer esse caso, Fred. Compreendo isso.

O chefe disse essas palavras com certa simpatia. Isso porque sabia exatamente o que havia por trás do pedido de Dellray.

Desde o tempo de menino no Brooklyn, Dellray queria ser policial. Não importava muito que tipo de policial, desde que pudesse passar 24 horas por dia fazendo esse trabalho. Mas, logo depois de ingressar no FBI, encontrou sua vocação – trabalho secreto.

Trabalhando com seu parceiro e anjo da guarda Toby Dolittle, Dellray foi responsável por tirar de circulação, por muito tempo, um grande número de criminosos – em sentenças que somavam mil anos. "Podem nos chamar de 'O Time do Milênio', Toby-O", dissera ele certa vez a seu parceiro. A pista para o sucesso de Dellray podia ser encontrada em seu apelido: "Camaleão", título que lhe foi concedido depois de ter representado, durante um período de 24 horas, o papel de um doidão imbecil em uma boca de crack do Harlem e de dignitário haitiano em um jantar no consulado panamenho, com uniforme completo, incluindo uma faixa de condecoração no peito e um sotaque inquestionável. Os dois agentes eram regularmente emprestados ao ATF ou ao DEA e, às vezes, a departamentos de polícia municipal. Drogas e armas eram sua especialidade, embora também fossem bons em mercadorias contrabandeadas.

A ironia do trabalho clandestino estava no fato de que, quanto mais competente o agente, mais cedo a aposentadoria. Palavras se espalham, e os caras importantes, os criminosos dignos de ser caçados, tornam-se mais difíceis de enganar. Dolittle e Dellray trabalhavam menos em campo e mais como contatos de informantes e outros agentes clandestinos. E apesar de esse trabalho não ter sido a primeira opção de Dellray – nada o excitava tanto quanto bater as ruas –, ele, ainda assim, arranjava mais pretextos para sair da Superintendência do que a maioria dos outros agentes do FBI. Nunca lhe ocorrera solicitar transferência.

Isso até dois anos antes – até uma quente manhã de abril em Nova York. Dellray saía da Superintendência para pegar um avião no La Guardia quando recebeu um telefonema de um diretor-assistente do FBI em Washington. O FBI é um ninho de hierarquias e Dellray não podia imaginar por que o figurão estava, em pessoa, lhe telefonando. Até que ouviu a voz sombria dar a notícia de que Toby Dolittle, juntamente com um promotor-federal-assistente lotado em Manhattan, estavam no térreo do prédio federal de Oklahoma City naquela manhã, preparando-se para prestar depoimento em uma sessão à qual o próprio Dellray iria.

Seus corpos seriam enviados de avião para Nova York no dia seguinte.

Que foi também o dia em que Dellray preencheu o primeiro dos formulários RFT-2230, solicitando transferência para a Divisão Antiterrorismo do FBI.

Aquele atentado a bomba foi o maior de todos os crimes para um Fred Dellray que, quando ninguém estava olhando, devorava livros sobre política e filosofia. Acreditava que nada havia de antiamericano em cobiça ou avidez – essas qualidades são estimuladas em toda parte, de Wall Street ao Capitólio. E se pessoas que faziam de cobiça ou avidez um negócio ultrapassavam a linha da legalidade, Dellray tinha todo prazer em identificá-las – embora nunca o fizesse por animosidade pessoal. Mas assassinar pessoas por causa de suas crenças – merda, assassinar crianças antes mesmo de elas saberem *em que* acreditavam –, oh, meu Deus, isso era uma punhalada no coração do país. Sozinho em seu apartamento de dois cômodos escassamente mobiliado no Brooklyn, após o enterro de Toby, Dellray concluiu que era esse o tipo de crime em que queria trabalhar.

Infelizmente, porém, a fama do Camaleão o havia precedido. O melhor agente clandestino do FBI era nesse momento o melhor contato, lidando com agentes e ICs em toda a Costa Leste. Seus chefes simplesmente não podiam dar-se ao luxo de perdê-lo para um dos departamentos mais inertes do FBI. Dellray era uma lenda, pessoalmente responsável por alguns dos maiores sucessos mais recentes do FBI. Por isso mesmo ainda que, com pena, seus insistentes pedidos eram indeferidos.

O chefe conhecia bem a história e acrescentou, com sinceridade:

– Eu gostaria muito de poder ajudá-lo, Fred. Sinto muito.

Tudo o que Dellray ouviu, porém, foi a pedra rachando um pouco mais. E, por isso, o Camaleão puxou um personagem do cabide e olhou fixamente para o chefe. Desejou ter ainda aquele falso dente de ouro. O Dellray era um *hombre* durão com a merda de um olhar maldoso. E naquele olhar estava a mensagem inequívoca que todos os que andavam pelas ruas reconheceriam imediatamente. Eu fiz uma por você, agora você faz uma por mim.

Finalmente, o agoniado AES disse, desajeitado:

— A questão é que precisamos de alguma coisa.

— Alguma coisa?

— De um gancho – continuou o chefe. – Não temos um gancho.

O que ele queria dizer era que precisava de uma razão para tirar o caso da jurisdição do DPNY.

Política, política, politimerda.

Dellray baixou a cabeça, embora os olhos, castanhos como verniz, não se afastassem um único milímetro do superintendente.

— Esta manhã, ele cortou a pele do dedo daquela vítima, Billy. Cortou até o osso. Em seguida, enterrou-o, ainda vivo.

Duas mãos bem lavadas de agente federal se encontraram sob uma mandíbula tensa. Em voz pausada, o AES disse:

— Um pensamento para você. Sobre um vice-comissário no DPNY. O nome dele é Eckert. Conhece? Ele é amigo meu.

A MOÇA, ESTIRADA na maca, olhos fechados, embora consciente, estava tonta. Ainda pálida. Um quarto de litro de soro era injetado nesse momento em seu braço. Em seguida, reidratada, ela ficou coerente e notavelmente calma, considerando-se tudo o que acontecera.

Sachs voltou novamente aos portais do inferno e ficou olhando para o outro lado da soleira escura da porta. Ligou o rádio e chamou Lincoln Rhyme. Desta vez, ele respondeu.

— Qual é a cena? – perguntou ele, em tom casual.

A resposta de Amelia foi seca:

— Conseguimos tirá-la de lá. Se estiver interessado...

— Ah, ótimo. Como está ela?

– Não está ótima.

– Mas viva, certo?

– Quase.

– Você está nervosa por causa dos ratos, não, Amelia?
Ela ficou calada.

– Porque não deixei que o pessoal de Bo a tirasse de lá imediatamente. Você ainda está aí, Amelia?

– Estou.

– Há cinco contaminadores em cenas de crime – explicou Rhyme. Amelia notou que ele tinha voltado ao tom baixo, sedutor. – O clima, a família da vítima, o suspeito, os caçadores de lembranças. O último é o pior de todos. Adivinhe qual é?

– Diga você.

– Outros policiais. Se eu tivesse deixado que a turma de Operações Especiais entrasse, eles poderiam ter destruído os vestígios. Você sabe agora como processar uma cena de crime. E aposto que preservou tudo.

Sachs teve que dizer:

– Acho que ela nunca mais será a mesma, depois de tudo isso. Os ratos estavam por toda parte em cima dela.

– Sim, imagino que estavam. Essa é a natureza deles.

*A natureza deles...*

– Mas cinco ou dez minutos não iam fazer diferença. Ela...

*Click.*

Amelia desligou o rádio e dirigiu-se a Walsh, o paramédico.

– Quero conversar com ela. Está grogue demais?

– Ainda não. Aplicamos anestesia local para costurar as lacerações e as mordidas. Mas ela vai precisar de um pouco de Demerol dentro de meia hora, mais ou menos.

Sachs sorriu e abaixou-se ao lado da vítima.

– Como você se sente?

A moça, gorda mas bonita, mexeu a cabeça, indicando que estava lúcida.

– Posso lhe fazer algumas perguntas?

– Sim, por favor. Quero que vocês o prendam.

Sellitto chegou e aproximou-se em passos lentos. Sorriu para a moça, que o fitou com uma expressão vazia. Ele mostrou um distintivo, pelo qual ela não demonstrou qualquer interesse, e identificou-se.

— Você está bem?

Monelle encolheu os ombros.

Suando horrivelmente no calor pegajoso, Sellitto, com um aceno de cabeça, chamou Sachs para um lado.

— Polling esteve aqui?

— Não o vi. Talvez ele esteja na casa de Lincoln.

— Não, não está. Acabo de ligar para lá. Ele tem de ir à Prefeitura imediatamente.

— Qual é o problema?

Sellito baixou a voz, o rosto redondo e amassado contorcido.

— Uma cagada... Pensávamos que nossas transmissões eram seguras. Mas os putos desses repórteres conseguiram um decodificador ou coisa parecida. Descobriram que não invadimos imediatamente o local para resgatá-la. E inclinou a cabeça na direção da moça.

— Bem, nós *não entramos* – retrucou asperamente Sachs. – Rhyme disse ao pessoal de Operações Especiais que esperasse até eu chegar.

O detetive contraiu-se.

— Tomara que não tenham gravado *isso*. Precisamos de Polling para contornar a situação. – Indicou novamente a moça. – Já conversou com ela?

— Não. Ia fazer isso agora.

Com um pouco de pena, Sachs ligou o rádio e ouviu a voz nervosa de Rhyme:

— ...você está aí? Esta droga de coisa não...

— Estou aqui – respondeu friamente Sachs.

— O que aconteceu?

— Interferência, acho. Estou com a vítima.

A moça espantou-se ao ouvir essas palavras e Sachs sorriu-lhe.

— Não estou falando sozinha. – Mostrou o microfone. – Chefia da Polícia. Seu nome?

— Monelle. Monelle Gerger.

A moça olhou o braço mordido, levantou uma atadura e examinou o ferimento.

– Tome rápido o depoimento dela – instruiu-a Rhyme. – Em seguida, vá processar a cena do crime.

Com a mão cobrindo o microfone, Sachs murmurou ferozmente para Sellitto:

– É um pé no saco trabalhar com esse cara, senhor.

– Faça a vontade dele.

– Amelia! – berrou Rhyme. – Responda!

– Estamos conversando com ela, ok? – retrucou ela secamente.

– Você pode nos contar o que aconteceu? – perguntou Sellitto.

Monelle começou a contar uma história confusa, de estar na lavanderia de um prédio no East Village. Ele ficara escondido, à espera dela.

– Que prédio? – perguntou Sellitto.

– A Deutsche Haus. Os moradores são, na maioria, expatriados e estudantes alemães.

– O que aconteceu? – continuou Sellitto.

Sachs notou que, embora o detetive grandalhão parecesse mais áspero, mais sem jeito do que Rhyme, ele era na realidade o mais compassivo dos dois.

– Ele me jogou no porta-malas do carro e me trouxe para cá.

– Conseguiu vê-lo?

A mulher fechou os olhos. Sachs repetiu a pergunta. Monelle disse que não. Ele estava, como Rhyme adivinhara, usando uma máscara azul-marinho de esquiador.

– *Und* luvas.

– Descreva-as.

Eram escuras. Ela não se lembrava de que cor.

– Características incomuns?

– Não. Ele é branco. Isso eu posso dizer.

– Viu a placa do táxi? – perguntou Sellitto.

– *Was*? – perguntou a moça, passando para sua língua nativa.

– Você viu...

Sachs deu um salto quando foi interrompida por Rhyme:

– *Das Nummernschild.*

191

E Sachs, pensando: Porra, como é que ele *sabe* tudo isso? Repetiu a palavra, a moça sacudiu a cabeça, dizendo não, e em seguida apertou os olhos.

— Como assim táxi?

— Ele não estava dirigindo um Yellow Cab?

— Táxi? *Nein*. Não. Era um carro comum.

— Ouviu isso, Lincoln?

— Ouvi. Nosso rapaz arranjou outro veículo. E, como ele a colocou no porta-malas, não é uma caminhonete nem um *hatch*.

Sachs repetiu as palavras de Rhyme. A moça confirmou.

— Como um sedã.

— Alguma idéia da marca ou da cor? — continuou Sellitto.

— Clara, acho — respondeu Monelle. — Talvez prateado ou cinza. Ou aquela, vocês sabem, como é? Marrom-claro.

— Bege?

A moça confirmou com um gesto.

— Talvez bege — acrescentou Sachs, para que Rhyme soubesse.

— Havia mais alguma coisa no porta-malas? — perguntou Sellitto. — Qualquer coisa? Ferramentas, roupas, malas?

Monelle respondeu que não. Estava vazio.

Rhyme tinha uma pergunta a fazer:

— Que cheiro tinha o porta-malas?

Sachs retransmitiu a pergunta.

— Não sei.

— Óleo, graxa?

— Não. Tinha cheiro de coisa limpa.

— Um carro novo, talvez — refletiu Rhyme.

Monelle desfez-se em lágrimas. Em seguida, sacudiu a cabeça. Sachs segurou-lhe a mão e ela finalmente voltou a falar:

— Nós rodamos por muito tempo. *Pareceu* um longo tempo.

— Você está se saindo muito bem, querida — disse Sachs.

Foi interrompida pela voz de Rhyme.

— Diga a ela para se despir.

— O quê?

— Tire as roupas dela.

– Não.

– Diga aos paramédicos para lhe darem um robe. Precisamos das roupas dela, Amelia.

– Mas – sussurrou Sachs – ela está chorando.

– Por favor – disse Rhyme, nervoso. – É importante.

Sellitto inclinou a cabeça. Sachs, os lábios duros, explicou à moça a importância das roupas e ficou surpresa quando Monelle assentiu. Ela estava, como descobriram, ansiosa para livrar-se daquelas roupas sujas de sangue. Dando-lhe privacidade, Sellitto afastou-se para conversar com Bo Haumann. Monelle vestiu o robe entregue pelo paramédico. Um dos detetives à paisana cobriu-a com seu casaco. Sachs enfiou numa sacola o jeans e as camisetas.

– Consegui a roupa – disse ao microfone.

– Agora ela tem que ir com você até a cena do crime – disse Rhyme.

– O quê?!

– Mas ela fica sempre atrás de você, não se esqueça. Para não contaminar as provas materiais.

Sachs olhou para a jovem, em cima de uma maca, ao lado de dois ônibus da Unidade de Operações Especiais.

– Ela não está em condições de fazer isso. Ele a cortou. Até o osso. Ela sangrou muito e os ratos a atacaram.

– Ela pode se mover?

– Provavelmente. Mas você sabe o que ela teve que suportar?

– Ela pode lhe dizer qual foi o caminho que seguiram. E onde ele ficou também, observando-a.

– Ela vai agora para o pronto-socorro. Perdeu muito sangue.

Hesitação. Em um tom agradável de voz, ele disse:

– Pergunte a ela.

Mas essa jovialidade era falsa e Sachs sentiu a impaciência de Rhyme. Dava para ver que ele não era um homem acostumado a mimar pessoas, que não *tinha* que fazer isso. Era um homem acostumado a ter sua vontade obedecida.

Ele insistiu:

– Apenas uma vez, em volta da grade.

Por que não vai se foder, Lincoln Rhyme?

– É...

– É importante. Eu sei.

Nada do outro lado da linha.

Amelia olhava para Monelle. E então, ouviu uma voz, não, ouviu a *sua* voz dizer à moça:

– Vou até lá embaixo à procura de provas. Quer vir comigo?

Os olhos da moça feriram fundo Sachs, no coração. E ela se desfez em lágrimas.

– Não, não, não. Não vou fazer isso. *Bitte nicht, oh, bitte nicht...*

Sachs inclinou a cabeça, apertou-lhe o braço num gesto de carinho. Começou a falar ao microfone, preparando-se para a reação dele. Rhyme, porém, surpreendeu-a ao dizer:

– Tudo bem, Amelia. Deixe as coisas como estão. Pergunte-lhe então o que aconteceu quando chegaram lá.

A moça explicou que havia dado um pontapé nele e fugido por um túnel vizinho.

– Chutei-o novamente – disse ela com certa satisfação. – Arranquei a luva. Então, ele ficou furioso e começou a me estrangular. Ele...

– Sem as luvas? – interrompeu-a Rhyme.

Sachs repetiu a pergunta e Monelle confirmou:

– Sim, sem as luvas.

– Impressões digitais. Excelente! – berrou Rhyme, a voz distorcendo-se no microfone. – Quando? Há quanto tempo?

Monelle calculou uma hora e meia.

– Droga – murmurou Rhyme. – Impressões digitais na pele duram uma hora, noventa minutos no máximo. Você sabe tirar impressões digitais de pele, Amelia?

– Nunca fiz isso antes.

– Pois vai fazer agora. Mas rápido. Na valise deve haver um pacote com a etiqueta Kromekote. Pegue um cartão.

Amelia encontrou uma pilha de cartões de 12 por 18 centímetros, semelhantes a papel fotográfico.

– Peguei. Borrifo o pescoço dela?

– Não. Aperte o cartão contra a pele, com o lado lustroso para baixo, no lugar onde ela acha que ele a tocou. Pressione por uns três segundos.

194

Sachs fez o que ele mandava, e Monelle olhava estoicamente para cima. Em seguida, obedecendo as instruções de Rhyme, pulverizou o cartão com um pó metálico, usando um pincel Magna.

– E aí? – perguntou ansiosamente Rhyme.

– Nada bom. Uma forma de dedo. Mas nada de cristas visíveis. Devo jogá-la fora?

– Jamais jogue fora *qualquer coisa* encontrada em uma cena de crime, Sachs – disse ele severamente. – Traga-a para mim. Eu quero vê-la.

– Uma coisa que me esqueci de dizer – disse Monelle. – Ele tocou em mim.

– Você quer dizer, ele a molestou? – perguntou suavemente Sachs. – Estupro?

– Não, não. Não de maneira sexual. Ele tocou meu ombro, rosto, atrás de minha orelha. Cotovelo. Apertou. Não sei por quê.

– Ouviu isso, Lincoln? Ele a apertou. Mas não parecia que isso o estava excitando.

– Sim.

– *Und...* E mais uma coisa de que me esqueci – continuou Monelle. – Ele falou em alemão. Não em bom alemão. Como se só o tivesse estudado na escola. E me chamou de Hanna.

– Chamou-a do quê?

– Hanna – repetiu Sachs ao telefone. – Sabe por quê? – perguntou à moça.

– Não. Mas foi disso que ele me chamou. Parecia que ele gostava de dizer esse nome.

– Ouviu isso, Lincoln?

– Ouvi. Agora, processe a cena. O tempo está se esgotando.

Quando Sachs se levantou, Monelle estendeu subitamente a mão e segurou-lhe o punho.

– Srta. Sachs, você é alemã?

Amelia sorriu e respondeu:

– Há muito tempo. Há umas duas gerações.

Monelle inclinou a cabeça. Apertou a mão de Amelia contra seu rosto.

– *Vielen Dank.* Obrigada, Srta. Sachs. *Danke schön.*

# 15

Ao serem acesas, as três lanternas de halógeno da Unidade de Operações Especiais encheram o túnel escuro com um fulgor branco.

Sozinha na cena do crime, Sachs olhou para o chão. Alguma coisa havia mudado. O quê?

Sacou novamente a arma e agachou-se.

– Ele está aqui – murmurou ela, escondendo-se atrás de um dos pilares.

– O quê? – perguntou Rhyme.

– Ele voltou. Havia ratos mortos. Agora não há mais nenhum. Desapareceram.

Amelia ouviu a risada de Rhyme.

– O que é tão engraçado?

– Nada, Amelia. Os amigos deles levaram os corpos.

– Os amigos deles?

– Certa vez, trabalhei em um caso no Harlem. Corpo esquartejado, em decomposição. Muitos ossos escondidos em um grande círculo em torno do torso da vítima. O crânio, em um barril de óleo, os pés sob uma pilha de folhas... Aquilo pôs o bairro em polvorosa. A imprensa falou em satanistas, assassinos seriais. Adivinhe quem era o criminoso?

– Não faço a menor idéia – respondeu ela, tensa.

– A própria vítima. Foi suicídio. Guaxinins, ratos e esquilos levaram o restante. Como se fossem troféus. Ninguém sabe por que, mas elas adoram esses suvenires. Onde você está agora?

– Ao pé da rampa.

– O que está vendo?

– Um túnel largo. Dois túneis laterais, mais estreitos. Teto plano, sustentado por pilares de madeira. Os pilares estão muito estragados e escalavrados. O chão é de concreto antigo, coberto de areia.

– E esterco?

| ELEMENTO DESCONHECIDO 238 | | | |
|---|---|---|---|
| Aparência | Residência | Veículo | Diversos |
| • Branco, homem, estatura baixa<br>• Roupa escura<br>• Luvas velhas, pelica, avermelhadas<br>• Loção pós-barba: para encobrir cheiro?<br>• Máscara de esquiador? Azul-marinho?<br>• Luvas são escuras | • Prov. tem casa segura | • Táxi Yellow Cab<br>• Sedã modelo recente<br>• Cinza-claro, prateado, bege | • Conhece proc. de CC<br>• Possivelmente tem antec. criminais<br>• Conhece levantamento de impressões digitais<br>• Arma = Colt 32 milímetros<br>• Amarra vít. com nós incomuns<br>• O "antigo" o atrai<br>• Chamou uma vít. de "Hanna"<br>• Sabe alemão básico |

*197*

– É o que parece. No centro, bem à minha frente, o pilar em que ela estava amarrada.

– Janelas?

– Nenhuma. Nem portas. – Olhou para o longo túnel, o chão desaparecendo em um universo negro a quilômetros de distância. Sentiu o arrepio da impotência. – Isto aqui é enorme! Há espaço demais para cobrir.

– Amelia, relaxe.

– Jamais vou encontrar *alguma coisa* aqui.

– Sei que parece impossível. Mas não se esqueça de que existem apenas três tipos de provas materiais que nos interessam. Objetos, materiais corporais e impressões digitais. Só isso. A coisa fica menos difícil se você pensar dessa maneira.

Para você, é fácil dizer isso.

– E a cena do crime não é tão grande quanto parece. Concentre-se nos lugares por onde eles andaram. Vá até o pilar.

Sachs seguiu o caminho. Olhando para baixo.

As luzes da Unidade de Operações Especiais eram brilhantes, mas tornavam também as sombras mais nítidas, revelando dezenas de lugares onde o seqüestrador poderia esconder-se. Um calafrio desceu-lhe pela espinha. Fique perto, Lincoln, pensou, relutante. Estou puta, certo, mas quero ouvi-lo. Respire ou faça alguma coisa.

Parou e iluminou o chão com a PoliLight.

– Está todo varrido? – perguntou ele.

– Está. Exatamente como antes.

O colete à prova de balas irritava os seios, mesmo com o sutiã e a camiseta que usava, e o calor era insuportável. A pele coçava e ela sentiu um desejo quase irresistível de coçar-se sob o colete.

– Cheguei ao pilar.

– Passe o aspirador na área, à procura de vestígios.

Sachs passou o aspirador pelo chão. Odiando aquele barulho, que abafava qualquer som de passos que se aproximassem, o estalido de uma arma sendo engatilhada, canivetes sendo abertos. Involuntariamente, olhou para trás duas vezes. Quase deixou cair o aspirador quando a mão desceu para a pistola.

Olhou para a marca na poeira onde estivera estendido o corpo de Monelle. *Eu sou ele. Eu a estou puxando. Ela me dá um pontapé. Eu tropeço...*

Monelle só podia tê-lo chutado em uma única direção, para longe da rampa. O elemento desconhecido não caíra, segundo ela dissera. O que significava que ele devia ter aterrissado de pé. Sachs deu um ou dois passos escuridão adentro.

— Bingo! – gritou.

— O quê? Diga!

— Pegadas. Ele se esqueceu de varrer um lugar.

— Não são dela?

— Não. Ela usava tênis de corrida. Estas solas são lisas. Como os de sapatos sociais. Duas boas pegadas. Vamos saber o tamanho do pé dele.

— Não, a pegada não vai nos dizer isso. Solas podem ser maiores ou menores do que a parte superior do sapato. Mas podem nos dizer algo. Na valise você vai encontrar uma impressora eletrostática. Nela há uma pequena caixa, com uma vareta em cima. Deve haver também algumas folhas de acetato. Pegue o papel, ponha o acetato sobre a pegada e passe a vareta por cima.

Amelia encontrou o aparelho e fez duas imagens da pegada, guardando as folhas em um envelope de papel.

Voltou ao pilar.

— E há aqui um pouco de palha da vassoura.

— Da...?

— Desculpe – disse rapidamente Sachs –, não sabemos de onde. Um pedaço de palha. Vou pegá-lo e guardá-lo.

Ela estava ficando boa com aqueles lápis. Ei, Lincoln, seu filho-da-puta, sabe o que vou fazer para comemorar minha aposentadoria permanente da unidade de cena de crime? Vou jantar num restaurante chinês.

Os halógenos da UOE não chegavam ao túnel lateral por onde Monelle tinha corrido. Sachs parou diante da linha claro-escuro e mergulhou nas sombras. A luz da lanterna varreu o chão à frente.

— Fale comigo, Amelia.

– Não há muita coisa para ver. Ele varreu também por aqui. Ele pensa em tudo.

– O que você *está vendo*?

– Apenas marcas no chão.

*Eu a agarro. Derrubo. Estou zangado. Furioso. Tento estrangulá-la.* Sachs olhou fixamente para o chão.

– Aqui há uma coisa... marcas de joelho! Quando estava tentando estrangulá-la, ele deve ter ficado escanchado sobre ela, na altura da cintura. Ele deixou aqui marcas do joelho e se esqueceu delas quando varreu.

– Faça imagens eletrostáticas delas.

Amelia fez o que ele mandava, mais rápido desta vez. Aprendera a mexer no equipamento. Estava colocando a foto num envelope quando do alguma coisa lhe chamou a atenção. Outra marca na poeira.

O que é isso?

– Lincoln... Estou olhando para o local onde... parece que a luva caiu aqui. Quando eles estavam lutando.

Ligou a PoliLight. E não pôde acreditar no que viu.

– Uma impressão digital. Consegui uma impressão digital!

– O quê? – perguntou Rhyme, incrédulo. – Não é dela?

– Não, não pode ser. Posso ver a poeira no lugar onde ela estava caída. As mãos dela ficaram algemadas o tempo todo. É no lugar onde ele apanhou a luva. Ele provavelmente pensou que varreria este lugar, mas esqueceu. É uma impressão grande. E linda!

– Aplique nela o contraste, ilumine-a e fotografe numa razão um para um.

Ela precisou de apenas duas tentativas para obter uma polaróide nítida. Sentiu-se como se tivesse achado na rua uma nota de cem dólares.

– Passe o aspirador na área e, em seguida, volte ao pilar. Um pé de cada vez.

Ela andou com cuidado, de um lado para o outro, um pé de cada vez.

– Não se esqueça de olhar para cima – lembrou-lhe ele. – Certa vez peguei um elemento desconhecido por causa de um único fio de cabelo no teto. Ele havia posto um projétil de 357 milímetros em um 38 milímetros e o coice da arma colou um fio de cabelo da mão no teto.

– Estou olhando. É um teto de telha. Sujo. Nada mais. Nenhum lugar para esconder alguma coisa. Nem ressaltos nem vãos de porta.

– Onde estão as pistas plantadas? – perguntou ele.

– Não estou vendo nada.

De um lado para o outro. Cinco minutos passaram. Seis, sete.

– Talvez ele não tenha deixado nenhuma, desta vez – sugeriu Sachs. – Talvez Monelle seja a última.

– Não – disse Rhyme, categórico.

Atrás de um dos pilares de madeira, um brilho lhe chamou a atenção.

– Há alguma coisa naquele canto... Isso mesmo. Aqui estão elas.

– Fotografe-as antes de tocá-las.

Ela tirou a foto e, em seguida, levantou do chão, usando os lápis, um pedaço de pano branco.

– Roupa íntima de mulher. Úmida.

– Sêmen?

– Não sei – respondeu Amelia, perguntando a si mesma se ele ia lhe pedir que a cheirasse.

Rhyme, porém, ordenou:

– Tente a PoliLight. Proteínas ficam fluorescentes.

Amelia foi buscar a lanterna e ligou-a. A luz iluminou o tecido, mas o líquido não brilhou.

– Não.

– Ponha em um saco. De plástico. O que mais? – perguntou ele, ansioso.

– Uma folha. Comprida, fina, pontuda numa extremidade.

Tinha sido cortada algum tempo antes, estava seca e ficando marrom.

Ouviu o suspiro de frustração de Rhyme.

– Há cerca de 8 mil variedades de plantas caduciólias em Manhattan – explicou ele. – Isso não vai ajudar muito. O que há embaixo da folha?

Por que ele pensa que pode haver alguma coisa?

Mas havia. Um pedaço de jornal. Branco em um lado. No outro, um desenho impresso das fases da lua.

– Da lua? – disse Rhyme, pensativo. – Alguma impressão digital? Borrife-a com ninhidrina e faça um escaneamento rápido com a luz.

O feixe da PoliLight nada revelou.

– Só isso.

Silêncio.

– As pistas estavam em cima do quê?

– Não sei.

– Você *tem que* saber.

– Ora, no chão – respondeu ela secamente. – Na poeira. Onde mais elas poderiam estar?

– A poeira é igual ao resto do que há por aí?

– Sim. – E então examinou mais de perto. Droga, era diferente. – Bem, não exatamente. É de uma cor diferente.

Ele estaria *sempre* certo?

– Ponha-a em um saco – instruiu-a Rhyme. – De papel.

Enquanto ela recolhia os grãos de poeira, ele disse:

– Amelia.

– Sim?

– Ele não está aí – disse, tranqüilizador.

– Acho que não.

– Ouvi alguma coisa em sua voz.

– Estou bem – respondeu ela, seca. – Estou cheirando o ar. Sinto cheiro de sangue. De mofo e fungos. E, novamente, da loção pós-barba.

– A mesma de antes?

– A mesma.

– De onde vem o cheiro?

Farejando o ar, Sachs andou em espiral, o Mastro de Maio, novamente, até que chegou a outro pilar de madeira.

– Aqui. Aqui o cheiro é mais forte.

– O que significa "aqui", Amelia? Você representa minhas pernas *e* meus olhos, lembre-se.

202

` Uma dessas colunas de madeira. Igual àquela em que ela esteve amarrada. A uns 5 metros de distância.

– De modo que ele pode ter descansado encostado nela. Impressões? Amelia borrifou a coluna com ninhidrina e iluminou-a.

– Não. Mas o cheiro é muito forte.

– Tire uma amostra do pilar no lugar onde o cheiro é mais forte. Há uma MotoTool na valise. Preta. Uma furadeira portátil. Pegue uma ponteira de perfuração... uma ponteira parecendo oca... e ajuste-a à ferramenta. Há aí uma coisa chamada chave. É uma...

– Eu tenho uma furadeira – respondeu ela, áspera.

– Oh – disse Rhyme.

Ela tirou um fragmento da coluna e em seguida limpou o suor da testa.

– Ponho a amostra num saco plástico? – perguntou.

Ele respondeu que sim. Ela se sentiu fraca, baixou a cabeça e prendeu a respiração. Quase não havia ar ali.

– Algo mais? – perguntou Rhyme.

– Nada que eu possa ver.

– Estou orgulhoso de você, Amelia. Volte para cá e traga seus tesouros.


## 16

— **C**uidado! – gritou Rhyme.

– Sou especialista nisso.

– Nova ou velha?

– Psiu – fez Thom.

– Oh, pelo amor de Deus. A lâmina, ela é velha ou nova?

– Prenda a respiração... Pronto. Liso como bunda de bebê.

Esse procedimento nada tinha de criminalística. Era apenas cosmético.

Thom fazia a barba em Rhyme pela primeira vez naquela semana. Havia também lavado sua cabeça e penteado os cabelos.

Meia hora antes, esperando a chegada de Amelia e das provas, Rhyme mandara Cooper sair da sala, enquanto Thom introduzia um cateter com lubrificante e usava o tubo. Concluída essa parte, Thom o olhou e disse:

— Você está com uma aparência horrível, sabia?

— Não me importo. Por que deveria me importar?

E compreendeu subitamente que se importava.

— Que tal fazer a barba? — perguntou o rapaz.

— Não temos tempo para isso.

A grande preocupação de Rhyme era que, se o Dr. Berger o visse todo arrumado, ficaria menos disposto a prosseguir com o plano de suicídio. Paciente desgrenhado é paciente deprimido.

— E lavar a cabeça.

— Não.

— Nós agora temos companhia, Lincoln.

Finalmente, Rhyme resmungou:

— Tudo bem.

— E vamos jogar fora esse pijama, certo?

— Não há nada de errado com ele.

Mas essas palavras também significavam "tudo bem".

Limpo e barbeado, usando jeans e camisa branca, Rhyme ignorou o espelho que o empregado lhe colocou à frente.

— Tire isso daqui.

— Progresso notável.

Lincoln Rhyme rosnou, em tom de desprezo:

— Vou dar um passeio, até eles voltarem — anunciou e recostou a cabeça no travesseiro.

Mel Cooper virou-se para ele, uma expressão de perplexidade no rosto.

— Na cabeça dele — explicou Thom.

— Na cabeça?

— Eu imagino o passeio — disse Rhyme.

— Isso é um truque e tanto — observou Cooper.

— Posso andar pelo bairro que quiser e nunca sou assaltado. Passeio pelas montanhas e nunca fico cansado. *Escalo* uma montanha,

204

se quiser. Vou olhar as vitrines na Quinta Avenida. Claro, as coisas que vejo não estão necessariamente lá. Mas e daí? As estrelas também não estão.

– Como assim? – quis saber Cooper.

– A luz estelar que vemos é de milhares ou milhões de anos atrás. Quando chega à Terra, as estrelas mudaram de lugar. Elas não estão onde as vemos. – Rhyme suspirou ao sentir uma onda de exaustão. – Acho que algumas delas já queimaram por completo e desapareceram.

Fechou os olhos.

– ELE ESTÁ TORNANDO as coisas mais difíceis.

– Não necessariamente – respondeu Rhyme a Lon Sellitto.

Sellitto, Banks e Sachs acabavam de voltar da cena do curral.

– Roupa de baixo, lua e uma planta – disse Banks, alegremente pessimista. – Isso não é exatamente um mapa rodoviário.

– Areia, também – lembrou-lhe Rhyme, um apreciador de solos.

– Tem alguma idéia do que significam? – perguntou Sellitto.

– Ainda não – reconheceu Rhyme.

– Onde está Polling? – murmurou Sellitto. – Ele *ainda* não respondeu à mensagem no pager.

– Não estive com ele – disse Rhyme.

Uma figura apareceu à porta.

– Quem está vivo sempre aparece – ribombou a suave voz de barítono do estranho.

Com um aceno de cabeça, Rhyme mandou entrar o homem alto, magro e desconjuntado. Tinha uma aparência sombria, mas o rosto fino subitamente abriu-se em um sorriso caloroso, como lhe acontecia em alguns momentos. Terry Dobyns era a Divisão de Ciências do Comportamento do DPNY. Estudou com os behavioristas do FBI em Quantico e tinha diplomas em criminalística e psicologia.

O psicólogo adorava ópera e futebol e, quando Lincoln Rhyme acordou no hospital após o acidente, três anos e meio antes, Dobyns estava sentado a seu lado, escutando *Aída* em um walkman. Passara as três horas seguintes realizando a primeira das muitas sessoes de aconselhamento sobre o ferimento de Rhyme.

~ Agora, do que me lembro sobre o que os livros dizem de "pes' soas que não retornam telefonemas"?

– Analise-me depois, Terry. Ouviu falar em nosso elemento desconhecido?

– Um pouco – respondeu Dobyns, examinando Rhyme de alto a baixo. Não era médico, mas conhecia fisiologia. – Você está bem, Lincoln? Estou achando você um pouco abatido.

– Estou fazendo muito exercício hoje – reconheceu Rhyme. – E bem que poderia tirar um bom cochilo. Você sabe que filho-da-puta preguiçoso eu sou.

– Sei, mesmo. Você era o cara que me ligava às duas da manhã com uma pergunta sobre um elemento e não podia entender por que eu estava dormindo. E aí? Está querendo um perfil?

– Tudo o que você puder nos dizer vai ajudar.

Sellitto passou as informações para Dobyns que – como Rhyme se lembrava dos dias em que trabalharam juntos –, embora jamais tomasse notas, conseguia arquivar tudo o que ouvia na cabeça coroada por uma cabeleira ruiva escura.

O psicólogo andou de um lado para o outro em frente à tabela na parede, erguendo ocasionalmente os olhos, enquanto ouvia a voz monótona do detetive.

Levantou um dos dedos, interrompendo Sellitto.

– As vítimas, as vítimas... Todas foram encontradas embaixo da terra. Enterradas, num porão, no túnel de um curral.

– Isso mesmo – confirmou Rhyme.

– Continue.

Sellitto continuou, explicando como havia sido o resgate de Monelle Gerger.

~ Ótimo, muito bem – disse Dobyns, distraído. Então parou e virou-se novamente para a parede. Afastou as pernas, mãos nos quadris, e examinou os fatos esparsos sobre o Elemento Desconhecido 238. – Fale mais sobre essa sua idéia, Lincoln, de que ele gosta de coisas antigas.

– Não consigo entender. Até agora, as pistas que ele deixou têm relação com a Nova York histórica. Materiais de construção do início do século, os currais, o sistema de aquecimento.

Subitamente, Dobyns deu um passo à frente e bateu no perfil.

– Hanna. Fale sobre Hanna.

– Amelia? – pediu Rhyme.

Ela contou a Dobyns que, sem razão aparente, o elemento desconhecido havia chamado Monelle Gerger de Hanna.

– Ela disse que ele parecia gostar de dizer o nome. E de falar com ela em alemão.

– E ele se arriscou um pouco para seqüestrá-la, não? – observou Dobyns. – O táxi, o aeroporto, isso foi seguro para ele... Mas esconder-se em uma lavanderia... Ele devia estar muito determinado a seqüestrar uma alemã.

Dobyns enrolou em um dedo alguns fios de cabelos avermelhados e deixou-se cair em uma das cadeiras de vime, estirando as pernas.

– Muito bem, vejamos. O subsolo... aí está a chave. Isso me diz que ele é alguém que está escondendo alguma coisa e, quando ouço isso, começo a pensar em histeria.

– Ele não está agindo de maneira histérica – comentou Sellitto. – Ele é calmo, calculista.

– Não histeria nesse sentido. É uma categoria de distúrbio psíquico. Esse estado se manifesta quando algo traumático aconteceu na vida do paciente e o subconsciente *converteu* o trauma em alguma outra coisa. É uma tentativa do paciente de proteger-se. No caso da conversão histérica tradicional, ocorrem sintomas físicos: náusea, dor, paralisia. Aqui, porém, acho que estamos lidando com um problema correlato. Dissociação... é assim que a chamamos quando a reação ao trauma afeta a mente, e não o corpo físico. Amnésia histérica, estados de fuga. E personalidades múltiplas.

– Jekyll e Hyde? – Mel Cooper se adiantou, passando à frente de Banks nessa observação.

– Bem, não acho que ele tenha autênticas personalidades múltiplas – continuou Dobyns. – Esse diagnóstico é muito raro, e a personalidade múltipla clássica é jovem e tem um QI mais baixo do que o de seu rapaz. – Indicou a tabela com a cabeça. – Ele é escorregadio e esperto. Evidentemente, um criminoso organizado. – Olhou pela janela. – Isso é interessante, Lincoln. Acho que seu elemento desconhecido veste a outra personalidade quando lhe é conveniente... quando quer matar... e isso é importante.

– Por quê?

– Por duas razões. Em primeiro lugar, isso nos diz alguma coisa sobre sua principal personalidade. Ele é alguém que foi treinado, talvez no emprego, talvez por criação, para ajudar pessoas, não para machucá-las. Padre, conselheiro, político, assistente social. E, em segundo, acho que ele tem um plano. Se descobrirmos o que é, talvez possamos chegar a ele.

– Que tipo de plano?

– Ele pode, há muito tempo, ter desejado matar alguém. Mas não agiu até encontrar um modelo a imitar. Talvez em um livro ou filme. Ou alguém que ele conhece realmente. Uma pessoa com quem pode identificar-se, alguém cujos crimes, na prática, lhe dão permissão para matar. Bem, estou esperando...

– Continue – disse Rhyme –, continue...

– A obsessão dele com história me diz que sua outra personalidade é de um personagem do passado.

– Vida real?

– Isso não posso dizer. Talvez de ficção, talvez não. Hanna, quem quer que seja, figura em alguma parte da história. A Alemanha também. Ou germano-americanos.

– Alguma idéia do que pode ter provocado essa manifestação?

– Freud achava que ela era causada por conflito sexual no estágio edipiano. Atualmente, o consenso é que problemas na fase de desenvolvimento são apenas uma das causas... qualquer trauma pode provocá-los. E não tem de ser um único fato. Poderia ser uma falha de personalidade, uma longa série de decepções pessoais ou profissionais. É difícil dizer. – Os olhos brilhavam enquanto ele examinava o perfil: – Mas tenho grande esperança de que consiga prendê-lo vivo, Lincoln. Eu adoraria a oportunidade de deitá-lo em um divã por algumas horas.

– Thom, você está anotando?

– Sim, mestre.

– Mais uma pergunta... – começou Rhyme.

Dobyns virou-se para ele.

– Eu diria que essa é *a* pergunta, Lincoln: por que ele está deixando pistas? Certo?

– Certo. Por que as pistas?

– Pense no que ele fez... Ele está falando com você. Não falando incoerentemente, como outros assassinos em série. Ele não é um esquizofrênico. Ele está se comunicando... em *sua* linguagem. Na linguagem da criminalística. Por quê? – Mais passos de um lado para o outro, olhos voltando-se de quando em quando para a tabela. – Acho que ele quer dividir a culpa. É difícil para ele matar. A coisa se torna mais fácil se ele nos transforma em cúmplices. Se não salvamos a vítima a tempo, a morte dela é, em parte, culpa *nossa*.

– Mas isso é bom, não? – perguntou Rhyme. – Isso significa que ele continuará a nos fornecer pistas que podem ser decifradas. Se o enigma for complicado demais, ele não estará dividindo a culpa conosco.

– Bem, isso é verdade – disse Dobyns, já sem sorrir. – Mas há outro fator.

Sellitto completou:

– A atividade em série aumenta exponencialmente.

– Isso mesmo – confirmou Dobyns.

– E como ele poderia atacar com mais freqüência? – murmurou Banks. – A cada três horas não é tempo suficientemente rápido?

– Ele encontrará uma maneira – continuou o psicólogo. – Provavelmente, começará a visar múltiplas vítimas. – Seus olhos se estreitaram. – Você está bem, Lincoln?

Gotas de suor cobriam a testa do criminalista, que apertava com força os olhos.

– Simplesmente cansado. Agitação demais para um velho paralítico.

– Uma última coisa. O perfil das vítimas é vital em crimes em série. Mas aqui temos sexos, idades e classes sociais diferentes. Todos brancos, mas ele vem agindo em uma população predominantemente branca, de modo que isso não é estatisticamente significante. Com o que sabemos até agora, não é possível descobrir por que ele escolheu essas pessoas em particular. Se conseguir descobrir, você ficaria em vantagem.

– Obrigado, Terry – disse Rhyme. – Fique mais um pouco.

– Claro, Lincoln, se você quiser.

Rhyme deu as ordens:

– Agora, vamos examinar a prova material recolhida na cena do curral. O que conseguimos? As roupas de baixo?

Mel Cooper juntou os sacos que Sachs trouxera da cena do crime. Olhou para o que continha a roupa íntima.

– Coleção Katrina Fashion's D'Amore – anunciou. – Cem por cento algodão, com elástico. Tecido fabricado nos Estados Unidos. Cortado e costurado em Taiwan.

– Você consegue saber isso só de olhar para a peça? – perguntou Sachs, incrédula.

– Não, eu estava lendo – respondeu ele, apontando para a etiqueta.

– Ah.

Os policiais riram.

– Ele então está dizendo que seqüestrou outra mulher? – perguntou Sachs.

– Provavelmente – disse Rhyme.

Cooper abriu o saco.

– Não sei o que é o líquido. Vou fazer um teste com o cromatógrafo.

Rhyme pediu a Thom que segurasse o pedaço de papel com as fases da lua. Estudou-o atentamente. Um fragmento como esse era uma prova individuada maravilhosa. Podia ser ajustado à folha da qual tinha sido rasgado e ligar os dois com tanta perfeição como se fosse uma impressão digital. O problema, porém, é que não tinham a peça original de papel. Ele se perguntou se algum dia a encontrariam. O elemento desconhecido poderia tê-la destruído logo que rasgou aquele pedaço; ainda assim, preferiu pensar que não. Gostava de imaginá-la em algum lugar, esperando para ser encontrada. Era assim que sempre imaginava fontes de prova: o automóvel do qual saiu aquela lasca de pintura, o dedo que perdeu a unha, o cano de arma que disparou a bala com marcas de raias encontrada no corpo da vítima. Essas fontes – sempre perto do elemento desconhecido – adquiriam personalidade própria em sua mente. Elas podiam ser imperiosas ou cruéis.

Ou misteriosas.

*Fases da lua.*

Perguntou a Dobyns se o elemento poderia sofrer de compulsão de agir ciclicamente.

– Não. A lua não está em grande fase agora. Passamos quatro dias da lua nova.

– Então, a lua significa alguma outra coisa.

– Se, para começar, ele está falando mesmo sobre a lua – disse Sachs.

Satisfeita consigo mesma, e com razão, pensou Rhyme.

– Boa observação, Amelia – disse ele. – Talvez ele esteja falando sobre círculos. Sobre tinta. Sobre papel. Sobre geometria. O planetário...

Rhyme notou que ela o olhava fixamente. Talvez reparando, só naquele momento, que ele tinha sido barbeado, penteado e mudado de roupa.

E qual era o estado de espírito dela agora?, especulou. Zangada com ele ou desinteressada? Não podia saber. Amelia Sachs era tão misteriosa quanto o Elemento Desconhecido 238.

A máquina de fax no corredor deu sinal. Thom saiu para pegar a mensagem e voltou com duas folhas de papel.

– De Emma Rollins – explicou. – Pôs as páginas em uma posição em que Rhyme pudesse vê-las. – Nossa pesquisa de scanners de supermercados. Onze mercados em Manhattan venderam pernas de vitela a clientes que compraram menos de cinco artigos nos dois últimos dias. – Thom preparou-se para escrever no pôster, mas parou e olhou para Rhyme. – Você quer os nomes das lojas?

– Claro. Vamos precisar deles para referência cruzada mais tarde.

Na tabela do perfil, Thom escreveu:

B'way & 82, ShopRite
B'way & 96, Anderson Foods
Greenwich & Bank, ShopRite
Segunda Avenida, 72-73, Grocery World
Battery Park City, J&G's Emporium
Segunda Avenida, 1.709, Anderson Foods
34 & Lex., Food Warehouse
Oitava Avenida & 24, ShopRite
Houston & Lafayette, ShopRite
Sexta Avenida & Houston, J&G's Emporium
Greenwich & Franklin, Grocery World

— Isso abrange toda a cidade – disse Sachs.

— Paciência – advertiu-a Rhyme.

Mel Cooper examinava a palha encontrada por Amelia.

— Nada de excepcional.

Jogou-a para um lado.

— É nova? – perguntou Rhyme.

Se fosse, poderiam fazer um cruzamento de informações com mercados que tinham vendido vassouras e pernas de vitela no mesmo dia.

— Pensei nisso – disse Cooper. – Essa aí tem seis meses ou mais.

Começou a despejar em uma folha de papel a prova vestigial encontrada nas roupas de Monelle.

— Há várias coisas aqui – disse, examinando atento a folha de papel. – Areia.

— O suficiente para um teste de gradiente de densidade?

— Não. Na realidade, só poeira. Provavelmente, da cena do crime.

Cooper examinou o restante dos vestígios que havia retirado das roupas manchadas de sangue.

— Pó de tijolo. Por que há tanto tijolo?

— Dos ratos que matei. A parede era de tijolo.

— Você atirou neles? Na cena do crime? – Rhyme estremeceu.

— Ora, atirei – respondeu Sachs, em tom defensivo. – Eles estavam por toda parte, em cima dela.

Ele ficou zangado, mas deixou passar, acrescentando apenas:

– Com tiros, aparecem todos os *tipos* de contaminadores. Chumbo, arsênico, carbono, prata.

– E aqui... outro pedaço de couro avermelhado. Da luva. E temos outra fibra aqui. Diferente.

Criminalistas adoram fibras. Essa era um minúsculo tufo cinzento, quase invisível a olho nu.

– Excelente – disse Rhyme. – O que mais?

– A foto da cena – acrescentou Sachs – e as impressões digitais. A que tirei da garganta dela e a que havia no lugar onde ele apanhou a luva.

E mostrou-as

– Ótimo – disse Rhyme, e examinou-as.

Havia um leve vestígio de triunfo relutante no rosto da moça – a emoção da vitória, que é o oposto de odiar-se por ter sido pouco profissional.

Rhyme estudava as polaróides das impressões digitais quando ouviu passos na escada. Jim Polling entrou, olhou por duas vezes para o transformado Lincoln Rhyme e dirigiu-se a Sellitto.

– Estou vindo da cena do crime – disse. – Vocês salvaram a vítima. Grande trabalho, homens. – Inclinou a cabeça para Sachs, indicando que a palavra a incluía também. – Mas o sacana seqüestrou outra?

– Ou está para fazer isso – murmurou Rhyme, olhando para as impressões digitais.

– Estamos trabalhando nas pistas agora mesmo – explicou Banks.

– Jim, tentei entrar em contato com você – começou Sellitto. – Liguei até para o gabinete do prefeito.

– Eu estava com o chefe. Tive praticamente que suplicar para ele me fornecer mais pessoal para as buscas. Consegui que mais cinqüenta homens fossem retirados do destacamento de seguran ça nas Nações Unidas.

– Capitão, há uma coisa sobre a qual temos que conversar. Estamos com um problema. Aconteceu uma coisa na última cena...

Uma voz até então não ouvida trovejou.

– Problema? Quem está com um *problema*? Não temos problemas aqui, temos? Nenhum... absolutamente.

Rhyme olhou para o homem alto e magro que apareceu à porta. Negro retinto, usava um ridículo terno verde e sapatos marrons que brilhavam como espelhos. O coração de Rhyme foi para o estômago.

– Dellray.

– Lincoln Rhyme. O bamba de Nova York. Oi, Lon. Jim Polling, como vão as coisas, amigão?

Atrás de Dellray, meia dúzia de homens e uma mulher. Rhyme teve certeza, entre uma e outra batida do coração, do motivo por que os federais estavam ali. Dellray passou os olhos pelos policiais reunidos na sala, parando por um momento em Sachs e, em seguida, voando para longe.

– O que você quer? – perguntou Polling.

– Será que nem desconfiam, cavalheiros? Vocês estão fora. Viemos fechar suas portas. Sim, senhor. Exatamente como uma casa de apostas clandestina.

## 17

Um de nós.

Era assim que Dellray olhava para Lincoln Rhyme, enquanto andava em volta da cama. Algumas pessoas faziam isso. A paralisia é um clube e elas entram como bicões em festas, fazendo piadas, acenando com a cabeça, piscando um olho. Você sabe que eu o adoro, cara, é por isso que estou tirando sarro de você.

Lincoln Rhyme tinha aprendido que essa atitude cansa muito rápido.

– Olhem só para isso – disse Dellray, mexendo na cama Clinitron. – Isso é uma coisa saída de *Jornada nas estrelas*. Comandante Riker, entre no ônibus espacial.

214

– Caia fora daqui, Dellray – cortou-o Polling. – Este caso é nosso.

– E como vai nosso paciente, Dr. Cruker?

O capitão deu um passo à frente, um galinho de briga superado em muito pela altura do magro agente do FBI.

– Dellray, você ouviu o que eu disse? Caia fora daqui.

– Cara, vou comprar uma dessas, Rhyme. Descansar meu rabo nela, assistir ao jogo. Falando sério, Lincoln, como vai você? Há anos que a gente não se vê.

– Eles bateram à porta? – perguntou Rhyme a Thom.

– Não, não bateram.

– Vocês não bateram – disse Rhyme. – Posso pedir que se retirem?

– Tenho uma ordem judicial – murmurou Dellray, tirando papéis do bolso do paletó.

A unha do indicador da mão direita de Amelia Sachs cutucava o polegar, que estava a ponto de sangrar.

Dellray olhou ao redor. Ficou visivelmente admirado com o laboratório improvisado, mas abafou logo essa impressão.

– Vamos assumir o comando. Sinto muito.

Em vinte anos de atividade policial, Rhyme nunca tinha visto um ato de tomada de poder tão peremptório como aquele.

– Não fode, Dellray – começou Sellitto. – Vocês deixaram passar esse caso.

O agente virou o lustroso rosto negro até poder olhar o detetive de cima a baixo.

– Passar? Passar? Nunca recebi um único telefonema a esse respeito. Você ligou para mim?

– Não.

– Nesse caso, quem pisou na bola?

– Bem...

Sellitto, surpreso, olhou para Polling, que disse:

– Vocês receberam um boletim. Era tudo o que precisávamos fazer. – Na defensiva, também.

## ELEMENTO DESCONHECIDO 238

| Aparência | Residência | Veículo | Diversos |
| --- | --- | --- | --- |
| • Branco, homem, estatura baixa<br>• Roupa escura<br>• Luvas velhas, pelica, avermelhadas<br>• Loção pós-barba: para encobrir cheiro?<br>• Máscara de esquiador? Azul-marinho?<br>• Luvas são escuras | • Prov. tem casa segura<br>• Localizada perto da:<br>B'way & 82, ShopRite<br>B'way & 96, Anderson Foods<br>Greenwich & Bank, ShopRite<br>Segunda Avenida, 72-73, Grocery World<br>Battery Park City, J&G'S Emporium<br>Segunda Avenida 1.709, Anderson Foods<br>34 & Lex., Food Warehouse<br>Oitava Avenida & 24, ShopRite<br>Houston & Lafayette, ShopRite<br>Sexta Avenida & Houston, J&G's Emporium<br>Greenwich & Franklin, Grocery World | • Táxi Yellow Cab<br>• Sedã modelo recente<br>• Cinza claro, prateado, bege | • Conhece proc. de CC<br>• Possivelmente tem antec. criminais<br>• Conhece levantamento de impressões digitais<br>• Arma = Colt 32 milímetros<br>• Amarra vít. com nós incomuns<br>• O "antigo" o atrai<br>• Chamou uma vít. de "Hanna"<br>• Sabe alemão básico<br>• Atraído por locais subterrâneos<br>• Dupla personalidade<br>• Talvez padre, assist. social, cons. psicológico |

– Um boletim. Sim. E exatamente como foi enviado esse boletim? Teria sido pelo correio a cavalo? Pelo correio comum, tarifa de livros? Diga-me uma coisa, Jim: para que serve um boletim da noite anterior quando há uma operação em andamento?

– Nós não vimos necessidade – disse Polling.

– Nós? – perguntou rapidamente Dellray. Como um cirurgião que descobre um tumor microscópico.

– *Eu* não vi necessidade – respondeu secamente Polling. – Disse ao prefeito para conservar este caso como uma operação local. E nós a temos sob controle. Agora, tire seu rabo daqui, Dellray.

– E você pensou que podia solucioná-lo a tempo de sair no noticiário da noite.

Rhyme ficou atônito quando Polling berrou em resposta:

– O que nós pensamos não é da sua maldita conta. A porra desse caso é nosso. – Ele conhecia o lendário mau humor do capitão, mas nunca o havia presenciado.

– Na verdade, a porra do caso agora é nosso.

Dellray passou por ele, indo em direção à mesa em que estavam os equipamentos de Cooper.

– Não faça isso, Fred – disse Rhyme. – Estamos conseguindo entender esse cara. Trabalhe conosco, mas não nos tome o caso. Esse elemento desconhecido não se parece com qualquer coisa que você já tenha visto na vida.

Dellray sorriu.

– Vejamos. Qual foi a última notícia que ouvi a respeito dessa porra de caso? Que vocês têm um civil fazendo a parte da polícia técnica. – O agente lançou um olhar à cama. – Vocês mandaram uma patrulheira fazer o processamento da cena do crime. Mandaram soldados comprar gêneros alimentícios.

– Padrões de coleta de provas, Frederick – lembrou-lhe Rhyme. – Isso é rotina.

Dellray pareceu desapontado.

– Mas e a Unidade de Operações Especiais, Lincoln? Gastando todos aqueles dólares dos contribuintes? E retalhando pessoas como no *Massacre da serra elétrica*?

217

Como *essa* notícia havia vazado? Todo mundo jurou segredo em relação ao esquartejamento.

— E o que ouvi sobre os homens de Haumann terem encontrado a vítima, mas não invadido o local para resgatá-la imediatamente? O Channel Five estava com um microfone ultra-sensível ligado. Durante uns bons cinco minutos, gravou os gritos dela, antes de vocês mandarem alguém entrar. — Olhou para Sellitto com um sorriso irônico. — Lon, meu homem, teria sido esse o *problema* de que vocês estavam falando?

Eles tinham ido tão longe, pensou Rhyme. *Estavam* desenvolvendo sensibilidade para o elemento, começando a entender sua linguagem. Começando a vê-lo. Com um choque de surpresa, deu-se conta de que estava, mais uma vez, fazendo o que adorava. Depois de todos esses anos. E então alguém chegava e lhe tomava o caso. Sentiu a raiva borbulhar nas entranhas.

— Assuma o caso, Fred — murmurou. — Mas não nos deixe de fora. Não faça isso.

— Vocês perderam duas vítimas — lembrou-lhe Dellray.

— Nós perdemos *uma* — corrigiu-o Sellitto, olhando constrangido para Polling, que continuava a fumegar de raiva. — Não houve nada que pudéssemos ter feito sobre a primeira. Ela foi o cartão de visita.

Dobyns, braços cruzados, apenas observava a discussão. Jerry Banks, porém, entrou na briga:

— Nós descobrimos a rotina dele. Não vamos perder mais nenhuma vítima.

— Vão, se a Unidade de Operações Especiais ficar sentadinha, ouvindo as vítimas se esgoelarem até a morte.

— Foi minha... — começou Sellitto.

— *Minha* decisão — disse Rhyme em voz alta. — Minha.

— Mas você é um civil, Lincoln. Não pode ter sido decisão sua. Pode ter sido sugestão sua. Ou *recomendação* sua. Mas não acredito que tenha sido decisão sua.

A atenção de Dellray voltou-se novamente para Sachs. Fitando-a, disse a Rhyme:

— Você disse a Peretti para não processar a cena do crime? Isso é muito estranho, Lincoln. Por que você fez uma coisa dessas?

– Porque sou melhor do que ele – retrucou Rhyme.

– Peretti não está nada feliz. De jeito nenhum. Ele e eu tivemos uma conversinha com Eckert.

Eckert? O vice-comissário? Como ele se meteu nisso?

Com um olhar de relance a Sachs, aos olhos azuis evasivos, emoldurados por cachos de cabelos ruivos emaranhados, ele soube como.

Perfurou-a com um olhar, que ela imediatamente evitou, e disse a Dellray:

– Vejamos... Peretti? Não foi ele quem mandou abrir o tráfego no local onde o elemento desconhecido ficou observando a primeira vítima? Não foi ele quem liberou a cena do crime antes que tivéssemos oportunidade de coletar quaisquer indícios importantes? A cena que a minha Sachs aqui teve o bom senso de interditar? A *minha* Sachs entendeu a situação corretamente, ao passo que Peretti e *todo mundo* meteram os pés pelas mãos. Isso mesmo, ela fez isso.

Amelia olhava para o polegar, um olhar que indicava que estava vendo algo familiar. Tirou um lenço de papel do bolso e enrolou-o em volta do dedo sangrento.

Dellray resumiu a situação, dizendo:

– Vocês deviam ter nos chamado desde o começo.

– Caia fora daqui – murmurou Polling. Alguma coisa irrompeu-se em seus olhos e a voz subiu de tom. – Desinfete daqui! – berrou.

Até o frio Dellray recuou quando o cuspe saiu da boca do capitão.

Rhyme olhou reprovador para Polling. Havia uma possibilidade de que pudessem salvar alguma coisa do caso, mas não se Polling tivesse uma crise de mau humor.

– Jim...

O capitão ignorou-o.

– Fora! – berrou novamente. – Você não vai tomar nosso caso!

E, surpreendendo todos os presentes, Polling saltou para a frente, agarrou o agente pelas lapelas verdes do paletó e empurrou-o contra a parede. Após um momento de atordoado silêncio, Dellray empurrou o capitão para trás com a ponta dos dedos e pegou o telefone celular. Ofereceu-o a Polling.

– Ligue para o prefeito. Ou para o chefe Wilson.

Instintivamente, Polling afastou-se de Dellray – um homem baixo pondo alguma distância entre si e um homem muito mais alto.

– Você quer o caso, então enfie-o naquele lugar.

O capitão dirigiu-se à escada e começou a descê-la. Em seguida, ouviu-se a batida forte da porta.

– Fred – pediu Sellitto –, trabalhe conosco. Nós podemos prender esse safado.

– Vamos precisar do AT do FBI – disse Dellray, parecendo a própria voz da razão. – Vocês não estão preparados para o ângulo terrorista.

– Que ângulo terrorista? – perguntou Rhyme

– A conferência de paz das Nações Unidas. Um informante disse que andava circulando por aí que alguma coisa ia acontecer no aeroporto. No lugar onde ele seqüestrou as vítimas.

– Eu não faria um perfil dele como terrorista – disse Dobyns. – O que quer que esteja acontecendo com ele, ele é psicologicamente motivado. Não é nada ideológico.

– Bem, o fato é que Quantico e nós o estamos vendo assim. Entendo que você possa pensar de outra maneira. Mas é assim que estamos tratando do caso.

Rhyme desistiu. A fadiga estava acabando com ele. Como desejou que Sellitto e seu assistente, de rosto marcado por pequenas cicatrizes de barba, nunca tivessem aparecido naquela manhã. Como desejava jamais ter conhecido Amelia Sachs. Como desejava não estar usando essa ridícula camisa branca engomada, que sentia dura no pescoço e nada sentia abaixo dele.

Notou que Dellray se dirigia a ele.

– Como disse? – Rhyme ergueu a sobrancelha.

– Política *não poderia* ser também um motivo? – perguntou Dellray.

– O motivo não me interessa – retrucou Rhyme. – A prova me interessa.

Dellray olhou mais uma vez para a mesa de Cooper.

– Muito bem. O caso é nosso. Estamos entendidos?

– Quais são nossas opções? – perguntou Sellitto.

– Vocês nos dão apoio tático com equipes de busca. Ou podem sair inteiramente do caso. Isso é praticamente tudo o que resta. Vamos levar a prova material, se não se importarem.

Banks hesitou.

– Entregue a eles – ordenou Sellitto.

O jovem policial reuniu os sacos de prova da cena de crime mais recente e colocou-os dentro de uma grande sacola de plástico. Dellray estendeu as mãos. Banks olhou para os dedos finos, jogou a sacola sobre a mesa e se dirigiu para o lado mais distante da sala – o lado dos policiais. Lincoln servia de zona neutra entre eles. Amelia Sachs permaneceu ao pé da cama.

Dellray dirigiu-se a ela:

– Policial Sachs?

Após uma pausa, os olhos pregados em Rhyme, ela respondeu:

– Sim?

– O comissário Eckert quer que você venha conosco para prestar contas a respeito das cenas de crime. E ele disse alguma coisa sobre o início de sua nova designação na próxima segunda-feira.

Amelia assentiu.

Dellray voltou-se para Rhyme e disse, sinceramente:

– Não se preocupe, Lincoln. Nós vamos pegá-lo. Quando menos esperar, a cabeça dele estará enfiada em uma estaca nos portões da cidade.

Acenou com a cabeça para seus colegas, que reuniram as provas e desceram a escada. No patamar, Dellray perguntou:

– Vai com a gente, policial?

Amelia levantou-se, mãos juntas como uma menina em uma festa à qual lamentava ter comparecido.

– Em um minuto.

Dellray desapareceu pela escada.

– Aqueles putos – murmurou Banks, jogando a caderneta de notas em cima da mesa. – Dá para acreditar numa coisa dessas?

Sachs balançou-se sobre os saltos.

– É melhor você ir, Amelia – disse Rhyme. – Sua carruagem a espera.

– Lincoln.

Aproximou-se da cama.

– Está tudo bem – retrucou ele. – Você fez o que tinha de fazer.

– Não tenho nada a ver com trabalho em cenas de crime – disse ela impetuosamente. – Eu nunca quis isso.

– E nunca mais vai fazer isso. Tudo acabou bem, não?

Ela começou a dirigir-se para a porta, voltou-se impulsivamente e disse:

– Você não se importa com coisa nenhuma, exceto com provas, não é?

Sellitto e Banks se levantaram, mas ela ignorou-os.

– Thom, quer fazer o favor de acompanhar Amelia?

Ela continuou:

– Tudo isso para você é simplesmente um jogo, não? Monelle...

– Quem?

Os olhos de Sachs relampejaram.

– Aí! Está vendo? Você nem mesmo se lembra do nome dela! Monelle Gerger. A moça naquele túnel... Ela era para você simplesmente uma peça de um quebra-cabeça. Havia ratos andando por cima de todo o corpo dela e você disse: "É a *natureza* deles." É a natureza deles? Ela nunca mais vai ser a mesma pessoa e tudo o que o interessava eram suas preciosas provas.

– Em vítimas vivas – disse ele em tom monótono, de professor dando uma aula –, mordidas de roedores são sempre superficiais. Logo que a primeira pequena criatura babou em cima dela, ela passou a necessitar de vacina anti-rábica. O que mais algumas poucas mordidas podiam significar?

– Por que não perguntamos a opinião dela?

O sorriso de Amelia agora era diferente. Tornou-se maldoso, como o daquelas enfermeiras e os terapeutas que odeiam paralíticos. Andam por enfermarias de reabilitação com sorrisos iguais àquele. Bem, ele não gostava mesmo da Amelia Sachs educada. Preferia a Amelia irascível.

– Responda uma coisa, Rhyme. Por que você, realmente, me quis nisso?

— Thom, nossa convidada passou da hora. Você poderia fazer o favor...

Lincoln... — começou a dizer o ajudante.

— Thom – disse secamente Rhyme –, acho que lhe pedi uma coisa.

— Porque eu não sabia merda nenhuma disso – explodiu Sachs. – Foi por isso! Você não queria um verdadeiro especialista em cena de crime, porque, se fosse assim, não estaria no comando. Mas eu... você poderia me mandar para aqui, para ali. Eu faria exatamente o que você quisesse e não me acovardaria nem reclamaria.

— Ah, motim... – comentou Rhyme, olhando para o teto.

— Mas eu não sou um de seus soldados. Para começar, jamais quis isso.

— Eu também não queria. Mas aqui estamos. Juntos na cama. Bem, um de nós está.

E ele teve certeza de que seu frio sorriso era muito, muito mais frio do que qualquer um que ela pudesse pôr nos lábios.

— Ora, você não passa de um menino mimado, Rhyme.

— Ei, policial, hora de partir – disse secamente Sellitto.

Amelia, porém, continuou:

— Você não pode percorrer mais uma cena de crime, e sinto muito por isso. Mas está pondo em risco uma investigação apenas para massagear seu ego e eu digo: que se foda.

Pegou o boné de patrulheira e saiu furiosa da sala.

Ele esperou ouvir o estrondo da porta lá embaixo, talvez o som de vidro quebrado. Mas escutou apenas um baixo clique e, em seguida, silêncio.

Enquanto Jerry Banks pegava a caderneta de notas e folheava-a com mais concentração do que era necessário, Sellitto disse:

— Lincoln, sinto muito. Eu...

— Não importa – respondeu Rhyme, bocejando exageradamente, na vã esperança de que isso lhe acalmasse o coração apertado. – Não importa, de verdade.

Os policiais ficaram ao lado da mesa parcialmente vazia, em um silêncio constrangedor. Cooper falou, finalmente:

– É melhor arrumar as malas.

Colocou a caixa preta do microscópio sobre a mesa e começou a desaparafusar uma ocular com o cuidado amoroso de um músico desmontando seu saxofone.

– Bem, Thom – disse Rhyme –, já anoiteceu. Sabe o que isso me diz? O bar está aberto.

A SALA DE PLANEJAMENTO de operações deles era impressionante. Dava de dez a zero na de Lincoln.

Metade de um andar do edifício federal, trinta agentes, computadores e painéis eletrônicos de um filme de Tom Clancy. Os agentes pareciam advogados ou banqueiros. Camisas brancas, gravatas. *Nos trinques*, era a palavra que vinha mente. E, no centro de tudo aquilo, ela, Amelia Sachs, bem visível em seu uniforme azul-marinho, manchado de sangue de rato, poeira e merda granulada de gado morto há cem anos.

Não tremia mais, como após seus ataques com Rhyme, e embora a mente continuasse em velocidade vertiginosa com as centenas de coisas que queria dizer, que desejava *ter* dito, obrigou-se a concentrar-se no que estava acontecendo ali.

Um agente alto, usando um terno cinza imaculado, conversava com Dellray – dois homens grandalhões, cabeças baixas, solenes. Achou que ele era o agente especial que dirigia a Superintendência do FBI em Manhattan, Thomas Perkins, mas não tinha certeza. Um policial de radiopatrulha tem tanto contato com o FBI quanto um empregado de lavanderia ou um vendedor de seguros. Ele parecia sério, eficiente, e continuava a olhar para um grande mapa de Manhattan pendurado na parede. Perkins assentiu várias vezes, enquanto Dellray lhe passava as informações. Em seguida, levantou-se, dirigiu-se a uma mesa coberta de pastas, olhou para os agentes e começou a falar.

– Se fizerem o favor de me dar atenção... Acabei de entrar em contato com o diretor e o AG em Washington. Todos vocês já ouviram falar no elemento desconhecido do Aeroporto Kennedy. Ele tem um perfil incomum. Seqüestro e ausência do componente sexual raramente constituem as bases de atividade serial. Na verdade, este é o primeiro elemento desconhecido desse tipo que tivemos no Distrito Sul. À luz da possível conexão com os eventos que ocorrem nas Nações Unidas nesta semana, estamos coordenando nossas atividades com a sede, Quantico e o gabinete do secretário-geral. Recebemos ordens de nos dedicarmos inteiramente a este caso, que tem a mais alta prioridade possível.

O chefe olhou para Dellray, que começou a falar:

— Tiramos o caso das mãos do DPNY, mas vamos usar o departamento no apoio tático e como mão-de-obra. Temos aqui conosco a policial que processou as cenas dos crimes e que nos vai dar as informações pertinentes a esse respeito.

Dellray, nesse ambiente, parecia uma pessoa inteiramente diferente. Nem o mínimo sinal de exibicionismo.

— Você preencheu os cartões de custódia das provas? – perguntou Perkins.

Amelia admitiu que não.

— Estávamos trabalhando para salvar as vítimas.

O superintendente ficou perturbado ao ouvir isso. Em juízo, acusações sólidas iam por água abaixo por causa de negligência no registro da prova material. Era a primeira coisa que os advogados dos criminosos exploravam.

— Não se esqueça de fazer isso antes de ir embora.

— Sim, senhor.

Que expressão aquela no rosto de Rhyme, quando ele adivinhou que eu havia me queixado a Eckert e ele mandou encerrar a operação. Que expressão...

*Minha Sachs solucionou isso, minha Sachs preservou a cena.*

Mexeu novamente numa unha. Pare com isso, disse a si mesma, como sempre fazia, e continuou a cutucar a carne. A dor lhe fez bem. Isso era uma coisa que os terapeutas jamais compreenderiam.

— Agente Dellray, poderia fazer o favor de informar que tipo de enfoque vamos adotar? – disse o superintendente.

Dellray olhou do superintendente para os outros agentes e retomou a palavra:

225

– No momento, temos agentes de campo invadindo todas as grandes células terroristas da cidade e desenvolvendo quaisquer pistas que nos levem à residência do elemento desconhecido. *Todos* os informantes, *todos* os agentes clandestinos. Isso vai prejudicar algumas operações em andamento, mas chegamos à conclusão de que vale a pena correr esse risco.

– Nosso trabalho aqui é o de reação rápida. Os senhores se dividirão em grupos de seis agentes cada um, prontos para se mexerem diante do surgimento de qualquer pista. Terão apoio completo em resgate de reféns e acesso a áreas interditadas.

– Senhor... – disse Sachs.

Perkins olhou para ela, franzindo as sobrancelhas. Ninguém interrompia sessões de instruções até o tradicional momento de perguntas e respostas.

– Sim, o quê, policial?

– Bem, eu estava apenas pensando, senhor. O que o senhor diz sobre a vítima?

– Quem? Aquela moça alemã? Você acha que devemos entrevistá-la novamente?

– Não, senhor. Estou me referindo à *próxima* vítima.

– Certamente – respondeu o chefe da agência – sabemos que outros casos podem ocorrer.

– Ele está com outra vítima, agora.

– Está? – O chefe olhou para Dellray, que encolheu os ombros. Perkins voltou-se para Sachs: – Como você sabe?

– Bem, eu não sei exatamente, senhor. Mas ele deixou pistas na última cena de crime e não teria feito isso se não tivesse outra vítima. Ou estava prestes a seqüestrar outra.

– Anotado, policial – continuou o chefe. – Vamos nos mobilizar com toda rapidez possível para nos certificarmos de que nada lhe acontecerá.

Dellray virou-se para Sachs:

– Achamos melhor nos concentrarmos no próprio animal.

– Detetive Sachs... – começou Perkins.

– Não sou detetive, senhor. Estou lotada na radiopatrulha.

226

– Sim, bem... – O superintendente olhou para a pilha de pastas. Se pudesse nos apresentar alguns de seus melhores argumentos, isso seria útil.

Trinta agentes a observavam. Duas mulheres entre eles.

– Diga-nos o que viu – sugeriu Dellray, segurando um cigarro apagado entre os dentes.

Amelia fez um resumo de suas buscas nas cenas dos crimes e das conclusões a que Rhyme e Terry Dobyns haviam chegado. A maioria dos agentes ficou perturbada com a curiosa motivação do elemento desconhecido.

– Parece um jogo muito complicado – murmurou um agente.

Outro perguntou se as pistas continham alguma mensagem política que pudessem decifrar.

– Bem, senhor, não achamos que ele seja um terrorista – insistiu Sachs.

Perkins voltou sua atenção para ela:

– Quero lhe fazer uma pergunta, policial Sachs: você admite que ele é esperto, esse elemento desconhecido?

– Muito esperto.

– Ele não poderia estar fazendo um duplo blefe?

– Não estou entendendo.

– Você... eu deveria dizer, o DPNY pensa que ele é simplesmente um louco. Quero dizer, uma personalidade criminosa. Mas não será possível que ele seja suficientemente esperto para fazer com que vocês *pensem* isso? Quando alguma outra coisa está em andamento?

– Como o quê?

– Veja essas pistas que ele deixou. Elas não poderiam ser ações diversivas?

– Não, senhor, elas são indicações – respondeu Sachs. – Que le vam às vítimas.

– Compreendo – disse Thomas Perkins –, mas, ao fazer isso, ele também está nos levando *para longe* de outros alvos, certo?

Ela não havia pensado nisso.

– Acho que é possível.

– E o chefe Wilson vem retirando efetivos do destacamento de segurança nas Nações Unidas e os usando para trabalhar no seqüestro. Esse elemento desconhecido pode estar mantendo todos nós distraídos com outra coisa, o que o deixa livre para sua verdadeira missão.

Sachs lembrou-se de que ela mesma teve um pensamento semelhante no começo do dia, observando todos aqueles investigadores percorrendo a Pearl Street.

– E o alvo seria o prédio das Nações Unidas?

– Achamos que sim – respondeu Dellray. – Os responsáveis pela tentativa de ataque a bomba à Unesco em Londres poderiam querer tentar novamente.

E isso significa que Rhyme estava seguindo numa direção inteiramente errada. Essa possibilidade aliviou de certa maneira o peso que sentia.

– Agora, policial Sachs, poderia detalhar para nós, ponto por ponto, a prova encontrada?

Dellray lhe entregou a folha com o inventário de tudo o que ela tinha encontrado e ela começou a explicar, item por item. Enquanto falava, Sachs tornou-se consciente da grande atividade à sua volta – alguns agentes recebendo telefonemas, alguns em pé, falando em voz baixa a outros, uns tantos tomando notas. Mas quando, olhando para o papel, disse "Em seguida, descobri as impressões digitais dele na última cena de crime", percebeu que a sala caiu em completo silêncio. Ergueu a vista. Todos ali olhavam-na fixamente com uma expressão que poderia passar por choque – se agentes federais fossem capazes disso.

Sem saber o que fazer, ela olhou para Dellray, que inclinou a cabeça para um lado.

– Você está dizendo que conseguiu uma impressão digital?

– Bem, consegui. A luva dele caiu na luta com a última vítima e, quando ele a apanhou, a mão tocou o chão.

– Onde está ela? – perguntou rapidamente Dellray.

– Jesus! – exclamou um agente. – Por que você não *disse* nada?

– Bem, eu...

– Procure-a, procure-a! – gritou alguém.

Um murmúrio varreu a sala.

As mãos tremendo, Sachs procurou nos sacos de prova e entregou a Dellray a polaróide da impressão digital. Ele ergueu-a bem alto e examinou-a atentamente. Mostrou-a a alguém que, imaginou Amelia, era o perito em cristas de atrito.

– Ótimo – disse o agente. – Ela é definitivamente classe A.

Sachs sabia que impressões digitais eram classificadas como A, B e C, sendo a categoria mais baixa inaceitável para a maioria dos órgãos mantenedores da lei. Mas qualquer orgulho que sentisse por sua perícia em descobrir provas foi esmagado pelo desalento coletivo por ela não ter falado sobre isso antes.

Em seguida, tudo começou a acontecer ao mesmo tempo. Dellray entregou a foto a um agente, que correu para um computador num canto do escritório e colocou a polaróide no leito curvo, grande, de alguma coisa denominada Opti-Scan. Outro agente ligou o computador e começou a digitar comandos, enquanto Dellray agarrava um telefone. Ele bateu nervoso o pé e, em seguida, baixou a cabeça quando, em algum lugar, alguém respondeu.

– Ginnie, Dellray. Isso vai ser um pé no saco, mas preciso que suspenda o atendimento de todos os pedidos de identificação via AFIS* vindos da Região Nordeste e dê prioridade máxima ao que estou enviando... Perkins está aqui. Ele aprovará e, se isso não for suficiente, eu ligo para o próprio homem em Washington... É aquela coisa das Nações Unidas.

Sachs sabia que o Sistema Automatizado de Digitais de Identificação do FBI era usado por departamentos de polícia em todo o país. E era isso que Dellray ia parar naquele momento.

O agente ao computador informou:

– Foto escaneada. Estamos transmitindo agora.

– Quanto tempo vai levar?

– Dez, 15 minutos.

Dellray entrelaçou e apertou os dedos.

– Por favor, por favor, por favor.

---

*Em inglês, Automated Fingerprint Identification System – AFIS (*N. do R.*)

Em torno de Amelia havia um verdadeiro ciclone de atividade. Ouviu vozes mencionando armas, helicópteros, veículos, negociadores. Telefonemas, cliques de teclados, desenrolamento de mapas, pistolas sendo checadas.

Perkins, ao telefone, conversava com o pessoal encarregado de resgate de reféns, com o diretor, com o prefeito. Talvez, até com o presidente. Quem podia saber?

– Eu não sabia que aquela impressão digital era tão importante assim – disse Sachs, dirigindo-se a Dellray.

– Impressões digitais são sempre importantes. Pelo menos, são agora com o AFIS. Antigamente, procurava-se impressão digital principalmente pelo espetáculo. Para que as vítimas e a imprensa soubessem que estávamos fazendo *alguma coisa*.

– Você está brincando.

– Não, nem um pouco. Veja o caso da cidade de Nova York. Quando fazíamos uma busca fria... isto é, quando não tínhamos nenhum suspeito... isso era feito manualmente e um técnico precisaria de 15 anos para examinar todas as fichas. Não é mentira. Uma pesquisa automatizada? Quinze minutos. Antigamente, identificávamos um suspeito em dois ou três por cento dos casos. Agora, estamos chegando perto de 20, 22 por cento. Oh, sim, impressões digitais são ouro puro. Você falou com Rhyme sobre isso?

– Ele sabia, com certeza.

– E não mobilizou todos os seus recursos para explorar essa pista? Meu Deus, aquele homem está em decadência.

– Ouça, policial Sachs – disse Perkins, cobrindo com a mão o telefone em que falava –, eu lhe pediria que completasse esses cartões de cadeia de custódia de provas. Quero enviar as provas materiais ao PERT.

À Equipe de Reação à Prova Material* Amelia lembrou-se de que Lincoln Rhyme tinha sido o homem contratado pelos federais para montar esse sistema.

– Vou fazer isso agora.

---

*Em inglês, Physical Evidence Responde Team – PERT (*N. do R*).

Mallory, Kemple, levem a prova material a um escritório e dêem à nossa hóspede alguns cartões de cadeia de custódia de provas. Tem uma caneta, policial Sachs?

— Tenho, sim, senhor.

Amelia seguiu os dois homens até uma pequena sala, pressionando e soltando nervosamente a mola da caneta esferográfica, enquanto eles procuravam alguma coisa e voltavam com um maço de cartões. Ela sentou-se e abriu-o.

A voz atrás dela era a de Dellray, a pessoa que parecia mais interessada em sair logo dali. No carro, a caminho do prédio, alguém havia se referido a ele como "O Camaleão", e ela estava começando a entender por quê.

— Nós chamamos Perkins de o Grande Pau... Não o "pau" em que você está pensando. É "pau" de "pau para toda obra". Mas não se preocupe com ele. Ele é mais esperto do que parece. E, melhor ainda, mexeu os pauzinhos até Washington, que é onde os pauzinhos têm de ser mexidos em um caso como este. — Dellray passou o cigarro por baixo do nariz, como se fosse um charuto de alta classe. — Sabe, policial Sachs, você é muito esperta, fazendo o que está fazendo.

— Que é...?

— Caindo fora de Grandes Crimes. Você não vai querer isso. — O rosto negro, magro, lustroso e enrugado apenas em volta dos olhos parecia sincero pela primeira vez desde que ela o conhecera. — A melhor coisa que já fez foi pedir transferência para Assuntos Públicos. Vai fazer um bom trabalho e ele não a transformará em pó. É isso o que acontece, pode crer. Esse trabalho transforma você em pó.

> Uma das últimas vítimas da compulsão insana de James Schneider, um jovem chamado Ortega, chegara a Manhattan vindo da Cidade do México, onde a inquietação política (o longamente anunciado levante popular, que começara no ano anterior) tornara o comércio, na melhor das hipóteses, difícil. O ambicioso empresário estava na cidade havia menos de uma semana quando desapareceu. Soube-se que foi visto pela última vez em uma taverna no West Side. Imediatamente, as autoridades desconfiaram de que fosse outra vítima de Schneider. Infelizmente, estavam certas.

O colecionador de ossos circulou em seu carro pelas ruas durante 15 minutos, em volta da Universidade de Nova York, na Washington Square. Havia muita gente por ali. Principalmente crianças. Estudantes em cursos de verão. Skatistas. O ambiente era festivo, estranho. Cantores, malabaristas, acrobatas. A visão lembrou-lhe os "museus" do Bowery, muito populares na década de 1800. Não eram absolutamente museus, claro, mas galerias, fervilhando com espetáculos burlescos, exibições de tipos deformados e engolidores de fogo, ambulantes que vendiam tudo, de postais pornográficos franceses a lascas da Verdadeira Cruz.

Diminuiu a marcha uma ou duas vezes, mas ninguém queria um táxi, ou não podia pagar pela corrida. Virou para o sul.

> Schneider amarrou tijolos aos pés do *Señor* Ortega e rolou-o para baixo de um píer no rio Hudson, de modo que a água suja e os peixes pudessem reduzi-lo a mero esqueleto. O corpo foi encontrado duas semanas depois de ele ter desaparecido, e assim nunca se soube se a infeliz vítima estava viva ou se tinha pleno domínio de seus sentidos quando foi jogada na água. Desconfia-se, porém, de que foi o que aconteceu. Isso porque Schneider, cruelmente, encurtou a corda, de modo que o rosto do *Señor* Ortega ficou a apenas 5 centímetros abaixo da superfície da eclusa Davy Jones. Suas mãos, sem a menor dúvida, bateram em desespero enquanto ele olhava para o ar que teria sido sua salvação.

O colecionador de ossos viu um rapaz de aparência doentia em pé ao meio-fio. Aids, pensou. Mas seus ossos são sadios – e *tão* visíveis. Seus ossos durarão para sempre... Mas o rapaz não queria um táxi e ele seguiu em frente, olhando ávido, pelo espelho retrovisor, o corpo magro.

Voltou a olhar para a rua exatamente a tempo de desviar de um idoso que havia descido do meio-fio, o braço magro erguido para chamar um táxi. O homem saltou para trás tanto quanto pôde e o táxi parou com um rangido de pneus logo adiante.

O homem abriu a porta traseira e inclinou-se para dentro.

– Você devia prestar mais atenção por onde anda. – Disse isso em um tom de quem dá um conselho. Não com raiva.

– Sinto muito – desculpou-se o colecionador de ossos.

O idoso senhor hesitou por um momento, olhou rua acima e não viu outros táxis. Entrou.

Bateu a porta.

O colecionador de ossos pensou: velho e magro. A pele cobre seus ossos como se fosse seda.

– Para onde? – perguntou.

– East Side.

– Você manda – disse ele, enquanto vestia a máscara de esquiador e girava rapidamente o volante para a direita. O táxi seguiu em alta velocidade na direção oeste.

# Parte III
# A filha do patrulheiro

"Derrubem, derrubem, derrubem! este é
o axioma de Nova York (...) Os ossos
de nossos antepassados não podem mais
permanecer em repouso por um quarto de século e
uma geração parece decidida a remover todas
as relíquias daqueles que a precederam."

Philip Hone,
Prefeito de Nova York, Diário, 1845

# 18

*De sábado, 22h15, a domingo, 5h30*

— Repita, Lon.

Rhyme bebia em um canudinho, Sellitto em um copo. Ambos tomavam a bebida escura pura. O detetive afundou-se na cadeira de vime, que rangeu, e Rhyme concluiu que ele se parecia um pouco com Peter Lorre, em *Casablanca*.

Terry Dobyns tinha ido embora – depois de passar para eles algumas ácidas idéias psicológicas sobre narcisismo e os indivíduos contratados pelo governo federal. Jerry Banks tinha ido embora também. Mel Cooper continuava a desmontar e embalar o equipamento.

— Este é dos bons, Lincoln – comentou Sellitto, bebericando o uísque escocês. – Droga, não tenho mesmo condições financeiras para beber um troço como este. Que idade?

— Acho que é da década de 1920.

O detetive examinou o líquido castanho-amarelado.

— Se isto aqui fosse uma mulher, ela seria legal e mais alguma coisa.

— Quero saber uma coisa, Lon. E aquele pequeno ataque de mau humor que Polling teve. Qual o motivo de tudo aquilo?

— O pequeno Jimmy? – Sellitto riu. – Ele está agora numa enrascada. Foi ele quem se mexeu para tirar Peretti do caso e para mantê-lo longe das mãos dos federais. Realmente se esforçou muito. Meteu-se em apuros por causa disso. Pedir sua colaboração custou também certo esforço. Um bocado de gente torceu o nariz. Um civil num caso quente como este.

— Polling pediu que eu fosse chamado? Pensei que tinha sido o chefe.

— Isso mesmo, mas foi Polling quem deu a idéia. Ele ligou tão logo ouviu dizer que ocorrera um seqüestro e que havia provas materiais esquisitas na cena do crime.

E queria minha ajuda?, pensou Rhyme. Isso era estranho. Não teve contato com Polling durante anos – não desde o caso do policial assassino, no qual tinha sido ferido. Polling esteve à frente das investigações e acabou prendendo Dan Shepherd.

– Você parece surpreso – observou Sellitto.

– Que ele tenha pedido minha ajuda? Estou. Não estávamos muito bem. Na verdade, nunca estivemos.

– Por quê?

– Porque lhe tasquei um 14-43.

O código era de um formulário de queixa do DPNY.

– Há cinco, seis anos, quando ele era tenente, flagrei-o interrogando um suspeito bem no meio de uma cena segura. Contaminou-a. Fiquei uma fera. Citei o fato em um relatório, que constou de uma das avaliações rotineiras do trabalho dele... aquela em que ele baleou um suspeito desarmado.

– Acho que tudo foi perdoado, porque ele queria muito sua colaboração.

– Lon, dê um telefonema para mim, sim?

– Claro.

– Não – disse Thom, tomando o telefone da mão do detetive. – Deixe que ele mesmo faça isso.

– Não tive tempo de aprender como essa coisa funciona – protestou Rhyme, apontando para o ECU de discagem que Thom instalara.

– Você não *passou* nisso o tempo necessário. Há uma grande diferença. Quer ligar para quem?

– Berger.

– Não, não vai – disse Thom. – Já está tarde.

– Já sei ver as horas há algum tempo – respondeu friamente Rhyme. – Ligue para ele. Está hospedado no Plaza.

– Não ligo.

– Eu lhe pedi que ligasse.

O assistente pôs um pedaço de papel sobre a mesa. Rhyme, porém, leu-o facilmente. Deus podia ter tirado muito de Lincoln Rhyme, mas lhe deu a vista de um garoto. Rhyme executou o processo de discagem, com o rosto sobre a vareta de controle. A coisa foi mais fácil do que pensava, mas, de propósito, demorou muito, resmungando o tempo todo. E, o que foi enfurecedor, Thom ignorou-o e desceu para o térreo.

Berger não estava em seu quarto no hotel. Rhyme desligou, furioso por não poder bater com o telefone no gancho.

— Problemas? – perguntou Sellitto.

— Não – rosnou Rhyme.

Onde está ele?, pensou irritado. *Era* tarde. Berger deveria estar no hotel. Foi tomado por um sentimento estranho – o ciúme de que *seu* Dr. Morte estivesse fora, ajudando alguma outra pessoa a morrer.

De repente, Sellitto soltou uma risadinha. Rhyme olhou para ele. O policial estava comendo uma barra de chocolate. Esquecera-se de que *junk food* era a base da dieta daquele homenzarrão, no tempo em que trabalhavam juntos.

— Eu estava pensando... Lembra-se de Bennie Ponzo?

— O OC da Força-Tarefa 10, há 12 anos?

— Ele mesmo.

Rhyme gostava do trabalho do crime organizado. Os criminosos eram profissionais. As cenas de crime, um desafio. E as vítimas raramente eram inocentes.

— Quem foi ele? – perguntou Mel Cooper.

— Um pistoleiro de Bay Ridge – respondeu Sellitto. – Lembra-se, depois que o pegamos, do sanduíche de chocolate?

Rhyme deu uma gargalhada, lembrando-se.

— Qual é a história? – perguntou Cooper.

— Estávamos na Central, Lincoln, eu e mais outros caras. E Bennie, você se lembra, era um cara grandão, estava sentado, todo encurvado, apalpando o estômago. De repente, ele disse: "Estou com fome. Quero um sanduíche de chocolate." Ficamos nos entreolhando, sem saber o que era aquilo. Então, perguntei: "O que é um sanduíche de chocolate?" Ele me olhou como se eu fosse um marciano e perguntou: "O que você acha que é? Você pega uma barra de Hershey, põe entre duas fatias de pão e come. Isso é uma porra de um sanduíche de chocolate."

Eles riram. Sellitto ofereceu a barra de chocolate a Cooper, que recusou, e em seguida a Rhyme, que sentiu uma vontade súbita de dar uma dentada. Fazia mais de um ano desde que comera chocolate pela última vez. Evitava comidas assim – açúcar, balas. Comida trabalhosa. As pequenas coisas da vida eram os fardos mais pesados, os fardos que mais o entristeciam e o esgotavam. Certo, você nunca fez pesca submarina ou andou pelos Alpes. E daí? Um bocado de gente tampouco faz isso. Mas todo mundo escova os dentes. Visita o dentista, faz uma obturação, toma o trem para voltar para casa. Todo mundo tira um pedaço de amendoim de trás de um molar quando ninguém está olhando.

Todo mundo menos Lincoln Rhyme.

Sacudiu a cabeça e tomou um grande gole do uísque. Os olhos voltaram à tela do computador, lembrando-se da carta de adeus a Blaine, que estivera escrevendo quando Sellitto e Banks o interromperam naquela manhã. E havia também algumas outras cartas que queria escrever.

A que estava adiando era a que seria endereçada a Peter Taylor, o especialista em traumas da coluna vertebral. Na maior parte das vezes, conversara com Taylor não sobre seu estado, mas sobre morte. O médico era inimigo declarado da eutanásia. Achou que lhe devia uma carta, explicando por que resolvera pôr em prática a idéia de suicídio.

E Amelia Sachs?

A patrulheira receberia também um bilhete, resolveu.

Paralíticos são generosos, paralíticos são bondosos, paralíticos são de ferro...

Paralíticos nada são, se não perdoam.

Querida Amelia:
Minha querida Amelia:
Amelia:
Querida policial Sachs:
Na medida em que tivemos o prazer de trabalhar juntos, eu gostaria de aproveitar esta oportunidade para declarar que, embora a considere uma traidora, eu a perdôo. Além disso, desejo-lhe todo sucesso em sua futura carreira como baba-ovo da mídia...

– Qual é a história dela, Lon? De Sachs?

– À parte o fato de que tem um mau gênio que enche o saco de qualquer um e que eu não sabia disso?

– Ela é casada?

– Não. Com um rosto e um corpo daqueles, a gente pensaria que algum camarada já a teria fisgado. Mas ela nem namorado tem. Ouvimos dizer que há alguns anos ela estava firme com alguém, mas ela nunca fala sobre o assunto. – Baixou a voz. – O boato que rola por aí é que ela é sapatão. Mas não sei nada sobre isso. *Minha* vida social se resume a arranjar mulheres nas lavanderias aos sábados à noite. Isso funciona, o que posso fazer?

*Você vai que ter que esquecer os mortos...*

Rhyme pensou na expressão no rosto dela quando lhe dissera isso. O que significava aquilo? Mas depois ficou com raiva de si mesmo por estar perdendo tempo pensando nela. E tomou um bom gole do uísque escocês.

A campainha tocou e ouviram passos na escada. Rhyme e Sellitto olharam para a porta. O som era dos sapatos de um homem alto, usando culotes e capacete azul. Um membro da Polícia Montada, um corpo de elite do DPNY. Ele entregou um grosso envelope a Sellitto e voltou à escada.

O detetive abriu-o.

– Olhem só o que temos aqui.

E esvaziou sobre a mesa o conteúdo do envelope. Rhyme olhou, irritado. Trinta ou quarenta sacos plásticos de prova, todos etiquetados. Todos continham um pedaço de celofane, tirado dos pacotes de perna de vitela que eles haviam mandado o pessoal da UOE comprar.

– Um bilhete de Haumann. – Leu-o: "Para: L. Rhyme. L. Sellitto. De: B. Haumann, FTRS."

– Que diabo é isso? – perguntou Cooper.

O Departamento de Polícia é um ninho de abreviaturas e acrônimos. PMR – Patrulha Móvel Remota – é um carro de radiopatrulha. DEI – dispositivo explosivo improvisado – é uma bomba. Mas FTRS era novidade.

*241*

Sellitto continuou a ler, rindo:

– "Força Tática de Resposta de Supermercado. Ref.: Pernas de vitela. Uma busca em toda a cidade descobriu 46 elementos, todos os quais foram presos e neutralizados com emprego mínimo de força. Informamos-lhes os seus direitos e os transportamos para uma instalação de detenção na cozinha da mãe do policial T.P. Giancarlo. Quando terminados os interrogatórios, uma meia dúzia de suspeitos serão transferidos para a custódia dos destinatários deste memorando. Aqueça-os a 350 graus durante 30 minutos."

Rhyme deu uma gargalhada. Bebericaram mais uísque, apreciando-lhe o sabor. Isso era uma coisa que lhe faria falta, o cheiro fumegante do uísque. (Embora, na paz de um sono inconsciente, como alguém poderia sentir falta de alguma coisa? Exatamente igual à prova: retire-se o padrão básico e nada temos com que julgar sua perda, e estamos em segurança por toda a eternidade.)

Cooper espalhou algumas das amostras.

– Quarenta e seis amostras de celofane. Uma de cada rede de supermercados e dos grandes mercados independentes.

Rhyme olhou para as amostras. As probabilidades eram boas de identificação por classe. A individuação do celofane seria dificílima – o fragmento encontrado na pista do osso de vitela não corresponderia exatamente, claro, a qualquer um desses. Mas, uma vez que as matrizes compram suprimentos idênticos para todas as suas lojas, seria possível descobrir em que *rede* de supermercados 238 tinha comprado a vitela e reduzir o número de bairros onde ele poderia morar. Talvez ele devesse ligar para a equipe de exame de prova física do FBI e...

Não, não. Lembre-se: agora a *porra* do caso pertence a eles.

Rhyme deu uma ordem a Cooper:

– Embrulhe tudo isso e envie o pacote aos nossos irmãos federais.

Rhyme tentou desligar o computador e tocou a tecla errada com o dedo anular, às vezes genioso. O telefone reagiu com um alto gemido.

– Merda – murmurou irado. – Porra de máquina.

Inquieto com a súbita raiva de Rhyme, Sellitto olhou para o copo e brincou:

– Ei, Linc. Com um uísque bom assim você deveria estar mais bem-disposto.

– Acredite – respondeu azedamente Thom. – Ele *tem* disposição.

ELE ESTACIONOU PERTO do enorme cano de esgoto.

Descendo do táxi, sentiu o cheiro da água fétida, lodosa, podre. Estava no beco que levava ao grande cano de escoamento que começava na West Side Highway e descia para o rio Hudson. Ninguém podia vê-los ali.

O colecionador de ossos foi até a parte traseira do táxi, saboreando o prazer de olhar para sua presa. Da mesma maneira que gostara de olhar para a moça que amarrara em frente ao cano de vapor. E também para a mão que acenava dos trilhos, no começo da manhã.

Examinou os olhos assustados. Aquele homem era mais magro do que pensava. Mais grisalho. Cabelos despenteados.

Velho no corpo, mas jovem nos ossos...

Amedrontado, o homem afastou-se dele, os braços cruzados em um gesto de defesa sobre o peito estreito.

Abrindo a porta, o colecionador de ossos encostou o cano da pistola no esterno da vítima.

– Por favor – disse baixinho o cativo, a voz tremendo. – Eu não tenho muito dinheiro, mas você pode levar tudo. Nós podemos ir a um caixa eletrônico. Eu...

– Desça.

– Por favor, não me machuque.

O colecionador gesticulou com a cabeça. A vítima frágil olhou em volta, apavorada, e inclinou-se subitamente para a frente, os braços ainda cruzados, tremendo a despeito do calor.

– Por que você está fazendo isso?

O colecionador deu um passo para trás e as algemas brilharam quando as tirou do bolso. Como usava grossas luvas, precisou de alguns segundos para encontrá-la. Enquanto as puxava para fora, achou que via um barco de quatro mastros subindo o Hudson. A corrente contrária não era tão forte quanto no East River, onde barcos a vela tinham dificuldade para navegar vindos do leste, de Montgomery e dos ancoradouros do Out Ward ao norte. Apertou os olhos. Não, espere.. não era um barco a vela, mas apenas uma lancha. Yuppies preguiçosos no longo tombadilho da proa.

Quando ele se aproximou com as algemas, a vítima agarrou sua camisa com força e disse:

– Por favor. Eu estava indo para o hospital. Foi por isso que o mandei parar. Ando sentindo dores no peito.

– Cale a boca.

O homem subitamente atacou o rosto do colecionador, as mãos cheias de cloasmas segurando-lhe o pescoço e o ombro, apertando com força. Uma pontada de dor irradiou-se do local onde as unhas amarelas penetraram no corpo. Num rompante de raiva, o seqüestrador afastou as mãos da vítima e algemou-a violentamente.

Colando um pedaço de fita adesiva na boca do homem, o colecionador o arrastou pelo aterro de cascalho na direção da boca do cano, de 1,20 metro de diâmetro. Parou e olhou atentamente para o velho.

Seria tão fácil reduzi-lo a osso.

O osso... Tocá-lo. Ouvi-lo.

Levantou a mão da vítima. Olhos apavorados fitaram-no, lábios tremendo. O colecionador acariciou os dedos do homem, apertando-lhe as falanges entre as suas (adoraria tirar as luvas, mas não ousava). Em seguida, ergueu a palma da mão do homem e pressionou-a com força contra sua própria orelha.

– O quê...

Sua mão esquerda se fechou em volta do dedo mínimo da confusa vítima e puxou-o lentamente, até ouvir o som do osso se partindo. Um som muito agradável. O homem gritou, um grito abafado e trêmulo através da mordaça. E desabou no chão.

O colecionador levantou-o com um safanão e levou a trôpega vítima para a boca do cano. Empurrou-a para a frente.

Saíram embaixo do píer antigo e arruinado. Era um lugar repugnante, coberto de corpos em putrefação de animais e peixes, lixo acumulado nas pedras molhadas, uma lama esverdeada de algas. Um bolo de sargaço subia e descia na água como se fosse um homem gordo fazendo amor. A despeito do calor da tarde no restante da cidade, fazia frio ali, como num dia de março

*Señor* Ortega...

Empurrou o homem para o rio, algemou-o a uma coluna do píer e prendeu novamente a algema no punho da vítima. O rosto lívido do cativo ficou uns 90 centímetros acima da água. O colecionador foi pisando com cuidado sobre as pedras escorregadias até o cano de esgoto. Virou-se e parou por um momento, observando, observando. Não tinha dado muita importância se os policiais encontrariam ou não os outros. Hanna, a mulher no táxi. Mas este... Tinha esperança de que não o achassem a tempo. Na verdade, que não o encontrassem absolutamente. Assim, poderia voltar ali dentro de um ou dois meses e ver se o rio tinha lavado a carne e deixado apenas o esqueleto.

De volta à passagem de cascalho, tirou a máscara e deixou, não muito longe do local onde havia estacionado, as pistas da próxima cena. Estava zangado, furioso mesmo com os policiais e, por isso mesmo, dessa vez escondeu as pistas. E incluiu também entre elas uma surpresa especial. Uma coisa que estava reservando para eles. E voltou ao táxi.

A brisa era suave e trazia o cheiro do rio azedo, o farfalhar da relva e, como sempre na cidade, o *shushhhh* do tráfego.

Igualzinho a lixa sobre osso.

Parou e escutou o som, a cabeça inclinada para um lado enquanto olhava para os bilhões de luzes dos prédios, estendendo-se para o norte como se fossem uma galáxia oblonga. E então, uma mulher, correndo, surgiu em uma pista de caminhada ao lado do cano de esgoto e quase colidiu com ele.

Usando short e top roxos, a morena esguia evitou a colisão com um passo para o lado. Arquejando, parou, afastando o suor do rosto. Ela estava em boa forma – tinha músculos rijos –, mas não era bonita. Nariz adunco, lábios grossos, pele manchada.

Mas, por baixo daquilo...

– O senhor não devia... Não devia estacionar aqui... Isto aqui é uma pista de corrida...

As palavras morreram e o medo lhe surgiu nos olhos, que saltaram do rosto do homem para o táxi e para a máscara de esquiador que ele tinha na mão.

Ela sabia quem era aquele homem. Ele sorriu, notando-lhe a clavícula pronunciada.

O tornozelo direito da moça mudou ligeiramente de posição, pronto para lhe suportar o peso quando saísse correndo dali a toda velocidade. Mas ele pegou-a antes disso. Abaixou-se para interceptá-la e, quando ela gritou e baixou os braços para empurrá-lo, o colecionador de ossos atingiu-a na têmpora com o cotovelo. Houve um estalo, como uma correia que se rompe.

Ela caiu, bateu com força no chão e ficou imóvel. Horrorizado, o colecionador ajoelhou-se e segurou-lhe a cabeça nos braços.

– Não, não, não...

Estava furioso consigo mesmo por ter batido com tanta força, profundamente enojado pela possibilidade de ter quebrado o que parecia ser um crânio perfeito sob os cabelos pegajosos e o rosto comum.

AMELIA SACHS TERMINOU de preencher outro cartão da cadeia de custódia e resolveu fazer uma pequena pausa. Descobriu uma máquina e comprou um copo de café horroroso. Voltou ao escritório sem janelas e olhou para a prova que tinha reunido.

Sentiu um estranho carinho por aquela coleção macabra, talvez por causa das situações por que tinha passado para reuni-la – as juntas ficavam em fogo e ainda se arrepiava quando se lembrava do corpo enterrado na primeira cena naquela manhã, da carne dependurada de T.J. Colfax. Até esse dia, prova material nada significava para ela. Provas materiais eram assunto de aulas tediosas, em tardes sonolentas de primavera, na Academia de Polícia. Prova material era matemática, gráficos e tabelas, era ciência. Era morte.

Não, Amie Sachs ia ser uma policial de gente, fazendo ronda, apartando brigas, expulsando drogados, espalhando respeito pela lei – como fez seu pai. Ou implantando esse respeito na marra. Como o belo Nick Carelli, um veterano de cinco anos, o astro de Crimes de Rua, com aquele sorriso tipo *você-está-com-algum-problema?*

246

E era exatamente isso o que *ela* ia ser.

Olhou para a folha marrom, seca, que encontrara no túnel do curral. Uma das pistas deixadas por 238. E ali estava também a roupa íntima. Lembrou-se de que os federais haviam tomado aquela prova material antes de Cooper concluir o teste no... como era o nome daquela máquina? Cromatógrafo? Especulou sobre qual seria o líquido que umedecia o tecido.

Esses pensamentos, porém, levaram-na a Lincoln Rhyme, e ele era a única pessoa no mundo em quem não queria pensar naquele momento.

Voltou à burocracia de anotar nos cartões o restante da prova material. Cada cartão continha uma série de linhas em branco, em que deveriam ser listados em seqüência os nomes das pessoas que haviam manuseado a prova, desde sua descoberta inicial na cena do crime até o julgamento. Ela havia transportado provas várias vezes e seu nome constava em muitos cartões. Mas essa era a primeira vez que *A. Sachs, DPNY 5885*, ocupava a primeira linha.

Mais uma vez, ergueu o saco plástico que continha a folha.

Ele havia realmente tocado naquela folha. *Ele.* O homem que assassinou T.J. Colfax. Que segurou o braço gordo de Monelle Gerger e o cortou até o osso. Que estava nesse exato momento à procura de uma nova vítima – se é que já não a havia seqüestrado.

Que naquela manhã enterrou aquele pobre homem, a implorar com a mão por uma compaixão que jamais recebeu.

Pensou no Princípio da Troca de Locard, sobre pessoas que entram em contato, cada uma transferindo alguma coisa para a outra. Coisas grandes, coisas pequenas. E provavelmente sem se dar conta disso.

Teria alguma coisa de 238 vindo com aquela folha? Uma célula de sua pele? Uma gota de suor? Era um pensamento intrigante. Sentiu uma pontada de excitação, como se o assassino estivesse ali, em sua companhia, na pequena sala abafada.

De volta aos cartões. Durante dez minutos preencheu-os, e estava justamente terminando o último quando a porta abriu-se bruscamente, assustando-a. Virou-se.

*247*

Viu Fred Dellray à soleira, sem o paletó verde, a camisa engomada branca amassada, dedos beliscando o cigarro atrás da orelha.

– Venha aqui por um minuto ou dois, policial Sachs. Hora da recompensa. Pensei que você gostaria de estar presente.

Sachs seguiu-o pelo curto corredor, dois passos atrás das enormes passadas.

– Os resultados da AFIS estão chegando – explicou Dellray.

A sala de planejamento estava ainda mais movimentada do que antes. Agentes em mangas de camisa, debruçados sobre mesas. Todos com suas armas de serviço – as volumosas automáticas Sig-Sauer e Smith & Wesson, 10 milímetros e 45 milímetros. Meia dúzia de agentes formavam um bolo em volta do terminal do computador, ao lado do Opti-Scan.

Amelia não gostara da maneira como Dellray lhes tomou o caso, mas tinha que reconhecer que, por trás daquela conversa mole, ele era um policial muito bom. Agentes – velhos e jovens – procuravam-no com perguntas e ele pacientemente lhes respondia. Arrancava um telefone do gancho e lisonjeava ou espinafrava quem estivesse do outro lado da linha para conseguir o que queria. Algumas vezes, olhou de um lado a outro da sala movimentada, rugindo: "Nós vamos pegar aquele escroto. Isso mesmo, podem apostar que vamos."

E os olhares diretos e contrafeitos que recebia de volta traduziam o pensamento óbvio de que, se alguém podia pegar o escroto, esse alguém era Dellray.

– Está chegando agora – disse um agente.

– Quero linhas livres para Nova York, Jersey e Connecticut – disse Dellray. – E também com Casas Correcionais e Liberdade Condicional. E com o INS*, também. Digam que fiquem de prontidão para pedido de identificação. Suspendam todas as demais operações.

Os agentes se afastaram e começaram a telefonar.

A tela do computador então encheu-se.

Amelia não pôde acreditar que Dellray fez figa com os dedos compridos e finos.

Silêncio total na sala.

---

*Em inglês, Immigration and Naturalization Service INS. (N. do R.)

– Pegamos o canalha! – berrou o agente ao teclado.

– Ele não é mais um elemento desconhecido – cantarolou Dellray, curvando-se para a tela. – Escutem. Temos o nome: Victor Pietrs. Nascido aqui, em 1948. Os pais eram de Belgrado. Temos, portanto, uma conexão sérvia. Identificação fornecida por cortesia da Promotoria Pública de Nova York. Condenações por drogas, assaltos, um deles com arma mortal. Cumpriu dois mandados de prisão. Ouçam só isto: histórico psiquiátrico, internado três vezes compulsoriamente. Internações no Bellevue e no Manhattan Psychiatric. Última alta há três anos. UEC Washington Heights. – Olhou ao redor. – Quem está com as companhias telefônicas?

Vários agentes levantaram a mão.

– Façam as ligações – ordenou Dellray.

Passaram-se cinco minutos intermináveis.

– Ausente. Não está listado na New York Telephone.

– Nada em Jersey – disse outro agente.

– Connecticut, negativo.

– Merda – murmurou Dellray. – Misturem os nomes. Tentem variações. E dêem uma busca em serviço telefônico cancelado por falta de pagamento.

Durante vários minutos, vozes subiram e desceram como uma maré.

Dellray andava de um lado para o outro como um maníaco, e então Sachs compreendeu por que ele era tão magro.

De repente, um agente berrou:

– Encontrei!

Todos se viraram para ele.

– Estou ligado com a NY DMV – disse outro agente. – Têm o nome dele. Ele é motorista de táxi. Tem licença para trabalhar.

– Por que isso não me surpreende? – murmurou Dellray. – Devia ter pensado nisso. Onde fica o lar, doce lar, dele?

– Morningside Heights. A um quarteirão do rio. – O agente anotou o endereço e ergueu-o alto, onde Dellray pegou-o. – Conheço o lugar. Muito deserto. Cheio de viciados.

Outro agente digitou um endereço em seu computador.

– Ok, conferindo transações imobiliárias... A propriedade dele é uma casa velha. Hipotecada a um banco. Ele deve alugá-la.

– Vocês querem a HRT? – gritou um agente do outro lado da movimentada sala. – Estou com Quantico na linha.

– Não temos tempo – resolveu Dellray. – Ligue para a sede da SWAT. Pessoal pronto para operar, coletes à prova de bala, tudo.

– E o que você me diz sobre a vítima seguinte? – perguntou Amelia.

– Que vítima seguinte?

– Ele já seqüestrou alguém. Ele sabe que temos as pistas há uma ou duas horas. Ele deve ter deixado a vítima há pouco tempo em algum lugar. Ele tinha que fazer isso.

– Não há notícia de ninguém desaparecido – respondeu o agente. – E se ele seqüestrou alguém, está provavelmente na casa dele.

– Não, não está.

– Por que não?

– Captaria provas materiais demais – explicou ela. – Lincoln disse que ele tem uma casa segura.

– Nesse caso, vamos pegá-lo e obrigá-lo a nos dizer onde ela está.

Outro agente comentou:

– Nós podemos ser muito convincentes.

– Vamos nos mexer – disse Dellray. – Vamos agradecer à policial Sachs, aqui presente. Foi ela quem descobriu e revelou a impressão digital.

Amelia ficou corada. Sentiu isso, e odiou. Mas não pôde evitar a sensação. Ao olhar para baixo, notou estranhas linhas em seus sapatos. Ainda estava usando os elásticos.

E então, viu uma sala cheia de agentes federais de rostos sérios, checando armas e dirigindo-se à porta, enquanto lhe lançavam um olhar. Da mesma maneira, pensou ela, que os lenhadores olham para toras de madeira.

# 19

Em 1911, uma tragédia de enorme dimensão abateu-se sobre nossa bela cidade.

No dia 25 de março, centenas de moças trabalhavam duramente em uma fábrica de roupas, uma das muitas famosas como locais de "suor demais, paga de menos", em Greenwich Village, no centro de Manhattan.

Tão enamorados estavam dos lucros os donos dessa companhia que negavam às pobres moças benefícios fundamentais, a que até escravos tinham direito. Acreditavam que as trabalhadoras não mereciam a confiança de ir sozinhas ao banheiro e mantinham fechadas a sete chaves as salas de corte e costura.

O colecionador de ossos voltava, no táxi, para o prédio onde morava. Passou por um carro de radiopatrulha, mas manteve os olhos fixos à frente e os policiais nem mesmo o olharam.

No dia em questão, houve um incêndio no oitavo andar do prédio e, em minutos, o fogo espalhou-se pela fábrica, de onde as jovens fizeram tudo para fugir. Não puderam escapar, contudo, porque havia uma corrente passada pela porta. Muitas morreram ali mesmo e diversas outras, algumas com o corpo em chamas, saltaram de uma altura de dezenas de metros e morreram no choque com a implacável Mãe Terra.

Houve 146 vítimas no incêndio da Triangle Shirtwaist. A polícia, no entanto, ficou perplexa com o desaparecimento de uma das vítimas, uma jovem mulher, Esther Weinraub, que várias testemunhas viram saltar em desespero do oitavo andar. Nenhuma das moças que saltaram da mesma maneira sobreviveu à queda. Era possível que ela tivesse, miraculosamente, sobrevivido? Pois quando os corpos foram alinhados na rua para que os chorosos membros de suas famílias as identificassem, a pobre Srta. Weinraub não estava lá.

Histórias começaram a circular sobre um violador de tumbas e devorador de cadáveres, um homem que fora visto saindo com um grande embrulho da cena do incêndio. Tão indignados ficaram os policiais que alguém pudesse violar os restos sagrados de uma inocente vítima que iniciaram uma busca pelo tal homem.

Após várias semanas, seus diligentes esforços produziram frutos. Dois moradores de Greenwich Village comunicaram ter visto um homem deixando a cena do incêndio levando um pesado fardo, "como se fosse um tapete", sobre os ombros. A polícia seguiu a pista até o West Side, onde conversou com moradores e soube que o homem correspondia à descrição de James Schneider, que continuava à solta.

Acabaram por restringir a busca a uma residência decrépita em um beco do Hell's Kitchen, não muito longe dos currais da rua 60. Ao entrarem no beco, foram recebidos por um mau cheiro repugnante...

Ele agora passava pelo local do incêndio da Triangle – talvez ele tivesse sido levado subconscientemente a passar por ali. O Asch Building – o nome irônico da estrutura onde funcionara a fábrica condenada – havia sido demolido e o local passara a ser parte da Universidade de Nova York. *Naquela ocasião como agora...* O colecionador de ossos não teria ficado surpreso se tivesse visto jovens operárias usando blusas brancas, deixando um rastro de fagulhas e fumaça, caindo graciosamente para a morte, caindo em volta dele como se fossem flocos de neve.

Ao invadir a habitação de Schneider, as autoridades descobriram um espetáculo que horrorizou até mesmo os mais empedernidos entre elas. O corpo da infeliz Esther Weinraub – (ou o que restava dele) – foi encontrado no porão. Schneider estava debruçado sobre o corpo, terminando o trabalho do trágico incêndio e lentamente removendo a carne do corpo da moça, usando meios chocantes demais para descrever aqui.

Uma busca no horripilante local revelou a existência de um quarto secreto, ao lado do porão, cheio de ossos que haviam sido completamente descarnados.

Sob a cama de Schneider, os guardas encontraram um diário, no qual o louco escrevera sua história macabra. "O osso" – (escreveu Schneider) – "é o núcleo do ser humano. Ele não se altera, não engana, não cede. Quando a fachada de nossos dissolutos caminhos da carne, os defeitos de raças inferiores e o sexo mais fraco são queimados ou cozidos, nós somos – todos nós – osso puro. O osso não morre. É eterno".

O diário do lunático acompanhava seu esforço horripilante para descobrir a maneira mais eficaz de descarnar os corpos de suas vítimas. Tentara cozinhá-los, queimá-los, lixiviá-los, empalá-los para serem devorados por animais e imergi-los em água.

Em seu macabro esporte, porém, ele preferia um método a todos os outros. "Concluí que é melhor", continuava o diário, "simplesmente enterrar o corpo na terra generosa e deixar que a Natureza se encarregue do tedioso trabalho. É o método mais demorado, porém o menos capaz de despertar suspeitas, uma vez que os odores são reduzidos ao mínimo. Prefiro enterrar os indivíduos enquanto ainda estão vivos, embora não saiba exatamente por quê".

Nesse quarto até então secreto foram descobertos três outros corpos nessa exata condição. As mãos abertas e a expressão confusa das pobres vítimas atestavam que elas estavam vivas quando Schneider jogou a última pá de terra sobre suas cabeças.

E foram essas sinistras inclinações que levaram os jornalistas a batizar Schneider com o nome pelo qual será para sempre conhecido: "O Colecionador de Ossos".

Continuou a dirigir, a mente voltando à mulher dentro do porta-malas, Esther Weinraub. O cotovelo fino, a clavícula delicada como uma asa de ave. Acelerou mais o táxi e arriscou-se mesmo a desobedecer dois sinais vermelhos. Não podia esperar muito tempo mais.

– NÃO ESTOU CANSADO – disse secamente Rhyme.

– Cansado ou não, você precisa descansar.

– Não. Eu preciso é de outro drinque.

Valises pretas alinhavam-se ao longo da parede, à espera de policiais da 22ª Delegacia, que as levariam de volta para o laboratório da DIRC. Mel Cooper levava uma caixa de microscópio escada abaixo. Lon Sellitto continuava sentado na cadeira de vime, mas não falava muito. Estava justamente chegando à conclusão de que Lincoln Rhyme, afinal de contas, não era absolutamente um bêbado divertido.

– Tenho certeza de que sua pressão arterial subiu – disse Thom. – Você precisa descansar.

– Preciso é de um drinque.

Diabos a levem, Amelia Sachs, pensou ele. E não soube por quê.

– Você devia largar isso. A bebida nunca lhe fez bem.

Bem, eu *estou* largando tudo, respondeu silenciosamente Rhyme. Para sempre. Segunda-feira. E nada de 12 passos para mim. Vai ser um passo só.

– Prepare outro drinque – ordenou.

Sem querê-lo, realmente.

– Não.

– Prepare um drinque para mim, *agora*! – disse Rhyme, áspero.

– De jeito nenhum.

– Lon, você poderia fazer o favor de me preparar um drinque?

– Eu...

– Ele não vai tomar outro – declarou Thom. – Quando está num estado desses, ele se torna insuportável, e não vamos tolerar isso.

– Você vai me negar alguma coisa? Eu poderia mandá-lo embora.

– Pois mande.

– Maltratar um paralítico! Vou processá-lo por isso. Prenda-o, Lon.

– Lincoln... – começou Sellitto, procurando acalmá-lo.

– Prenda-o!

O detetive ficou surpreso com a crueldade das palavras de Rhyme.

– Ei, amigão, talvez você deva maneirar um pouco – aconselhou Sellitto.

– Oh, Cristo – suspirou Rhyme. E começou a gemer.

– O que é isso? – perguntou Sellitto, preocupado.

Thom permaneceu calado, olhando para Rhyme.

– Meu fígado. – O rosto de Rhyme se transformou em um sorriso cruel. – Cirrose, provavelmente.

Thom deu-lhe as costas, furioso, dizendo:

– Eu *não* vou agüentar essa merda, está bem?

– Não, não está bem...

Uma voz de mulher, à porta:

– Nós não temos muito tempo.

— ...absolutamente.

Amelia Sachs entrou e olhou para as mesas vazias. Rhyme sentiu que babava. Ficou alucinado de raiva. Porque ela viu a saliva. Porque ele usava uma camisa branca engomada, que vestira apenas por causa dela. E porque queria desesperadamente ficar sozinho, para sempre, sozinho na escuridão de uma paz imóvel – onde era o rei. Não rei por um dia. Mas rei por toda a eternidade.

A baba engrossou. Contraiu os músculos já doloridos do pescoço para passar a língua pelos lábios e secá-los. Habilmente, Thom tirou um lenço de papel de uma caixa e secou a boca e o queixo do patrão.

— Policial Sachs – disse Thom. – Seja bem-vinda. Um exemplo notável de maturidade. Não estamos vendo muito *disso* neste exato momento.

Amelia não usava o quepe, e a blusa azul-celeste estava aberta na gola. Os cabelos ruivos longos cascateavam pelos ombros. Ninguém teria o menor trabalho para diferenciar *aquele* cabelo sob um microscópio de comparação.

— Mel me deixou entrar – explicou ela, indicando a escada com a cabeça.

— Já não passou a hora de você ir dormir, Sachs?

Thom deu uma palmadinha no ombro do patrão. *Comporte-se*, era o que o gesto dizia.

— Acabei de vir do edifício federal – disse ela a Sellitto.

— O que estão fazendo com nossos dólares de imposto?

— Eles o pegaram.

— *O quê?* – perguntou Sellitto. – Tão fácil assim? Jesus. Já sabem disso lá no centro?

— Perkins ligou para o prefeito. O cara é um motorista de táxi. Nasceu aqui, mas o pai era sérvio. De modo que estão pensando que ele quer se vingar das Nações Unidas, ou algo assim. Tem antecedentes criminais. Ah, e também um histórico de problemas mentais. Dellray e a SWAT federal estão a caminho agora mesmo.

— Como eles conseguiram isso? – perguntou Rhyme. – Aposto que foi aquela impressão digital.

Ela confirmou.

**255**

– Bem achei que aquela impressão ia ser importante. E, diga-me, qual a preocupação deles com a próxima vítima?

– Eles estão preocupados – respondeu ela, honestamente. – Mas querem principalmente pegá-lo.

– Bem, essa é a natureza *deles*. Deixe-me pensar. Eles estão achando que poderão forçá-lo a revelar o local onde deixou a vítima, depois de o prenderem.

– Isso mesmo.

– Isso pode demandar muito esforço – observou Rhyme. – Arrisco essa opinião sem o benefício das luzes do nosso Dr. Dobyns e dos sábios de Ciência Comportamental. Então mudou de idéia, Amelia? Por que voltou aqui?

– Porque, consiga ou não Dellray agarrá-lo, acho que não podemos esperar. Quero dizer, para salvar a próxima vítima.

– Oh, mas nós fomos desmontados, não soube disso? Nossas portas foram fechadas, estamos fora. – Rhyme olhava para a tela escura do computador, tentando ver se seu cabelo continuava penteado.

– Você está desistindo? – perguntou ela.

– Policial – disse Sellitto –, mesmo que quiséssemos fazer alguma coisa, não temos mais nenhuma prova material. Esse é o único elo...

– Eu tenho.

– O quê?

– Todas elas. Estão lá embaixo, no VRR.

O detetive olhou pela janela.

Sachs continuou:

– Da última cena de crime. De todas as cenas.

– Você tem as provas? – perguntou Rhyme. – Como?

Sellitto, porém, estava rindo.

– Ela furtou-as, Lincoln. Porra!

– Dellray não precisa delas – observou Sachs. – Exceto para o julgamento. Eles pegaram o elemento desconhecido, nós vamos salvar a vítima. Funciona bem, não?

– Mas Mel Cooper acaba de ir embora.

– Não, ele está lá embaixo. Pedi a ele para esperar. – Sachs cruzou os braços. Olhou para o relógio. Passava das 19 horas. – Não temos muito tempo – repetiu.

Os olhos de Rhyme também estavam no relógio. Deus, como estava cansado. Thom tinha razão. Estava acordado por mais tempo do que em anos. Mas estava surpreso – não, *chocado* – por descobrir que, embora pudesse ter se sentido furioso, envergonhado ou apunhalado por uma cruel frustração naquele dia, os minutos que se passaram não foram insuportáveis. Como haviam sido nos três últimos anos e meio.

– Ratos de igreja que estão no céu! – exclamou Rhyme, com uma risada. – Thom? *Thom!* Precisamos de café. E rápido. Sachs, leve essas amostras de celofane ao laboratório, juntamente com a polaróide do fragmento que Mel tirou do osso de vitela. Eu quero, dentro de uma hora, um laudo de polarização-comparação. E nada dessa merda de "com a maior probabilidade". Quero uma resposta: *em qual* rede de supermercados nosso elemento desconhecido comprou o osso de vitela. E traga de volta para cá aquela sua sombra, Lon. Aquela que tem o nome de um jogador de beisebol.

AS VANS PRETAS corriam em alta velocidade pelas ruas transversais.

Era um caminho mais demorado para a casa do elemento, mas Dellray sabia o que estava fazendo: operações antiterrorismo devem evitar as grandes artérias urbanas, que são com freqüência monitoradas por cúmplices. Dellray, na parte traseira da van que seguia na frente, apertou mais a correia do colete à prova de bala. Estavam a menos de dez minutos de distância do local.

Enquanto seguiam em alta velocidade, olhava para os prédios de apartamentos em ruínas, para os terrenos cheios de lixo. Na última vez em que esteve nesse bairro decrépito, ele era o rastafári Peter Haile Thomas, do Queens. Comprou 65kg de cocaína de um portoriquenho mirrado, que, no último minuto, resolveu roubar o comprador. Pegou o dinheiro de Dellray e lhe apontou uma pistola para a virilha, apertando o gatilho com tanta calma como se estivesse comprando verduras. Clique, clique, clique. A pistola negou fogo. Toby Dolittle e o grupo de apoio tático pegaram o filho-da-puta e seus cúmplices antes que o bandido sacasse a outra arma. Dellray refletiu, chocado, sobre a ironia de ser quase morto porque o elemento acreditou realmente em seu desempenho – que ele era um traficante de drogas, e não um policial.

– Tempo estimado de chegada, quatro minutos – avisou o motorista.

Por alguma razão, os pensamentos de Dellray voltaram a Lincoln Rhyme. Lamentava ter sido um calhorda ao assumir o comando do caso. Mas não teve muita opção. Sellitto era um buldogue e Polling, um psicopata – embora pudesse dar conta deles. Era Rhyme que o deixava constrangido. Afiado como uma navalha (afinal, *foi* a equipe dele que encontrara a impressão digital de Pietrs, mesmo que não a tivessem aproveitado com a rapidez devida). Nos velhos tempos, antes do acidente, ninguém podia derrotar Rhyme, se ele não quisesse ser derrotado. E tampouco era possível enganá-lo.

Mas agora Rhyme era um brinquedo quebrado. Era triste o que podia acontecer a um homem, morrer e ainda continuar vivo. Dellray tinha entrado no quarto dele – no *quarto* dele, nada menos que isso – e sido duro com ele. Mais duro do que devia.

Talvez telefonasse para ele. Ele poderia...

– Hora do espetáculo – disse o motorista, e Dellray esqueceu tudo sobre Lincoln Rhyme.

As vans entraram na rua onde Pietrs morava. A maioria das ruas por onde haviam passado estava cheia de moradores suados, as mãos ocupadas com garrafas de cerveja e cigarros, na esperança de tomar um pouco de ar fresco. Mas essa estava escura, vazia.

Vagarosamente, as vans pararam. Vinte agentes desceram, usando uniformes pretos, levando suas H&Ks equipadas com lanternas e miras laser presas aos canos. Dois sem-teto olharam para eles: um deles escondeu rapidamente sob a camisa a garrafa de uísque barato.

Dellray olhou para uma janela no prédio de Pietrs, de onde saía uma pálida luz amarelada.

O motorista da van deu marcha a ré, estacionando em um lugar escuro, e sussurrou para Dellray:

– Perkins – e bateu no fone de ouvido. – O diretor está ao telefone. Eles querem saber quem está comandando a invasão.

– Eu – respondeu seco o Camaleão. Virou-se para o grupo: – Quero vigilância de um lado a outro da rua e nos becos. Atiradores de elite, ali e ali. E quero todos em seus lugares em cinco minutos. Estamos entendidos?

DESCENDO A ESCADA, a velha madeira estalando.

O braço em volta do corpo da vítima, guiando-a, ainda zonza com o golpe recebido na cabeça, para o porão. Ao pé da escada, jogou-a no chão sujo e fitou-a.

Esther...

Os olhos dela se ergueram ao encontro dos seus. Desespero, súplica. Ele nem notou. Tudo o que via era o corpo. Começou a tirar-lhe a roupa, o uniforme roxo de caminhada. Era inconcebível que uma mulher saísse realmente para a rua, nestes tempos, usando o que nada mais era do que, bem, roupa íntima. Não pensava que Esther Weinraub fosse uma puta. Ela tinha sido uma operária, que costurava vestidos, cinco por um centavo.

O colecionador observou como a clavícula da mulher se destacava ao lado da garganta. E, enquanto algum outro homem olharia para os seios e as escuras aréolas, *ele* olhou para a endentação do manúbrio e as costelas que dele se projetavam como se fossem pernas de aranha.

– O que você está fazendo? – perguntou ela, ainda tonta com o golpe na cabeça.

Ele observou-a atentamente, mas o que viu não foi uma mulher jovem, anoréxica, nariz largo demais, lábios carnudos demais e pele parecida com areia suja. Viu sob essas imperfeições a beleza perfeita de sua *estrutura*.

Acariciou-lhe a têmpora, alisou-a suavemente. Não deixe que isso seja quebrado, por favor...

Ela tossiu e as narinas se alargaram – os vapores *eram* muito fortes ali embaixo, embora ele não os notasse.

– Não me machuque de novo – murmurou ela, a cabeça balançando. – Apenas não me machuque. Por favor.

Ele tirou o canivete do bolso e lhe cortou e tirou a calcinha. A mulher olhou para o corpo nu.

– É isso o que você quer? – perguntou ela, arquejante. – Tudo bem, pode me foder. Tudo bem.

O prazer da carne, pensou ele... não chega nem perto...

Ele levantou-a bruscamente. Alucinada, ela se afastou dele e correu aos tropeços para uma pequena porta no canto do porão. Não tentando realmente fugir, simplesmente soluçando, estendendo uma mão à frente, andando em círculos na direção da porta.

O colecionador de ossos observou-a, fascinado pelos passos lentos, patéticos.

A porta, que outrora dava para uma calha de carvão, agora levava a um túnel estreito ligado ao porão do prédio deserto ao lado.

Esther foi se arrastando até a porta de metal, abriu-a e entrou.

Não mais de um minuto depois, ele ouviu o grito, seguido por um arquejante e dilacerante:

– Deus, não, não, não...

Outras palavras também, perdidas nos uivos cada vez mais altos de pavor.

Em seguida, ela voltou pelo túnel, movendo-se mais rápido, batendo com as mãos no corpo, como se estivesse tentando arrancar de si o que tinha acabado de ver.

*Venha para mim, Esther.*

Ela veio tropeçando pelo chão imundo, soluçando.

*Venha para mim.*

Ela correu para os braços pacientes dele, à espera, que se fecharam em volta de seu corpo. Ele apertou-a com força, como se fosse um amante, sentiu a clavícula maravilhosa sob os dedos e, lentamente, arrastou a mulher em pânico para a porta do túnel.

# 20

As fases da lua, a folha, a roupa íntima úmida, a terra. A equipe estava de volta ao quarto de Rhyme – todos, exceto Polling e Haumann. Seria demais trazer capitães para o que era, não havia como negar, uma operação clandestina.

– Você testou no cromatógrafo o líquido encontrado na calcinha, certo, Mel?

– Terei que fazer isso novamente. Eles cortaram nosso barato antes de eu obter o resultado.

Pegou uma amostra e injetou-a no cromatógrafo. Enquanto ele operava a máquina, Sachs aproximou-se para observar os picos e fossas do gráfico que aparecia na tela. Tal como um índice de ações na Bolsa. Rhyme notou que ela estava perto dele, como se tivesse se aproximado quando ele não estava olhando. Amelia disse em voz baixa·

– Eu fui...

– Sim?

– Fui mais dura do que queria. Antes, quero dizer. Eu tenho mau gênio. Não sei de onde o herdei. Mas tenho.

– Você estava certa – reconheceu Rhyme.

Eles se entreolharam e Rhyme pensou nas vezes em que ele e Blaine tiveram discussões sérias. Quando falavam, sempre focalizavam a atenção em algum objeto entre eles – um dos cavalinhos de cerâmica que ela colecionava, um livro, uma garrafa quase vazia de Merlot ou Chardonnay.

– Eu processo as cenas de maneira diferente da maioria dos criminalistas – disse ele. – Preciso de alguém sem idéias preconcebidas. E preciso também de uma pessoa que pense por si mesma.

As qualidades contraditórias que procuramos no amante perfeito. Força e vulnerabilidade, em medidas iguais.

– Quando conversei com o comissário Eckert – disse ela –, foi simplesmente para conseguir a efetivação de minha transferência. Era tudo o que eu queria. Nunca me ocorreu que o que eu disse chegaria aos federais e que eles tomariam o caso.

Sei disso.

– Eu perco a cabeça. Sinto muito por aquilo.

– Não se arrependa, Sachs. Preciso de alguém que me diga que sou um palhaço, quando me comporto como um. Thom faz isso. É por isso que o amo.

– Não fique sentimental comigo, Lincoln – gritou Thom, do outro lado da sala.

Rhyme continuou:

– Ninguém mais me manda para o inferno. Todos parecem pisar em ovos. Odeio isso.

– Aparentemente, não houve por aqui, nos últimos tempos, muitas pessoas para lhe dizer muito sobre alguma coisa.

Após um momento, ele confirmou:

– Isso é verdade.

Na tela do cromatógrafo-espectrômetro, os picos e as fossas pararam de mover-se e se transformaram em uma das infinitas assinaturas da natureza. Mel Cooper bateu de leve nas teclas do computador e leu os resultados:

– Água, óleo diesel, fosfato, sódio, minerais vestigiais... Não tenho idéia do que seja isso.

Qual era, perguntou Rhyme a si mesmo, a mensagem ali contida? A própria calcinha? O líquido?

– Vamos continuar – disse. – Quero ver a areia.

Sachs trouxe-lhe o saco. Continha areia rosada, misturada com pedaços de argila e seixos.

– Fígado de boi – anunciou ele. – Mistura de pedra e areia. Encontrada imediatamente acima do leito rochoso de Manhattan. Na mistura há também silicato de sódio?

Cooper voltou ao cromatógrafo.

– Há. Muito.

– Neste caso, estamos procurando uma localização no subsolo, a uns 45 metros da água. – Rhyme riu ao notar a expressão de espanto no rosto de Sachs. – Não é magia. Eu apenas fiz meu dever de casa, só isso. Os empreiteiros juntam silicato de sódio com essa mistura de pedra e areia para estabilizar a terra quando fazem escavações em áreas de leito rochoso profundo perto de água. Isso significa que é no centro da cidade. Agora, vamos dar uma olhada na folha.

Amelia estendeu-lhe o saco.

— Não tenho idéia do que seja isso — reconheceu Rhyme. — Acho que nunca vi uma folha como essa. Não em Manhattan.

— Eu tenho uma lista de horticulturas em sites na internet — disse Cooper, olhando para a tela do computador. — Vou pesquisar.

Rhyme já tivera sua fase de internet. Como aconteceu com livros, filmes e pôsteres, seu interesse pelo cibermundo logo acabou. Talvez porque parte tão grande de sua vida já fosse virtual.

A tela de Cooper piscava enquanto ele continuava a clicar hyperlinks e navegar na web.

— Estou baixando alguns arquivos. Isso deve levar dez, vinte minutos.

— Tudo bem — concordou Rhyme. — Quanto ao restante das pistas encontradas por Sachs... Não as que foram plantadas. As outras. Elas podem nos dizer onde ele esteve. Vamos dar uma olhada em nossa arma secreta, Mel.

— Arma secreta? — perguntou Amelia.

— A prova vestigial.

O AGENTE ESPECIAL Fred Dellray havia montado uma operação de dez homens. Duas equipes, além do pessoal de busca e vigilância. Os agentes, protegidos por coletes à prova de bala, esconderam-se nas moitas, suando horrivelmente. Do outro lado da rua, no alto de uma casa abandonada, a equipe de S&S tinha seus microfones parabólicos e filmadoras de vídeo de infravermelho apontadas para a casa do elemento.

Os três atiradores de elite, com suas grandes Remingtons carregadas e travadas, estavam em posição de tiro, deitados no alto de telhados; seus localizadores de alvos, munidos de binóculos, agachados ao lado.

Dellray — usando uma jaqueta do FBI e jeans, em vez do terno verde de duende — escutava tudo em um fone de ouvido.

— Vigilância ao Comando. Sensor infravermelho apontado para o porão. Há alguém se movendo lá embaixo.

— O que vocês estão vendo? — perguntou Dellray.

Nada. As janelas estão sujas demais.

– Ele está sozinho? Talvez ele tenha consigo uma vítima, não?

De alguma maneira, ele sabia que a policial Sachs estava certa, que por essa hora ele já havia seqüestrado alguém.

– Não posso dizer. Localizamos apenas movimento e calor.

Dellray enviara outros agentes para guardar os lados da casa. Eles informaram:

– Nenhum sinal de vida no primeiro ou no segundo andar. A garagem está fechada.

– Atiradores de elite? – perguntou Dellray. – Informem.

– Atirador Um para Comando. Fui designado para cobrir a porta da frente.

Os outros estavam cobrindo o corredor e um quarto no primeiro andar.

– Arma carregada e travada – informaram pelo rádio.

Dellray sacou a grande pistola automática.

– Muito bem, nós temos um papel – disse ele, referindo-se a uma ordem de busca. Não precisariam bater à porta. – Vamos! Grupos um e dois, preparar para entrar em ação.

O primeiro grupo atacou a porta da frente com um aríete, enquanto o segundo usava o método ligeiramente mais civilizado de quebrar a janela da porta dos fundos e abrir a tranca por dentro. Entraram rápido, Dellray seguindo o último dos policiais do Grupo Um pela casa velha e imunda. O cheiro de carne podre era sufocante e Dellray, nenhum novato em cenas de crime, engoliu em seco com força, lutando para não vomitar.

O segundo grupo ocupou o térreo e, em seguida, subiu pela escada em direção ao quarto, enquanto o primeiro descia correndo a escada do porão, as botas ressoando alto no madeirame antigo.

Dellray entrou correndo no porão malcheiroso. Ouviu uma porta sendo fechada em algum lugar embaixo e um grito:

– Não se mova! Agentes federais. Parado, parado, parado!

Mas, quando chegou à porta do porão, ouviu o mesmo agente dizer em um tom de voz muito diferente:

– Que diabo é isso? Oh, Jesus.

– Porra – gritou o outro homem. – Isso é merda!

– Uma pilha de merda fumegante! – Dellray escarrou, sufocando ao entrar. Engoliu em seco quando foi atingido pelo cheiro asqueroso.

O corpo do homem estava estendido no chão, dele saindo um fluido preto. Garganta cortada. Os olhos mortos, vidrados, fixos no teto, embora o torso parecesse estar se movendo – inchando e mudando de lugar. Dellray arrepiou-se. Nunca desenvolveu imunidade à visão de uma infestação de insetos. O número de insetos e vermes sugeria que a vítima estava morta há pelo menos três dias.

– Por que conseguimos leitura positiva no infravermelho? – perguntou um agente.

Dellray apontou para marcas de dentes de ratos e camundongos na perna e lado inchado da vítima.

– Eles estão em algum lugar por aqui. Interrompemos a hora do jantar.

– O que houve? Uma das vítimas *pegou-o*?

– Do que você está falando? – perguntou secamente Dellray.

– Esse aí não é ele?

– Não, não é *ele* – explodiu Dellray, olhando para um ferimento no cadáver.

Um dos membros do grupo franziu as sobrancelhas.

– Não, Dellray. Esse aí é o cara. Conseguimos fotos dele. Esse aí é Pietrs.

– Claro que é o merda do Pietrs. Mas ele não é o elemento desconhecido. Não entendeu?

– Não? O que você quer dizer com isso?

Tudo estava claro para ele.

– Filho-da-puta.

O telefone de Dellray tocou e ele sobressaltou-se. Abriu-o, escutou por um minuto.

– Ela fez *o quê*? Oh, como se eu ainda precisasse de mais isso... Não, não temos o puto do criminoso na porra de uma custódia.

Desligou com violência e apontou um dedo irado para os agentes da SWAT.

– Vocês vêm comigo.

– O que está acontecendo, Dellray?

– Vamos fazer uma visita. E o que não seremos quando chegarmos lá? – Os agentes entreolharam-se, intrigados. O próprio Dellray deu a resposta: – Não seremos nada educados.

MEL COOPER DESPEJOU em uma folha de papel o conteúdo dos envelopes. Examinou a poeira com uma lupa.

– Pó de tijolo. E algum outro tipo de pedra. Mármore, acho.

Colocou a amostra em uma lâmina e examinou-a sob o microscópio composto.

– Isso mesmo. Mármore. Cor-de-rosa.

– Havia algum tipo de mármore no túnel do curral? No lugar onde você encontrou a moça alemã?

– Nenhum – respondeu Sachs.

Cooper sugeriu que o mármore podia ser da pensão onde morava Monelle, coletado quando o elemento desconhecido 238 a seqüestrou.

– Não. Conheço o quarteirão onde fica a Deutsche Haus. É apenas um prédio do East Village. A melhor pedra que poderia existir lá seria granito polido. Talvez, apenas talvez, seja um fragmento do esconderijo dele. Alguma coisa especial na poeira?

– Marcas de cinzel – disse Cooper, curvando-se sobre o microscópio.

– Ah, ótimo. Bem-feitas?

– Não muito. Denteadas.

– Tais como de uma velha cortadora de pedra a vapor.

– Acho que sim.

– Escreva, Thom – disse Rhyme, indicando o pôster. – Há mármore na casa segura do elemento. E a casa é antiga.

– Mas por que nos preocupamos com a casa segura do elemento? – perguntou Banks, olhando para o relógio. – Os federais já devem estar lá.

– Informação nunca é demais, Banks. Lembre-se disso. Agora, o que mais conseguimos?

– Outro pedaço da luva. Aquela de cor vermelha. E o que é isso? – perguntou ele a Sachs, mostrando um saco de plástico com um pedaço de madeira.

– A amostra da loção pós-barba. No lugar onde ele se encostou em uma coluna.

– Quer que eu faça um perfil olfativo? – perguntou Cooper.

– Deixe-me cheirá-la primeiro – decidiu Rhyme.

Sachs trouxe-lhe o saco. Dentro havia um pequeno disco de madeira. Ele abriu o saco e inalou o ar.

– Brut. Como você não reconheceu? Thom, acrescente que nosso homem usa água-de-colônia encontrada em farmácias.

– Temos aqui outro fio de cabelo – disse Cooper. O técnico montou a amostra em um microscópio de comparação. – Muito parecido com o que encontramos antes. Eu diria que *é* o mesmo castanho.

– As extremidades estão cortadas ou se quebraram naturalmente?

– Cortadas.

– Ótimo, estamos chegando à cor do cabelo – disse Rhyme.

Thom escreveu *castanho* exatamente no momento em que Sellitto disse:

– Não escreva isso!

– O quê?

– Obviamente, não é castanho – continuou Rhyme.

– Eu pensei...

– É tudo, *menos* castanho. Louro, amarelado, preto, ruivo...

O detetive explicou:

– É um velho truque. A pessoa entra em um beco atrás de uma barbearia, pega no lixo alguns fios de cabelo e deixa-os na cena do crime.

– Oh! – disse Banks e arquivou a informação em algum lugar de seu cérebro entusiástico.

– Ok, a fibra agora – disse Ryme.

Cooper colocou-a no microscópio de polarização. Enquanto ajustava botões, disse:

– Birrefringência de .053.

– Náilon 6 – disse imediatamente Rhyme. – Qual o aspecto, Mel?

– Muito áspero. Vista transversal lobulada.

– Carpete.

– Exato. Vou verificar no banco de dados. – Um momento depois, ergueu a vista, tirando-a do microscópio. – É uma fibra Hampstead Textile 118B.

Rhyme soltou um suspiro de raiva.

– O que foi? – perguntou Sachs.

– O revestimento de porta-malas mais usado por montadoras americanas. Encontrado em duzentas marcas de carros fabricados nos últimos 15 anos. Inútil... Mel, há alguma coisa *na* fibra? Use o MEE.

O técnico levantou o microscópio escaneador de elétrons. A tela acendeu-se com um brilho sobrenatural azul-esverdeado. O fio de fibra parecia uma grossa corda.

– Encontrei algo aqui. Cristais. Um bocado. Os fabricantes usam bióxido de titânio para tornar opacos tapetes brilhantes. Pode ser isso.

– Ponha no cromatógrafo a gás. Pode ser importante.

– Não há aqui o suficiente para isso, Lincoln. Eu teria que queimar toda a fibra.

– Queime, então.

Delicadamente, Sellitto interveio:

– Tomar emprestadas provas federais é uma coisa. Mas destruí-las? Não sei, Lincoln. Se houver um julgamento...

– Vamos ter que fazer isso.

– Oh, cara... – disse Banks.

Sellitto assentiu relutante e Cooper montou a amostra. A máquina silvou. Um momento depois, a tela piscou e apareceram colunas.

– Aí está, é uma molécula de polímero de cadeia longa. Náilon. Mas essa pequena onda é outra coisa. Cloro, detergente... Produto de limpeza.

– Lembre-se – disse Rhyme – de que aquela moça alemã disse que o carro tinha cheiro de coisa limpa. Descubra de que tipo é.

Cooper passou a informação pelo banco de dados de nomes de marca.

– Fabricado pela Pfizer Chemicals. Vendido sob o nome de fantasia Tidi-Kleen, pela Baer Automotive Products, em Teterboro.

– Perfeito! – exultou Lincoln Rhyme. – Conheço a companhia. Vendem por atacado a frotas de carros. Principalmente a empresas de aluguel. Nosso elemento desconhecido está usando um carro alugado.

– Mas ele não seria louco de dirigir um carro alugado até cenas de crime, seria? – perguntou Banks.

– É roubado – murmurou Rhyme, como se o rapaz tivesse per guntado qual a soma de dois mais dois. – E deve estar com placa fria. Emma ainda está trabalhando?

– Provavelmente, a esta hora já foi para casa.

– Acorde-a e mande-a fazer uma busca na Hertz, na Avis, na National e na Budget para saber se algum carro foi roubado.

– Vou fazer isso – respondeu Sellito, embora contrafeito, sentin do o cheiro da prova federal que se dissolvia no ar.

– As pegadas? – perguntou Sachs.

Rhyme examinou as impressões eletrostáticas que ela havia recolhido.

– Desgaste incomum nas solas. Está vendo a parte desgastada na parte externa de cada sapato, na parte arredondada da sola do pé?

– Dedos virados para dentro? – especulou Thom em voz alta.

– Pode ser, mas não há desgaste correspondente no calcanhar, o que seria comum. – Rhyme examinou a pegada. – Acho que ele é um leitor.

– Leitor?

– Sente-se nessa cadeira – sugeriu Rhyme a Sachs. – E debruce-se sobre a mesa, fingindo que está lendo.

Ela se sentou e, em seguida, olhou-o

– E...?

– Finja que está virando páginas.

Ela fez isso, várias vezes. Olhou-o novamente.

– Continue. Você está lendo *Guerra e paz*.

As páginas continuaram a ser viradas, ela de cabeça baixa. Sem pensar, ela cruzou os tornozelos. As partes externas dos sapatos eram as únicas que tocavam o chão.

Rhyme chamou a atenção para esse fato, dizendo:

– Ponha *isso* no perfil, Thom. Mas acrescente um ponto de interrogação.

Agora vamos examinar as cristas de atrito.

Sachs disse que não tinha consigo a impressão digital com que os federais haviam identificado o elemento desconhecido.

– Ela ficou no edifício federal.

Rhyme, porém, não estava interessado nessa impressão. Ele queria examinar a outra, a Kromekote que Sachs tirou da pele da moça alemã.

– Não escaneável – anunciou Cooper. – Nem chega à classe C. Eu não ousaria dar uma opinião sobre ela, se me pedissem.

– Não estou interessado em identidade – esclareceu Rhyme. – Estou interessado nessa linha aí.

Era uma linha em forma crescente e estava bem no meio da base do dedo.

– O que é isso? – perguntou Sachs.

– Uma cicatriz, acho – sugeriu Cooper. – De um velho corte. Um corte fundo. Parece que foi até o osso.

Rhyme pensou em outras marcas e defeitos de pele que conhecia. Naquele tempo, antes de o trabalho tornar-se principalmente movimentação de papéis e digitação em computador, era muito mais fácil saber a profissão de alguém examinando-lhe as mãos: bases distorcidas de dedos com o uso de máquinas de escrever, furos de máquinas de costura e agulhas de sapateiro, endentações e manchas de tinta de canetas usadas por estenógrafos e contadores, cortes feitos por folhas de papel de máquinas impressoras, cicatrizes de cortadores de gabaritos, calos característicos dos vários tipos de trabalho manual...

Uma cicatriz como aquela, porém, nada lhe dizia.

Pelo menos, ainda não. Não até que tivessem um suspeito, cujas mãos pudessem examinar.

– O que mais? A impressão do joelho. Essa é boa. Dá uma idéia do que ele estava vestindo. Levante-a, Sachs. Mais alto! Calças largas. Conservaram esse vinco forte aí, de modo que é de fibra natural. Neste calor, aposto que é de algodão. Lã, não. Hoje em dia ninguém usa calças de seda.

– Leve, não é jeans – disse Cooper.

– Roupa esporte – concluiu Rhyme. – Acrescente isso ao nosso perfil, Thom.

270

Cooper voltou a examinar a tela do computador e digitou mais alguma coisa.

– Estamos sem sorte com a folha. Não corresponde a nada existente no Smithsonian.

Rhyme recostou-se mais uma vez no travesseiro. Quanto tempo mais eles teriam? Uma hora? Duas?

A lua. A areia. A salmoura.

Olhou para Sachs, sozinha num canto. Tinha a cabeça baixa e os longos cabelos pendiam para baixo. Ela olhava para o saco de prova, perdida em concentração. Quantas vezes ele, Rhyme, ficara naquela mesma posição, tentando...

– Um jornal! – exclamou ela. – Onde há um jornal por aqui? – Os olhos saltaram nervosos, enquanto passavam de uma mesa a outra. – O jornal de hoje?

– O que foi, Sachs? – perguntou Rhyme.

Ela tomou o *The New York Times* das mãos de Banks e começou a folheá-lo rapidamente.

– Aquele líquido na calcinha – disse ela a Rhyme. – Poderia ser água salgada?

– Água salgada? – Cooper examinou a tabela do GC-MS. – Claro! Água, sódio e outros minerais. E óleo, fosfatos. É água salgada poluída.

Os olhos de Sachs encontraram-se com os de Rhyme e os dois disseram, simultaneamente:

– Maré alta!

Mostrou o jornal, aberto no boletim meteorológico. Continha um diagrama das fases da lua exatamente idêntico ao encontrado na cena do crime. Embaixo, um gráfico das marés.

– A maré alta é daqui a 40 minutos!

O rosto de Rhyme contorceu-se, aborrecido. Ele nunca ficava mais furioso do que quando zangado consigo mesmo.

– Ele vai afogar a vítima. Eles estão sob um píer no centro da cidade. – Olhou desesperado para o mapa de Manhattan, com seus quilômetros de litoral. – Sachs, hora de bancar novamente o piloto de corrida. Você e Banks vão para oeste. Lon, por que você não fica com o

East Side? Lá pela South Street Marina. E, Mel, descubra o que diabos essa folha significa!

UMA PEQUENA ONDA tocou-lhe a cabeça pendida.

William Everett abriu os olhos e assoou a água que lhe enchia o nariz. Estava congelando ali e sentiu o coração fraco trepidar, enquanto lutava para enviar sangue quente pelo corpo.

Quase desmaiou outra vez, como quando o filho-da-puta lhe quebrou o dedo. Mas recobrou a consciência, pensando na falecida esposa – e, por alguma razão, nas viagens que haviam feito juntos. Gizé. Guatemala. Nepal. Teerã (uma semana antes de a embaixada ser ocupada).

O avião da Southeast China Airlines em que viajavam havia perdido um dos dois motores uma hora depois de terem deixado Pequim. Evelyn abaixara a cabeça, a posição a adotar em caso de desastre, preparando-se para morrer e olhando fixamente para um artigo de uma revista distribuída durante o vôo. A revista dizia que beber chá quente imediatamente após uma refeição era prejudicial para a saúde. Ela lhe contou isso depois, em um bar em Cingapura, e os dois riram até seus olhos se encherem de lágrimas.

Pensou nos olhos frios do seqüestrador. Nos dentes dele, nas luvas grandes.

E então, nessa horrenda tumba líquida, a dor insuportável subiu pelo braço e penetrou na mandíbula.

Dedo quebrado ou ataque do coração?, perguntou a si mesmo.

Talvez um pouco das duas coisas.

Fechou os olhos até que a dor diminuiu. Olhou em volta. A câmara em que estava algemado ficava embaixo de um píer podre. Um pedaço de madeira caiu da borda do píer na água agitada, que estava a uns 15 centímetros abaixo da borda. Luzes de barcos no rio e das indústrias em Jersey refletiam através da estreita fenda. A água lhe chegava ao pescoço, e embora o telhado do píer estivesse dezenas de centímetros acima de sua cabeça, as algemas estavam estendidas até onde podiam ir.

272

A dor subiu novamente do dedo, a cabeça rugiu com o sofrimento e caiu na água quando ele desmaiou. A água em seu nariz e a tosse dilacerante que se seguiu acordaram-no novamente.

A lua então puxou a lâmina d'água um pouco mais para cima e, com um súbito gole, a câmara foi fechada e isolada do rio no outro lado. O lugar ficou escuro. Ouviu os sons das ondas gemendo e seus próprios gemidos de dor.

Sabia que estava morto, sabia que não poderia manter a cabeça acima d'água por mais de alguns minutos. Fechou os olhos e encostou o rosto na coluna preta, escorregadia.

## 21

— Para o centro, Sachs – disse a voz de Rhyme, estalando nos fones de ouvido.

Ela apertou o acelerador do VRR, luzes vermelhas faiscando, enquanto eles desciam a West Side Highway. Fria como gelo, acelerou a 130.

– Uau! – exclamou Jerry Banks.

Contagem regressiva. Rua 23, 20, o mergulhão na doca onde a barcaça de lixo atracava. Ao passar com um rugido pelo Village, pela região dos frigoríficos, um caminhão saiu de uma rua lateral e cruzou seu caminho. Em vez de frear, ela evitou o veículo passando por cima do canteiro central, como se fosse um cavalo saltando um obstáculo, enquanto Banks murmurava palavrões. O carro se dobrou como se fosse um canivete.

– Opa! – exclamou Amelia Sachs e voltou à pista na direção sul. Dirigindo-se a Rhyme, acrescentou: – Repita o que disse. Não ouvi bem.

A voz metálica de Rhyme surgiu nos fones de ouvido:

– Vá para o centro, é tudo o que posso lhe dizer. Até que saibamos o que significa aquela folha.

– Estamos chegando a Battery Park City.

– Vinte minutos para a maré alta – avisou Banks.

## ELEMENTO DESCONHECIDO 238

| Aparência | Residência | Veículo | Diversos |
|---|---|---|---|
| • Branco, homem, estatura baixa<br>• Roupa escura<br>• Luvas velhas, pelica, avermelhadas<br>• Loção pós-barba: para encobrir cheiro?<br>• Máscara de esquiador? Azul-marinho?<br>• Luvas são escuras<br>• Loção pós-barba = Brut<br>• Cabelo não é castanho<br>• Cicatriz profunda, dedo indicador<br>• Roupa esporte | • Prov. tem casa segura<br>• Localizada perto da:<br>B'way & 82, ShopRite<br>B'way & 96, Anderson Foods<br>Greenwich & Bank, ShopRite<br>Segunda Avenida, 72-73, Grocery World<br>Battery Park City, J&G'S Emporium<br>Segunda Avenida, 1.709, Anderson Foods<br>34 & Lex., Food Warehouse<br>Oitava Avenida & 24, ShopRite<br>Houston & Lafayette, ShopRite<br>Sexta Avenida & Houston, J&G's Emporium<br>Greenwich & Franklin, Grocery World<br>• Prédio antigo, mármore cor-de-rosa | • Táxi Yellow Cab<br>• Sedã modelo recente<br>• Cinza claro, prateado, bege<br>• Carro de aluguel, prov. roubado | • Conhece proc. de CC<br>• Possivelmente tem antec. criminais<br>• Conhece levantamento de impressões digitais<br>• Arma = Colt 32 milímetros<br>• Amarra vít. com nós incomuns<br>• O "antigo" o atrai<br>• Chamou uma vít. de "Hanna"<br>• Sabe alemão básico<br>• Atraído por locais subterrâneos<br>• Dupla personalidade<br>• Talvez padre, assist. social, cons. psicológico<br>• Desgaste incomum nos sapatos. Lê muito? |

274

Talvez o grupo de Dellray pudesse conseguir do prisioneiro a localização exata. Eles poderiam arrastar o Sr. 238 para um beco, levando um saco de maçãs. Nick lhe contara que era assim que os federais conseguiam que um elemento "cooperasse". Atingiam-no no estômago com o saco da fruta. Realmente doloroso. Nenhuma marca. Quando era menina, ela não teria acreditado que policiais fazem isso. Agora ela sabia como as coisas funcionavam.

Banks deu-lhe uma palmadinha no ombro:

Um bocado de velhos píeres.

Madeira podre, imunda. Lugares fantasmagóricos.

Resolveram parar e descer da caminhonete. Correram para a água.

— Você está aí, Rhyme?

— Fale comigo, Sachs. Onde você está?

— Em um píer imediatamente ao norte de Battery Park City.

— Acabo de receber notícias de Lon, no East Side. Nada encontrou.

— É uma busca inútil – disse ela. – Há dezenas de píeres. E todo o calçadão... E a garagem do barco dos bombeiros, as docas das barcas de passageiros e o píer de Battery Park... Precisamos da Unidade de Operações Especiais.

— Não *temos* a UOE, Sachs. Ela não está mais do nosso lado.

Vinte minutos para a maré alta.

Os olhos de Amelia acompanharam o cais. Desanimou diante da tarefa impossível. Com a mão na arma, correu para o rio, Jerry Banks em seus calcanhares.

— DIGA-ME *ALGUMA COISA* sobre essa folha, Mel. Dê um palpite. Qualquer coisa.

Inquieto, Cooper olhava do microscópio para a tela do computador.

Oito mil variedades de plantas folhosas em Manhattan.

— Ela não se encaixa na estrutura celular de nenhuma delas.

— A folha é velha – disse Rhyme. – Que idade?

Cooper olhou novamente para a folha.

— Mumificada. Eu diria que tem uns cem anos, talvez um pouco menos.

— Que plantas se extinguiram nos últimos cem anos?

— Plantas não se extinguem em um ecossistema como o de Manhattan. Elas sempre reaparecem.

Um estalo na mente de Rhyme. Estava prestes a lembrar-se de alguma coisa. Ele tanto amava quanto odiava essa sensação. Poderia agarrar o pensamento como quem pega uma mosca no ar. Ou ele poderia sumir por completo, deixando-o apenas com a dor da inspiração perdida.

Dezesseis minutos para a maré alta.

Qual *era* o pensamento? Lutou contra o problema, fechou os olhos...

Píer, pensou. A vítima sob um píer.

E daí? *Pense!*

Píer... navios... descarga... carregamento...

Carga sendo desembarcada!

Abriu de súbito os olhos.

— Mel, a folha é de alguma cultura agrícola?

— Ora, diabos. Estive procurando nas páginas de horticultura geral, não em plantas cultivadas, comerciais.

E digitou durante um tempo que pareceu ser de horas.

— E aí?

— Espere, espere. Olhe, uma lista: alfafa, cevada, beterraba, milho, aveia, tabaco...

— Tabaco! Tente isso.

Cooper acionou o mouse e uma imagem lentamente surgiu na tela.

— É isso!

— World Trade Center — anunciou Rhyme. — A terra ao norte desse local era coberta por plantações de fumo. Thom, a pesquisa para meu livro... Quero um mapa da década de 1740. E aquele mapa moderno que Bo Haumann estava usando para localizar áreas de remoção de amianto. Pendure-os ali na parede, juntos.

O ajudante encontrou o velho mapa nos arquivos de Rhyme. Pregou os dois na parede, perto da cama. Grosseiramente desenhado, o mapa mais antigo mostrava a parte norte da cidade colonizada — um grupo de casas na parte mais baixa da ilha – coberta de plantações. Havia três ancoradouros comerciais ao longo do rio, que na época não era chamado de Hudson, mas de West River. Rhyme olhou então para o mapa moderno. Os campos agrícolas tinham desaparecido, claro, como também os ancoradouros originais. O mapa, porém, mostrava um ancoradouro abandonado na localização exata de um dos velhos píeres dos exportadores de fumo.

Rhyme forçou a vista, lutando para ver o nome da rua perto da qual o ancoradouro ficava. Ia chamar Thom para segurar o mapa mais perto de seus olhos quando, lá de baixo, ouviu o som alto de uma porta sendo arrombada. Vidros quebrados.

Thom desceu a escada.

– Quero falar com ele. – Uma voz tensa encheu a entrada da casa.

– Apenas um... – começou o assistente.

– Não. Não em um minuto e não em uma hora. Agora, porra! Agora!

– Mel – sussurrou Rhyme –, esconda a prova, desligue o sistema.

– Mas...

– Faça isso!

Rhyme sacudiu violentamente a cabeça, deslocando o fone/microfone, que caiu no chão, ao lado da cama. Passos pesados na escada.

Thom fez o melhor que pôde para dificultar a entrada. Os visitantes, porém, eram três agentes federais e dois deles tinham armas de grosso calibre nas mãos. Lentamente, o forçaram a subir a escada.

Mel Cooper desmontou o microscópio composto em cinco segundos e estava, calmamente, com meticuloso cuidado, arrumando as peças numa caixa quando o FBI apareceu no patamar da escada e invadiu o quarto de Rhyme. Os sacos de prova estavam sob uma mesa, cobertos por números antigos da *National Geographic*.

– Ah, Dellray. Encontrou nosso elemento desconhecido, não?

– Por que você não nos disse?

– Disse o quê?

– Que aquela impressão digital era falsa.

– Ninguém me perguntou.

— Falsa? – perguntou Cooper, confuso.

— Bem, era uma impressão digital autêntica – respondeu Rhyme, como se isso fosse óbvio. – Mas não do elemento desconhecido. Nosso rapaz precisava de um táxi para fisgar seus peixes. Ele então conheceu... como *era* o nome dele?

— Victor Pietrs – murmurou Dellray e contou a história do motorista de táxi.

— Um golpe de mestre – comentou Rhyme, com autêntica admiração.

— Escolheu um sérvio com antecedentes criminais e problemas mentais. Eu gostaria de saber por quanto tempo ele andou à procura de um candidato. De qualquer modo, 238 matou o pobre Sr. Pietrs e lhe roubou o táxi. Amputou-lhe o dedo. Guardou-o e pensou que, se estivéssemos chegando perto demais, ele poderia deixar uma impressão digital bela e óbvia em uma cena de crime, para nos fazer perder o rastro. Acho que funcionou.

Rhyme olhou para o relógio. Ainda 14 minutos.

— Como você soube?

Dellray olhou para os mapas na parede, mas, felizmente, não demonstrou interesse por eles.

— A impressão digital mostrava sinais de desidratação e encolhimento. Aposto que o corpo estava que era uma ruína só. Encontrou-o no porão, certo? Onde nosso rapaz gosta de guardar suas vítimas?

Dellray ignorou-o e farejou o quarto como um gigantesco *terrier*.

— Onde você escondeu nossas provas?

— Provas? Não sei do que está falando. Ouça aqui, você quebrou minha porta? Na última vez, entrou sem bater. Agora abriu-a a pontapés...

— Sabe de uma coisa, Lincoln? Eu estava pensando em lhe pedir desculpas, antes...

— Muito bonito de sua parte, Fred.

— Mas agora estou a um centímetro de esbofeteá-lo.

Rhyme olhou para o fone/microfone, caído no chão. Imaginou a voz de Sachs balindo através dele.

— Devolva-me as provas, Rhyme. Você nem imagina em que roubada se meteu.

— Thom — disse calmamente Rhyme. — O agente Dellray me deu um susto e deixei cair meu walkman. Poderia pendurá-lo na cabeceira da cama?

O empregado nem pestanejou. Pôs o microfone ao lado da cabeça de Rhyme, longe do campo de visão de Dellray.

— Obrigado — disse Rhyme a Thom. E acrescentou: — Sabe, ainda não tomei meu banho. Acho que está na hora. O que você acha?

— Eu estava imaginando quando que pediria o banho — retrucou Thom com a habilidade de um ator nato.

— FALE, RHYME. Pelo amor de Deus, onde está você?

E então, ela ouviu a voz de Thom nos fones de ouvido. Parecia forçada, exagerada. Alguma coisa estava errada.

— Arranjei uma nova esponja — disse a voz.

— Parece boa — respondeu Rhyme.

— Rhyme? — disse nervosamente Sachs. — O que diabos está acontecendo?

— Custou 17 dólares. Tem que ser de primeira. Vou virá-lo.

Mais vozes chegaram aos fones de ouvido, mas ela não conseguiu entender as palavras.

Ela e Banks corriam pelo cais, olhando por cima dos ancoradouros para a água cinza-pardacenta do Hudson. Com um movimento, disse a Banks que parasse, dobrou-se com uma dor embaixo do esterno, escarrou no rio, tentando recuperar o fôlego.

Através dos fones, ouviu:

— ... não vai levar muito tempo. Os senhores terão que nos desculpar, cavalheiros.

— ... nós esperaremos, se não se importa.

— Eu me importo, na verdade — replicou Rhyme. — Será que não posso ter nem um pouco de privacidade?

— Rhyme, você pode me ouvir? — perguntou Sachs em desespero. Que diabos ele estava fazendo?

– Nada disso. Nada de privacidade para aqueles que roubam provas.

Dellray! Ele estava no quarto de Rhyme. Bem, isso era o fim. A vítima está praticamente morta.

– Eu quero as provas – berrou o agente.

– Bem, o que você vai *conseguir* é uma visão panorâmica de um homem tomando um banho de esponja, Dellray.

Banks começou a falar, mas ela mandou-o calar-se com um gesto.

Palavras que não consegui entender.

O grito irritado do agente.

E em seguida a voz calma de Rhyme:

– Sabe, Dellray, eu era um nadador. Eu nadava todos os dias.

– Temos menos de dez minutos – sussurrou Sachs.

A água batia calma no cais. Dois barcos passaram placidamente.

Dellray murmurou alguma coisa.

– Eu ia para o rio Hudson e nadava. A água era muito mais limpa nessa época.

Uma transmissão truncada.

– ... o velho píer. Meu favorito desapareceu. Era a casa dos Hudson Dusters. Aquela gangue, já ouviu falar nela? Na década de 1890. Ao norte do lugar onde hoje é Battery Park City. Você parece entediado. Cansado de olhar para a bunda mole de um paralítico? Não? Fique à vontade. Aquele píer ficava entre a North Moore e a Chambers. Eu mergulhava, nadava em volta do píer...

– North Moore e Chambers! – gritou Sachs. Deram a volta. Haviam-no perdido porque tinham seguido longe demais na direção sul. O lugar ficava a uns 400 metros do ponto onde estavam. Ela podia ver dali a madeira marrom despregando, um grande cano de esgoto se enchendo com a água da maré. Quanto tempo restava? Quase nenhum. Não havia como salvarem a vítima.

Ela tirou os fones com um puxão e correu para o carro.

– Você sabe nadar? – perguntou ela.

– Eu? Uma, duas voltas no Health and Racquet Club.

Eles nunca conseguiriam.

Sachs parou de repente, girando rápido, e ficou olhando para as ruas desertas.

A ÁGUA ESTAVA quase chegando ao nariz.

Uma pequena onda lavou o rosto de William Everett no momento em que ele inalava, e o líquido sujo, salgado, penetrou até a garganta. Começou a sufocar, soltando um ronco profundo, horrível. Tossindo. A água encheu-lhe os pulmões. Perdeu o apoio na coluna do píer, mergulhou sob a superfície, esticou-se, subiu mais uma vez e depois afundou.

Não, meu Deus, não... por favor, não deixe...

Sacudiu as algemas, bateu com força os pés, tentando mover-se, como se um milagre pudesse acontecer e seus músculos débeis conseguissem dobrar o enorme parafuso ao qual estava preso.

Espirrando água, balançando a cabeça de um lado para o outro, em pânico. Limpou os pulmões. Os músculos do pescoço estavam em fogo – tão doloridos quanto o dedo quebrado – com o esforço de dobrar a cabeça para trás para encontrar a fina camada de ar imediatamente acima de seu rosto.

Teve um momento de alívio.

Em seguida, outra onda, ligeiramente mais alta.

E foi o fim.

Não podia lutar mais. Renda-se. Junte-se a Evelyn, diga adeus...

E William Everett amoleceu. Flutuou sob a superfície na água imunda, cheia de lixo e de tentáculos de algas marinhas.

Em seguida, ergueu horrorizado a cabeça. Não, não...

*Ele* estava ali. O seqüestrador! Ele tinha voltado.

Everett chutou a superfície, espirrando mais água, tentando desesperadamente afastar-se dali. O homem lançou uma luz forte em seus olhos e estendeu para ele a mão, empunhando uma faca.

Não, não...

Não era suficiente afogá-lo, tinha que retalhá-lo até a morte. Sem pensar, Everett chutou-o outra vez. O seqüestrador, porém, desapareceu sob a água... e, em seguida, estava livre.

O velho lutou violentamente para chegar à superfície, inalando ar azedo pelo nariz e arrancando a mordaça. Arquejando, cuspindo a água imunda. A cabeça bateu com força na parte inferior do píer de carvalho e ele riu alto.

*281*

– Oh, Deus, Deus, Deus...

Outro rosto apareceu... Mascarado, também, com outra lanterna ofuscante, e Everett conseguiu então reconhecer o emblema do DPNY no traje de mergulho. Não eram facas o que aqueles homens tinham nas mãos, mas cortadores de metal. Um deles enfiou um bocal entre os lábios de Everett e ele inalou um hausto inebriante de oxigênio.

O mergulhador passou o braço em volta dele e juntos nadaram até a borda do píer.

– Respire fundo, vamos sair logo daqui.

Everett encheu os pulmões estreitos até quase o ponto de explodir e, de olhos fechados, acompanhou o mergulhador até o fundo, a água iluminada sobrenaturalmente pela luz amarela da lanterna na mão do homem. Foi um mergulho curto mas angustiante, até o fundo e, em seguida, para cima através da água turva, cheia de fragmentos. Em certo momento, escorregou das mãos do mergulhador e se separaram brevemente. William Everett, porém, estava tranqüilo. Depois daquela noite, nadar sozinho no agitado Hudson seria fácil.

ELA NÃO HAVIA pensado em tomar um táxi. O ônibus do aeroporto daria conta.

Pammy, porém, estava zonza por falta de sono – ambas estavam acordadas desde as 5 horas – e começava a ficar inquieta. A menininha precisava dormir logo, ser posta sob as cobertas com sua mamadeira de Hawaiian Punch. Além disso, a própria Carole não podia esperar para chegar a Manhattan – ela era apenas uma mulher do Meio-Oeste que, em todos os seus 41 anos de idade, jamais havia viajado para mais longe que Ohio, e estava ansiosa para ver pela primeira vez a Big Apple.

Carole pegou a bagagem e as duas dirigiram-se para a saída. Verificou se trazia tudo com que tinha deixado a casa de Kate e Eddie naquela tarde.

*Pammy, ursinho, bolsa, cobertor, mala, mochila amarela.*

Tudo onde devia estar.

Os amigos haviam-na avisado sobre a cidade.

– Vão assaltá-la – dissera Eddie. – Ladrões, batedores de carteira.

– E não se meta naqueles jogos de cartas na rua – acrescentara a maternal Kate.

– Eu não jogo cartas em minha *sala de estar* – lembrara-lhe Carole, rindo. – Por que jogaria nas ruas de Manhattan?

Mas gostou da preocupação dos amigos. Afinal de contas, ali estava ela, viúva, com uma filha de 3 anos, dirigindo-se para uma metrópole a fim de assistir à conferência das Nações Unidas – mais estrangeiros, droga, mais *gente* do que ela já tinha visto de uma vez só.

Carole foi até um telefone público e ligou para o apart-hotel a fim de confirmar as reservas. O gerente respondeu que o quarto estava pronto e à espera delas. Ele as veria dentro de uns 45 minutos.

As duas passaram pelas portas automáticas e o escaldante ar do verão foi como um soco que as deixou sem fôlego. Carole parou, olhando em volta. Segurou Pammy firme com uma das mãos, suspendeu a mala surrada na outra, levando a mochila pendurada no ombro.

Entrou na fila de passageiros à espera de um táxi.

Carole olhou para o imenso cartaz no outro lado da estrada, *Delegados, Bem-Vindos às Nações Unidas!* A arte-final era horrível, mas, ainda assim, olhou-o durante um longo momento: um dos homens no cartaz parecia-se com Ronnie.

Durante algum tempo, após a morte dele, dois anos antes, tudo lhe lembrava o marido bonito, de cabelos cortados rentes. Ela passava de carro por um McDonald's e lembrava-se de que ele gostava de Big Mac. Atores que não se pareciam em nada com ele podiam inclinar a cabeça da maneira como Ronnie fazia. Via um impresso sobre a venda de um cortador de grama e se lembrava de como ele adorava o pequeno jardim que tinham em Arlington Heights.

Nessas ocasiões, as lágrimas começavam a correr. E ela voltava ao Prozac ou à Imipramina. Passava uma semana na cama. Relutantemente, aceitou o convite de Kate para passar uma noite com ela e com Eddie. Ou uma semana. Quem sabe, um mês.

Mas chega de lágrimas. Estava ali para recomeçar a vida. O sofrimento era coisa do passado.

Sacudindo dos ombros suados a massa de cabelos louro-escuros, conduziu Pammy para a frente e empurrou a bagagem com os pés, à medida que a fila para o táxi se movia. Olhou em volta, tentando captar um vislumbre de Manhattan. Mas nada conseguiu ver, exceto tráfego, caudas de aviões e um mar de pessoas, táxis e carros. Vapor subia como fantasmas dos bueiros e o céu da noite era preto, amarelo e enevoado.

Bem, logo veria o suficiente da cidade, pensou. Teve esperança de que Pammy fosse crescida o suficiente para guardar uma primeira recordação daquela paisagem.

— O que está achando até agora de nossa aventura, querida?

— Aventura. Eu gosto de aventura. Eu quero um pouco de Waiin Punch. Posso, por favor, tomar um pouco agora?

*Por favor...* Essa era nova. A menininha de 3 anos estava aprendendo tudo. Carole riu.

— Você vai tomar, logo.

Finalmente, chegaram ao táxi. O porta-malas abriu-se com um estalo e Carole depositou a bagagem e bateu a tampa. Entraram no táxi e ela fechou a porta.

*Pammy, ursinho, bolsa...*

O motorista perguntou:

— Para onde?

Carole deu-lhe o endereço do Midtown Residence Hotel, gritando através da divisória.

O táxi começou a andar. Carole recostou-se e pôs Pammy no colo.

— Vamos passar pelo prédio das Nações Unidas? – perguntou ela ao motorista.

O homem, porém, estava concentrado em mudar de pista e não a ouviu.

— Estou aqui para a conferência – explicou ela. – A conferência das Nações Unidas.

Nenhuma resposta.

Carole perguntou a si mesma se ele tinha algum problema para entender inglês. Kate lhe avisara que muitos motoristas de táxi de Nova York eram estrangeiros. ("Roubando empregos de americanos", tinha grunhido Eddie. "Mas não me obrigue a falar *nesse assunto*.") Carole não conseguiu ver claramente o motorista por causa da divisória arranhada.

Talvez ele simplesmente não queira conversar.

Passaram para outra estrada – e, de repente, diante dela, a linha ecortada de arranha-céus da cidade. Tal como os cristais que Kate e Eddie colecionavam. Um conglomerado imenso de prédios azuis, dourados e prateados no meio da ilha e outro conglomerado mais longe, à esquerda. Era maior do que qualquer coisa que ela já vira e, por um momento, a ilha lhe pareceu um enorme navio.

– Olhe, Pammy, é para ali que estamos indo. É lindo, não?

Logo depois, porém, a vista desapareceu quando o motorista saiu da via expressa com uma curva rápida ao pé da rampa de saída. Começaram a rodar por ruas quentes, desertas, ladeadas por prédios de tijolos.

Carole inclinou-se à frente.

– Esse é o caminho certo para a cidade?

Mais uma vez, nenhuma resposta.

Ela bateu com força na divisória.

– O senhor está indo pelo caminho certo? Responda. *Responda!*

– Mamãe, o que está acontecendo? – perguntou Pammy, começando a chorar.

– Aonde o senhor está indo? – gritou Carole.

O homem, porém, simplesmente continuou a guiar – tranqüilamente, respeitando os sinais vermelhos, nunca ultrapassando o limite de velocidade. E quando parou em um terreno vazio atrás de uma fábrica escura e abandonada, ele teve o cuidado de sinalizar corretamente.

Oh, não... não!

Ele pôs a máscara de esquiador e desceu do táxi. Chegando à traseira do carro, estendeu a mão para a porta. Mas hesitou e a mão caiu. Inclinou-se, o rosto contra a janela, e bateu no vidro. Uma, duas, três vezes. Chamando a atenção delas. Durante um longo momento, ele olhou para mãe e filha, antes de abrir a porta.

# 22

— Como que você conseguiu, Sachs?

À margem do malcheiroso rio Hudson, ela respondeu pelo microfone:

— Lembrei-me de ter visto a estação dos barcos dos bombeiros no Battery Park. Eles embarcaram rapidamente alguns mergulhadores e chegaram ao píer em três minutos. Você tinha de ver como aquele barco voou! Qualquer dia desses, vou querer passear em um deles.

Rhyme falou sobre o motorista de táxi com o dedo amputado.

— Filho-da-puta! — exclamou ela, estalando a língua, enojada. — O canalha enganou todos nós.

— Todos nós, não — lembrou-lhe Rhyme.

— De modo que Dellray sabe que surrupiei as provas. Ele anda à minha procura?

— Disse que ia voltar para o prédio federal. Provavelmente, para resolver qual de nós dois vai prender primeiro. Como está a cena, Sachs?

— Muito ruim — respondeu ela. — Ele estacionou em cima de cascalho...

— De modo que nada de pegadas.

— É pior do que isso. A maré cobriu grande parte do cano de esgoto e o lugar onde ele estacionou está debaixo d'água.

— Droga — murmurou Rhyme. — Nenhum sinal, nenhuma pegada, nada. Como está a vítima?

— Não muito bem. Exposição aos elementos, dedo fraturado. Ele tem problemas cardíacos. Vai ficar no hospital por um ou dois dias.

— Ele pode nos dizer alguma coisa?

Sachs aproximou-se de Banks, que interrogava William Everett.

— Ele não era grande — disse o homem, como se falasse de algo banal, examinando a tala que um paramédico lhe colocava na mão. — E não era realmente forte, não um homem musculoso. Mas era mais forte do que eu. Eu o agarrei e ele simplesmente empurrou minhas mãos para longe.

286

– Descrição? – pediu Banks.

Everett falou na roupa escura e na máscara de esquiador. Isso era tudo de que conseguia se lembrar.

– Mas precisam saber de uma coisa. – Everett ergueu a mão enfaixada. – Há maldade nele. Eu o agarrei, como disse. Eu não estava pensando... estava simplesmente em pânico. Mas ele ficou realmente furioso. Foi nesse momento que quebrou meu dedo.

– Retaliação? – perguntou Banks.

– Acho que sim. Mas não é essa a parte estranha.

– Não?

– Ele ficou escutando o som do osso se quebrando.

O jovem detetive havia parado de escrever. Olhou para Sachs.

– Ele segurou minha mão perto de sua orelha, bem apertado, e dobrou o dedo até que se quebrasse. Como se estivesse escutando. E gostando disso.

– Você ouviu isso, Rhyme?

– Ouvi. Thom acrescentou esse dado ao perfil. Mas não sei o que significa. Vamos ter que pensar nisso. Algum sinal de prova material plantada?

– Ainda não.

– Percorra a grade, Sachs. Ah, e pegue as...

– Roupas da vítima? Já pedi. Eu... Rhyme, você está bem?

Amelia ouviu o som de um acesso de tosse.

A transmissão foi temporariamente interrompida. Ele voltou momentos depois:

– Você está aí, Rhyme? Tudo bem?

– Estou ótimo – respondeu ele rapidamente. – Comece. Percorra a grade.

Amelia examinou a cena, iluminada pelas lanternas de halógeno da UOE. Ele *esteve* ali. Andou pelo cascalho, a alguns metros dali. Mas qualquer que fosse a prova material que ele tivesse deixado sem querer, ela estava muitos centímetros abaixo da água escura. Cobriu lentamente o terreno. Para a frente e para trás.

– Não consigo ver *nada*. As pistas podem ter desaparecido.

– Não. Ele é esperto demais para não ter levado em conta a maré. Elas devem estar em algum lugar seco.

– Tenho uma idéia – disse subitamente Sachs. – Venha até aqui.

– O quê?

– Processe a cena comigo, Rhyme.

Silêncio.

– Rhyme, você ouviu o que eu disse?

– Está falando comigo? – perguntou ele.

– Você *parece* De Niro. Mas não pode representar tão bem como ele. Lembra-se? Aquela cena de *Taxi Driver*?

Rhyme não achou graça. Respondeu:

– Aquela fala era "Você está olhando para mim?" Não "falando comigo".

Sachs continuou, sem dar importância.

– Venha para cá. Processe a cena comigo.

– Vou abrir minhas asas. Não, melhor ainda. Vou me projetar até aí. Telepatia, você sabe.

– Deixe de brincadeira. Estou falando sério.

– Eu...

– Nós precisamos de você. Não consigo encontrar as pistas.

– Mas elas estão aí. Você só tem que se esforçar um pouco mais.

– Já percorri a grade duas vezes.

– Nesse caso, você definiu um perímetro estreito demais. Acrescente mais alguns metros e continue a andar. O 238 não terminou ainda, nem de longe.

– Você está mudando de assunto. Venha até aqui e me ajude.

– Como? – perguntou Rhyme. – Como poderia fazer isso?

– Tive um amigo que foi desafiado – começou ela. – E ele...

– Você quer dizer, ele era um *paralítico* – corrigiu-a Rhyme. Em voz baixa mas firme.

Ela continuou:

– O ajudante dele colocava-o numa cadeira todas as manhãs e ele ia sozinho a todos os lugares. Ao cinema, ao...

– Essas cadeiras... – a voz de Rhyme soou oca. – Elas não funcionam comigo.

288

Amelia calou-se.

Rhyme continuou:

– O problema é como fui ferido. Seria perigoso para mim ficar numa cadeira de rodas. Isso poderia – hesitou por um momento – piorar as coisas.

– Desculpe. Eu não sabia.

Após um momento, ele voltou a falar:

– Claro, você não sabia.

Tinha botado a perder aquela. Droga.

Rhyme, porém, não pareceu abalado com a gafe de Amelia. A voz era suave, sem emoção:

– Escute, você tem que continuar com a busca. Nosso elemento desconhecido a está tornando mais difícil. Mas não será impossível... Pense nisso. Ele é um homem de subterrâneos, certo? Talvez ele as tenha enterrado.

Amelia olhou para a cena.

Talvez ali... Viu um montículo de terra e folhas em um trecho de grama alta perto do cascalho. Era estranho. O montículo parecia arrumado demais.

Sachs agachou-se ao lado do montículo, baixou a cabeça e, usando os lápis, começou a afastar as folhas.

Virou o rosto ligeiramente para a esquerda e viu uma cabeça erguida, presas de serpente...

– Jesus! – berrou ela, cambaleando para trás, caindo sentada tentando, atabalhoada, sacar a arma.

Não...

Rhyme berrou ao seu ouvido:

– Você está bem?

Sachs apontou para o alvo e tentou manter firme a arma com mãos que tremiam muito. Jerry Banks veio correndo, sua própria Glock na mão. Parou. Sachs levantou-se, olhando para o que estava na frente deles.

– Cara... – disse Banks baixinho.

– É uma cobra... bem, um esqueleto de cobra – disse Sachs a Rhyme. – De uma cascavel. – Guardou a Glock. – Está montada sobre uma prancha.

— Uma cobra? Interessante. – Rhyme parecia intrigado.

— Isso mesmo, muito interessante – murmurou ela. Calçou luvas de látex e levantou os ossos em espiral. Virou a prancha. – Metamorfose.

— O quê?

— Uma etiqueta na parte de baixo. O nome da loja onde a cobra foi comprada, acho. Broadway, 604.

— Vou mandar os Irmãos Hardy checarem isso. O que conseguimos? Fale das pistas.

Elas estavam embaixo da cobra. Em uma bolsinha. O coração de Amelia bateu forte quando se agachou ao lado da bolsa.

— Uma caixa de fósforos – disse.

— Talvez ele esteja pensando em incêndio criminoso. Algo impresso na caixa?

— Não. Mas há uma mancha de alguma coisa. Como se fosse vaselina. Só que mais pegajosa.

— Ótimo, Sachs... Sempre cheire a prova sobre a qual não tem certeza. Seja mais precisa.

Ela aproximou mais a caixa do nariz.

— Arrrrgh.

— Isso não é suficientemente preciso.

— Talvez, enxofre.

— Poderia ser baseado em nitrato. Explosivo. Tovex. É azul?

— Não, é claro como leite.

— Mesmo que isso pudesse explodir, acho que seria um explosivo secundário. Estes são os estáveis. Mais alguma coisa?

— Outro pedaço de papel. Há alguma coisa nele.

— O que, Sachs? O nome, o endereço, o e-mail dele?

— Parece que foi tirado de uma revista. Há uma pequena foto em preto-e-branco. Parte de um prédio, mas não dá para saber qual. E, por baixo disso, uma data: 20 de maio de 1906.

— Vinte, cinco, zero, seis. Será um código? Ou um endereço? Tenho que pensar. Alguma coisa mais?

— Nada.

Amelia ouviu-lhe o suspiro.

– Tudo bem, volte para cá, Sachs. Que horas são? Meu Deus, quase 1 hora. Há anos que nao fico acordado até tão tarde. Volte e vamos ver o que temos.

DE TODOS OS LUGARES de Manhattan, o Lower East Side foi o que permaneceu mais conservado em toda a história da cidade.

Grande parte desapareceu, claro: as pastagens; as sólidas mansões de John Hancock e dos primeiros luminares do governo; o Der Kolek, o grande lago de água doce (o nome holandês acabou sendo corrompido e se tornou "The Collect", o que descrevia com maior precisão a lagoa poluída); o famoso bairro de Five Points – que era no século XIX o quilômetro quadrado mais perigoso da terra –, onde uma única casa de cômodos, tal como a decrépita Gates of Hell, poderia ser o cenário de duzentos ou trezentos assassinatos por ano.

Mas centenas de prédios antigos continuavam de pé – casas de cômodos do século XIX, velhas casas em estilo colonial e residências oficiais do século anterior, centros de reuniões públicas em estilo barroco, vários edifícios em estilo egípcio, construídos por ordem do deputado corrupto Fernando Wood. Alguns abandonados, com as fachadas cobertas de plantas e os pisos esburacados pelo roubo da madeira. Mas muitos continuavam em uso: esta tinha sido a terra da iniqüidade de Tammany Hall, de carrinhos de mão e oficinas de exploração cruel de mão-de-obra, do asilo da Henry Street, dos espetáculos de variedades de Minsky e da infame Gomorra Iídiche – a máfia judaica. Uma zona que viu nascer tais instituições não morre fácil.

E era para lá que o colecionador de ossos dirigia o táxi, levando a mulher magra e a filha pequena.

Notando que a polícia estava em seu encalço, James Schneider enfurnou-se novamente sob o chão como a serpente que era, procurando esconder-se – era o que se especulava – nas adegas das muitas casas de cômodos da cidade (que os leitores talvez possam reconhecer como as pensões ainda hoje comuns). E nelas permaneceu, recluso, durante alguns meses.

Dirigindo-se para casa, o colecionador de ossos via à sua volta não a Manhattan dos anos 1990 – as delicatéssens de coreanos, as lojas úmidas que vendiam biscoitos moles, as casas que alugavam filmes pornô, as butiques vazias –, mas o mundo onírico de homens que usavam chapéu-coco, mulheres de anquinhas, as bainhas das saias e os punhos das blusas imundos pelo lixo das ruas. Hordas de carruagens e carroças, o ar saturado do cheiro às vezes agradável, às vezes repulsivo de metano.

Mas tal era a compulsão perversa, insaciável, que havia nele para recomeçar sua coleção que em pouco tempo foi forçado a sair de seu covil para emboscar outro bom cidadão – desta vez um rapaz recém-chegado à cidade para estudar na universidade.

Ele dirigia pela Eighteenth Ward, outrora o lar de quase cinqüenta mil pessoas, apinhadas em mil casas de cômodos decrépitas. A maioria das pessoas pensa no século XIX em sépia, por causa das velhas fotos. Mas, na verdade, a Velha Manhattan tinha cor de pedra. Com a sufocante fumaça industrial, tintas proibitivamente caras e luz fraca, a cidade era um conjunto de numerosas tonalidades de cinza e amarelo.

Schneider esgueirou-se por trás do rapaz e ia atacá-lo quando o destino finalmente protestou. Dois policiais presenciaram o ataque. Reconheceram Schneider e o perseguiram. O assassino fugiu para o leste, tentando cruzar aquela maravilha da engenharia, a Ponte de Manhattan, terminada em 1909, dois anos antes desses acontecimentos. Mas parou a meio caminho, vendo que três guardas se aproximavam vindos do Brooklyn, tendo ouvido o alarme disparado pelos apitos e tiros de seus colegas de Manhattan.

Schneider, desarmado, como quis o destino, subiu para o balaústre da ponte ao ser cercado pela lei. Berrou diatribes aos guardas, acusando-os de ter arruinado sua vida. Aproximando-se mais os policiais, ele saltou do balaústre para o rio. Uma semana depois, um piloto encontrou seu corpo em uma praia da Welfare Island, próximo da Hell Gate. Pouco restava dele: os caranguejos e as tartarugas trabalharam diligentemente para reduzir Schneider ao próprio osso que ele, em sua loucura, adorava.

O colecionador virou o táxi para a calçada da rua onde morava, a East Van Brevoort, e parou em frente ao prédio. Examinou os dois barbantes sujos que passara de um lado a outro da porta, a fim de certificar-se de que ninguém estivera ali. Um movimento súbito assustou-o e ele ouviu o rosnado gutural de cães, viu seus olhos amarelos, dentes escuros, corpos cobertos de cicatrizes e feridas. A mão desceu para a pistola, mas os cães subitamente deram uma volta e, ganindo, correram pelo beco.

Não viu ninguém na calçada quente e abriu o cadeado que fechava a porta da garagem de carruagens, voltou ao carro e entrou, parando ao lado do Taurus.

Após a morte do malfeitor, suas posses foram recolhidas e examinadas por detetives. O diário que mantinha indicava que ele assassinara oito bons cidadãos da cidade. Também violava sepulturas: verificou-se nessas páginas (se as alegações dele são verdadeiras) que arrombara vários túmulos nos cemitérios da cidade. Nenhuma das vítimas lhe provocara – visto que a maioria era de cidadãos respeitáveis, trabalhadores, inocentes. Ainda assim, ele não sentia a menor culpa. Na verdade, ele parecia agir sob a louca ilusão de que prestava um favor às vítimas.

O colecionador parou e limpou o suor da boca. A máscara de esquiador fazia cócegas. Puxou do porta-malas a mulher e a filha e levou-as pela garagem. Ela era forte e resistiu bravamente. Finalmente, ele conseguiu algemá-las.

– Seu escroto! – uivou ela. – Não ouse tocar em minha filha. Toque nela e eu o mato!

Ele segurou-a com força e tapou-lhe a boca com fita adesiva. Em seguida, fez o mesmo com a criança.

"A carne murcha e pode ser fraca." – (escrevera o malfeitor, com mão implacável mas firme) – "O osso é a parte mais forte do corpo. Por mais velhos que sejamos na carne, somos sempre jovens no osso. É uma nobre meta a minha, e está além do meu alcance compreender por que alguém poderia contestá-la. Pratiquei um ato de bondade com todos eles. Eles, agora, são imortais. Eu os libertei. Eu os reduzi até o osso."

Puxou-as para o porão e jogou a mulher com força no chão, a filha ao lado dela. Com uma corda de varal de roupa, amarrou as algemas à parede. Em seguida, subiu.

Tirou do carro a mochila amarela que estava no assento traseiro, as malas no compartimento de bagagem e passou por uma porta de madeira para o cômodo principal da casa. Ia jogá-las em um canto, mas descobriu que, por alguma razão, estava curioso sobre essas presas em particular. Sentou-se em frente a um dos murais – a pintura de um açougueiro, placidamente segurando uma faca em uma das mãos e uma peça de carne na outra.

Examinou a etiqueta da bagagem. Carole Ganz. Carole com *E*. Por que a letra extra?, pensou. A mala nada continha, exceto roupas. Passou à mochila. Encontrou dinheiro. Devia haver ali quatro ou cinco mil dólares. Recolocou o dinheiro no compartimento fechado com zíper.

Encontrou também uma dezena de brinquedos de criança: uma boneca, uma lata de aquarelas, um pacote de massa de modelar, um boneco Sr. Cabeça-De-Batata. Um CD Player, meia dúzia de CDs e um rádio-relógio.

Viu então fotos de Carole com a filha. Na maioria das fotografias, a mulher parecia triste. Em algumas, mais feliz. Não encontrou fotos dela e do marido, embora ela usasse aliança. Muitas das fotos eram de mãe e filha em companhia de um casal – uma mulher corpulenta, usando um desses vestidos de avó, e um homem barbudo e calvo, vestindo uma camisa de flanela.

Durante muito tempo, o colecionador de ossos olhou para a foto da menininha.

O destino da pobre Maggie O'Connor, a menininha de apenas 8 anos de idade, foi especialmente triste. Ela teve a infelicidade, especulou a polícia, de cruzar o caminho de James Schneider quando ele dava sumiço em uma de suas vítimas.

A menina, moradora do conhecido Hell's Kitchen, havia saído para apanhar crina de cavalo de um dos muitos animais mortos encontrados na parte pobre da cidade. Era costume das crianças transformar a crina em braceletes e anéis – as únicas bugigangas com que essas crianças pobres e maltrapilhas poderiam se enfeitar.

Pele e osso, pele e osso.

Colocou a foto na cornija da lareira, ao lado da pequena pilha de ossos em que estivera trabalhando naquela manhã e de outros que tinha roubado da loja em que encontrara a serpente.

Supõe-se que Schneider encontrou a pequena Maggie perto de seu covil, testemunhando o espetáculo macabro do assassinato de uma das vítimas. Se a matou rapidamente ou devagar, não podemos saber. Mas, ao contrário do que aconteceu com as outras vítimas, cujos restos foram finalmente encontrados, isso nunca aconteceu com os da frágil Maggie O'Connor de cabelos encaracolados.

O colecionador de ossos desceu para o porão.

Arrancou a mordaça da boca da mãe. A mulher arquejou para respirar, olhando-o com uma fúria gelada.

– O que você quer? – perguntou asperamente. – *O quê?*

Ela não era tão magra como Esther, mas, felizmente, em nada se parecia com a gorda Hanna Goldschmidt. Podia ver *tanto* de sua alma. A mandíbula estreita, a clavícula e, através da blusa azul fina, uma sugestão do osso inominado – uma fusão do ílio, ísquio e púbis. Nomes semelhantes aos de deuses romanos.

A menininha esperneou. Ele inclinou-se e tocou-lhe a cabeça com a mão. Crânios não crescem a partir de uma peça única de osso, mas de oito, separadas, e a coroa sobe como as lajes triangulares do telhado do estádio Astrodome. Tocou o osso occipital da menina, os ossos parietais da calota do crânio. E dois de seus favoritos, os ossos sensuais em volta das órbitas oculares – o esfenóide e o etmóide.

295

– Pare com isso! – Carole sacudiu furiosa a cabeça. – Fique longe dela.

– Shhhh – respondeu ele, levando o dedo enluvado aos lábios.

Olhou para a menina, que começou a chorar e se colou à mãe.

– Maggie O'Connor – disse ele docemente, examinando a forma do rosto da menina. – Minha pequena Maggie.

A mulher olhou-o cheia de ódio.

– Você estava no lugar errado, na hora errada, criança. O que você me viu fazer?

*Jovem no osso.*

– Do que você está falando? – perguntou baixinho Carole.

O colecionador olhou para ela.

Ele sempre se sentiu curioso sobre a mãe de Maggie O'Connor.

– Onde está seu marido?

– Faleceu – cuspiu ela. Em seguida, olhou para a menininha e disse em voz mais calma: – Foi morto há dois anos. Escute, solte minha filha. Ela não pode dizer nada sobre você... Está me... ouvindo? O que você está fazendo?

Ele segurou as mãos de Carole e levantou-as.

Acariciou os ossos metacárpicos dos pulsos. As falanges – os dedos minúsculos. Apertando os ossos.

– Não, não faça isso. Eu não gosto disso. Por favor! – A voz alquebrou-se, em pânico.

Ele sentiu que estava perdendo o controle e não gostou nada dessa sensação. Se queria ter sucesso naquilo, com as vítimas, com seus planos, tinha que reprimir o desejo ardente – a loucura estava levando-o mais, cada vez mais, para o passado, confundindo o agora com o outrora.

Antes e depois...

Precisava de toda sua inteligência e astúcia para terminar o que tinha começado.

E ainda assim... ainda assim...

Ela era *tão* magra, tão dura. Fechou os olhos e imaginou que uma faca raspando-lhe a tíbia soaria como o arco de um velho violino.

Respirava rápido, suava em bicas.

Quando finalmente abriu os olhos, viu os sapatos da mulher. Não havia muitos ossos de pés em boas condições. Os sem-teto que vinha atacando nos últimos meses sofriam de raquitismo e osteoporose, tinham dedos deformados por sapatos apertados.

— Eu faço um trato com você – ele se ouviu dizendo.

A mulher olhou para a filha. Chegou mais perto dela.

— Faço um trato com você. Eu a solto se você me deixar fazer uma coisa.

— O quê? – perguntou Carole baixinho.

— Deixe-me esfolar você.

Ela pestanejou.

Ele pediu, baixinho:

— Deixe-me fazer isso. Por favor. Um pé. Apenas um de seus pés. E eu deixo você ir embora.

— O quê...?

— Até o osso.

Ela fitou-o, horrorizada. Engoliu em seco.

Qual seria o problema?, pensou ele. Afinal de contas, ela já estava quase lá, tão magra, tão angulosa. Sim, havia algo diferente nela – diferente das outras vítimas.

Guardou a pistola e tirou o canivete do bolso. Abriu-o com um estalo.

Ela não se moveu, os olhos deslizando para a menina. Voltou-se para ele.

— Você nos deixará ir embora?

Ele assentiu.

— Você não viu meu rosto. Não sabe onde fica este lugar.

Passou-se um longo momento. Ela olhou em volta do porão. Murmurou uma palavra. Um nome, pensou ele. Ron ou Rob.

Com os olhos firmes nele, ela estendeu as pernas e empurrou os pés em sua direção. Ele tirou-lhe o sapato do pé direito.

Pegou os dedos, amassou as hastes fracas.

Ela inclinou-se para trás, os tendões saltando lindamente do pescoço. Fechou com força os olhos. Ele acariciou sua pele com a lâmina do canivete.

297

Segurando firme.

Ela fechou os olhos, respirou fundo e soltou um gemido.

– Vá em frente – murmurou.

Virou o rosto da menina para o outro lado e abraçou-a fortemente.

O colecionador de ossos imaginou-a em um vestido vitoriano, saia de anquinhas, renda preta. Viu-os, sentados juntos no Delmonico's ou descendo a Quinta Avenida. Viu a pequena Maggie com eles, vestida de renda, empurrando um aro de roda com um bastão, enquanto passava pela ponte do canal.

*Naquele tempo e agora...*

Posicionou a lâmina manchada no arco do pé da mulher.

– Mamãe! – gritou a menina.

Alguma coisa mudou dentro dele. Foi dominado por horror ao que estava fazendo. Nojo de si mesmo.

Não! Não podia fazer isso. Não com *ela*. Esther ou Hanna, sim. Ou com a próxima. Mas não com ela.

O colecionador de ossos sacudiu triste a cabeça e tocou-lhe o maxilar com as costas da mão. Amordaçou novamente Carole com a fita e cortou a corda que lhe prendia os pés.

– Venha – disse.

Ela lutou bravamente, mas ele agarrou-lhe a cabeça com força e tapou-lhe as narinas até que ela desmaiou. Em seguida, colocou-a nos ombros e começou a subir a escada, levantando a bolsa que estava no chão. Cuidadosamente. Não queria que caísse. Subiu a escada. Parou uma única vez, para olhar para a pequena Maggie O'Connor de cabelos encaracolados, sentada ali na sujeira, olhando desamparada para ele.

## 23

Ele os prendeu em frente à casa de Rhyme.

Rápido, como a serpente enroscada que Jerry Banks trazia junto ao corpo, como se fosse um suvenir de Santa Fé.

Dellray e dois agentes saíram de um beco. Em tom casual, anunciou:

— Tenho más notícias, queridinha. Você está presa por roubo de provas que estavam sob custódia do governo dos Estados Unidos.

Lincoln Rhyme estava errado. Dellray não tinha voltado para o edifício federal. Estava vigiando a casa.

Banks revirou os olhos.

— Melhor se mandar, Dellray. Nós salvamos a vítima.

— E você fez uma coisa maravilhosa, filhote. Se não tivesse salvo, poderíamos acusá-lo de homicídio.

— Mas *nós* o salvamos – disse Sachs. – E não você.

— Obrigado por essa rápida recapitulação, policial. Estenda as mãos.

— Isso é sacanagem.

— Algeme-a – disse em tom dramático o Camaleão, dirigindo-se ao corpulento agente a seu lado.

— Nós encontramos mais provas, agente Dellray – insistiu Sachs. – Ele capturou outra vítima. E não sei de quanto tempo dispomos.

— Oh, e convide também esse rapaz aí para nossa festinha. – Dellray inclinou a cabeça na direção de Banks, que se virou para a agente feminina do FBI que se aproximou dele, pensando em derrubá-la.

Alegremente, Dellray avisou-o:

— Não, não, não. Você não quer fazer isso.

Relutante, Banks estendeu as mãos.

Mesmo furiosa, Sachs ainda sorriu friamente para o agente.

— Como foi sua viagem a Morningside Heights?

— Ele matou aquele motorista de táxi. O pessoal da PERT está rastejando por aquela casa como baratas num esgoto.

— E isso é tudo o que vão encontrar – retrucou Sachs. – O elemento desconhecido conhece melhor cenas de crime do que você e eu.

— Para o centro – ordenou Dellray, acenando para Sachs, que estremeceu quando as algemas foram fechadas em torno de seus pulsos.

## ELEMENTO DESCONHECIDO 238

| Aparência | Residência | Veículo | Diversos |
|---|---|---|---|
| • Branco, homem, estatura baixa<br>• Roupa escura<br>• Luvas velhas, pelica, avermelhadas<br>• Loção pós-barba: para encobrir cheiro?<br>• Máscara de esquiador? Azul-marinho?<br>• Luvas são escuras<br>• Loção pós-barba = Brut<br>• Cabelo não é castanho<br>• Cicatriz profunda, dedo indicador<br>• Roupa esporte | • Prov. tem casa segura<br>• Localizada perto da:<br>B'way & 82, ShopRite<br>B'way & 96, Anderson Foods<br>Greenwich & Bank, ShopRite<br>Segunda Avenida, 72-73, Grocery World<br>Battery Park City, J&G'S Emporium<br>Segunda Avenida, 1.709, Anderson Foods<br>34 & Lex., Food Warehouse<br>Oitava Avenida & 24, ShopRite<br>Houston & Lafayette, ShopRite<br>Sexta Avenida & Houston, J&G's Emporium<br>Greenwich & Franklin, Grocery World<br>• Prédio antigo, mármore cor-de-rosa | • Táxi Yellow Cab<br>• Sedã modelo recente<br>• Cinza-claro, prateado, bege<br>• Carro de aluguel, prov. roubado | • Conhece proc. CC<br>• Possivelmente tem antec. criminais<br>• Conhece levantamento de impressões digitais<br>• Arma = Colt 32 milímetros<br>• Amarra vít. com nós incomuns<br>• O "antigo" o atrai<br>• Chamou uma vít. de "Hanna"<br>• Sabe alemão básico<br>• Atraído por locais subterrâneos<br>• Dupla personalidade<br>• Talvez padre, assist. social, cons. psicológico<br>• Desgaste incomum nos sapatos. Lê muito?<br>• Escutou som com prazer, enquanto quebrava dedo da vítima |

300

Poderemos também salvar a próxima. Se você...

— Sabe qual é a acusação contra você, policial Sachs? Adivinhe. Você tem o direito de *permanecer* calada. Você vai ser...

— Tudo bem – disse uma voz às costas deles.

Sachs viu Jim Polling vindo em passos largos pela calçada. Tinha a calça e o paletó esporte amassados, como se tivesse dormido com eles, embora os olhos vermelhos sugerissem que ele não dormia há vários dias. Notava-se a barba por fazer e os cabelos amarelos estavam desgrenhados.

Dellray pestanejou, inquieto, embora não fosse o policial que o deixasse nervoso, mas sim o alto promotor federal do Distrito Sul, que vinha atrás de Polling. E, logo atrás, o superintendente Perkins.

— OK, Fred. Solte-os – disse o promotor.

No tom modulado de um locutor de rádio, o Camaleão respondeu:

— Ela roubou provas, senhor. Ela...

— Eu apenas acelerei análises de polícia técnica – disse Sachs.

— Escute... – começou Dellray.

— Nada disso agora – falou Polling, controlado. Nada de ataques de mau humor. – Não, nós *não* vamos escutar. – Virou-se para Sachs e disse secamente: – Mas não tente nenhuma gracinha.

— Não, senhor. Sinto muito, senhor.

O promotor federal dirigiu-se a Dellray:

— Fred, você errou. Coisas da vida.

— Era uma boa pista – disse Dellray.

— Estamos mudando o jogo da investigação – declarou o promotor.

— Conversamos com o diretor e com Comportamento – acrescentou Perkins. – Concluímos que o posicionamento dos detetives Rhyme e Sellitto é o enfoque a seguir.

— Mas meu informante tinha certeza de que *alguma coisa* ia acontecer no aeroporto. Esse não é o tipo de coisa que podemos ignorar.

— A situação se resume ao seguinte, Fred – disse rudemente o promotor. – *O que quer* que o filho-da-puta esteja para fazer, foi a equipe de Rhyme que salvou as vítimas.

Os longos dedos de Dellray se fecharam em punho e abriram-se novamente.

– Compreendo, senhor. Mas...

– Agente Dellray, esta é uma decisão que já foi tomada.

O rosto preto lustroso – tão enérgico no edifício federal ao arregimentar as tropas – tornou-se sombrio, reservado.

– Sim, senhor.

– A última vítima teria morrido se não fosse a intervenção da detetive Sachs – disse o promotor.

– O senhor quer dizer, a *policial* Sachs – disse ela, corrigindo-o. – E o mérito coube principalmente a Lincoln Rhyme. Fui apenas as pernas dele, por assim dizer.

– O caso vai voltar para as autoridades municipais – esclareceu o promotor. – O AT do FBI continuará a cuidar, com efetivos reduzidos, da ligação informante-terrorista. Tudo o que descobrirem deve ser passado aos detetives Rhyme e Sellitto. Dellray, você deverá pôr à disposição deles quaisquer efetivos necessários para trabalhos de busca e vigilância ou resgate de reféns.

– Sim, senhor.

– Ótimo. Quer tirar agora as algemas desses policiais?

Placidamente, Dellray abriu as algemas e enfiou-as no bolso. Dirigiu-se a uma grande van estacionada perto. Quando foi pegar o saco com as provas, Sachs viu-o sozinho sob a luz de um poste, o dedo indicador erguido, alisando o cigarro atrás da orelha. Sentiu pena do agente federal. Em seguida, subiu correndo a escadas, dois degraus de cada vez, tendo às costas Jerry Banks e a cascavel.

– DESCOBRI O QUE É. Bem, quase.

Sachs acabava de entrar na sala de Rhyme quando ele disse isso. E parecia muito satisfeito consigo mesmo.

– Tudo, menos a cascavel e essa pasta sebosa.

Amelia entregou as novas provas a Mel Cooper. A sala tinha sido transformada mais uma vez e as mesas estavam cobertas por novos frascos, potes, caixas e equipamentos de laboratório. Não era lá grande coisa em comparação com a sede dos federais, mas Amelia, estranhamente, sentiu-se como se tivesse voltado para casa.

302

– Diga-me – pediu ela.

– Amanhã é domingo... Desculpe... hoje é domingo. Ele vai incendiar uma igreja.

– Como descobriu isso?

– A data.

– No pedaço de papel? O que ela significa?

– Você já ouviu falar em anarquistas?

– Russos usando capas de chuva e levando bombas do tamanho de bolas de boliche? – perguntou Banks.

– Palavras de um homem que lê revistas em quadrinhos – comentou secamente Rhyme. – Você anda assistindo desenhos animados nas manhãs de sábado, Banks. O anarquismo era um antigo movimento social que queria a abolição do governo. Um anarquista, Enrico Malatesta... o lema dele era "propaganda por atos". Traduzido, isso significa assassinato e mutilação intencional de pessoas. Um de seus seguidores, um americano chamado Eugene Lockworthy, residia em Nova York. Numa manhã de domingo, ele fechou as portas de uma igreja no Upper East Side, pouco depois de iniciado o serviço religioso, e tocou fogo no prédio. Dezoito paroquianos morreram.

– E isso aconteceu no dia 20 de maio de 1906? – perguntou Sachs.

– Exato.

– Não vou perguntar como você descobriu isso.

Rhyme fez uma expressão de indiferença.

– É óbvio. Nosso elemento desconhecido gosta de história, certo? Ele nos deu fósforos e, com isso, está dizendo que planeja um incêndio intencional. Lembrei-me dos incêndios famosos da cidade... o da Triangle Shirtwaist, o do Crystal Palace, o do navio de cruzeiro *General Slocum*... Conferi as datas... Vinte de maio foi o dia do incêndio na Primeira Igreja Metodista.

– Mas onde? – perguntou Sachs. – Na mesma localização daquela igreja?

– Tenho minhas dúvidas – disse Sellitto. – Lá existe agora um arranha-céu comercial. O 238 não gosta de lugares modernos. Tenho alguns homens por ali, que ele vai atacar uma igreja.

– E nós pensamos – continuou Rhyme – que ele vai esperar até começar o serviço religioso.

– Por quê?

– Por que foi isso o que Lockworthy fez – prosseguiu Sellitto. – Estivemos pensando no que Terry Dobyns nos disse: ele está aumentando as apostas. Partindo para múltiplas vítimas.

– De modo que temos um pouco mais de tempo. Até que o serviço comece.

Rhyme olhou para o teto.

– Quantas igrejas há em Manhattan?

– Centenas.

– Essa foi uma pergunta retórica, Banks. Vamos continuar a examinar nossas pistas. Ele vai ter que estreitar o foco, de alguma maneira.

Passos na escada.

Eram os gêmeos.

– Encontramos Fred Dellray no lado de fora.

– Ele não foi nada cordial.

– Nem parecia feliz.

– Ei, veja só isso. – Saul, ou pelo menos Rhyme achava que era Saul, pois tinha esquecido qual dos dois tinha sardas, olhava para a cobra. – Já vi mais dessas aí em uma única noite do que jamais quero ver novamente.

– Cobras? – perguntou Rhyme.

– Nós estivemos na Metamorfose. É um...

– ... lugar muito assustador. Conhecemos o dono. Tipo esquisitíssimo. Como se poderia imaginar.

– Barba comprida, bem comprida. Eu gostaria de não ter ido lá à noite – continou Bedding.

– Eles vendem morcegos e insetos empalhados. Alguns desses insetos...

– Têm 15 centímetros de comprimento.

– ... e criaturas como essa aí – completou Saul, apontando para a serpente.

– Escorpiões, um bocado de escorpiões.

– A loja foi arrombada há um mês e imagine só o que levaram? O esqueleto de uma cascavel.

– Ocorrência comunicada? – perguntou Rhyme.

– Comunicada.

– Mas o prejuízo do comerciante foi de apenas uns cem dólares, ou por aí. De modo que as investigações não foram muito longe.

– Mas conte a eles.

Saul assentiu.

– A cobra não foi a única coisa que levaram. Quem quer que tenha arrombado a loja levou também umas duas dúzias de ossos.

– Ossos humanos? – perguntou Rhyme.

– Isso mesmo. Foi o que o dono da loja achou mais esquisito. Alguns daqueles insetos...

– Não têm nada 15 centímetros, eu diria que no máximo uns 8, por aí.

– ... valem de trezentos a quatrocentos dólares. Mas tudo o que o criminoso levou foram a cobra e alguns ossos.

– Alguns ossos em particular? – indagou Rhyme.

– Uma grande variedade. Como diria Whitman.

– Palavras dele, não nossas.

– Principalmente, ossos pequenos. De mão e pé. E uma costela, talvez duas.

– Ele não tinha certeza.

– Alguma queixa de roubo?

– De ossos roubados? Não.

Os Irmãos Hardy foram embora, a caminho da última cena de crime, onde interrogariam possíveis testemunhas.

Rhyme começou a pensar na cobra. Estaria ela lhes dando uma localização? Tinha alguma relação com o incêndio da Primeira Igreja Metodista? Se cascavéis fossem animais nativos de Manhattan, o desenvolvimento urbano teria muito tempo antes bancado o São Patrício e expurgado a ilha de sua presença. Estaria ele fazendo um trocadilho com as palavras *cobra* e *cascavel*?

De repente, compreendeu.

– A cobra é para nós.

— Para nós? – riu Banks.

— É uma bofetada no rosto.

— De quem?

— De todos os que estão à procura dele. Acho que é uma brincadeira de mau gosto.

— Não estou achando muita graça nisso – disse Sachs.

— Sua cara é muito engraçada – comentou Banks com um sorriso.

— Acho que somos melhores do que ele esperava, e ele não está nada feliz com isso. Ele é louco e está nos desafiando. Thom, acrescente isso ao perfil, por favor. Ele está zombando de nós.

O telefone de Sellitto tocou. Atendeu-o, dizendo:

— Emma, querida, o que você conseguiu? – Assentiu repetidas vezes, enquanto tomava notas. Em seguida, anunciou: – Roubos de carros de aluguel. Dois carros da Avis desapareceram na semana passada, quando alugados, um em Midtown. Estão fora porque as cores não batem: vermelho, verde e branco. Nenhum da National. Quatro da Hertz sumiram? Três em Manhattan – um deles de uma loja no centro, no East Side, outro em Midtown e o terceiro no Upper West Side. Dois deles verdes e – isto poderia ser uma pista – outro marrom. Mas um Ford prateado foi também roubado em White Plains. Eu voto nesse.

— Concordo – disse Rhyme. – White Plains.

— Como você pode saber? – perguntou Sachs. – Monelle disse que o carro poderia ser bege ou prateado.

— Porque nosso rapaz mora na cidade – explicou Rhyme –, e se vai roubar um carro, ele fará isso o mais longe que puder de sua casa segura. É um Ford, foi o que você disse?

Sellitto fez uma pergunta a Emma e confirmou.

— Taurus. Modelo deste ano. Interior cinza-escuro. O número da placa é irrelevante.

Rhyme concordou.

— A primeira coisa que ele mudou foram as placas. Agradeça a ela e diga-lhe para ir dormir um pouco. Mas que não se afaste muito do telefone.

— Consegui alguma coisa, Lincoln – gritou Mel Cooper.

– O quê?

– A pasta sebosa. Estou confrontando-a com o banco de dados de nomes de marca. – Olhou para a tela. – Referências cruzadas... Vejamos, a correspondência mais provável é Kink-Away. Um alisador de cabelos.

– Politicamente incorreto, mas útil. Esse dado nos coloca no Harlem, você não acha? Reduz consideravelmente o número de igrejas.

Banks examinava as agendas de serviços religiosos nos jornais.

– Contei 22.

– Quando começam os serviços?

– Três igrejas têm serviço às 8 horas. Seis às 9 horas. Uma às 9h30. O restante às 10 ou 11 horas.

– Ele vai escolher uma das que começam mais cedo. Já nos deu as horas para descobrir o local.

– Vou mandar Haumann reunir novamente o pessoal da UOE.

– O que me diz de Dellray? – perguntou Sachs. Ela imaginou o agente sozinho, largado, em uma esquina próxima.

– O que é que tem ele? – perguntou Sellitto.

– Ora, vamos incluí-lo. Ele quer muito um pedaço desse cara.

– Perkins disse que ele devia ajudar – sugeriu Banks.

– Você o quer, realmente? – perguntou Sellitto, intrigado.

Sachs assentiu.

– Claro.

Rhyme concordou:

– Tudo bem, ele pode dirigir os grupos da S&S federal. Quero um grupo em cada igreja, imediatamente. Todas as entradas vigiadas. Mas devem ficar fora de vista. Não quero assustar nosso rapaz. Talvez possamos flagrá-lo no ato.

Sellitto recebeu um telefonema. Levantou a cabeça, os olhos fechados.

Jesus.

– Oh, não – murmurou Rhyme.

O detetive enxugou o rosto suado e confirmou.

– A Central recebeu um 911 do gerente noturno de um hotel.

307

Qual? O Midtown Residence Hotel? Uma mulher e a filha ligaram do La Guardia, dizendo que iam pegar um táxi. Isso foi há algum tempo. Não chegaram ao hotel. Com todas essas notícias sobre seqüestros, ele achou que devia telefonar. O nome dela é Carole Ganz. De Chicago.

– Diabos – murmurou Banks. – Uma menina, também? A gente devia tirar todos os táxis da cidade até pegarmos esse cara pelo cu.

Rhyme estava devastado pelo cansaço. A cabeça protestava. Lembrou-se de quando processou uma cena de crime em uma fábrica de bombas. Nitroglicerina tinha vazado dos pacotes de dinamite e se infiltrado em uma cadeira na qual ele tinha que procurar vestígios. A nitro produzia dores de cabeça lancinantes.

A tela do computador de Cooper piscou.

– E-mail – anunciou ele, lendo a mensagem. – Polarizaram as amostras do celofane que a UOE reuniu. Acham que o pedaço que encontramos no osso, na cena da Pearl Street, veio de um ShopRite. É parecido com o celofane que usam.

– Ótimo – disse Rhyme. Indicou o pôster. – Risque todos os mercados, menos os ShopRites. Que localizações temos agora?

Observou Thom riscando os mercados e deixando apenas quatro:

B'Way & 82
Greenwich & Bank
Oitava Avenida & 24
Houston & Lafayette

– Isso nos deixa com o Upper West Side, West Village, Chelsea e Lower East Side.

– Mas ele poderia ter ido comprá-las em qualquer um desses lugares.

– Certo, poderia ter feito isso, Sachs. E também comprado a vitela em White Plains, quando roubou o carro. Ou em Cleveland, visitando a mãezinha dele. Mas, veja bem, há um momento em que elementos desconhecidos se sentem confiantes em suas manobras de despistamento e deixam de cobrir seu rastro. Os estúpidos... e os preguiçosos jogam a arma fumegante no latão de lixo atrás do prédio onde moram e continuam em sua alegre vidinha. Os espertos colocam-na em um balde de massa corrida e jogam-no no Hell Gate. Os brilhantes entram furtivamente em uma refinaria e vaporizam a arma em uma fornalha a 5 mil graus centígrados. O nosso elemento desconhecido é esperto, claro. Mas é também igual a todos os outros criminosos na história do mundo. Ele tem limites. Aposto que ele acha que não teremos tempo ou disposição para procurá-lo, ou localizar sua casa segura, porque estaremos ocupados demais com as pistas plantadas por ele. E, claro, ele está errado. É *exatamente* assim que vamos encontrá-lo. Agora, vamos ver se nos aproximamos um pouco mais de seu covil. Mel, alguma coisa nas roupas da vítima da última cena?

A água da maré, porém, havia lavado tudo da roupa de William Everett.

– Você disse que eles lutaram, Sachs? O elemento e Everett?

– Não foi exatamente uma grande briga. Everett pegou-o pela camisa.

Rhyme estalou a língua.

– Devo estar ficando cansado. Se tivesse me lembrado, teria pedido para você raspar embaixo das unhas dele. Mesmo que ele estivesse debaixo d'água esse seria o único lugar...

– Aqui está – disse ela, estendendo dois pequenos sacos plásticos.

– Você raspou?

Ela confirmou.

– Mas por que dois sacos?

Pegando um saco e depois o outro, ela respondeu:

– Mão esquerda, mão direita.

Mel Cooper deu uma gargalhada.

– Nem mesmo *você* pensou em sacos separados para guardar raspas, Lincoln. É uma grande idéia.

– Diferenciar as mãos – grunhiu Rhyme – *poderia* ter algum pequeno valor probatório.

– Uau – comentou Cooper, ainda rindo –, isso significa que ele acha uma idéia brilhante e que lamenta não ter pensado nisso antes.

O técnico examinou as raspas.

– Há um pouco de pó de tijolo.

– Não havia tijolo em parte alguma em volta do cano de esgoto ou no campo – disse Sachs.

– São fragmentos. Mas há alguma coisa presa ao pó. Não sei o quê.

– Isso não podia ter vindo do túnel do curral? – perguntou Banks. – Ali havia muito tijolo, certo?

– Tudo *aquilo* foi obra da Annie Oakley* aqui – disse Rhyme, acenando melancolicamente para Sachs. – Não, lembrem-se, o elemento foi embora antes que ela atirasse nos ratos. – Mas depois cerrou as sobrancelhas e inclinou o pescoço para a frente. – Mel, quero ver esse tijolo. No microscópio. Há alguma maneira de eu fazer isso?

Cooper olhou para o computador de Rhyme.

– Acho que podemos fazer uma ligação. – Ligou um cabo de seu computador ao microscópio composto e em seguida procurou alguma coisa em uma grande valise. Tirou um fio comprido, grosso, cinzento. – Isto é um cabo serial.

Ligou o seu computador ao de Rhyme e transferiu-lhe alguns programas. Em cinco minutos, deliciado, Rhyme via exatamente o que Cooper examinava através da ocular.

Os olhos do criminalista examinaram o fragmento de tijolo, enormemente ampliado. E riu alto.

– Ele se superou. Estão vendo essas bolhas brancas presas ao tijolo?

– O que são? – perguntou Sellitto.

– Parece cola – sugeriu Cooper.

– Exatamente. De uma escova adesiva para retirar pêlos de animais. Criminosos realmente cautelosos usam-nas para limpar vestígios em si mesmos. Mas o tiro saiu pela culatra. Alguns pedaços do adesivo devem ter se despregado da escova e colaram-se à roupa dele. De modo que *sabemos* que isso veio de sua casa segura. Manteve o fragmento de tijolo no lugar até que Everett pegou-o com as unhas.

– O tijolo nos diz alguma coisa? – perguntou Sachs.

---

*Famosa atiradora do século XIX. (*N. do R.*)

310

– É antigo. E caro. O tijolo barato era muito poroso porque os fabricantes acrescentavam enchimento. Acho que a casa dele é de alguma antiga instituição ou foi construída por um cara rico. Tem pelo menos cem anos de idade. Talvez mais.

– Ah, lá vamos nós de novo – disse Cooper. – Outro pedacinho da luva, ao que parece. Se essa porcaria continuar a desintegrar-se, chegaremos às cristas de atrito logo logo.

A tela de Rhyme piscou e, um momento depois, apareceu o que ele reconheceu como um pedacinho de couro.

– Estranho – disse Cooper.

– Não é vermelha – observou Rhyme. – Como as outras partículas. Esse ponto é preto. Passe-o pelo microespectro-fotômetro.

Cooper fez o teste e deu um tapinha na tela:

– É couro. Mas a tintura é diferente. Talvez manchada ou esmaecida.

Rhyme concordou, olhando atentamente para o pontinho na tela, quando se deu conta de que estava com um problema. Problema sério.

– Ei, você está bem?

Foi Sachs quem falou.

Rhyme não respondeu. Pescoço e mandíbula começaram a tremer violentamente. Uma sensação como que de pânico subiu da extremidade superior da espinha despedaçada e chegou até o couro cabeludo. Em seguida, como se um termostato tivesse sido ativado, os arrepios na pele desapareceram e ele começou a suar. O suor escorreu e provocou uma horrível coceira no rosto.

– Thom! – murmurou ele. – Thom, está acontecendo!

Em seguida, arquejou quando a dor de cabeça queimou-lhe o rosto e subiu pelas paredes internas do crânio. Rilhou os dentes, balançou a cabeça, fez tudo o que podia para neutralizar a dor insuportável. Nada funcionou. A luz na sala piscou. A dor era tão forte que sua reação foi fugir dela, usando as pernas encurvadas que não se moviam há anos.

– Lincoln! – gritou Sellitto.

– O rosto dele! – arquejou Sachs. – Está vermelho vivo!

E as mãos, brancas como marfim. Todo o corpo abaixo da latitude mágica da C4 estava ficando branco. O sangue de Rhyme, na desesperada missão para chegar aonde pensava que era necessário, encheu os minúsculos capilares do cérebro, dilatando-os, ameaçando partir os delicados filamentos.

Agravando-se o ataque, Rhyme notou Thom debruçado sobre ele, jogando para longe os cobertores. Viu Sachs dando um passo à frente, seus radiantes olhos azuis apertados de preocupação. A última coisa que viu antes da escuridão foi o falcão abrindo as asas enormes e decolando do peitoril da janela, assustado com a explosão inesperada de atividade na sala, procurando refúgio no ar quente que pairava sobre as ruas vazias da cidade.

## 24

Quando Rhyme desmaiou, Sellitto foi o primeiro a chegar ao telefone.

– Ligue 911 para Socorro Urgente – disse Thom. – Em seguida, ligue para esse número aí. Discagem rápida. É o número de Pete Taylor, nosso especialista em coluna vertebral.

Sellitto fez as ligações.

Thom gritou:

– Preciso de ajuda aqui. Alguém!

Sachs era quem estava mais perto. Aproximou-se de Rhyme. O ajudante havia agarrado o homem inconsciente por debaixo dos braços e o colocado mais alto na cama. Puxou, rasgando, a camisa, e examinou o peito lívido, dizendo:

– Todo mundo, por favor, nos deixem sozinhos.

Sellitto, Banks e Cooper hesitaram por um momento e em seguida saíram. Sellitto fechou a porta.

Uma caixa de cor bege apareceu nas mãos do ajudante. Continha comutadores e botões no alto e dela saía um fio que terminava em um disco plano, que ele colocou sobre o peito de Rhyme e prendeu com um esparadrapo.

– Estimulador do nervo frênico. Isso o manterá respirando.

Ligou a máquina.

Thom passou uma braçadeira de pressão arterial em volta do braço de Rhyme, que estava branco como alabastro. Com um choque, Sachs deu-se conta de que o corpo de Rhyme não tinha rugas. Ele estava pela casa dos quarenta anos e tinha o corpo de um rapaz de vinte.

– Por que o rosto dele está tão vermelho? Parece que ele vai explodir.

– Está explodindo – disse Thom, puxando uma maleta de médico de baixo de uma mesa-de-cabeceira. Abriu-a e continuou a tomar a pressão arterial. – Disreflexia... Todo o estresse de hoje... mental *e* físico. Ele não está acostumado.

– Ele disse o tempo todo que estava cansado.

– Eu sei. E não dei a devida atenção. Shhhh. Tenho que escutar.

Ligou o estetoscópio aos ouvidos, inflou a braçadeira e deixou o ar escapar lentamente. Olhou para o relógio. Suas mãos eram firmes como rocha.

– Merda. Diastólica 1 por 25. Merda.

Pai do céu, pensou Sachs. Ele vai ter um derrame.

Thom indicou a bolsa preta.

– Procure o vidro de nifediplina. E pegue uma dessas seringas.

Enquanto ela procurava, Thom abriu o pijama de Rhyme, pegou um cateter ao lado da cama e abriu o invólucro plástico. Lubrificou a extremidade com gel, levantou o pênis esbranquiçado de Rhyme e inseriu suave mas rapidamente a ponta na glande.

– Esta é parte do problema. Pressão intestinal e urinária podem provocar um ataque. Hoje ele bebeu mais do que devia.

Sachs abriu a seringa hipodérmica e disse:

– Não sei como aplicar uma injeção.

– Eu faço isso. – Thom fitou-a. – Eu poderia lhe pedir... você se importaria em fazer isso? Não quero que o tubo se dobre.

Claro. Certo.

– Quer uma luva?

Ela calçou um par de luvas e, cuidadosamente, pegou o pênis de Rhyme com a mão esquerda. Segurou o tubo com a mão direita. Havia passado muito, muito tempo, desde que tocara em um homem nesse lugar. A pele era macia e ela pensou como era estranho que essa parte do homem seja, na maior parte do tempo, delicada como seda.

Thom aplicou com perícia a injeção.

– Acorde, Lincoln...

A distância, ouviram o som de uma sirene.

– Eles estão quase chegando – disse ela, olhando pela janela.

– Se não conseguirmos que ele recupere os sentidos agora, não há nada que a emergência possa fazer.

– Quanto tempo para o remédio fazer efeito?

Thom olhou para Rhyme, inerte, e disse:

– Já devia ter feito. Mas se eu aplicasse uma dose alta demais ele entraria em choque.

O ajudante inclinou-se e ergueu uma pálpebra do doente. A pupila azul estava vidrada, desfocalizada.

– Isso não é bom. – Tomou novamente a pressão. – 1 por 50. Cristo.

– O remédio vai matá-lo – disse Sachs.

– Oh, o problema não é esse.

– O quê? – perguntou, chocada, Sachs.

– Ele não se importa em morrer. – Olhou para Amelia, como se surpreso por ela não ter compreendido esse fato. – Ele simplesmente não quer ficar mais paralisado do que já está. – Preparou outra injeção. – Ele pode ter tido um derrame. É *isso* que o apavora.

Thom inclinou-se outra vez e aplicou mais uma injeção com o medicamento.

A sirene estava mais próxima. E sons de buzina, também. Carros deviam estar bloqueando a ambulância, sem pressa de se afastarem – uma das coisas que enfureciam Sachs.

– Você pode tirar o cateter agora.

Cuidadosamente, ela puxou o tubo.

– Eu deveria... – E com um movimento de cabeça indicou o saco de coleta de urina.

Thom pôs nos lábios um fraco sorriso.

– Esse é meu trabalho.

Passaram-se vários minutos. Aparentemente, a ambulância não estava conseguindo furar o bloqueio, mas então uma voz soou num alto-falante e gradualmente o som da sirene aproximou-se mais.

De repente, Rhyme se mexeu. A cabeça sacudiu-se de leve. Balançou para a frente e para trás, pressionou o travesseiro. A pele perdeu um pouco do tom avermelhado.

– Lincoln, você está me ouvindo?

– Thom – gemeu ele.

Rhyme tremia violentamente. Thom cobriu-o com um lençol.

Quando deu por si, Sachs estava alisando os cabelos emaranhados de Rhyme. Pegou um lenço de papel e enxugou-lhe a testa.

Passos soaram na escada e dois corpulentos paramédicos apareceram, os rádios crepitando. Entraram rapidamente no quarto, tomaram a pressão arterial de Rhyme e examinaram o estimulador neural. Pouco depois, o Dr. Peter Taylor entrou apressadamente.

– Peter – disse Thom. – Disreflexia.

– Pressão?

– Está baixando. Mas foi ruim. Chegou a 50.

O médico se encolheu.

Thom apresentou o médico à equipe do pronto-socorro. Eles pareceram aliviados por um especialista estar ali e se afastaram quando Taylor se aproximou da cama.

– Doutor... – disse Rhyme, ainda zonzo.

– Vamos dar uma olhada nesses olhos.

Taylor lançou uma luz dentro das pupilas de Rhyme. Sachs examinou o rosto do médico em busca de uma reação e ficou perturbada ao vê-lo franzir as sobrancelhas.

– Não preciso do estimulador neural – murmurou Rhyme.

– Você e seus pulmões, certo? – perguntou ironicamente o médico. – Bem, vamos deixá-lo funcionando por mais algum tempo. Até descobrirmos o que exatamente está acontecendo aqui. – Olhou para Sachs. – Talvez seja melhor você esperar lá embaixo.

TAYLOR APROXIMOU-SE MAIS e Rhyme notou gotas de suor porejando o couro cabeludo do médico, sob os cabelos.

As mãos hábeis do médico levantaram uma pálpebra, olhou para uma pupila e em seguida para a outra. Preparou o aparelho e tomou novamente a pressão de Rhyme, os olhos distantes, com aquela concentração de médicos perdidos em suas tarefas minuciosas, vitais.

– Está se aproximando do normal – anunciou. – Como está a urina?

– 1.100cc – respondeu Thom.

Taylor fechou a cara.

– Andou negligenciando coisas? Ou simplesmente foi bebida demais?

Rhyme fez uma carranca em resposta.

– Estávamos distraídos com outras coisas, doutor. Esta noite foi muito agitada.

Taylor seguiu o movimento de cabeça de Rhyme e olhou surpreso em volta da sala, como se alguém tivesse introduzido aquele equipamento ali enquanto ele estava distraído.

– O que significa tudo isso?

– Fui tirado de minha aposentadoria.

A expressão de perplexidade de Taylor transformou-se em um sorriso.

– Já não era sem tempo. Venho enchendo você há meses para que faça alguma coisa de sua vida. Bem, e a situação dos intestinos?

– Provavelmente, 12, 14 horas – respondeu Thom

– Descuido seu – repreendeu-o Taylor.

– Não foi culpa *dele* – disse secamente Rhyme. – Tive o quarto cheio de gente o dia todo.

– Não quero desculpas – respondeu seco por sua vez o médico.

Esse era Pete Taylor, que nunca falava *por intermédio* de outra pessoa quando conversava com Rhyme e que nunca deixava que seu paciente intimidador o intimidasse.

– É melhor cuidarmos das coisas.

Calçou luvas cirúrgicas e inclinou-se sobre o torso de Rhyme. Os dedos começaram a manipular o abdome para enganar os intestinos preguiçosos e fazer com que eles fizessem o que tinham que fazer. Thom levantou as cobertas e colocou em posição as fraldas descartáveis.

Um momento depois, o trabalho foi feito e Thom limpou o patrão.

Subitamente, Taylor disse:

– Então, você desistiu daquele absurdo, espero? – enquanto o observava atentamente.

*Aquele absurdo...*

Ele se referia ao suicídio. Olhando para Thom, Rhyme respondeu:

– Não ando pensando nisso já há algum tempo.

– Ótimo. – Taylor olhou para os instrumentos espalhados sobre a mesa. – É nisso que você deve pensar. Talvez o departamento volte a incluí-lo na folha de pagamento.

– Acho que não passaria no exame físico.

– E a cabeça, como vai?

– Uma dezena de bate-estacas trabalhando chegariam perto de descrevê-la. Meu pescoço, também. Já tive duas cãibras hoje.

Taylor foi até atrás da cabeceira da Clinitron e pressionou com os dedos os dois lados da espinha de Rhyme, onde – desconfiava Rhyme, embora nunca tivesse visto aquele ponto, claro – estavam as cicatrizes bem visíveis das incisões das operações por que tinha passado durante esses anos todos. Taylor aplicou-lhe uma massagem, pressionando fundo os dedos nas fibras rígidas dos músculos dos ombros e do pescoço. Lentamente, a dor desapareceu.

Sentiu os polegares do médico pararem no que achou que era a vértebra despedaçada.

*A nave espacial, a arraia...*

– Algum dia, vão dar um jeito nisso – disse Taylor. – Algum dia, não vai ser pior do que quebrar uma perna. Escute o que estou dizendo. Prevejo isso.

QUINZE MINUTOS DEPOIS, Peter Taylor desceu a escada e juntou-se aos policiais na calçada.

– Ele está bem? – perguntou ansiosamente Amelia Sachs.

– A pressão baixou. Ele precisa, acima de tudo, de repouso.

O médico, um homem de aparência comum, deu-se conta subitamente de que estava falando com uma mulher muito bela. Alisou os cabelos grisalhos e lançou um olhar discreto ao corpo esguio e flexível. Os olhos passaram em seguida aos carros da radiopatrulha estacionados em frente à casa e perguntou:

– Que caso é esse em que ele está ajudando vocês?

Sellitto demorou-se, como acontece com todos os detetives quando ouvem essa pergunta de parte de um civil. Sachs, porém, adivinhou que Taylor e Rhyme eram amigos íntimos e respondeu:

– Os seqüestros. Ouviu falar neles?

– O caso do motorista de táxi? Está em todos os noticiários. Bom para ele. Trabalhar é a melhor coisa que pode lhe acontecer. Ele precisa de amigos e de um objetivo na vida.

Thom apareceu no alto da escada.

– Ele disse obrigado, Pete. Bem, ele não disse realmente obrigado. Mas era o que queria dizer. Você sabe como ele é.

– Seja honesto comigo – disse Taylor, a voz baixa, em tom conspiratório: – Ele ainda está pensando em conversar com eles?

Mas, quando Thom respondeu "Não, não está", alguma coisa no tom da voz disse a Sachs que ele estava mentindo. Não sabia o que era ou que importância poderia ter. Mas incomodava.

*Pensando em conversar com eles?*

De qualquer modo, aparentemente Taylor não percebeu a falsidade da resposta do ajudante.

– Volto aqui amanhã para ver como ele está passando.

Thom respondeu que agradecia muito, Taylor pendurou a maleta no ombro e se afastou. O ajudante chamou Sellitto com um gesto:

– Ele gostaria de lhe falar por um minuto.

O detetive subiu rápido a escada. Entrou na sala e, minutos depois, ele e Thom desceram. Sellitto, solene olhou para Sachs e disse:

– Você, agora.

E com um meneio da cabeça indicou a escada.

DEITADO NA CAMA, Rhyme tinha os cabelos despenteados, mas o rosto não estava mais vermelho nem as mãos cor de marfim. O quarto cheirava a alguma coisa madura, visceral. Lençóis limpos forravam a cama e a roupa dele tinha sido novamente mudada. Dessa vez, o pijama era tão verde quanto o terno de Dellray.

– Esse é o pijama mais feio que já vi em toda a minha vida – disse ela. – Foi presente de sua ex, não?

– Como foi que adivinhou? Presente de aniversário... Desculpe pelo susto que dei – disse ele, desviando os olhos.

Ele pareceu subitamente tímido e isso perturbou-a. Pensou no pai, na sala pré-operatória no Sloan-Kettering, antes de o levarem para fazer uma cirurgia exploratória, da qual ele nunca acordou.

– Desculpe?   perguntou ela, ameaçadora. – Não quero ouvir mais essa merda, Rhyme.

Ele fitou-a durante um minuto e disse:

– Vocês dois vão se dar bem.

– Nós dois?

– Você e Lon. Mel, também, claro. E Jim Polling.

– O que quer dizer com isso?

– Estou me aposentando.

– Você está *o quê*?

– Penoso demais para um velho, lamento dizer.

– Mas você não pode desistir. – Acenou para o pôster de Monet. – Olhe só para tudo o que descobrimos sobre 238. Estamos tão perto dele.

– Por isso mesmo, vocês não vão precisar de mim. Tudo de que precisam é de um pouco de sorte.

– Sorte? Foram necessários anos para pegar Bundy. E o que você diz do Zodíaco? E do Lobisomem?

– Nós temos boa informação aqui. Informação segura. Você vai descobrir algumas boas pistas. Você vai pegá-lo, Sachs. Será seu canto de cisne antes de a trancarem em Assuntos Públicos. Estou com um palpite de que 238 está ficando ousado. Eles podem pegá-lo na igreja.

– Você parece estar bem – disse ela após um momento, embora ele não parecesse.

Rhyme soltou uma risada. Que em seguida desapareceu.

– Estou muito cansado. E machucado. Droga, acho que sinto dor em lugares onde os médicos dizem que *não posso* sentir nada.

– Faça o que eu faço. Tire uma soneca.

Ele tentou uma risada de zombaria, mas o som saiu fraco. Ela odiou vê-lo nesse estado. Ele tossiu por um instante, olhou para o estimulador neural e fez uma careta, como se envergonhado por depender de uma máquina.

– Sachs... acho que não vamos trabalhar juntos novamente. Eu só queria dizer que você tem uma boa carreira pela frente, faz as opções certas.

– Bem, vou voltar para vê-lo, depois de pegarmos aquele mau elemento.

– Eu gostaria que viesse. Estou satisfeito porque você foi o primeiro policial a chegar ontem à cena do crime. Não há ninguém no mundo que eu preferisse para percorrer uma cena comigo.

– Eu...

– Lincoln – disse uma voz.

Ela virou-se e viu um homem à porta. Ele olhou curioso em volta da sala, impressionado com todo aquele equipamento.

– Ao que parece, houve um bocado de agitação por aqui.

– Doutor – disse Rhyme, o rosto se abrindo em um sorriso. – Por favor, entre.

Ele entrou e disse:

– Recebi a mensagem de Thom. Emergência? Foi o que ele disse.

– Dr. William Berger, apresento-lhe Amelia Sachs.

Sachs, porém, percebeu que ela já tinha deixado de existir no universo de Lincoln Rhyme. O que quer que restasse para ser dito – e ela achava que havia algumas coisas, talvez muitas – teria que esperar. Passou pela porta. Thom, que estava no passadiço do outro lado, fechou-a às suas costas e, sempre educado, parou, indicando com a cabeça que ela fosse na frente.

SAINDO PARA A NOITE sufocante, ela ouviu uma voz.

– Queira desculpar.

Virou-se e viu o Dr. Peter Taylor sob uma árvore de nogueira-do-japão.

– Posso lhe falar por um minuto?

Sachs acompanhou-o pela calçada até algumas portas adiante.

– Sim? – perguntou.

Ele encostou-se em um muro de pedra e passou outra vez uma tímida mão pelos cabelos. Sachs lembrou-se de quantas vezes tinha intimidado homens com uma única palavra ou olhar. E pensou, como freqüentemente fazia: o que pode ser mais inútil do que a beleza?

– Você é amiga dele, certo? – perguntou o médico. – Quero dizer, você trabalha com ele, mas é também amiga dele.

– Sou. Acho que sou.

– Aquele homem que acaba de entrar. Sabe quem é?

– Berger, acho. Médico.

– Ele lhe disse de onde é?

– Não.

Durante um momento, Taylor olhou para a janela do quarto de Rhyme. E perguntou:

– Já ouviu falar na Sociedade Lethe?

– Não, oh, espere... É o grupo de eutanásia, certo?

Taylor confirmou.

– Conheço todos os médicos de Lincoln. E nunca ouvi falar em Berger. Eu estava justamente pensando que ele talvez esteja com eles.

– O quê?

*Está ainda conversando com eles...*

Então, era a *isso* que a conversa aludia.

Amelia perdeu o fôlego com o choque.

– Será que ele... que ele falou seriamente sobre isso antes?

– Oh, sim, falou – suspirou Taylor e olhou para o céu enevoado da noite. – Oh, sim. – Olhou para o nome dela no crachá. – Policial Sachs, passei horas tentando convencê-lo a não fazer isso. Dias. Mas trabalho também há anos com tetraplégicos e sei como são teimosos. Talvez ele a escutasse. Apenas algumas palavras. Eu estava pensando... Você poderia...

– Oh, droga, Rhyme – murmurou ela e começou a descer a calçada correndo, deixando a frase do médico pela metade.

Chegou à porta da frente da casa no momento em que Thom a estava fechando. Empurrou-o para um lado.

– Esqueci minha caderneta de notas.

– Sua...

– Volto logo.

– Você não pode subir. Ele está com o médico.

– Vai ser apenas um segundo.

Já estava no alto da escada antes que Thom começasse a subir atrás dela.

Ele sabia que aquilo era mentira dela, porque subiu dois degraus de cada vez. Mas ela contava com uma boa vantagem e abriu a porta de Rhyme antes que o ajudante chegasse ao alto da escada.

Empurrou a porta, surpreendendo Rhyme e o médico, que estava inclinado sobre a mesa, os braços cruzados. Fechou a porta e passou a chave. Thom começou a bater do lado de fora. Berger voltou-se para ela com uma expressão de curiosidade no rosto.

– Sachs! – explodiu Rhyme.

– Preciso falar com você.

– Sobre o quê?

– Sobre você.

– Mais tarde.

– Quanto tempo mais tarde, Rhyme? – perguntou ela, sarcástica. – Amanhã? Na próxima semana?

– O que você quer dizer com isso?

– Quer que eu marque uma reunião para, talvez, dentro de uma semana a partir de quarta-feira? Você poderá comparecer? Você estará *por aqui*?

– Sachs...

– Eu quero falar com você. A sós.

– Não.

– Neste caso, vamos fazer isso na marra. – Aproximou-se de Berger. – Você está preso. Acusado de tentativa de colaborar em um suicídio.

As algemas brilharam, clique, clique, e se fecharam em uma mancha prateada em volta dos punhos do médico.

Ela achava que o prédio era uma igreja.

Carole Ganz estava estirada no chão do porão. Um único feixe de luz fria, oblíqua, caía sobre a parede, iluminando uma estampa ordinária de Jesus e uma pilha de volumes mofados de Histórias da Bíblia. Algumas cadeiras minúsculas – para alunos do catecismo – estavam arrumadas no centro do cômodo.

Continuava algemada e amordaçada. Ele a amarrou também a um cano com um pedaço de corda de varal de roupa, de mais ou menos 1,20 metro de comprimento.

Em uma mesa próxima, viu a parte superior de uma grande jarra de vidro.

Se pudesse derrubar a jarra, poderia usar o vidro para cortar a corda. A mesa parecia fora de seu alcance. Rolou, porém, sobre um lado e começou a se contorcer, como uma lagarta, em direção à mesa.

Isso lembrou-lhe Pammy quando era bebê, rolando na cama entre ela e Ron. Pensou na filha, sozinha naquele horrível porão, e começou a chorar.

*Pammy, ursinho, bolsa.*

Durante um momento, um curto momento, entregou-se ao desespero. Como desejava jamais ter deixado Chicago.

Não, pare de pensar assim! Deixe de sentir pena de si mesma! Essa foi a coisa absolutamente certa a fazer. Você fez isso por Ron. E também por você. Ele se orgulharia de você. Kate lhe disse isso milhares de vezes e acreditava nisso.

Voltou a lutar. Aproximou-se uns 30 centímetros da mesa.

Tonta, não podia pensar direito.

A garganta lhe doía com uma sede horrível. E com o mofo e os fungos no ar.

Rastejou um pouco mais e parou sobre um lado do corpo, recuperando o fôlego, olhando fixamente para a mesa. Aquilo parecia impossível. Qual a utilidade disso?, pensou.

Imaginou o que estava se passando na cabeça de Pammy.

Seu filho-da-puta!, pensou. Vou *matá-lo* por isso!

Esperneou, esforçando-se para mover-se um pouco mais pelo chão. Mas, em vez disso, perdeu o equilíbrio e caiu de costas. Arquejou, sabendo o que ia acontecer. Não! Com um alto som seu punho quebrou. Gritou através da mordaça. Perdeu os sentidos. Ao recuperar a lucidez um momento depois, foi dominada pela vontade de vomitar.

Não, não, não... Se vomitasse, morreria. Com a mordaça na boca, seria a morte.

Combata essa vontade! Lute contra ela. Vamos. Você pode fazer isso. Lá vou eu... Engulhou uma vez. Outra vez.

Não! Controle isso.

O vômito subindo à garganta.

Controle...

Controle isso...

E controlou. Respirando pelo nariz, concentrando-se em Kate, Eddie e Pammy, na mochila amarela que continha suas preciosas posses. Vendo-a, imaginando-a de todos os ângulos. Toda a sua vida estava ali. Sua *nova* vida.

Ron, não quero pôr isso a perder. Vim aqui por sua causa, querido...

Fechou os olhos. Pensou: respire fundo, inalando, exalando.

Finalmente, a náusea passou. Um momento depois, sentiu-se melhor e, embora chorando de dor pelo punho quebrado, conseguiu continuar a arrastar-se como uma lagarta na direção da mesa. Trinta centímetros. Sessenta centímetros.

Sentiu uma pancada quando a cabeça colidiu com o pé da mesa. Conseguiu tocar a mesa e não podia mover-se mais à frente. Sacudiu a cabeça para a frente e para trás, batendo com força no móvel. Ouviu a jarra mexer-se, mudando de posição no tampo da mesa. Olhou para cima.

Um pedaço da jarra estava aparecendo do outro lado da borda. Empurrou a cabeça para trás e bateu na perna da mesa pela última vez.

Não! Com a pancada, empurrou a perna da mesa para fora de seu alcance. A jarra balançou por um momento, mas continuou no mesmo lugar. Carole lutou para conseguir mais folga da corda, mas não deu.

Droga. Oh, droga! Olhando impotente para a jarra, notou que ela estava cheia de um líquido e que alguma coisa flutuava ali. O que *era* aquilo?

Arrastou-se para a parede por uns 30 ou 60 centímetros e olhou.

Parecia que ali dentro havia uma lâmpada elétrica. Não, não a lâmpada inteira, mas apenas o filamento e a base, enfiada em um soquete. Um fio corria do soquete na jarra para um daqueles cronômetros que acendem e apagam luzes quando a gente sai de férias. Aquilo parecia...

Uma bomba! Nesse momento, sentiu o cheiro leve de gasolina.

Não, não...

Começou a rastejar para longe da mesa o mais rápido que podia, soluçando em desespero. Havia um arquivo junto da parede. Ele lhe daria alguma proteção. Puxou as pernas para cima, sentiu um calafrio de pânico e estirou-as novamente, furiosa. O movimento a fez perder o equilíbrio. Para seu horror, notou que estava novamente caindo de costas. Oh, pare. Não.... Permaneceu parada, inteiramente imóvel, durante um longo momento, tremendo, enquanto tentava jogar o peso para a frente. Mas então continuou a rolar, caindo sobre as mãos algemadas, o punho quebrado recebendo o peso do corpo. Seguiu-se um momento de dor excruciante e, felizmente, desmaiou mais uma vez.

## 25

— De jeito nenhum, Rhyme. Você não pode fazer isso.

Berger olhava contrafeito para a cena. Rhyme pensou que, nesse tipo de trabalho, ele já tinha visto todos os tipos de cenários histéricos vividos em um momento como esse. O maior problema de Berger não é com aqueles que querem morrer, mas com os que querem que todos os outros vivam.

Thom bateu violentamente na porta.

— Thom – gritou Rhyme. – Está tudo bem. Você pode nos deixar em paz. – E em seguida, voltando-se para Sachs: – Nós já nos despedimos. Você e eu. É de mau gosto arruinar uma despedida perfeita.

— Você não pode fazer isso.

Quem dera o alarme? Peter Taylor, talvez. O médico devia ter adivinhado que ele e Thom estavam mentindo.

Rhyme notou os olhos de Amelia descerem para os três objetos sobre a mesa. As oferendas dos Reis Magos: o conhaque, os comprimidos e o saco plástico. E também um elástico, semelhante aos que ela ainda usava nos sapatos. (Quantas vezes ele tinha voltado para casa de uma cena de crime e descoberto Blaine olhando fixamente para os elásticos em seus pés, horrorizada? "Todo mundo vai pensar que meu marido não tem dinheiro para comprar sapatos novos. Está mantendo a sola no lugar com elásticos. Assim não dá, Lincoln!")

— Sachs, tire as algemas dos pulsos do bom médico aqui. Vou ter que lhe pedir, pela última vez, que se retire.

Ela riu.

— Desculpe-me. Isso é crime em Nova York. O promotor público pode enquadrá-lo como assassino, se quiser.

— Eu estava apenas tendo uma conversa com um paciente – disse Berger.

— E é por isso que a acusação é apenas de tentativa. Até agora. Talvez eu deva passar seu nome e suas impressões digitais pelo serviço de identificação. Para ver o que descobrimos.

— Lincoln – disse Berger, assustado –, eu não posso...

— Nós resolveremos isso – respondeu Rhyme. – Sachs, por favor.

Pernas abertas, mãos nos quadris esguios, a face deslumbrante com uma expressão imperiosa, ela disse secamente para o médico:

— Vamos.

— Sachs, você não faz idéia de como isso é importante.

— Não vou deixá-lo cometer suicídio.

— Me deixar? – retrucou Rhyme, violento. – Me *deixar*? E por que, exatamente, preciso de sua permissão?

— Senhorita... policial Sachs – disse Berger –, é uma decisão dele e inteiramente consensual. Lincoln está mais informado do que a maioria dos pacientes com quem trato.

— Pacientes? Vítimas, o senhor quer dizer.

— Sachs! – disse impulsivamente Rhyme, tentando manter o desespero longe da voz. – Levei um ano para encontrar uma pessoa disposta a me ajudar.

– Talvez porque o que você quer fazer seja errado. Já pensou *nisso*? Por que agora, Rhyme? Exatamente no meio do caso?

– Se eu tiver outro ataque e um derrame, perco a capacidade de me comunicar. Eu poderia ficar consciente durante 40 anos e inteiramente incapaz de me mover. E se eu não tiver morte cerebral, ninguém no universo vai desligar as máquinas. Pelo menos, ainda posso dizer qual é a minha decisão.

– Mas por quê? – disse ela, impulsiva.

– Por que não? – respondeu Rhyme. – Diga. Por que não?

– Bem... – Parecia que os argumentos contra o suicídio eram tão óbvios que ela estava tendo problema para explicá-los. – Porque...

– Porque *por quê*, Sachs?

– No mínimo, porque é uma covardia.

Rhyme soltou uma gargalhada.

– Quer discutir esse assunto, Sachs? *Quer*? Bastante justo. "Covardia", disse você. Essa palavra nos leva a Sir Thomas Brown: "Quando a vida é mais terrível do que a morte, esse é o valor mais puro para viver." Coragem diante de adversidade insuperável... Um argumento clássico em favor da vida. Mas se isso é verdade, por que anestesiam pacientes antes de cirurgias? Por que vender aspirina? Por que engessar braços quebrados? Por que o Prozac é o remédio mais receitado na América? Sinto muito, mas nada existe intrinsecamente bom na dor.

– Mas você não está com dor.

– E como você define dor, Sachs? Talvez a ausência de toda sensação possa ser também dor.

– Você ainda pode dar grandes contribuições. Veja só tudo o que você sabe. Tudo sobre criminalística, tudo sobre história.

– O argumento da contribuição social. Esse é muito popular.

Olhou para Berger. O médico, porém, permaneceu calado. Rhyme notou o interesse dele descer para o osso sobre a mesa – o disco pálido de coluna vertebral. O médico pegou-o e alisou-o nas mãos juntas. Ele era um antigo ortopedista, lembrou-se Rhyme.

E continuou a falar, dirigindo-se a Sachs:

– Mas quem diz que devemos contribuir com alguma coisa para a vida? Além do mais, o corolário disso é que eu poderia contribuir com alguma coisa ruim. Eu poderia também causar algum mal. A mim mesmo ou a outras pessoas.

– É disso que a vida é feita.

Rhyme sorriu.

– Mas estou escolhendo morte, não vida.

Sachs pareceu contrafeita, enquanto fazia um grande esforço, pensando.

– Isso simplesmente... a morte não é natural. Vida é.

– Não? Freud discordaria de você. Ele desistiu do princípio do prazer e veio a pensar que havia outra força... uma agressão básica não-erótica, como a descreveu. Trabalhando para deslindar as conexões que construímos na vida. Nossa própria destruição é uma força inteiramente natural. Tudo morre. O que é mais natural do que isso?

Mais uma vez, ela coçou a cabeça.

– Tudo bem – disse Amelia. – A vida é um desafio maior para você do que para a maioria das pessoas. Mas pensei... tudo o que vi em você me diz que é alguém que gosta de desafios.

– Desafios? Deixe que eu lhe fale sobre desafios. Fiquei um ano usando uma máquina de respiração artificial. Está vendo a cicatriz da traqueotomia em meu pescoço? Bem, graças a exercícios de respiração por pressão positiva... e a maior força de vontade que consegui reunir... consegui me desligar da máquina. Na verdade, tenho pulmões iguais aos melhores. São tão fortes quanto os seus. Em um tetraplégico por lesão a uma C4, esse estado é para figurar nos livros, Sachs. E consumiu minha vida durante oito meses. Está entendendo o que estou dizendo? Oito meses apenas para ser capaz de realizar uma função humana básica. Não estou falando em pintar a Capela Sistina ou em tocar violino. Estou falando nessa merda chamada *respiração*.

– Mas você poderia melhorar. No próximo ano, a ciência pode descobrir uma cura.

– Não. Não no próximo ano. Não em dez anos.

– Você não sabe disso com certeza. Cientistas devem estar fazendo pesquisas...

– Claro que estão. Quer saber de uma coisa? Sou um especialista. Transplantar tecido nervoso de embriões para tecidos lesionados, a fim de promover a regeneração axonal. – As palavras saíram facilmente de seus belos lábios. – Nenhum efeito significativo. Alguns médicos estão tratando quimicamente as áreas afetadas, a fim de criar um meio no qual as células possam regenerar-se. Não com efeitos significativos... não em espécies superiores. Formas inferiores de vida mostram grande sucesso nisso. Se eu fosse uma rã, estaria andando novamente. Bem, saltando.

– De modo que *há* pessoas trabalhando nisso? – perguntou Sachs.

– Claro que há. Mas ninguém está contando com um progresso súbito ainda durante vinte ou trinta anos.

– Se fosse esperado – replicou ela – não seria um progresso súbito, seria?

Rhyme riu. Ela era esperta.

Sachs jogou para o lado o véu de cabelos ruivos que lhe caíra sobre os olhos e disse:

– Sua carreira era a de manutenção da lei, lembre-se. Suicídio é ilegal.

– E pecado, também – respondeu ele. – Os índios dakota acreditavam que a alma dos que cometiam suicídio tinha que ficar pendurada, por toda a eternidade, na árvore onde se enforcaram. Isso acabou com os suicídios? Nunca. Eles apenas escolheram árvores mais baixas.

– Vou lhe dizer uma coisa, Rhyme. É o meu último argumento. – Inclinou a cabeça para Berger e pegou a corrente da algema. – Vou levá-lo comigo e dar parte. Agora, refute *esse* argumento.

– Lincoln – disse Berger, nervoso, pânico nos olhos.

Sachs pegou o médico pelo ombro e empurrou-o para a porta.

– Não – implorou ele. – Não faça isso.

No momento em que ela abria a porta, Rhyme disse:

– Sachs, antes de fazer isso, responda-me uma coisa.

Amelia parou, a mão na maçaneta.

– Uma única pergunta.

Olhou para ele.

– Você já teve vontade de fazer isso? De se matar?

Ela destrancou a porta com um som alto e seco.

– Responda-me! – gritou ele.

Sachs deixou-a fechada.

– Não. Nunca.

– Está feliz com a vida que tem?

– Tanto quanto qualquer pessoa.

– Nunca se sentiu deprimida?

– Eu não disse isso. Eu disse que jamais quis me matar.

– Você gosta de dirigir, foi o que me disse. Pessoas que gostam de dirigir correm muito. Você corre, não?

– Corro. Às vezes.

– Qual foi a velocidade máxima que atingiu?

– Não sei.

– Mais de 150 por hora?

Um sorriso de quem ignora a pergunta.

– Sim.

– Mais de 160?

Sachs levantou o polegar.

– Mais de 180? Mais de 190? – perguntou ele, sorrindo, atônito.

– Cheguei a 260.

– Deus do céu, Sachs, você é impressionante. Bem, dirigindo a essa velocidade, você não pensou, talvez, apenas talvez, que alguma coisa poderia acontecer? Que uma barra de direção, um eixo, poderia quebrar, um pneu estourar, haver uma poça de óleo na estrada?

– Foi tudo muito seguro. Eu não sou louca.

– *Muito* seguro. Mas dirigir tão rápido quanto um pequeno avião, bem, isso não é *inteiramente* seguro, ou é?

– Você está induzindo a resposta da testemunha.

– Não, não estou. Continue a prestar atenção. Dirigindo nessa velocidade, você tem que aceitar que poderia sofrer um acidente e morrer, certo?

– Talvez.

Berger, as mãos algemadas em frente do corpo, olhava-os, nervoso, enquanto apertava e soltava o disco amarelo claro de coluna vertebral.

330

– De modo que você chegou perto dessa linha, certo? Ah, você sabe muito bem do que estou falando. Sei que chegou... a linha entre o *risco* de morrer e a *certeza* de morrer. Entenda, Sachs, se você leva os mortos consigo por toda parte, é um passo muito curto para o outro lado dessa linha. Um curto passo para se juntar a eles.

Amelia baixou a cabeça e seu rosto ficou inteiramente imóvel, enquanto a cortina dos cabelos lhe obscurecia os olhos.

– Esquecer os mortos – murmurou ele, rezando para que ela não se fosse dali levando Berger, sabendo que ele estava tão próximo de empurrá-la para o fundo do abismo. – Isso mexeu com você. Quanto você quer seguir os mortos? Mais do que um pouquinho, Sachs. Oh, muito mais do que um pouquinho.

Amelia hesitava. Ele sabia que estava próximo do coração dela.

Com raiva, Amelia se voltou para Berger e agarrou-o pelas algemas.

– Venha. – E empurrou-o pela porta.

– Você entendeu o que eu estou dizendo, não? – disse em voz alta Rhyme.

Mais uma vez, ela parou.

– Às vezes... coisas acontecem, Sachs. Às vezes, não podemos simplesmente ser o que devemos, não podemos ter aquilo que temos o direito de ter. E a vida muda. Talvez, apenas um pouco, talvez muito. E, em algum ponto, simplesmente não vale a pena tentar consertar o que está errado.

Rhyme observou-os, imóveis, à porta. O quarto estava em silêncio total. Ela se virou e fitou-o outra vez.

– A morte cura a solidão – continuou Rhyme. – Cura a tensão. Cura a coceira.

Da mesma maneira que ela olhou de relance para suas pernas antes, ele, nesse momento, lançou um rápido olhar para os dedos machucados de Amelia.

Ela soltou as algemas de Berger e foi até a janela. Lágrimas brilhavam em seu rosto no fulgor amarelado das luzes da rua no lado de fora.

– Sachs, estou cansado – disse ele, ansioso. – Não posso nem lhe dizer quanto. Para começar, você sabe como a vida é dura. Construída sobre uma montanha inteira de... de fardos. Lavar, comer, defecar, dar telefonemas, abotoar camisas, coçar o nariz... E continuar a empilhar mil dessas coisas mais. E mais depois disso.

Rhyme caiu em silêncio. Após um longo momento, ela respondeu:

— Eu faço um trato com você.

— Qual?

Com a cabeça, ela indicou o pôster.

— O 238 pegou aquela mãe e a filhinha... Ajude-nos a salvá-las. Apenas elas. Se fizer isso, darei a ele uma hora com você. – Olhou para Berger. – Contanto que ele saia imediatamente da cidade depois.

Rhyme sacudiu a cabeça.

— Sachs, se eu tiver um derrame, não vou poder me comunicar...

— Se isso acontecer – respondeu ela, a voz calma –, mesmo que você não possa dizer uma única palavra, o trato ainda vale. Darei um jeito para que vocês tenham uma hora juntos.

Cruzou os braços, abriu novamente as pernas no que era agora a imagem da Amelia Sachs favorita de Rhyme. Adoraria tê-la visto no leito da estrada de ferro naquela manhã, parando o trem. Ela continuou:

— É o melhor que posso fazer.

Passou-se um momento. Rhyme assentiu.

— Negócio feito. – Voltando-se para Berger, perguntou: – Segunda-feira?

— Tudo bem, Lincoln. Bastante justo.

Ainda abalado, Berger observou cautelosamente Sachs, enquanto ela abria as algemas. Com medo, parecia, que ela pudesse mudar de idéia. Ao ficar livre, dirigiu-se rapidamente para a porta. Deu-se conta de que ainda tinha a vértebra na mão, voltou, colocou-a – quase com reverência – junto a Rhyme, em cima do relatório sobre a cena do primeiro assassinato naquela manhã.

— MAIS FELIZES do que porcos na lama da Virgínia – observou Sachs, arriando-se na rangedora cadeira de vime. Referia-se a Sellitto e Polling, depois de lhes ter dito que Rhyme concordara em permanecer

à frente do caso por mais um dia. – Polling, em especial – continuou.
– Pensei que aquele anãozinho fosse me prender. Não diga a ele que o chamei de anão. Como está se sentindo? Você parece melhor.

Bebeu um pouco de uísque escocês e pôs o copo na mesa-de-cabeceira, ao lado do copo de boca larga de Rhyme.

– Nada mal.

Thom estava mudando as roupas de cama.

– Você estava suando em bicas – disse ele.

– Mas apenas acima do pescoço – observou Rhyme.

– Foi isso mesmo? – perguntou Sachs.

– Foi. É assim que a coisa funciona. O termostato queima abaixo disso. Eu nunca preciso de desodorante axial.

– Axial?

– Sovaco – resmungou Rhyme. – *Axila*. Meu primeiro ajudante nunca dizia axila. Dizia: "Vou levantá-lo por seus axiais, Lincoln." Ou: "Se você tiver vontade de regurgitar, vá em frente, Lincoln." Ele se autodenominava "prestador de cuidados". Essas palavras constavam realmente do currículo dele. Não tenho a mínima idéia de por que o contratei. Somos muito supersticiosos, Sachs. Achamos que chamar alguma coisa por um nome diferente vai mudá-la. Elemento desconhecido. Criminoso. Aquele ajudante era apenas um enfermeiro à altura de suas próprias axilas. Certo, Thom? Não há por que ter vergonha. É uma profissão respeitável. Suja, mas respeitável.

– Eu me desenvolvo na sujeira. É por isso que trabalho para você.

– O que você é, Thom? Ajudante ou prestador de cuidados?

– Eu sou um santo.

– Ah, rápido com as respostas. E rápido com a agulha, também. Ele me trouxe de volta do reino dos mortos. Fez isso mais de uma vez.

Rhyme ficou subitamente tomado de medo de que Sachs o tivesse visto nu. Com os olhos fixados no perfil do elemento desconhecido, perguntou:

– Ei, devo-lhe também alguns agradecimentos, Sachs? Você bancou aqui a Clara Burton?

Nervoso, esperou pela resposta. Não sabia como poderia olhar novamente para ela, se ela tivesse feito isso.

– Não – respondeu Thom. – Eu o salvei sozinho. Não queria que essas almas sensíveis ficassem repugnadas vendo sua bunda murcha.

Obrigado, Thom, pensou ele. Em seguida, disse:

– Agora, saia daqui. Temos que conversar sobre o caso. Sachs e eu.

– Você precisa dormir um pouco.

– Claro que preciso. Mas ainda precisamos conversar sobre o caso. Boa noite, boa noite.

Quando Thom saiu, Sachs pôs um pouco de Macallan no copo. Baixou a cabeça e inalou o odor de fumaça da bebida.

– Quem dedurou? – perguntou Rhyme. – Pete?

– Quem? – perguntou ela.

– Dr. Taylor, o homem da recuperação.

Ela hesitou por tempo suficiente para ele ter certeza de que Taylor era o culpado. Finalmente, Amelia disse:

– Ele gosta de você.

– Claro que gosta. Esse é o problema... Eu quero que ele goste um pouco *menos*. Ele conhece Berger?

– Desconfia.

Rhyme fez uma careta.

– Escute, diga a ele que Berger é simplesmente um velho amigo... Ele... O quê?

Sachs exalou lentamente, como se estivesse soltando fumaça de cigarro pelos lábios cerrados.

– Você não só quer que eu permita que se suicide, mas quer também que eu minta para a única pessoa que poderia convencê-lo a não fazer isso.

– Ele não conseguiu me convencer – respondeu Rhyme.

– Então por que quer que eu minta?

Rhyme riu.

– Vamos simplesmente manter o Dr. Taylor no escuro por mais alguns dias.

– Tudo bem – concordou ela. – Puxa, é difícil conviver com você.

Rhyme examinou-a atentamente.

– Por que você não me conta o que houve?

334

– Sobre o quê?

– Quem é o morto? Que você não esqueceu?

– Há muitos deles.

– Tais como?

– Leia os jornais.

– Ora, vamos, Sachs.

Ela sacudiu a cabeça, olhou para o uísque, um leve sorriso nos lábios.

– Não, acho que não.

Ele atribuiu seu silêncio à relutância em ter uma conversa íntima com alguém que só conhecia há um dia. O que parecia irônico, considerando que ela estava sentada junto a dezenas de cateteres, de um tubo de gel lubrificante e de uma caixa de fraldas descartáveis. Ainda assim, ele não ia pressionar e nada mais disse. Por isso mesmo, ficou surpreso quando ela ergueu de repente a cabeça e disse, impulsivamente:

– Acontece apenas que... acontece apenas que... Oh, *droga*.

E quando os soluços começaram, ela levou as mãos ao rosto, derramando sobre o chão uma boa quantidade do melhor uísque da Escócia.

## 26

— Não consigo acreditar que estou lhe contando isso.

Enrodilhada na cadeira funda, as pernas puxadas para cima, os sapatos jogados para longe, as lágrimas haviam secado, embora o rosto de Amelia estivesse tão vermelho quanto os cabelos.

– Continue – disse ele, encorajando-a.

– Esse cara de quem lhe falei... Nós íamos morar juntos.

– Oh, com o *collie*. Você não disse que era um cara. Namorado? Amante?, especulou Rhyme.

– Ele *era* meu namorado.

– Pensei que era seu pai que você havia perdido.

– Não. Papai realmente faleceu... há três anos. Câncer. Mas sabíamos que isso ia acontecer. Se saber prepara alguém, então eu estava preparada. Mas Nick...

– Ele foi morto? – perguntou Rhyme baixinho.

Ela, porém, não respondeu.

– Nick Carelli. Ele era um de nós. Policial. Detetive, terceira classe. Trabalhava em Crimes de Rua.

O nome era conhecido. Rhyme, porém, nada disse e deixou que ela continuasse.

– Ficamos juntos durante algum tempo. Conversamos sobre casamento. – Ela se interrompeu e parecia estar alinhando os pensamentos, como se fossem alvos em um estande de tiro. – Ele trabalhava em serviço reservado. De modo que mantínhamos nosso relacionamento muito sigiloso. Ele não podia permitir que se soubesse nas ruas que a namorada dele era uma policial. – Pigarreou. – É difícil explicar. Entenda, nós tínhamos essa... essa coisa entre nós. Era... Isso não me aconteceu muitas vezes. Droga, *nunca* aconteceu antes de Nick. Nós nos relacionamos de uma maneira realmente profunda. Ele sabia que eu tinha que ser policial e isso não era problema para ele. O mesmo comigo e com o serviço reservado que ele fazia. Era esse tipo de... sintonia. Você sabe, quando a gente simplesmente compreende alguém? Você sentiu alguma vez isso de que estou falando? Com sua esposa?

Rhyme sorriu levemente.

– Senti. Sim. Mas não com Blaine, minha esposa. – E isso era tudo o que ele queria dizer sobre o assunto. – Como vocês se conheceram? – perguntou.

– Nas aulas sobre missões, na Academia. Naquelas ocasiões em que alguém se levanta e fala um pouco sobre o trabalho de sua divisão Nick estava falando sobre serviço reservado. Ele me convidou, na hora, para sair com ele. Nosso primeiro encontro foi no Rodman's Neck.

– No estande de tiro?

Ela inclinou a cabeça, fungando.

– Depois disso, fomos à casa da mãe dele, no Brooklyn, e comemos massa e tomamos uma garrafa de Chianti. Ela me beliscou com força e disse que eu era magra demais para ter filhos. Obrigou-me a comer dois cannolis. Voltamos para meu apartamento e ele passou a noite lá. Um primeiro encontro e tanto, não? Daí em diante, nos encontrávamos o tempo todo. A coisa ia dar certo, Rhyme, eu sentia isso. Ia dar muito certo.

— O que aconteceu? – perguntou Rhyme

— Ele foi... – Outro revigorante gole do velho uísque. – Ele andava recebendo propinas, foi isso que aconteceu. Durante todo o tempo em que estivemos juntos.

— Ele era...?

— Corrupto. Oh, meio corrupto. Nunca tive a menor pista disso. Nem uma única droga de pista. Ele chegou a juntar 200 mil dólares.

Lincoln ficou calado durante um momento.

— Que pena, Sachs. Drogas?

— Não. Contrabando, principalmente. Eletrodomésticos, TVs, componentes eletrônicos. Os jornais chamaram isso de Conexão Brooklyn.

Rhyme inclinou a cabeça.

— Foi por isso que me lembrei. Havia dez deles na quadrilha, certo? Todos policiais?

— A maioria. E também uns caras da Alfândega.

— O que aconteceu com ele? Com Nick?

— Você sabe o que acontece quando policiais prendem policiais. Batem nele para valer. Disseram que ele resistiu à prisão, mas sei que não fez isso. Ele teve três costelas quebradas, dois dedos, o rosto ficou desfigurado. Confessou-se culpado, mas ainda assim pegou uma pena de vinte a trinta anos de prisão.

— Por contrabando? – perguntou Rhyme, atônito.

— Ele realizou pessoalmente alguns desses trabalhos. Deu coronhadas em um motorista, atirou em outro. Apenas para assustá-lo. *Sei* que foi apenas para assustá-lo. O juiz, porém, condenou-o a uma pena longa.

Ela fechou os olhos e apertou com força os lábios.

— Quando ele foi preso, Serviços Internos caiu duro em cima dele. Checou telefonemas dados de penitenciárias. Tínhamos muito cuidado quando nos telefonávamos. Ele dizia que, às vezes, criminosos grampeavam o telefone dele. Mas houve alguns telefonemas para meu apartamento. O SI veio atrás de mim, também. De modo que Nick simplesmente me cortou. Ele *tinha* que fazer isso. De outra maneira, eu teria me afundado junto com ele. Você conhece o SI... é sempre uma caça às bruxas.

– O que aconteceu?

– Para convencer o SI de que eu não era nada para ele... Bem, ele disse algumas coisas sobre mim. – Ela engoliu em seco, os olhos no chão. – No inquérito aberto pelo SI, quiseram saber coisas a meu respeito. Nick disse: "Oh, a Sachs F.P.? Eu simplesmente a fodi algumas vezes. Descobri que ela era nojenta. De modo que a chutei." – Amelia inclinou a cabeça para trás e enxugou as lágrimas com a manga da camisa. – Meu apelido era F.P.

– Lon me falou.

Ela franziu as sobrancelhas.

– Ele disse o que significava?

– A Filha do Patrulheiro. Por causa de seu pai.

Amelia sorriu lividamente.

– Foi assim que a coisa começou. Mas não como terminou. No inquérito, Nick disse que eu era uma foda tão ruim que as letras significavam realmente "Foda Porca", porque eu provavelmente gostava mais de mulheres. Adivinhe com que rapidez *isso* circulou pelo departamento.

– Lá é muito baixo o denominador comum, Sachs.

Amelia respirou fundo.

– Eu o vi em juízo, perto do fim do inquérito. Ele me olhou uma vez e... não posso nem descrever o que havia em seus olhos. Puro sofrimento. Ele fez isso para me proteger. Mas, ainda assim... Você tinha razão, sabia? Sobre aquela coisa de solidão.

– Eu não quis dizer...

– Não – respondeu ela, séria. – Eu bato em você, você bate em mim. E você teve razão. Odeio ficar só. *Quero sair, quero* conhecer gente. Mas, depois de Nick, perdi meu gosto por sexo. – Sachs sorriu amargamente. – Todo mundo pensa que ser bonita como eu é maravilhoso.

Eu poderia escolher os caras que quisesse, certo? Conversa fiada. Os únicos que têm coragem suficiente para me convidar para sair são os que querem foder o tempo todo. De modo que simplesmente desisti. É mais fácil eu me satisfazer sozinha. Odeio isso, mas é mais fácil.

Finalmente, Rhyme compreendeu a reação dela quando o viu pela primeira vez. Estava à vontade com ele porque via um homem que não era uma ameaça para ela. Nada de jogos sexuais. Era alguém que ela não teria que cortar. E, também, talvez pudesse surgir alguma amizade – como se a ambos faltasse o mesmo gene crucial.

– Sabe de uma coisa – disse ele, brincando –, você e eu, nós devíamos nos juntar e *não* ter um caso.

Amelia riu.

– Agora fale sobre sua esposa. Por quanto tempo ficaram casados?

– Sete anos. Seis antes do acidente, um depois.

– Ela o deixou?

– Não. Eu a deixei. Não queria que ela se sentisse culpada por isso.

– Bacana de sua parte.

– No fim, eu a teria mandado embora. Sou um pé no saco. Você só viu meu lado bom. – Após um momento, ele perguntou: – Essa coisa com Nick... tem algo a ver com o motivo por que você está deixando a radiopatrulha?

– Não. Bem, tem.

– Repugnância a armas de fogo?

Ela, finalmente, inclinou a cabeça, confirmando.

– A vida nas ruas é diferente agora. Foi isso o que as ruas fizeram com Nick. O que o transformou. Não é mais como no tempo em que meu pai fazia sua ronda a pé. As coisas eram melhores naquela época.

– Você quer dizer, não é como as *histórias* que seu pai lhe contava.

– Talvez – reconheceu ela. Arriou-se mais na cadeira. – A artrite? Isso é verdade, mas não tão grave quanto finjo que é.

– Eu sei – disse Rhyme.

– Você sabe? Como?

– Apenas olhei para a prova e tirei algumas conclusões.

– Foi por isso que ficou no meu pé o tempo todo? Sabia que eu estava fingindo?

– Fiquei no seu pé – respondeu ele – porque você é melhor do que pensa.

Amelia lançou um olhar esquisito a Rhyme.

– Ah, Sachs, você me lembra eu mesmo.

– Lembro?

– Vou lhe contar uma história. Eu estava no destacamento de processamento de cena de crime quando recebemos um telefonema de Homicídios. Um cara havia sido encontrado morto em um beco no Greenwich Village. Todos os sargentos estavam fora e fui escolhido para processar a cena. Eu tinha 26 anos de idade. Fui lá, examinei a cena e descobri que o morto era o chefe dos Serviços de Saúde e Pessoal da Prefeitura. Bem, o que havia em volta dele, senão um bocado de polaróides? Você devia ter visto alguns desses instantâneos... ele tinha ido a um desses inferninhos de sadomasoquismo da Washington Street. Oh, me esqueci de dizer, quando o encontraram, ele trajava um minivestido preto deslumbrante e meias rendadas.

"De modo que providenciei a segurança da cena. De repente, um capitão apareceu e fez menção de cruzar o cordão de isolamento. Eu sabia que ele estava pensando em dar sumiço naquelas fotos a caminho da sala de provas, mas eu era tão ingênuo que não dei muita bola para as fotos... fiquei simplesmente chateado em pensar que alguém ia andar pela cena do crime."

– P significa Proteger a cena do crime.

Rhyme soltou uma risadinha.

– De modo que não deixei que ele entrasse. Enquanto ele me espinafrava do outro lado do cordão, um vice-comissário tentou invadir o local. Eu disse a ele que não fizesse isso. *Ele* começou também a gritar comigo. A cena vai ficar intacta até que a DIRC acabe com o processamento, eu disse a eles. Adivinhe quem finalmente apareceu.

– O prefeito?

– O vice-prefeito.

– E você os manteve afastados?

– Ninguém entrou naquela cena, exceto Impressões Digitais Latentes e Fotografias. Claro, minha recompensa foi passar seis meses

340

imprimindo faixas. Mas pegamos o elemento com algumas provas vestigiais e uma impressão digital numa das polaróides – que aconteceu ser o próprio instantâneo que o *Post* publicou na primeira página, para dizer a verdade. Exatamente como você fez ontem pela manhã, Sachs. Fechando o leito da estrada de ferro e a avenida 11.

– Eu não pensei nisso – respondeu ela. – Simplesmente fiz. Por que está me olhando dessa maneira?

– Ora, pare com isso, Sachs. Você *sabe* onde devia estar. Na rua. Radiopatrulha, Crimes Graves, IRD, não importa... Mas Assuntos Públicos? Você vai apodrecer lá. É um bom trabalho para algumas pessoas, mas não para você. Não desista tão rápido assim.

– Oh, e você *não* está desistindo? O que me diz de Berger?

– As coisas são um pouco diferentes no meu caso.

O olhar dela perguntou: são? E ela se levantou à procura de um lenço de papel. Ao voltar à cadeira, perguntou:

– Você não carrega nenhum cadáver por aí?

– Carreguei, nos meus dias. Mas todos estão enterrados agora.

– Conte.

– Na verdade, nada há...

– Não é verdade. Eu sei. Vamos... eu lhe mostrei os meus.

Rhyme sentiu um estranho calafrio. Sabia que não era disreflexia. O sorriso desapareceu.

– Rhyme, continue – insistiu ela. – Eu gostaria de ouvir.

– Bem, houve um caso, há alguns anos – começou ele. – Cometi um erro. Um erro grave.

– Conte.

Ela serviu outro dedo de uísque para ambos.

– Foi um telefonema de assassinato-suicídio doméstico. Marido e mulher em um apartamento em Chinatown. Ele matou-a com um tiro e se suicidou. Eu não tive muito tempo para processar a cena. Trabalhei rápido. E cometi o erro clássico... resolvi o que ia descobrir antes de começar a procurar. Encontrei algumas fibras que não pude identificar, mas supus que o marido e a mulher haviam-nas trazido para casa. Encontrei os fragmentos da bala, mas não os comparei com a arma que encontramos na cena. Notei o ângulo do tiro, mas não fiz uma dupla verificaçao para descobrir a posiçao exata da arma. Fiz a busca, dei o trabalho por terminado e voltei para a sede.

O que aconteceu?

– A cena havia sido montada. Foi realmente um latrocínio. E o criminoso nunca deixou o apartamento.

O quê? Ele ainda estava lá?

– Depois que fui embora, ele saiu debaixo da cama e começou a atirar. Matou um membro da Polícia Técnica e feriu um assistente. Chegou à rua e trocou tiros com uma dupla de patrulheiros que haviam ouvido o 10-13. O criminoso foi morto... morreu depois... mas matou um dos policiais e feriu o outro. Atirou também numa família que acabava de sair de um restaurante chinês, no outro lado da rua. Usou uma das crianças como escudo.

Oh, meu Deus.

– Collin Stanton era o nome do pai. Não foi ferido e havia sido paramédico no Exército... o legista disse que ele poderia ter salvo a esposa ou um ou os dois filhos se tivesse tentado estancar a hemorragia, mas ele entrou em pânico e ficou paralisado. Permaneceu simplesmente ali, vendo todos morrerem à sua frente.

– Jesus, Rhyme, mas isso não foi culpa sua. Você...

– Deixe-me terminar. Isso não foi o fim da coisa.

– Não?

– O marido voltou para casa... no norte do Estado de Nova York. Teve um colapso nervoso e ficou internado durante algum tempo em um hospital de doenças mentais. Tentou matar-se. Colocaram-no em regime de vigilância contra suicídio. Inicialmente, ele cortou os pulsos com um pedaço de papel... a capa de uma revista. Em seguida, foi a uma biblioteca, descobriu um copo no banheiro das bibliotecárias, quebrou-o e rasgou os pulsos. Foi costurado e depois mantido num hospital de doentes mentais durante um ano, mais ou menos. Finalmente, deram-lhe alta. Um ou dois meses depois, ele tentou outra vez. Usou uma faca. – E Rhyme acrescentou, friamente: – Desta vez, a coisa funcionou.

Ele soube da morte de Stanton em uma mensagem via fax enviada pelo legista do condado de Albany. Alguém lhe enviou, via

342

correio interno, um memorando com a nota *Pensamos que você poderia ficar interessado.*

– Houve uma investigação. Incompetência profissional. Recebi uma repreensão. Acho que deviam ter me demitido.

Amelia suspirou e fechou os olhos.

– E você está me dizendo que não se sente culpado por isso?

– Não mais.

– Não acredito em você.

– Cumpri minha pena, Sachs. Convivi com esses cadáveres durante algum tempo. Mas os esqueci. Se não tivesse feito isso, de que maneira poderia continuar a trabalhar?

Após um longo momento, ela voltou a falar:

– Quando eu tinha 18 anos, fui multada. Por excesso de velocidade. Eu estava dirigindo a 145 por hora em uma zona de velocidade máxima de 65.

– Ora...

– Papai disse que me daria o dinheiro para a multa, mas que eu teria que pagar depois. Com juros. Mas sabe o que mais ele disse? Disse que teria me esfolado por ultrapassar um sinal vermelho ou por dirigir imprudentemente. Mas correr ele compreendia. E me disse: "Eu sei como você se sente, querida. Quando você se move, eles não podem pegá-la." – E dirigindo-se novamente a Rhyme: – Se eu não pudesse dirigir, se não pudesse me mover, então eu faria isso, também. Eu me mataria.

– Eu costumava andar por todos os lugares – lembrou Rhyme. – Nunca dirigi muito. Não tive carro durante vinte anos. Que tipo você tem?

– Nada que um nova-iorquino como você dirigiria. Um Chevy. Camaro. Era de meu pai.

– Que lhe deu uma furadeira? Para trabalhar com carros, acho?

Ela confirmou com um aceno de cabeça.

– E uma chave de torque. E um jogo para testar velas de ignição. E meu primeiro conjunto de chaves de boca... meu presente de 13 anos. – Riu baixinho. – Aquele Chevy é um carro e tanto. Sabe o que ele é? Um carro americano. O rádio, os ventiladores, os botões de luz

343

estão todos sujos e sebosos. Mas a suspensão é como uma rocha, leve como embalagem de ovos, e desafio um BMW a qualquer hora.

– Aposto que já fez isso.

– Uma ou duas vezes.

– Carros são status no mundo dos paralíticos – explicou Rhyme. – A gente ficava sentado, ou deitado, na clínica de reabilitação e conversava sobre o que podíamos arrancar de nossas companhias de seguro. Vans tipo cadeira de rodas eram o máximo. Em seguida, carros dirigidos inteiramente com as mãos. O que não me adiantaria em nada, claro. – Apertou os olhos, testando a boa memória. – Não entro em um carro há anos. Não consigo me lembrar de quando foi a última vez.

– Tive uma idéia – disse subitamente Sachs –, antes de seu amigo... o Dr. Berger... voltar, deixe que eu o leve para um passeio de carro. Ou isso será um problema? Ficar sentado? Você disse que cadeiras de rodas não funcionam em seu caso.

– Bem, não, cadeiras de rodas são um problema, mas um carro? Acho que seria bom. – Soltou uma risada. – Duzentos e oitenta quilômetros? Por hora?

– Isso aconteceu em um dia especial – respondeu Sachs, cutucando a memória. – Boas condições de tempo. E não havia Polícia Rodoviária.

O telefone tocou e Rhyme atendeu. Era Lon Sellitto.

– Temos o pessoal do S&S em posição em todas as igrejas-alvo no Harlem. Dellray está à frente disso. Ele se tornou um verdadeiro crente. Você não o reconheceria, Rhyme. Oh, e tenho trinta radiopatrulheiros e uma tonelada de seguranças das Nações Unidas vigiando quaisquer outras igrejas que possamos ter esquecido. Se ele não aparecer, vamos fazer uma varredura em todas elas às 7h30. Tendo em vista a possibilidade de que ele tenha se infiltrado sem que o víssemos. Acho que vamos pegá-lo, Linc – disse o detetive, suspeitosamente entusiástico para um policial especializado em homicídios do Departamento de Polícia de Nova York.

– Ótimo, Lon. Vou enviar Amelia a seu PC por volta das 8 horas.

Os dois desligaram.

344

Thom bateu à porta antes de entrar.

Como se pudesse nos flagrar numa posição comprometedora, Rhyme riu consigo mesmo.

– Nada mais de desculpas – disse Thom, seco. – Cama, agora.

Passava das 3 horas e Rhyme deixara a exaustão para trás muito tempo antes. Estava flutuando em algum outro lugar. Acima do corpo. Perguntou a si mesmo se tinha começado a sofrer alucinações.

– Tudo bem, mamãe – respondeu. – A policial Sachs vai passar a noite aqui, Thom. Você podia arranjar um cobertor para ela, por favor?

– O que você disse? – Thom virou-se para ele.

– Um cobertor.

– Não, depois disso – falou o ajudante. – Aquelas palavras?

– Não sei. "Por favor"?

Os olhos de Thom se esbugalharam de susto.

– Você está bem? Quer que eu chame Pete Taylor? O diretor do Hospital Presbiteriano de Columbia? O secretário de Saúde dos Estados Unidos?

– Está vendo como esse filho-da-puta me atormenta? – disse Rhyme a Sachs. – Ele nunca sabe como chega perto de ser mandado embora.

– Acordo você a que horas?

– Seis e meia será uma boa hora – respondeu Rhyme.

Quando ele saiu, Rhyme perguntou:

– Ei, Sachs, você gosta de música?

– Adoro.

– Que tipo?

– Antigas, sentimentais... E você? Parece um cara que gosta de clássicos.

– Está vendo aquele armário ali?

– Aquele?

– Não, não, o outro. À direita. Abra-o.

Sachs abriu-o e ficou pasma. O armário era uma pequena sala onde havia, talvez, uns mil CDs.

– Até parece a Tower Records.

– Aquele estéreo. Aquele em cima da prateleira.

Sachs passou a mão sobre o preto e empoeirado Harmon Kardon.

– Isso custou mais do que meu primeiro carro – disse Rhyme. – Eu não o uso mais.

– Por que não?

Ele não respondeu à pergunta, mas disse:

– Ponha alguma coisa nele. Está ligado, não? Está? Ótimo. Escolha alguma coisa.

Um momento depois, ela saiu do armário e foi até o sofá, enquanto Levi Stubbs e os Four Tops começavam a cantar sobre amor.

Havia se passado um ano desde que uma nota de música tinha sido ouvida naquela sala, calculou Rhyme. Em silêncio, tentou responder à pergunta de Sachs sobre o motivo por que havia deixado de escutar música. Não conseguiu.

Sachs tirou livros e arquivos de cima do sofá. Deitou-se e folheou um exemplar de *Cenas de crime*.

– Posso ficar com um? – perguntou.

– Leve dez.

– Você...

Ela calou-se subitamente.

– Se eu o autografaria para você? – Rhyme riu. Ela também. – Que tal se eu aplicasse nele minha impressão digital? Grafólogos jamais dão mais de 85% de probabilidade de emparelhamento de escrita. Mas uma impressão digital? Qualquer especialista em cristas de atrito certificará que ela é minha.

E ficou observando-a, enquanto ela lia o primeiro capítulo. As pálpebras dela caíram. Fechou o livro.

– Você faz uma coisa para mim? – pediu ela.

– O quê?

– Ler para mim. Alguma coisa do livro. Quando Nick e eu estávamos juntos... – A voz morreu.

– O quê?

– Quando estávamos juntos, Nick, muitas vezes, lia em voz alta antes de irmos dormir. Livros, o jornal, revistas... É uma das coisas que mais me fazem falta.

– Sou um péssimo leitor – confessou Rhyme. – Parece que estou recitando relatórios de cenas de crime. Mas tenho uma memória muito boa. Que tal se eu lhe falar apenas sobre algumas cenas?

– Você faz isso?

Ela se virou, tirou a blusa azul-marinho, soltou o colete à prova de bala e jogou-o para um lado. Por baixo disso, usava uma camiseta furadinha e, sob ela, um sutiã esporte. Voltou a vestir a blusa e deitou-se no sofá, puxando o cobertor para cima do corpo e, enrodilhando-se, fechou os olhos.

Usando a unidade de controle ambiental, Rhyme diminuiu as luzes.

– Sempre julguei fascinantes os locais de morte – começou ele. – Eles são como santuários. Sentimos muito mais interesse pelo lugar onde morremos do que pela casa onde nascemos. Veja o caso de John Kennedy. Milhares de pessoas, todos os dias, visitam o Texas Book Depository, em Dallas. Quantas, acha você, fazem peregrinação a uma enfermaria obstétrica em Boston?

Rhyme descansou a cabeça no travesseiro macio.

– Esta conversa a está entediando?

– Não – respondeu ela. – Por favor, não pare.

– Quer saber o que sempre me interessou, Sachs?

– Fale.

– Fascinou-me durante anos... o Calvário. Há dois mil anos. Bem, *aquilo* foi uma cena de crime. Eu gostaria de a ter processado. Sei o que você vai dizer: mas nós conhecemos os criminosos. Conhecemos, mesmo? Tudo o que realmente sabemos é o que as testemunhas nos disseram. Lembre-se do que eu disse: jamais confie em uma testemunha. Talvez aquelas histórias da Bíblia não sejam absolutamente o que aconteceu. Onde estão as *provas*? Os cravos, o sangue, o suor, a lança, a cruz, o fel? As pegadas de sandálias e as cristas de atrito?

Virou ligeiramente a cabeça e continuou a falar sobre cenas de crime e provas, até que o peito de Sachs começou a subir e a descer ritmicamente e leves fios do cabelo cor de fogo ondearam para cima e para baixo sob a respiração leve. Com o indicador da mão esquerda, Rhyme acionou o controle do ECU e apagou a luz. Ele, logo depois, dormia também.

A FRACA LUZ do amanhecer apareceu no céu.

Acordando, Carole Ganz viu-a através do vidro sobre sua cabeça. Pammy. Oh, minha filhinha... Em seguida, pensou em Ron. E em todas as suas posses, naquele porão horrível. O dinheiro, a mochila amarela...

Mas, principalmente, pensou em Pammy.

Alguma coisa a despertou de um sono leve e inquieto. O quê?

A dor no punho? O punho latejava horrivelmente. Mudou ligeiramente de posição. Ela...

O uivo tubular de um órgão de fole e vozes cada vez mais altas de um coro encheram novamente a sala.

Foi isso que a acordou. Música. Uma onda de música. A igreja não era abandonada. Havia gente por ali! Riu para si mesma. Alguém iria...

E foi então que se lembrou da bomba.

Olhou em volta do arquivo. A jarra ainda estava lá, na borda da mesa. Tinha a aparência crua de bombas de verdade e de armas assassinas – e não as engenhocas bonitas e lustrosas que vemos no cinema. Fita ordinária, fios mal desencapados, gasolina suja... Talvez isso seja uma bomba que não explodiu, pensou. À luz do dia, não parecia tão perigosa.

Outra explosão de música. Que vinha de algum lugar diretamente acima de sua cabeça. Acompanhada de um arrastar de pés. Ouviu o som de uma porta sendo fechada. Rangidos e gemidos enquanto pessoas se moviam sobre o chão de madeira velha e seca. Plumas de poeira caíam das traves do teto.

As vozes cada vez mais altas foram interrompidas em meio a um trecho da música. Um momento depois, elas recomeçaram.

Carole bateu com os pés. O chão, porém, era de concreto, e as paredes, de tijolo. Tentou gritar e o som foi engolido pela mordaça. O ensaio continuou, a música solene, vigorosa, ecoando pelo porão.

Após dez minutos, arriou-se no chão de pura exaustão. Os olhos foram novamente atraídos para a bomba. Nesse momento, a luz era mais forte e ela pôde ver claramente o cronômetro.

Apertou os olhos. O cronômetro.

Aquilo não era uma bomba de mentirinha. O ponteiro tinha sido colocado às 6h15. O mostrador indicava 5h30.

Contorcendo-se para ficar mais longe, atrás do arquivo, começou a bater com o joelho nas laterais metálicas do móvel. Mas qualquer que fosse o ruído produzido pelos golpes, ele era imediatamente abafado pela execução trovejante, triste, de "Swing Low, Sweet Chariot" que enchia o porão.

# Parte IV
# Até o osso

"Só uma coisa é negada a Deus:
o poder de refazer o passado."

Aristóteles

## 27

Domingo, das 5h45 às 19 horas de segunda-feira.

Acordou com um cheiro. Como freqüentemente lhe acontecia.

E – como em tantas outras manhãs – não abriu logo os olhos. Permaneceu na posição recostada, tentando descobrir o que o cheiro estranho poderia ser.

O cheiro de relva no ar do amanhecer? O orvalho nas ruas escorregadias de óleo? Reboco úmido? Fez um esforço para detectar o perfume de Amelia Sachs, mas não conseguiu.

Os pensamentos resvalavam nela e ele continuou a busca. O que *era* aquilo?

Artigo de limpeza? Não.

Um produto químico do laboratório improvisado de Cooper?

Não, podia reconhecer todos eles.

Era... Ah, sim... a caneta marcadora.

Então, abriu os olhos – mas olhando primeiro para a adormecida Sachs, para ter certeza de que ela não o abandonara – e, quando deu por si, estava fitando o pôster de Monet. Era dali que vinha o cheiro. O ar quente, úmido, dessa manhã de agosto havia murchado o papel e liberado o cheiro.

- conhece processamento de CC
- possivelmente tem antecedentes criminais
- conhece levantamento de impressões digitais
- arma = Colt 32 milímetros.
- amarra as vítimas com nós incomuns
- o "antigo" o atrai
- chamou uma vítima de "Hanna"
- sabe alemão básico
- atraído por locais subterrâneos

## ELEMENTO DESCONHECIDO 238

| Aparência | Residência | Veículo | Diversos |
|---|---|---|---|
| • Branco, homem, estatura baixa<br>• Roupa escura<br>• Luvas velhas, pelica, avermelhadas<br>• Loção pós-barba: para encobrir cheiro?<br>• Máscara de esquiador? Azul-marinho?<br>• Luvas são escuras<br>• Loção pós-barba = Brut<br>• Cabelo não é castanho<br>• Cicatriz profunda, dedo indicador<br>• Roupa esporte<br>• Luvas desbotadas? Manchadas? | • Prov. tem casa segura<br>• Localizada perto da:<br>B'way & 82, ShopRite<br>Greenwich & Bank ShopRite<br>Oitava Avenida & 24, ShopRite<br>Houston & Lafayette, ShopRite<br>• Prédio antigo, mármore cor-de-rosa<br>• Pelo menos 100 anos de idade, prov. mansão ou prédio público | • Táxi Yellow Cab<br>• Sedã modelo recente<br>• Cinza-claro, prateado, bege<br>• Carro de aluguel, prov. roubado<br>• Hertz, Taurus prateado, modelo deste ano | • Conhece proc. de CC<br>• Possivelmente tem antec. criminais<br>• Conhece levantamento de impressões digitais<br>• Arma = Colt 32 milímetros<br>• Amarra vít. com nós incomuns<br>• O "antigo" o atrai<br>• Chamou uma vít. de "Hanna"<br>• Sabe alemão básico<br>• Atraído por locais subterrâneos<br>• Dupla personalidade<br>• Talvez padre, assist. social, cons. psicológico<br>• Desgaste incomum nos sapatos. Lê muito?<br>• Escutou som com prazer, enquanto quebrava dedo de uma vítima<br>• Deixou serpente como provocação aos investigadores |

Os números claros do relógio de parede brilhavam: 5h45. Os olhos voltaram ao pôster. Não podia vê-lo com clareza, era apenas uma configuração fantasmagórica de branco puro contra um branco menos nítido. Mas havia luz suficiente do céu matutino para poder ler a maioria das palavras.

- dupla personalidade
- talvez padre, assistente social, conselheiro psicológico
- desgaste incomum nos sapatos. Lê muito?
- escutou com prazer, enquanto quebrava o dedo de uma vítima
- deixou serpente como provocação aos investigadores

Os falcões estavam acordando. Notou um bater de asas na janela. Os olhos voltaram ao pôster. Em seu gabinete na DIRC tinha pregado uma dezena de quadros para anotação, com marcadores que podiam ser apagados, e mantinha um histórico das características de elementos desconhecidos em casos importantes. Lembrou-se de que ficava andando de um lado para outro, olhando para os quadros, especulando sobre as pessoas que eles descreviam.

Moléculas de tinta, lama, pólen, folhas...

- prédio antigo, mármore cor-de-rosa

Lembrou-se de um hábil ladrão de jóias que ele e Lon haviam prendido uns dez anos antes. Na qualificação do suspeito, o elemento disse modestamente que eles nunca encontrariam o produto dos trabalhos anteriores, mas se concordassem em exculpá-lo, diria onde o havia escondido.

Ele, Rhyme, respondeu:

— Bem, *tivemos* alguns problemas para descobrir onde está o produto do roubo.

— Tenho certeza de que tiveram — disse o velhaco.

— Entenda — continuara Rhyme —, estreitamos a localização a uma parede de pedra na carvoeira de uma velha casa de fazenda à margem do rio Connecticut. A cerca de 8 quilômetros ao norte do

Long Island Sound. Simplesmente nao sei se a casa fica na margem leste ou oeste do rio.

Quando a história circulou, a frase usada por todo mundo para descrever o rosto do elemento foi: "Você tinha que estar lá."

Talvez *seja* magia, Sachs, pensou ele.

- pelo menos 100 anos de idade, provavelmente mansão ou prédio público

Observou o pôster mais uma vez e fechou os olhos, recostando-se em seu maravilhoso travesseiro. E foi nessa ocasião que sentiu a pontada. Quase igual a uma bofetada no rosto. O choque subiu para o couro cabeludo como fogo se espalhando. Olhos bem abertos, fixos no pôster.

- O "antigo" o atrai

– Sachs! – exclamou. – Acorde!

Ela se mexeu e sentou-se.

– O quê? O que é...?

Velho, velho, velho...

– Eu cometi um erro – disse secamente. – Há um problema.

Ela pensou, no início, que era alguma coisa de natureza médica e saltou do sofá, estendendo a mão para a maleta de socorro de Thom.

– Não, as pistas, Sachs. As *pistas*... Entendi tudo errado.

A respiração era rápida e ele rilhou os dentes enquanto pensava.

Ela se vestiu, voltou a sentar-se, os dedos desaparecendo automaticamente entre os cabelos e o couro cabeludo, coçando.

– O quê, Rhyme? O que é?

– A igreja. Talvez não seja no Harlem. – E repetiu: – Cometi um erro.

Exatamente como no caso do elemento que tinha assassinado a família de Collin Stanton. Em criminalística, é possível interpretar perfeitamente cem pistas e a que escapou é a que termina na morte de alguém.

– Que horas são? – perguntou ela.

– 5h45, um pouco mais. Pegue os jornais. A agenda dos serviços religiosos.

Sachs pegou o jornal e folheou-o. Em seguida, ergueu a vista:

– O que você está pensando?

– O 238 sente obsessão por coisas antigas. Se está atrás de uma velha igreja de negros, ele talvez não esteja pensando na zona norte da cidade. Philip Payton fundou a Afro-American Realty Company no Harlem, em 1900. Havia dois outros bairros negros na cidade. No centro, onde estão agora os prédios das cortes de justiça, e na San Juan Hill. Hoje, elas são principalmente de brancos, mas... Oh, em que diabo eu estava pensando?

– Onde fica a San Juan Hill?

– Exatamente ao norte de Hell's Kitchen. No West Side. Recebeu esse nome em homenagem a todos os soldados negros que lutaram na Guerra Hispano-Americana.

Ela continuou a ler o jornal:

– Igrejas no centro... – disse. – Bem, em Battery Park há o Seamen's Institute. Tem uma capela. Realizam serviços religiosos. Trinity, Saint Paul's.

– Isso não ficava na zona negra. Mais ao norte e leste.

– Há uma igreja presbiteriana em Chinatown.

– Alguma batista, evangélica?

– Não, nada absolutamente nessa área. Há... Oh, diabo. – Com resignação nos olhos, ela suspirou: – Oh, não.

Rhyme compreendeu.

– Serviço religioso ao amanhecer!

Ela assentiu.

– Tabernáculo Sagrado, Batista... Oh, Rhyme, há um serviço evangélico que começa às seis. Esquina da rua 59 com a 11.

– É a San Juan Hill! Ligue para eles!

Sachs agarrou o telefone e discou o número. Ficou parada, cabeça baixa, puxando ferozmente uma sobrancelha e sacudindo a cabeça.

– Responda, responda... Droga! É uma gravação. O pastor deve estar fora de seu escritório. – No telefone, disse: – Aqui fala o Departamento de

Polícia de Nova York. Temos razão para acreditar que há uma bomba em sua igreja. Evacuem o local o mais rápido possível

Desligou e calçou os sapatos.

— Vá, Sachs. Você tem que chegar lá. Agora!

— Eu?

— Estamos mais perto do que a delegacia mais próxima. Você pode chegar lá em dez minutos.

Ela correu para a porta, afivelando ao mesmo tempo o cinto.

— Eu ligo para a delegacia – gritou ele, enquanto ela descia saltando os degraus, os cabelos como uma nuvem vermelha em volta da cabeça. – E, Sachs, se gosta de dirigir rápido, faça isso agora!

O VRR ENTROU como uma bala na rua 81 e acelerou na direção oeste.

Sachs ignorou a esquina na Broadway, derrapou, bateu numa máquina de venda de jornais do *New York Post*, jogando-a para dentro da vitrine da Zabar, antes de recuperar o controle da caminhonete. Lembrou-se de todo o equipamento para uso em cenas de crime que havia ali atrás. O veículo está pesado de traseira, pensou, nada de dobrar esquina a 80.

Desceu a Broadway. Freou no cruzamento. Olhe à esquerda. À direita. Livre. Pise fundo!

Raspou pela Nona Avenida no Lincoln Center e tomou a direção sul. Eu estou apenas a ...

Oh, droga!

Uma parada louca com os pneus cantando.

A rua estava fechada!

Uma fileira de cavaletes bloqueava a Nona por causa de uma feira de rua que seria realizada ali mais tarde naquela manhã. Uma faixa anunciava: *Artesanato e comidas de todas as nações. De mãos dadas, nós somos um só.*

Porra... aquela *merda* das Nações Unidas! Rodou meio quarteirão de ré e acelerou a caminhonete até 80 antes de bater no primeiro cavalete. Espalhando mesas portáteis de alumínio e estandes à retaguarda, abriu uma faixa através da feira deserta. Dois quarteirões depois, a caminhonete rompeu a barricada sul e entrou derrapando na 59, usando muito mais calçada do que ela queria.

Lá estava a igreja, a uns 60 metros de distância.

Viu paroquianos nos degraus – pais, meninas usando vestidos brancos e cor-de-rosa de babados, meninos usando ternos escuros e camisas brancas.

E, na janela do porão, uma pequena baforada de fumaça cinzenta.

Pisou no acelerador até embaixo, o motor rugindo.

Pegou o microfone:

– VRR 2 para Central.

E no instante que levou para lançar um olhar ao Motorola e verificar se o volume estava no alto, um grande Mercedes saiu de um beco e cruzou seu caminho.

Um olhar rápido à família dentro do carro, olhos esbugalhados de pavor quando o pai pisou forte nos freios.

Instintivamente, Sachs girou com toda força o volante para a esquerda, pondo a caminhonete em derrapagem controlada. Vamos, suplicou ela aos pneus, agarrem, agarrem, agarrem! O asfalto oleoso, porém, estava escorregadio em conseqüência do calor dos últimos dias e coberto de orvalho. A caminhonete dançou sobre a rua como se fosse um aquaplano.

A traseira da caminhonete bateu na frente da Mercedes, a 80. Com um som explosivo, o carro cortou o lado direito da traseira da caminhonete. As valises pretas de CC voaram no ar, abrindo-se e espalhando o conteúdo pela rua. Paroquianos que estavam por ali correram para se proteger dos estilhaços de vidro, plástico e folhas de metal.

O air bag encheu-se e esvaziou, deixando-a atordoada. Cobriu o rosto no momento em que a caminhonete tombava sobre uma fileira de carros e uma banca de jornal, deslizava pelo chão e parava com as rodas para cima. Jornais e sacos plásticos de guardar provas caíram flutuando no chão como se fossem pequenos pára-quedistas.

Presa de cabeça para baixo pelo cinto de segurança, sem poder ver por causa dos cabelos que lhe cobriam o rosto, Sachs limpou o sangue da testa e dos lábios feridos e tentou soltar a mola. Que não cedeu. Gasolina quente entrou no carro e desceu devagar pelo seu braço.

Tirou um canivete do bolso traseiro, abriu-o e cortou o cinto de segurança. Ao cair, se espetou na lâmina e ficou por um momento deitada, arquejando, sufocando com os vapores da gasolina.

Vamos, menina, saia daí. Saia!

As portas estavam travadas e não havia maneira de escapar pela traseira amassada da caminhonete. Começou a dar chutes na janela. O vidro não quebrava. Puxou o pé para trás e jogou-o com toda força contra o pára-brisa rachado. Nenhum efeito, exceto quase torcer o tornozelo.

A pistola!

Bateu no quadril. A arma tinha sido arrancada do coldre e jogada para algum lugar dentro do carro. Sentindo o gotejar quente da gasolina nos braços e ombros, procurou freneticamente entre os papéis e equipamentos de CC que cobriam o teto da caminhonete.

Então, viu a volumosa Glock perto da luz do teto. Agarrou-a e fez pontaria para a janela lateral.

Vá em frente. O vidro traseiro está desimpedido, não há ainda espectadores por aí.

Mas hesitou. E se a chama do cano incendiasse a gasolina?

Manteve a arma tão longe quanto possível da blusa ensopada do uniforme enquanto pensava.

Em seguida, apertou o gatilho.

## 28

Cinco tiros, um desenho de estrela e, mesmo assim, o vidro General Motors resistiu.

Mais três tiros, ensurdecendo-a no espaço apertado da caminhonete. Mas pelo menos a gasolina não explodiu.

Recomeçou a escoicear. Finalmente, a janela estilhaçou-se numa cascata de gelo azul-esverdeado. No momento em que rolava para fora, a caminhonete explodiu com um *whoosh* silencioso.

Tirando toda a roupa e ficando somente com a camiseta, jogou fora a blusa ensopada do uniforme e o colete à prova de bala, juntamente com o conjunto articulado de fone/microfone. Sentiu o tornozelo ceder, mas correu para a porta da frente da igreja, passando pelos paroquianos e o coro que fugiam nesse momento. O térreo estava coberto de fumaça, enroscando-se. Perto dali, uma parte do chão ondulou, soltou vapor e irrompeu em chamas.

O pastor apareceu de repente, sufocando, lágrimas escorrendo pelo rosto. Trazia a reboque uma mulher inconsciente. Sachs ajudou-o a levá-la até a porta.

– Onde fica o porão? – perguntou.

Ele teve um acesso de tosse e sacudiu a cabeça.

– Onde? – gritou ela, pensando em Carole Ganz e na filhinha. – O *porão*?

– Lá... Mas...

No outro lado daquele trecho em chamas do piso.

Sachs mal conseguiu vê-lo, tão grossa era a fumaça. Uma parede desmoronou em frente a eles, as velhas traves e colunas por trás estalando e lançando fagulhas e golfadas de gás quente, que penetraram com um silvo na sala escura. Sachs hesitou, mas, em seguida, dirigiu-se para a porta do porão.

O pastor segurou-lhe o braço.

– Espere! – Abriu um armário, tirou um extintor de incêndio e arrancou o pino. – Vamos.

Sachs sacudiu a cabeça.

– O senhor, não. Continue aqui, controlando a situação. Diga aos bombeiros que há uma policial e outra vítima no porão.

Sachs já corria.

*Quando você se move...*

Saltou por cima do trecho em chamas no chão. Mas, por causa da fumaça, julgou mal a distância até a parede. Estava mais perto do que pensara, bateu no painelamento de madeira e caiu para trás, rolando quando os cabelos roçaram pelo fogo, que pegou alguns fios. Sufocando com o mau cheiro, abafou as chamas com as mãos e começou a levantar-se. O chão, enfraquecido pelas chamas embaixo, quebrou-se sob seu peso e ela enfiou o rosto pelo madeirame de carvalho. Sentiu o calor do porão lhe lamber as mãos e braços quando os puxou para fora.

Rolando para longe da borda do buraco, levantou-se e estendeu a mão para a maçaneta da porta do porão. Parou de repente.

Vamos, moça, pense melhor. Sinta a porta, antes de abri-la. Se ela estiver quente demais e você deixar que oxigênio entre em um lugar superaquecido, o gás pegará fogo e o choque de retorno vai fritar de vez o seu rabo. Tocou a madeira. Insuportavelmente quente.

Mas em seguida, pensou: O que diabos posso fazer?

Cuspindo nas mãos, agarrou com força a maçaneta, torceu-a e abriu a porta antes que o calor lhe queimasse as mãos.

A porta se abriu violentamente e uma nuvem de fumaça e fagulhas foi cuspida para fora.

— Alguém aí embaixo? — gritou, e começou a descer.

Os degraus mais baixos estavam em chamas. Cobriu-os com um rápido jato de dióxido de carbono e saltou para o porão escuro. O penúltimo degrau cedeu e ela inclinou-se para a frente. O extintor caiu com um som metálico no chão, no momento em que agarrava o corrimão justamente a tempo de evitar quebrar a perna.

Soltando-se do degrau quebrado, examinou com os olhos semicerrados a escuridão. A fumaça não era tão forte ali – estava subindo –, mas as chamas rugiam furiosas por toda parte em volta. O extintor havia rolado para baixo de uma mesa em chamas. Esqueça-o! Correu através da fumaça.

— Olá! – gritou.

Nenhuma resposta.

Então lembrou-se de que o elemento desconhecido 238 usava fita adesiva. Ele gostava que as vítimas ficassem em silêncio.

Abriu com um pontapé uma pequena porta e olhou para dentro de uma sala de caldeiras. Havia ali uma porta que dava para fora, embora destroços em chamas bloqueassem inteiramente aquele caminho. Ao lado, viu o tanque de combustível, cercado pelas chamas.

Ele não vai explodir, pensou Sachs, lembrando-se das aulas na Academia sobre incêndio intencional. Óleo combustível não explode. Afaste com os pés o entulho e abra a porta. Limpe sua rota de fuga. *Em seguida*, procure a mulher e a menina.

Hesitou, vendo as chamas rolarem por cima de um dos lados do tanque de óleo.

Não vai explodir, não vai explodir.

Começou a andar para a frente, aproximando-se da porta.

Ele não vai...

O tanque, de repente, soltou uma baforada, como uma lata de soda aquecida, e se partiu ao meio. O óleo jorrou alto para o ar, inflamando uma enorme espuma alaranjada. Uma poça em chamas formou-se no chão e escorreu na direção de Sachs.

Não vai explodir. Tudo bem. Mas queima que é uma beleza. Saltou para trás através da porta, fechou-a com uma batida forte. A rota de fuga já era.

Recuando para a escada, sufocando, mantendo-se agachada, procurando quaisquer sinais de Carole e Pammy. Teria 238 mudado as regras? Poderia ter ele desistido de porões e colocado essas vítimas no átrio da igreja?

*Crack.*

Um rápido olhar para cima. Viu uma grande viga de carvalho, em chamas, começando a cair.

Com um grito, saltou para um lado, mas tropeçou e aterrou de costas, com toda força, observando a imensa viga cair diretamente para seu rosto e peito. Instintivamente, ergueu as mãos.

Um alto som, quando a viga caiu sobre uma cadeira para crianças. E parou a centímetros da cabeça de Sachs, que rastejou por baixo, rolou e se pôs de pé.

Olhou em volta, tentando penetrar na escuridão da fumaça.

Diabos, não, pensou de repente. Não vou perder outra. Sufocando, voltou para o fogo e foi cambaleante para o único canto que não tinha examinado.

Enquanto corria para a frente, uma perna projetou-se de trás de um arquivo e derrubou-a.

Mãos à frente, caiu de cara a centímetros de uma poça de óleo em chamas. Rolou para um lado, puxou a arma e apontou-a para o rosto em pânico de uma mulher loura que lutava para se sentar.

Sachs arrancou-lhe a mordaça e a mulher cuspiu muco preto. Engasgou por um momento, soltando um som profundo, de gente morrendo.

– Carole Ganz?

Ela assentiu.

– Sua filha? – gritou Sachs.

– Não... não está aqui. Minhas mãos! As algemas.

– Não há tempo. Venha.

Com o canivete, Sachs cortou a corda que prendia os tornozelos de Carole.

E foi então que viu, encostado na parede junto à janela, um saco plástico que se derretia.

As pistas plantadas! As que diziam onde estava a menininha. Deu um passo para o saco. Com um estrondo ensurdecedor, porém, a sala da caldeira partiu-se em duas, liberando um maremoto de 15 centímetros de altura de óleo pelo chão, cercando o saco, que se desintegrou instantaneamente.

Sachs olhou para o local e, em seguida, ouviu o grito da mulher. Todos os degraus estavam em chamas. Com um chute, Sachs tirou o extintor de incêndio debaixo da mesa em brasa. O cabo e a ponta haviam derretido e o tubo de metal estava quente demais para que pudesse segurá-lo. Com o canivete, cortou um pedaço da blusa do uniforme, pegou o extintor pelo gargalo e apontou-o para o alto dos degraus em chamas. O tubo balançou por um momento, como se fosse um pino de boliche sem saber se caía ou não, e em seguida começou a descer.

Sachs puxou a Glock e, quando o cilindro vermelho estava a meio caminho, disparou um tiro.

O extintor desintegrou-se em uma imensa explosão, pedaços de metralha vermelha voando por cima da cabeça das duas. O cogumelo de dióxido de carbono e de pó caiu sobre os degraus e, momentaneamente, apagou a maior parte das chamas.

– Agora, vamos! – gritou Sachs.

Juntas, subiram os degraus, dois de cada vez, Sachs carregando seu próprio peso e metade do peso da mulher, passou pela porta e entrou no inferno do térreo. Colaram-se à parede, tropeçando para chegar à saída, enquanto acima delas janelas de vitrais explodiam e deixavam cair uma chuva de cacos de vidro – os corpos coloridos de Jesus, Mateus, Maria e do próprio Deus – sobre as costas encurvadas das mulheres que fugiam.

## 29

Quarenta minutos depois, Sachs tinha sido untada com pomada, enfaixada, costurada e inalado tanto oxigênio puro que se sentia meio zonza. Sentada ao lado de Carole Ganz, as duas olharam para o que tinha sobrado da igreja. O que era praticamente nada. Só duas paredes continuavam de pé e, curiosamente, uma parte do terceiro andar, projetando-se para o espaço, acima de uma paisagem lunar de cinzas e escombros empilhados no porão.

– Pammy, Pammy... – gemeu Carole. Em seguida, escarrou e vomitou. Levou ao rosto a máscara de oxigênio, recostou-se, cansada, sentindo dores.

Sachs examinou outro trapo embebido em álcool com o qual estava enxugando o sangue do rosto. Os trapos tinham sido inicialmente marrons, e nesse momento estavam cor-de-rosa. Os ferimentos não eram graves – um corte na testa, queimaduras de segundo grau nos braços e nas mãos. Os lábios, contudo, não eram mais impecáveis. O inferior tinha sido cortado fundo na queda da viga e o ferimento precisou de três pontos.

Carole estava sofrendo de intoxicação por fumaça e com o punho fraturado. Uma tala improvisada lhe envolvia o pulso esquerdo, que ela aninhava junto ao corpo, a cabeça baixa, falando através de dentes cerrados.

– Aquele filho-da-puta. – Tossiu. – Por que... Pammy? Por que, em nome de Deus? Uma criança de 3 anos!

Enxugou lágrimas zangadas com as costas da mão intacta.

– Talvez ele não a queira machucar. Por isso ele só trouxe você à igreja

– Não – cuspiu ela, furiosa. – Ele não se importa com ela. Ele é um doente mental! Vi pela maneira como olhou para ela. Eu vou matá-lo. Vou matar aquele filho-da-puta.

As palavras ásperas dissolveram-se em um acesso mais áspero ainda de tosse.

Sachs encolheu-se de dor. Inconscientemente, tinha enfiado uma unha numa ponta de dedo queimada. Puxou a caderneta de notas.

– Você pode contar o que aconteceu?

Entre crises de soluços e acessos de tosse gutural, Carole contou a história do seqüestro.

– Você quer que eu ligue para alguém? – perguntou Sachs. – Para seu marido?

Carole não respondeu. Puxou os joelhos para o queixo, abraçou-se, espirrando fortemente.

Com a mão queimada, Sachs apertou o braço da mulher e repetiu a pergunta.

– Meu marido... – Ela lançou a Sachs um olhar estranho. – Meu marido faleceu.

– Oh, sinto muito.

Carole estava ficando grogue com o sedativo e uma paramédica levou-a para descansar na ambulância.

Sachs ergueu o olho e viu Lon Sellito e Jerry Banks saindo da igreja queimada e correndo para ela.

– Jesus, policial. – Sellitto estava observando a carnificina na rua. – E a menina?

– Continua com ele – respondeu Sachs.

– Você está bem? – perguntou Banks.

– Nada de grave. – Sachs olhou para a ambulância. – A vítima, Carole, não tem dinheiro algum e nenhum lugar para ficar. Ela está na cidade para trabalhar para as Nações Unidas. Você acha que poderia dar alguns telefonemas, detetive? Ver se poderiam hospedá-la por algum tempo?

– Claro – respondeu Sellitto.

366

– E as pistas deixadas no local? – perguntou Banks e encolheu-se ao tocar uma atadura acima da sobrancelha direita.

– Perdidas – respondeu Sachs. – Eu as vi. No porão. Mas não pude chegar a elas a tempo. Queimadas e enterradas.

– Oh, Deus – murmurou Banks. – O que vai acontecer à menininha? O que ele *pensa* que vai acontecer com ela?

Amelia foi até os restos da caminhonete da VRR, encontrou o conjunto de fones e microfone. Colocou-o em volta da cabeça e ia ligar pedindo ajuda a Rhyme quando hesitou e baixou o microfone. O que, afinal de contas, poderia ele lhe dizer? Olhou para a igreja. Como podemos processar uma cena de crime quando não há cena?

Com as mãos nos quadris, olhava fixamente para o esqueleto fumegante do prédio, quando ouviu um som que não pôde identificar, um som uivante, mecânico. Não lhe deu atenção, até que notou que Lon Sellitto interrompia o trabalho de espanar as cinzas da roupa e da camisa enrugada. E ele disse:

– Não acredito.

Amelia voltou-se para a rua.

Uma grande van preta estava estacionada a um quarteirão de distância. Uma rampa hidráulica projetava-se de um de seus lados e nela havia alguma coisa. Apertou os olhos para ver melhor. Era um daqueles robôs do esquadrão antibombas, ao que parecia. A rampa tocou o chão e o robô rolou para longe.

Em seguida, Sachs riu alto.

A engenhoca virou-se para eles e começou a se mover. A cadeira de rodas lhe lembrou um Pontiac Firebird, vermelha como bala de maçã. Era um desses modelos elétricos, com rodas pequenas na traseira, e uma grande bateria e um motor montados embaixo da estrutura.

Thom vinha ao lado dela, mas era o próprio Rhyme quem a dirigia – no controle, observou ela ironicamente – por meio de um canudinho que tinha na boca. Os movimentos dele eram estranhamente graciosos. Rhyme veio até onde ela estava e parou.

– Tudo bem – disse ele bruscamente –, eu menti.

Amelia suspirou.

– Sobre suas costas? Quando disse que não podia usar uma cadeira de rodas?

– Estou confessando que menti. Você vai ficar uma fera, Amelia. Pois fique e vamos acabar logo com isso.

– Você já notou que quando está de bom humor me chama Sachs e quando está de ovo virado me chama de Amelia?

– Não estou de ovo virado – retrucou ele secamente.

– Realmente, não está – concordou Thom. – Ele simplesmente odeia ser flagrado em qualquer coisa.

Com um movimento de cabeça, o empregado indicou a impressionante cadeira de rodas.

Amelia olhou para um dos lados da engenhoca. Tinha sido fabricada pela Action Company, era um modelo Storm Arrow.

– Ele tinha isso guardado em um armário no térreo durante todo o tempo em que contava sua patética historinha de sofrimento. Eu, por falar nisso, deixei que ele fizesse isso.

– Sem comentários, Thom, obrigado. Estou pedindo desculpas, não estou? Sinto. Muito.

– Ele tem essa cadeira há anos – continuou Thom. – Aprendeu a mexer nela com a maior facilidade. Esse aí é o canudinho de controle. Ele é muito competente nessa coisa. Por falar nisso, ele sempre *me* chama de Thom. Não recebo *nunca* tratamento respeitoso pelo sobrenome.

– Estou cansado demais de ser o centro das atenções – disse Rhyme. – De modo que deixei de dar passeiozinhos. – Olhou para o rosto ferido de Amelia. – Dói?

Ela tocou a boca, torcida num sorriso.

– Arde como o diabo.

Rhyme olhou para o lado.

– E o que foi que aconteceu com você, Banks? Agora deu para barbear a testa?

– Choquei-me com um caminhão de bombeiros. – O jovem sorriu e tocou novamente a atadura.

– Rhyme – disse Amelia, não mais sorrindo. – Não há nada aqui. Ele está com a menininha e não consegui chegar a tempo às provas plantadas.

368

– Ah, Sachs, sempre há *alguma coisa*. Tenha fé nos ensinamentos de Monsieur Locard.

– Vi quando o fogo destruiu todas as provas. Se havia alguma coisa, agora está sob toneladas de escombros.

– Neste caso, vamos procurar as pistas que ele não teve intenção de deixar. Vamos processar essa cena juntos, Sachs. Você e eu. Vamos.

Deu duas curtas sopradas no canudinho e a cadeira andou para a frente. Chegaram a 3 metros da igreja, ocasião em que ela disse, subitamente:

– Espere.

Rhyme freou.

– Você está ficando descuidado, Rhyme. Ponha uns elásticos nessas rodas. Você vai querer confundir suas pegadas com as dele?

– POR ONDE COMEÇAMOS?

– Precisamos de uma amostra da cinza – respondeu Rhyme. – Havia algumas latas limpas de tinta nos fundos da caminhonete. Veja se pode encontrar alguma.

Ela apanhou uma lata entre os restos do VRR.

– Você sabe onde o fogo começou? – perguntou Rhyme.

– Muito bem.

– Tire uma amostra da cinza, um ou dois quartos de litro, tão perto do ponto de origem quanto puder.

– Certo – disse ela, subindo em uma parede de tijolo de 1,50 metro de altura, tudo o que restava do lado norte da igreja. Daí ela olhou para o buraco fumegante embaixo.

Um bombeiro avisou:

– Ei, policial, ainda não tornamos segura essa área. Ela é perigosa.

– Não tão perigosa quanto a última onde estive – respondeu Sachs e, segurando a alça da lata com os dentes, passou a perna para o outro lado.

Lincoln Rhyme olhou para ela, mas estava realmente se vendo, três anos e meio antes, tirar o paletó e descer para o canteiro de obras na entrada do metrô perto da prefeitura.

*369*

Sachs – chamou ele. Ela virou-se. Tenha cuidado. Vi o que sobrou do VRR. Não quero perdê-la duas vezes no mesmo dia.

Ela inclinou a cabeça e desapareceu pelo outro lado da parede.

Alguns minutos depois, Rhyme perguntou secamente a Banks:

– Onde está ela?

– Não sei.

– O que estou perguntando é: você pode ir ver o que aconteceu com ela?

– Oh, claro.

Foi até a parede, subiu e olhou para baixo.

– E então? – perguntou Rhyme.

– Está a maior bagunça lá embaixo.

– *Claro* que está a maior bagunça. Você a está vendo?

– Não.

– Sachs? – gritou Rhyme.

Seguiu-se um longo gemido de madeira queimando e depois um som de coisa caindo. Poeira subiu no ar.

– Sachs? Amelia?

Nenhuma resposta.

Imediatamente antes de ele enviar a UOE para tirá-la de lá, ouviram sua a voz.

– Estou indo.

– Jerry? – disse Rhyme.

– Pronto – respondeu o jovem detetive.

A lata voou, subindo. Banks pegou-a com uma única mão. Sachs saiu do porão, limpando as mãos na calça comprida, encolhendo-se.

– Tudo bem?

Ela assentiu.

– Agora, vamos trabalhar no beco – ordenou Rhyme. – Por aqui há tráfego em todas as horas do dia, de modo que ele estacionaria fora da rua, antes de trazê-la para cá. Foi lá que ele estacionou. Usou aquela porta ali.

– Como você sabe?

– Há duas maneiras de abrir portas fechadas... sem explosivos. Pela tranca e pelas dobradiças. Essa devia estar aferrolhada por dentro,

370

de modo que ele tirou os pinos das dobradiças. Está vendo, ele não se importou nem em deixá-los bem longe quando foi embora.

Partiram para a porta e abriram caminho até os fundos do escuro cânion, com o prédio fumegante à direita. Andaram 30 centímetros de cada vez, Sachs apontando a PoliLight para as lajes.

– Quero marcas da banda de rodagem dos pneus – disse Rhyme. – Quero saber onde ficou o porta-malas do carro dele.

– Aqui – disse Sachs, examinando o chão. – Banda de rodagem. Mas não sei se são de pneus dianteiros ou traseiros. Ele pode ter dado marcha a ré.

– Elas estão claras ou indistintas? As marcas da banda de rodagem?

– Um pouco indistintas.

– Então essas são dos pneus dianteiros. – Rhyme riu ao notar a expressão confusa de Sachs. – Você é a especialista automotiva, Sachs. Na próxima vez em que entrar num carro e der partida, verifique se não gira o volante um pouco, antes de começar a mover-se. Para ver se os pneus estão retos. A banda de rodagem dianteira deixa sempre sinais mais indistintos do que os traseiros. Bem, o carro roubado era um Ford Taurus modelo 97. Ele mede 5 metros do pára-choque dianteiro ao traseiro, largura entre eixos de 2,75 metros. Aproximadamente 115 centímetros do centro do pneu traseiro até a carroceria. Meça isso e passe o aspirador de pó.

– Ora, vamos, Rhyme. Como você sabe disso?

Consultei um manual esta manhã. Você processou a roupa da vítima?

– Processei. Unhas e cabelos, também. E, Rhyme, veja só: o nome da menininha é Pam, mas ele a chamou de Maggie. Exatamente como fez com a moça alemã... que ele chamou de Hanna, lembra-se?

– Você quer dizer, a outra persona dele fez isso – retrucou Rhyme. – Eu gostaria de saber quem são os personagens na peça dele.

– Vou passar também o aspirador em volta da porta – disse ela.

Rhyme observou-a – rosto ferido e cabelos despenteados, calça queimada em alguns pontos. Sachs passou o aspirador pela parte inferior da porta e, exatamente no momento em que ele ia lhe lembrar que

371

cenas de crime sao tridimensionais, ela passou o aspirador em volta da verga da porta.

– Ele provavelmente olhou antes de levá-la para dentro – comentou Sachs e começou a passar também o aspirador pelo peitoril da janela.

O que teria sido a ordem seguinte de Rhyme.

Ele ficou escutando o zumbido do aspirador. Mas, um segundo após outro, ele estava desaparecendo, no passado, algumas horas antes.

– Eu estou... – começou Sachs.

– Shhh – disse ele.

Tal como os passeios que nesse momento dava, tal como os concertos a que ia como tantas das conversas que tinha, Rhyme estava mergulhando cada vez mais fundo em sua consciência. E, quando chegou a um certo lugar – mesmo que não tivesse idéia de onde ficava aquilo –, descobriu que não estava sozinho. Estava vendo um homem baixo usando luvas, roupa esporte escura, máscara de esquiador. Descendo do Ford Taurus prateado, que tinha cheiro de coisa limpa e de carro novo. A mulher – Carole Ganz – estava na mala, a criança mantida cativa em um velho prédio construído com mármore cor-de-rosa e tijolo caro. Viu o homem tirando a mulher do carro e arrastando-a.

Quase uma recordação, tão clara era a cena.

Soltando as dobradiças, abrindo a porta, puxando-a para dentro, amarrando-a. Começou a deixar o local, mas parou. Foi até o lugar de onde podia olhar e ver claramente Carole. Da mesma maneira como olhou para o homem que enterrou no leito da estrada de ferro na manhã do dia anterior.

Da mesma maneira como acorrentou Tammie Jean Colfax ao cano no centro da sala. Para poder ter uma boa visão dela.

Mas por quê?, perguntou Rhyme a si mesmo. Por que ele as olha? Para ter certeza de que as vítimas não vão escapar? Para ter certeza de que não deixou nada comprometedor ali? Para...

Abriu subitamente os olhos. A aparição vaga do Elemento Desconhecido 238 desapareceu.

– Sachs! Lembra-se da cena da Colfax? Quando encontrou a impressão da luva?

– Claro.

– Você disse que ele a estava observando, foi essa a razão por que ele a acorrentou em um local tão visível. Mas você não sabia por quê. Bem, eu descobri. Ele observa as vítimas porque tem que fazer isso.

*Porque essa é a natureza dele.*

– O que você quer dizer?

– Venha cá.

Rhyme sugou duas vezes o controle de canudinho, que virou a cadeira Arrow. Em seguida, soprou com força e ela partiu para a frente.

Foi até a calçada e sugou com força o canudo para parar a cadeira. Apertou os olhos enquanto olhava para todos os lugares em volta.

– Ele quer ver as vítimas. E aposto que ele queria ver também os paroquianos. De algum lugar que julgava seguro. Que não tivesse que varrer depois.

Olhava nesse momento para o outro lado da rua, para o único ponto isolado no quarteirão: o pátio externo de um restaurante em frente à igreja.

– Ali! Passe o aspirador por toda parte ali, Sachs.

Amelia assentiu, inseriu um novo carregador na Glock, pegou os sacos de prova, alguns lápis e o aspirador de pó. Ele observou quando ela atravessou correndo a rua e, em seguida, subiu com cuidado os degraus do pátio, examinando-os.

– Ele esteve aqui – gritou. – Há uma marca de luva. E uma pegada... Desgastada igualzinha às outras.

Isso mesmo!, pensou Rhyme. Oh, essa sensação era boa. O sol quente, o ar, os espectadores. E a excitação da caça.

*Quando você se move, eles não podem pegá-lo.*

Bem, se *nos* movermos mais rápido, talvez possamos.

Olhou por acaso para a multidão e notou que algumas pessoas o fitavam. Um número muito maior de pessoas, porém, observava Amelia Sachs.

Durante 15 minutos, ela vasculhou a cena e, quando voltou, trazia um pequeno saco de provas.

– O que você encontrou, Sachs? A carteira de habilitação dele? A certidão de nascimento?

– Ouro – respondeu ela sorrindo. – Encontrei um pouco de ouro.

## 30

— Vamos, gente – gritou Rhyme –, vamos ter que começar a trabalhar nestas provas. Antes que ele leve a menina para a próxima cena. Eu estou dizendo: *mexam-se!*

Thom realizou uma operação de transferência para tirar Rhyme da Storm Arrow e recolocá-lo na cama, pondo-o momentaneamente empoleirado em um aparador e, em seguida, deixando-o arriar suavemente na Clinitron. Sachs lançou um olhar para o elevador da cadeira de rodas, que havia sido instalado em um dos closets da sala – aquele que ele não quis que ela abrisse quando a orientou para o local onde estavam o estéreo e os CDs.

Rhyme ficou imóvel durante um momento, respirando profundamente para recuperar-se do esforço.

– As pistas desapareceram – lembrou ele. – Não há maneira de descobrirmos onde será a próxima cena do crime. De modo que vamos partir para a maior: a casa segura dele.

– Acha que pode encontrá-la? – perguntou Sellitto.

Temos escolha?, perguntou Rhyme a si mesmo e nada respondeu.

Banks subiu correndo a escada. Não havia sequer entrado na sala quando Rhyme perguntou:

– O que eles disseram? Diga-me. *Diga-me.*

Rhyme sabia que o minúsculo pedaço de ouro encontrado por Sachs estava além da capacidade do improvisado laboratório de Mel Cooper. Ele tinha pedido ao jovem detetive que corresse até o departamento PERT da Superintendência local do FBI e que pedisse uma análise.

– Eles vão nos ligar em meia hora.

– Meia *hora* – murmurou Rhyme. – Eles não deram prioridade à amostra?

– Pode apostar que deram. Dellray estava lá. Você devia tê-lo visto. Ordenou que todos os demais trabalhos fossem suspensos e disse que, se o laudo da metalurgia não estivesse em suas mãos ONTEM, a mãe de alguém... você pode imaginar o quadro...

– Rhyme – disse Sachs –, há outra coisa que Carole Ganz disse que pode ser importante. Ele disse que a soltaria se ela deixasse que ele lhe debulhasse o pé.

– Debulhar?

– Tirar a pele do pé.

– *Esfolar* – corrigiu-a Rhyme.

– Oh. De qualquer maneira, ele não fez nada. Ela disse que pareceu que, no fim, ele não conseguiu se obrigar a cortá-la.

– Exatamente igual à primeira cena do homem ao lado do leito da estrada de ferro – lembrou Sellitto.

– Interessante... – disse Rhyme, pensativo. – Pensei que ele tinha cortado o dedo da vítima para desencorajar qualquer pessoa de roubar o anel. Vejam só o comportamento dele: cortar o dedo do motorista do táxi e sair andando com ele por aí. Cortando o braço e a perna da moça alemã. Roubando os ossos e o esqueleto da cobra. Escutando enquanto quebrava o dedo de Everett... Há alguma coisa na maneira como ele vê as vítimas. Alguma coisa...

– Anatômica?

– Exatamente, Sachs.

– Exceto no caso de Carole Ganz – lembrou Sellitto.

– É o que eu acho – disse Rhyme. – Ele poderia tê-la cortado e ainda tê-la conservado viva para nós. Mas alguma coisa o deteve. O quê?

– O que há de diferente nela? – perguntou Sellitto. – Não pode ser o fato de ser uma mulher. Ou de fora da cidade. A moça alemã também não era daqui.

– Talvez ele não tenha desejado machucá-la na frente da filha – sugeriu Banks.

– Não – disse Rhyme, um sorriso sombrio nos lábios –, compaixão não é com ele.

Subitamente, Sachs teve uma idéia:

– Mas *há* uma coisa diferente nela. Ela é mãe.

Rhyme pensou na sugestão.

– Poderia ser isso. Mãe e filha. Não foi suficiente para que ele as soltasse. Mas impediu-o de torturá-la. Thom, anote isso. Com um ponto de interrogação. – Em seguida, voltou-se para Sachs: – Ela disse alguma coisa sobre a aparência dele?

Sachs folheou a caderneta de notas.

– O mesmo que antes. – E leu: – Máscara de esquiador, estatura mediana, luvas pretas, ele...

– Luvas *pretas*? – Rhyme olhou para a tabela na parede. – Vermelhas, não?

– Ela disse pretas. Perguntei a ela se tinha certeza disso.

– E aquele outro pedaço de couro era preto também, não era, Mel? Talvez *esse* pedaço tenha vindo das luvas. Nesse caso, de onde veio o couro vermelho?

Cooper encolheu os ombros.

– Não sei, mas encontramos alguns pedaços disso. De modo que é alguma coisa que está junto dele.

Rhyme olhou para os sacos de prova.

– O que mais encontramos?

– Os vestígios que coletamos com o aspirador no beco e na porta.

Sachs despejou o conteúdo do filtro sobre uma folha de papel e Cooper passou a examiná-la com uma lupa.

– Um bocado de nada – anunciou. – Principalmente solo. Fragmento de minerais. Mica de xisto de Manhattan. Feldspato.

Que eram encontrados em toda a cidade.

– Continue.

– Folhas em decomposição. Isso é praticamente tudo.

– O que você me diz das roupas de Ganz?

Cooper e Sachs abriram o embrulho de papel de jornal e examinaram os vestígios.

– Principalmente solo – disse Cooper. – E alguns fragmentos do que parece pedra.

– Onde foi que ele a conservou em sua casa segura? Exatamente?

– No chão do porão. Ela disse que era um chão sujo.

– Excelente! – gritou Rhyme. E para Cooper: – Queime-o. O solo.

Cooper colocou uma amostra no GC-MS. Impacientes, esperaram o resultado. Finalmente, a tela do computador piscou. A grade parecia a de uma paisagem lunar.

– Muito bem, Lincoln. Interessante. Estou interpretando sem consultar as tabelas de tanino e...

– Carbonato de sódio?

– Mas isso não é espantoso? – riu Cooper. – Como você sabe?

– Esses produtos eram usados em curtumes nos séculos XVIII e XIX. O ácido tânico faz a cura de couro e o alcalino o fixa. De modo que a casa segura dele fica perto de um velho curtume.

Rhyme sorriu. Não pôde evitar. Pensou: está ouvindo passos, 238. São nossos, atrás de você.

Os olhos passaram para o mapa do Levantamento Randel.

– Por causa do mau cheiro, ninguém queria curtumes em seus bairros, de modo que os comissários restringiram a localização deles. Sei que houve alguns no Lower East Side. E em West Greenwich Village... quando o local *era* literalmente uma aldeia, um arrabalde da cidade. E, mais recentemente, na parte mais distante do West Side, na década de 1950... perto do túnel do curral onde encontramos a moça alemã. Oh, e no Harlem, em princípios da década de 1900.

Rhyme examinou a lista de supermercados – as localizações da ShopRite onde podia ser encontrada pernil de vitela.

– Chelsea está fora. Não havia nenhum curtume por lá. O Harlem, também... lá não há mercados *ShopRite*. Desse modo, os locais passam a ser West Village, Lower East Side ou Midtown West Side. Ou, novamente, Hell's Kitchen. Local do qual ele parece gostar.

Apenas uns 25km², calculou. Ele tinha descoberto desde o primeiro dia no caso que era mais fácil esconder-se em Manhattan do que em North Woods.

– Vamos continuar a trabalhar. O que você me diz da pedra nas roupas de Carole?

Cooper estava debruçado sobre o microscópio.

– Ok. Consegui.

– Faça uma colagem disso para mim, Mel.

O computador de Rhyme começou a funcionar e ele observou os fragmentos de pedra e cristal, que pareciam asteróides brilhantes.

– Faça-os girar – instruiu-o Rhyme. Havia três substâncias coladas, juntas.

– A da esquerda é mármore, cor-de-rosa – esclareceu Cooper. – Como o que encontramos antes. No meio, esse material cizento...

– É argamassa. E o outro é arenito castanho-avermelhado – anunciou Rhyme. – De um prédio em estilo federal, tal como o prédio da prefeitura em 1812. Só a fachada era de mármore, o restante era de arenito avermelhado. Faziam isso para economizar dinheiro. Bem, *faziam* isso para que a verba destinada ao mármore acabasse em vários bolsos. Agora, o que mais que temos? A cinza. Vamos descobrir qual foi o catalisador do incêndio.

Cooper passou uma amostra da cinza no GC-MS. Olhou fixamente para a curva que apareceu na tela.

Gasolina recém-refinada, contendo as tinturas e os aditivos do fabricante, era excepcional, e sua origem podia ser rastreada a uma única fonte, desde que as diferentes marcas não fossem misturadas nos postos onde o criminoso a comprara. Cooper disse que a gasolina combinava perfeitamente com a marca vendida pelos postos Gas Exchange.

Banks pegou as Páginas Amarelas e folheou-as.

– Temos seis desses postos em Manhattan. Três no centro. Um na esquina da Sexta Avenida e Houston. Outro em Delancey, 503 leste. E o último na esquina da rua 19 com a Oitava.

– A rua 19 fica muito ao norte – comentou Rhyme. Voltou a olhar para a tabela do perfil. – East Side ou West. Qual?

Supermercados, gasolina...

Uma figura comprida e desengonçada apareceu subitamente à porta.

– Ainda sou convidado para esta festinha aqui? – perguntou Frederick Dellray.

– Depende – respondeu Rhyme. – Trouxe presentes?

– Ah, muitos presentes – disse o agente, mostrando um envelope com o conhecido emblema do FBI.

– Você não bate *nunca* à porta, Dellray? – perguntou Sellito.

– Perdi o hábito, você sabe.

– Entre – convidou Rhyme. – O que temos aí?

– O diabo me leve se eu sei. Não faz o menor sentido para este garotão aqui. Mas, também, o que sei eu?

Dellray leu alguma coisa no laudo e disse:

– Pedimos a Tony Farco, do PERT... por falar nisso, ele mandou um "oi" para você, Lincoln... que analisasse esse fragmento de PM que vocês encontraram. Descobrimos que é ouro em folha. Tem provavelmente de 60 a 80 anos de idade. Ele encontrou algumas fibras de celulose coladas, de modo que pensa que isso vem de um livro.

– *Claro*! Iluminuras douradas numa página – disse Rhyme.

– Mas ele encontrou também nela algumas partículas de tinta. Ele disse, estou citando agora o rapaz: "Não é incompatível com o tipo de tinta que a Biblioteca Pública de Nova York usa para marcar as extremidades de seus livros." Ele não fala engraçado?

– Um livro de biblioteca – disse Rhyme pensativo.

– Um livro de biblioteca *encadernado em couro vermelho* – sugeriu Sachs.

Rhyme olhou-a.

– Isso mesmo! – gritou. – Foi de *um livro* que vieram os fragmentos de couro vermelho. Não de uma luva. É um livro que ele leva consigo. Pode ser a sua bíblia.

– Bíblia? – perguntou Dellray. – Você está pensando que ele é algum tipo de maníaco religioso?

– Não *a* Bíblia, Fred. Ligue novamente para a biblioteca, Banks. Talvez tenha sido assim que ele desgastou os sapatos... na sala de leitura. Sei que é uma possibilidade muito remota, mas não temos muitas opções. Quero uma lista de todos os livros de antiquários que foram roubados de locais em Manhattan no ano passado.

– É pra já.

O jovem coçou uma cicatriz de barba enquanto ligava para a casa do prefeito e, sem meias palavras, pedia ao chefão que entrasse em contato com o diretor da Biblioteca Pública e lhe dissesse de que precisavam.

Meia hora depois, a máquina de fax zumbiu e cuspiu duas páginas. Thom destacou as páginas do rolo.

– Uau, os leitores têm dedos leves nesta cidade – disse ele, entregando as folhas a Rhyme.

Oitenta e quatro livros, de cinqüenta anos de idade ou mais, haviam desaparecido de filiais da biblioteca nos últimos 12 meses, 35 deles em Manhattan.

Rhyme percorreu a lista. Dickens, Austen, Hemingway, Dreiser... Livros sobre música, filosofia, vinhos, crítica literária, contos de fadas. O valor desses livros era supreendemente baixo. Vinte, trinta dólares. Achou que nenhum deles era primeira edição, mas talvez os ladrões não soubessem disso.

Continuou a vasculhar a lista.

Nada, nada. Talvez...

Nesse momento, viu-o.

*Crime na velha Nova York*, de autoria de Richard Wille Stephans, publicado pela Bountiful Press em 1919. O valor era listado como 65 dólares e tinha sido roubado nove meses antes da filial da Biblioteca Pública de Nova York, na Delancey Street. Era descrito como um volume de 12 por 18 centímetros, encadernado em couro vermelho, com páginas finais marmorizadas e bordas douradas.

– Quero um exemplar deste livro. Custe o que custar. Podem até ligar para alguém na Biblioteca do Congresso.

– Eu cuido disso – prometeu Dellray.

*Supermercados, gasolina, a biblioteca...*

Tinha que tomar uma decisão. Havia trezentos investigadores disponíveis – policiais municipais, membros da polícia militar estadual e agentes do FBI –, mas ficariam espalhados microscopicamente se tivessem que dar buscas nas zonas leste e oeste do centro de Nova York.

Olhou para a tabela do perfil

Sua casa fica no West Village?, perguntou silenciosamente Rhyme a 238. Você comprou a gasolina e roubou o livro no East Side para nos

380

enganar? Ou esse é o seu verdadeiro bairro? Até que ponto você é inteligente? Não, não, a pergunta não é até que ponto você é inteligente, mas até que ponto você *pensa* que é. Que confiança tem você em que nós nunca descobriremos esses pedacinhos minúsculos de você mesmo que M. Locard nos garante que deixaria para trás?

Finalmente, deu a ordem:

— Concentrem-se no Lower East. Esqueçam o Village. Mandem todos para lá. Todas as tropas de Bo, todas as suas, Fred. O que vocês devem procurar é o seguinte: um grande prédio em estilo federal, com cerca de 200 anos de idade, fachada de mármore cor-de-rosa, lados e fundos de arenito avermelhado. Pode ter sido uma mansão ou um prédio público em alguma ocasião. Com uma garagem ou cocheira contígua para carruagens. Um sedã Taurus e um Yellow Cab entrando e saindo dali nas últimas semanas. Com maior freqüência, nos últimos dias.

Olhou para Sachs.

*Esquecendo os mortos...*

Sellitto e Dellray deram seus respectivos telefonemas.

Sachs disse a Rhyme:

— Eu também vou.

— Eu não esperaria outra coisa.

Quando a porta se fechou lá embaixo, ele disse baixinho:

— Vá com Deus, Sachs. Vá com Deus.

31

Três radiopatrulhas cruzavam lentamente as ruas do Lower East Side. Dois policiais em cada um deles. Olhos vasculhando o ambiente.

Um momento depois, apareceram dois coches pretos de quatro rodas... dois *sedãs*, era o que ele queria dizer. Sem marcas, mas suas luzes reveladoras não deixavam dúvida do que eram.

Sabia que eles estavam concentrando a busca, claro, e que era apenas uma questão de tempo antes que lhe descobrissem a casa. Mas ficou chocado por estarem tão perto. E também especialmente perturbado quando os policiais desceram e passaram a examinar um Taurus prateado na Canal Street.

De que modo, com todos os diabos, eles haviam descoberto sua carruagem? Sabia muito bem que roubar um carro era um enorme perigo, mas pensava que a Hertz levaria mais tempo para dar por falta do veículo. E mesmo que isso acontecesse, tinha certeza de que a polícia nunca o vincularia ao roubo. Oh, eles eram competentes.

Um dos policiais de olhar maldoso olhou para seu táxi.

Olhando fixamente para a frente, o colecionador de ossos virou para a Houston Street e perdeu-se na multidão de outros táxis. Meia hora depois, abandonou o táxi e o Taurus da Hertz e voltou a pé para a mansão.

A jovem Maggie olhou para ele.

Ela estava com medo, sim, mas tinha parado de chorar. Ficou pensando se não devia apenas ficar com ela. Arranjar uma filha. Criá-la. A idéia brilhou em sua mente por breves momentos e, em seguida, desapareceu.

Não, perguntas demais seriam feitas. Além disso, havia alguma coisa sobrenatural na maneira como a menina o fitava. Ela parecia mais velha do que sua idade. Ela se lembraria para sempre do que ele havia feito. Oh, por algum tempo, poderia pensar que tudo aquilo tinha sido um sonho. Mas, algum dia, a verdade apareceria. Isso sempre acontecia. Esconda o que quiser, mas, algum dia, a verdade aparecerá.

Não, não podia confiar mais nela do que confiava em qualquer pessoa. No fim, toda alma humana nos decepciona. Podia confiar nisso. Podia-se confiar em osso. Tudo mais era traição.

Agachou-se ao lado de Maggie e tirou-lhe a mordaça.

— Mamãe! — chorou ela. — Quero minha mamãe!

Ele nada disse, ficou simplesmente olhando, por muito tempo. Para o crânio delicado. E para os gravetos dos braços.

Ela gritou como se fosse uma sirene.

## ELEMENTO DESCONHECIDO 238

| Aparência | Residência | Veículo | Diversos |
|---|---|---|---|
| • Branco, homem, estatura baixa<br>• Roupa escura<br>• Luvas velhas, pelica, avermelhadas<br>• Loção pós-barba: para encobrir cheiro?<br>• Máscara de esquiador? Azul-arinho?<br>• Luvas são escuras<br>• Loção após barba = Brut<br>• Cabelo não é castanho<br>• Cicatriz profunda, dedo indicador<br>• Roupa esporte<br>• Luvas Desbotadas? Manchadas? | • Prov. tem casa segura<br>• Localizada perto da: B'way & 82nd, ShopRite Greenwich & Bank, ShopRite Oitava avenida 24th ShopRite Houston & Lagayette, ShopRite<br>• Prédio antigo, mármore cor-de-rosa<br>• Pelo menos 100 anos de idade, prov. mansão ou prédio público | • Táxi Yellow Cab<br>• Sedã modelo recente<br>• Cinza-claro, prateado, bege<br>• Carro de aluguel, prov. roubado<br>• Hertz, Taurus, prateado, modelo deste ano | • Conhece proc. de CC<br>• Possivelmente tem antec. criminais<br>• Conhece levantamento de impressões digitais<br>• Arma = Colt 32 milímetros<br>• Amarra vít. com nós incomuns<br>• O "Antigo" o atrai<br>• Chamou uma vít. de "Hanna"<br>• Conhece alemão básico<br>• Atraído por locais subterrâneos<br>• Dupla personalidade<br>• Talvez padre, assist. social, cons. psicológico<br>• Desgate incomum nos sapatos. Lê muito?<br>• Escutou som com prazer enquanto quebrava dedo de vítima<br>• Deixou serpente como bofetada nos investigadores<br>• Queria esfolar pé da vít.<br>• Chamou uma vít. de "Maggie"<br>• Mãe & Filha. Algum significado especial para ele?<br>• Livro *Crime na velha Nova York* como modelo?<br>• Lower East Side localizado perto de escavação arqueológica<br>• Baseia crimes em James Schneider, o "Colecionador de Ossos"<br>• Odeia a polícia |

O colecionador tirou as luvas. Os dedos pairaram por um momento sobre a menina. Em seguida, acariciou-lhe os cabelos macios. ("*Impressões digitais podem ser tiradas de carne, se isso for feito até noventa minutos depois do contato* [*Ver* KROMEKOTE], mas ninguém conseguira ainda tirar e reconstruir cristas de atrito de cabelos humanos.*" Lincoln Rhyme, *Physical Evidence*, 4ª ed. [Nova York: Forensic Press, 1994.])

Levantando-se devagar, o colecionador subiu a escada, entrou na grande sala de estar do prédio, passou pelas pinturas nas paredes – os operários, as mulheres e crianças de olhos parados. Inclinou a cabeça ao ouvir um fraco som no lado de fora. Em seguida, mais alto – um ruído de metal. Agarrou a arma e correu para os fundos do prédio. Puxando o ferrolho, abriu-a subitamente, caindo em postura de tiro com as duas mãos na arma.

A matilha de cães selvagens olhou para ele por um momento. E voltou rapidamente para o latão de lixo que tinha derrubado. Guardando a arma no bolso, ele voltou à sala de estar.

Novamente ao lado da janela com vidro ondulado, olhou para o velho cemitério. Oh, sim. Ali! Lá estava outra vez aquele homem, vestido de preto, no cemitério. Ao longe, o céu era perfurado pelos mastros pretos dos veleiros clíperes e das escunas atracadas no East River, ao longo da costa da Out Ward.

Experimentou uma sensação esmagadora de pesar. Perguntou a si mesmo se havia acabado de acontecer alguma tragédia. Talvez o Grande Incêndio de 1776 tivesse destruído a maioria dos prédios da Broadway. Ou, quem sabe, a epidemia de febre amarela de 1795 dizimado a comunidade irlandesa. Ou o incêndio no barco de cruzeiro *General Slocum*, em 1904, matado mais de mil mulheres e crianças, destruindo o bairro alemão do Lower East Side.

Ou talvez estivesse captando tragédias prestes a acontecer.

Após alguns minutos, os gritos de Maggie pararam, substituídos pelos sons da velha cidade, o rugido dos motores a vapor, a batida de chocalhos, o pipocar de tiros com pólvora negra, o tropel de cascos nas ressonantes lajes das ruas.

Continuou a olhar fixamente, esquecendo os policiais à sua procura, esquecendo Maggie, simplesmente observando a forma fantasmagórica descer a rua.

*Naquela época e agora.*

Os olhos permaneceram por um longo momento voltados para fora da janela, perdidos em um tempo diferente. E por isso não notou os cães selvagens, que haviam empurrado a porta dos fundos, que deixara entreaberta. Os cães olharam pela porta da sala de estar e pararam apenas por um momento, antes de darem a volta e correrem tranqüilamente para os fundos do prédio.

Narizes enrugaram-se com os cheiros, orelhas se empinaram com os sons daquele estranho lugar. E principalmente com o choro baixo que vinha de algum lugar abaixo deles.

A SEPARAÇÃO dos Irmãos Hardy demonstrou o grau de desespero.

Bedding vistoriava uma meia dúzia de quarteirões em volta da Delancey. Saul trabalhava mais ao sul, Sellitto e Banks tinham cada um sua área de busca, como também as centenas de outros policiais, agentes do FBI, soldados da Polícia Estadual, indo de porta em porta, perguntando coisas sobre um homem baixo, uma criança pequena em lágrimas, um Ford Taurus prateado, um prédio em estilo federal abandonado, com fachada de mármore cor-de-rosa, o restante de arenito avermelhado.

Hã? O que é que você quer dizer com federal?... Se vi uma criança? Está perguntando se algum dia vi uma criança no Lower East? Ei, Jimmy, você já viu algum dia crianças por aqui? E ainda mais nos últimos sessenta segundos?

Amelia Sachs estava flexionando os músculos. Insistiu em fazer parte do grupo de Sellitto, o que ia visitar a ShopRite em East Houston que vendera perna de vitela ao Elemento Desconhecido 238. E o posto que lhe havia vendido a gasolina. E a biblioteca onde ele tinha roubado o *Crime da velha Nova York*.

Mas não encontraram pistas nesses lugares e se espalharam como lobos a farejar uma dezena de cheiros diferentes. Cada um escolheu um trecho do bairro para trabalhar sozinho.

Ao dar partida no motor do novo VRR, a fim de tentar outro quarteirão, Sachs sentiu a mesma frustração que tinha experimentado em outras cenas de crime nos últimos dias: prova demais, terreno demais para cobrir. A impossibilidade de fazer tudo isso. Ali, na rua quente e úmida, que se bifurcava em centenas de outras ruas e becos, passando por milhares de prédios – todos eles velhos –, descobrir onde ficava a casa segura parecia tão difícil como encontrar aquele cabelo de que tinha lhe falado Rhyme, colado ao teto pelo coice de um revólver 38 milímetros.

Tencionava visitar todas as ruas, mas, à medida que o tempo passava e pensava na criança enterrada no subsolo, perto da morte, começou a procurar com maior rapidez, acelerando ruas abaixo, olhando à direita e à esquerda, procurando um prédio com fachada de mármore cor-de-rosa. Sentiu uma pontada de dúvida. Na pressa, teria deixado de ver um prédio? Ou deveria dirigir com a velocidade de um raio e cobrir mais ruas?

E assim por diante, sem parar. Outro quarteirão, mais outro. E, ainda, nada.

Após a morte do malfeitor, suas posses foram recolhidas e examinadas por detetives. O diário que mantinha indicava que ele assassinara oito bons cidadãos da cidade. Também violava sepulturas: verificou-se nessas páginas (se as alegações dele são verdadeiras) que arrombara vários túmulos nos cemitérios da cidade. Nenhuma das vítimas lhe provocara – visto que a maioria era de cidadãos respeitáveis, trabalhadores, inocentes. Ainda assim, ele não sentia a menor culpa. Na verdade, ele parecia agir sob a louca ilusão de que prestava um favor às vítimas.

O dedo anular da mão esquerda de Rhyme mexeu-se ligeiramente e o dispositivo virou a página em papel-bíblia do *Crime na velha Nova York*, que lhe havia sido entregue dez minutos antes por dois agentes federais, esse serviço acelerado pelo estilo inimitável de Fred Dellray.

"A carne murcha e pode ser fraca:"– (escrevera o malfeitor com mão implacável mas firme) – "O osso é a parte mais forte do corpo. Por mais velhos que sejamos na carne, somos sempre jovens no osso. É uma nobre meta a minha, e está além do meu alcance compreender por que alguém poderia contestá-la. Pratiquei um ato de bondade com todos eles. Eles, agora, são imortais. Eu os libertei. Eu os reduzi até o osso."

Terry Dobyns tinha razão. O Capítulo 10, "James Schneider: o Colecionador de Ossos", era uma descrição perfeita do comportamento do Elemento Desconhecido 238. O *modus operandi* era o mesmo – fogo, animais, água, cozinhar vivas as vítimas. O 238 rondava os mesmos campos de caça que Schneider em seus dias. Confundiu uma turista alemã com Hanna Goldschmidt, uma imigrante do século XIX, e foi atraído a uma residência alemã para encontrar uma vítima. E deu também à pequena Pammy Ganz um nome diferente – Maggie, aparentemente pensando que ela era a pequenina O'Connor, uma de suas vítimas.

Um desenho muito ruim no livro, coberto por papel de seda, mostrava um demoníaco James Schneider, sentado em um porão, examinando um osso.

Olhou para o mapa do Levantamento Randel, pregado na parede. *Ossos...*

Lembrou-se então de um crime em que havia trabalhado. Tinha sido chamado a um canteiro de obras na baixa Manhattan, onde alguns operários encontraram um crânio a poucos centímetros de profundidade em um terreno vazio. Imediatamente, notou que o crânio era muito antigo e pediu a ajuda de um antropólogo da polícia técnica. Continuaram a cavar e a descobrir mais ossos e esqueletos.

Uma pequena pesquisa revelou que, em 1741, ocorrera um levante de escravos em Manhattan e que alguns deles – e abolicionistas brancos militantes – foram enforcados em uma pequena ilha na Collect. A ilha tornou-se um local popular para enforcamentos e, ao redor da área, surgiram vários cemitérios clandestinos.

Onde ficava o Collect? Tentou lembrar-se. Perto do local onde Chinatown e o Lower East Side se encontram. Mas era difícil saber com certeza, porque a lagoa tinha sido aterrada há muito tempo. Tinha sido na...

Isso mesmo!, pensou, o coração batendo forte. A Collect tinha sido aterrada porque se tornara tão poluída que os comissários da prefeitura consideraram-na um grande risco para a saúde. E entre os principais poluidores figuravam os curtumes na costa leste!

Muito competente com o dispositivo de discar, Rhyme não errou um único número e foi ligado com o prefeito na primeira tentativa. O secretário particular de Hizzoner, porém, disse que o prefeito estava em um *brunch* nas Nações Unidas. Mas, quando se identificou, o secretário disse "Um momento, senhor", e, em muito menos tempo do que o necessário para dizer essas palavras, ele estava ligado com um homem que lhe disse, falando com a boca cheia: "Diga lá, detetive. Como vocês estão indo, porra?"

– Cinco-oito-oito-cinco – disse Amelia, respondendo à chamada do rádio.

Rhyme percebeu o nervosismo em sua voz.

– Sachs.

– Isto não está nada bem – respondeu ela. – Não estamos com sorte.

– Acho que o localizei.

– *O quê?*

– No quarteirão 600. Van Brevoort, leste. Perto de Chinatown.

– Como que você conseguiu?

– O prefeito me pôs em contato com o chefe da Sociedade Histórica. Uma escavação arqueológica está sendo feita nesse local. Um velho cemitério. Do outro lado da rua, onde havia um grande curtume. E foram construídas grandes mansões em estilo federal na área. Acho que ele está por perto.

– Estou indo.

Através do fone/microfone chegou a Rhyme o chiado de pneus e, em seguida, o som de sirene.

– Liguei para Lon e Haumann – acrescentou Rhyme. – Eles estão indo para lá agora.

– Rhyme – crepitou a voz dela em tom urgente. – Eu vou tirá-la de lá.

Ah, você tem um bom coração de policial, Amelia, um coração *profissional*. Mas você ainda é uma recruta.

– Sachs? – chamou ele.

– Aqui.

– Estive lendo aquele livro. O 238 escolheu um tipo perverso como modelo. Realmente perverso.

Ela ficou calada.

– O que estou dizendo é que, esteja a menina lá ou não – continuou –, se o encontrar e ele se mexer, mande bala nele.

– Mas se o pegarmos vivo ele poderá nos levar a ela. Poderemos...

– Não, Sachs. Escute-me. Prenda-o. Mas ao primeiro sinal dele de pegar uma arma, qualquer coisa... mate-o.

A estática reapareceu no rádio. Em seguida, ele lhe ouviu a voz firme:

– Estou na Van Brevoort, Rhyme. Você tem razão. Parece que é a casa dele.

DEZOITO CARROS de placas frias, dois veículos da UOE e o VRR de Amelia Sachs se reuniram perto de uma pequena rua, deserta no Lower East Side.

A Van Brevoort dava a impressão de que ficava em Sarajevo. Os prédios estavam abandonados – dois deles incendiados até o chão. No lado leste da rua havia um hospital de algum tipo, em ruínas, com o telhado caído para dentro. Ao lado, um grande buraco no chão, isolado por cordas, com uma tabuleta "Proibido Passar", com o brasão de uma Corte Municipal – a escavação arqueológica mencionada por Rhyme. Um cão morto, esquelético, jazia na sarjeta, o cadáver devorado por ratos.

Do outro lado da rua erguia-se uma casa de pedra com fachada de mármore ligeiramente rosado e uma cocheira contígua, apenas um pouco mais bem conservada do que as outras casas de cômodos decrépitas ao longo da Van Brevoort.

Sellitto, Banks e Haumann reuniram-se ao lado da van da UOE, enquanto policiais vestiam os coletes Kevlar e pegavam seus M-16s.

Sachs juntou-se a eles e, sem pedir licença, arrumou os cabelos sob um capacete e vestiu um colete.

Sachs – disse Sellitto –, você não pertence à unidade tática.

Batendo a correia de velcro contra o corpo, ela fitou-o, as sobrancelhas erguidas altas, até que ele cedeu e disse:

– Ok. Mas você vai cobrir a retaguarda. E isto é uma ordem.

– Você será o Grupo Dois – decidiu Haumann.

– Sim, senhor. Posso conviver com isso.

Outro policial da UOE ofereceu-lhe uma submetralhadora MP-5. Ela pensou em Nick – no encontro de ambos no estande de tiro de Rodman's Neck. Eles haviam passado duas horas treinando com armas automáticas, disparando rajadas em Z através de portas, recarregando com carregadores pregados ao cano e com M-16s de varredura, para evitar os engasgos que eram a praga dos Colts. Nick adorava o *staccato* da arma. Sachs, porém, não apreciava muito o poder de fogo impreciso das armas poderosas. Sugeriu apostar contra elas, usando Glocks, e o venceu três vezes seguidas a uma distância de 15 metros. Ele riu e a beijou com força, quando a última das silhuetas vazias girou na extremidade do estande.

– Vou usar só a minha arma portátil – disse ela ao policial da UOE.

Os Irmãos Hardy chegaram correndo, agachando-se como se fossem atiradores de elite.

– O que descobrimos foi o seguinte. Não há ninguém por aqui. O quarteirão está...

– ... Inteiramente vazio.

– Todas as janelas desse prédio estão fechadas com barras de ferro. Há uma entrada nos fundos...

– ... que dá para um beco. A porta está aberta.

– Aberta? – perguntou Haumann, olhando para vários de seus policiais.

Saul confirmou.

– Não destrancada, mas aberta.

– Armadilhas explosivas antipessoais?

Não que pudéssemos ver. O que nao quer dizer...

– ... que não haja nenhuma.

– Algum veículo no beco? – perguntou Sellitto.

– Não.

– Duas entradas na frente. Porta da frente principal...

– Que parece ter ficado colada por tinta. A segunda é a porta da cocheira. Porta dupla, suficientemente larga para dois veículos. Cadeado e corrente.

– Mas no chão.

Haumann assentiu.

– De modo que ele talvez esteja dentro da casa.

– Talvez – concordou Saul e acrescentou: – E diga a ele o que pensamos que ouvimos.

– Muito fraco. Podia ter sido choro.

– Podia ter sido grito.

– A menininha? – perguntou Sachs.

– Talvez. Mas depois o som simplesmente parou. Como foi que Rhyme descobriu este lugar?

– Diga *você* como a mente dele funciona – retrucou Sellitto.

Haumann chamou um de seus comandantes e deu uma série de ordens. Um momento depois, duas vans da UOE entraram no cruzamento e bloquearam a outra extremidade da rua.

– Grupo Um, porta da frente. Derrubem-na com cargas cortantes. Ela é de madeira, velha, então usem uma carga baixa, certo? Grupo Dois, para o beco. Vou contar, quando chegar a três, entrem em ação. Entenderam? Neutralizem, mas estamos supondo que a menina está lá, de modo que olhem bem antes de apertar o gatilho. Policial Sachs, tem certeza de que quer participar disto?

Ela assentiu, firme.

– Muito bem, meninos e meninas. Peguem-no.

# 32

Sachs e cinco outros policiais do Grupo Dois correram para o beco escaldante, bloqueado na outra extremidade pelos caminhões da UOE. Ervas daninhas cresciam profusamente entre as lajes e fundações rachadas. A desolação do local lembrou a Sachs a cova no leito da estrada de ferro, no dia anterior.

*Ele tinha esperança de que a vítima estivesse morta. Para o bem dela...*

Haumann posicionou soldados da Polícia Estadual nos telhados dos prédios em volta. Sachs viu os canos de suas Colts pretas eriçados ali em cima como se fossem antenas.

O grupo parou à porta dos fundos. Os outros policiais olharam-na quando ela examinou os elásticos em volta dos sapatos. Ouviu um deles sussurrar para o outro alguma coisa como superstição.

Em seguida, ouviu nos fones de ouvido:

— *Líder do Grupo Um em frente à porta da frente, carga montada e armada. Estamos prontos. Câmbio.*

— *Entendido, líder do Grupo Um. Grupo Dois?*

— *Entendido, líder do Grupo Dois, em posição. Câmbio.*

— *Entendido, líder do Grupo Dois. Ambos os grupos, entrada dinâmica. À contagem de três.*

Sachs checou a arma pela última vez.

— *Um...*

A língua de Sachs tocou uma gota de suor pendurada no ferimento inchado do lábio.

— *Dois...*

Ok, Rhyme, lá vamos nós.

— *Três!*

A explosão foi baixa, um pop distante e, em seguida, os grupos entraram em movimento. Rápido. Ela correu atrás dos soldados da UOE quando eles entraram e se espalharam, as lanternas montadas nos canos das armas lançando feixes de luz brilhante que se cruzavam e saíam pelas janelas. Sachs ficou sozinha quando o restante do grupo se dispersou, examinando depósitos, armários e sombras por trás das estátuas grotescas que enchiam o local.

Virou-se para o canto. Um rosto pálido apareceu. Uma faca...

Um baque no coração. Postura de combate, arma para o alto. Aplicou 2,5 quilos de pressão no gatilho suado, antes de perceber que olhava para uma pintura na parede. Era de um açougueiro de aparência sobrenatural, de cara de lua cheia, segurando uma faca na mão e uma peça de carne na outra.

Irmão...

Que lugar mais bacana ele escolheu para morar.

Os soldados da UOE pisavam forte nos andares superiores, dando busca no primeiro e segundo andares.

Sachs, porém, estava à procura de outra coisa.

Encontrou a porta que dava para o porão. Entreaberta. Ok. Desligue a lanterna. Você tem, em primeiro lugar, que dar uma olhada aí dentro. Mas lembrou-se do que Nick lhe dissera: nunca olhe para cantos no nível da cabeça ou peito – é aí que ele a está esperando. Caia sobre um joelho. Respire fundo. Vá!

Nada. Escuridão.

De volta à postura de defesa.

Escute...

No início, nada ouviu. Em seguida, percebeu um som nítido de alguma coisa arranhando. Batidas rápidas. Som de respiração rápida ou de um grunhido.

Ele está lá e está escavando uma rota de fuga!

No microfone, avisou:

– Tenho atividade aqui no porão. Quero apoio tático.

– *Entendido.*

Mas não conseguiu esperar. Pensou na menininha, lá embaixo com ele. E começou a descer a escada. Parou e escutou novamente. Então, deu-se conta de que estava com o corpo inteiramente exposto da cintura para baixo. Praticamente saltou para o chão e caiu agachada na escuridão.

Respire profundamente.

Agora, faça o que tem de fazer!

A lanterna, na mão esquerda, lançou um brilhante feixe de luz através da sala. A boca da arma centralizou-se no centro do disco branco de luz que se movia da esquerda para a direita. Mantenha o feixe baixo. Ele estaria também agachado. Lembrou-se do que Nick lhe dissera: criminosos não fogem.

Nada. Nenhum sinal dele.

— Policial Sachs?

Um soldado da UOE apareceu no alto da escada.

— Oh, não — ela murmurou, ao avistar Pammy Ganz petrificada no canto do porão.

— Não se mova — gritou ela para o homem.

A centímetros da menina, viu a matilha de cães selvagens, emaciados, cheirando-lhe o rosto, os dedos, as pernas. Os grandes olhos da menina saltavam de um cão para o outro. O peito pequeno subia e descia, e lágrimas lhe escorriam pelo rosto. A boca estava aberta e a ponta da língua rosada parecia colada ao arco direito do lábio.

— Fique aí em cima — disse Sachs ao policial. — Não os assuste.

Sachs escolheu alvos, mas não atirou. Poderia matar dois ou três, mas os outros poderiam entrar em pânico e atacar a menina. Um deles era suficientemente grande para quebrar-lhe o pescoço com um simples movimento da cabeçorra grande e cortada de cicatrizes.

— Ele está aí embaixo? — perguntou o soldado.

— Não sei. Traga um paramédico para cá. Para o alto da escada. Ninguém desce.

— Entendido.

A mira da arma flutuava de um animal para outro. Lentamente, começou a avançar. Um após outro, os cães perceberam sua presença e se afastaram de Pammy. A menininha era comida; Sachs era um predador. Roncaram e rosnaram, pernas dianteiras tremendo, enquanto as traseiras se contraíam, prontas para saltar.

— Estou com medo — disse Pammy agudamente, atraindo novamente a atenção dos cães.

394

– Shhhh, querida – disse Sachs em voz suave. – Não diga nada. Fique calada.

– Mamãe. Eu quero minha *mamãe*.

O grito alto irritou os cães. Eles se mexeram nos lugares onde estavam e, em seguida, viraram os focinhos machucados para um e outro lado, rosnando.

– Calma, calma...

Sachs moveu-se para a esquerda. Os cães estavam voltados para ela agora, mudando os movimentos dos olhos dela para a mão estendida e a arma. Separaram-se em dois grupos. Um ficou perto de Pammy. O outro moveu-se em volta de Sachs, tentando flanqueá-la.

Ela apontou para um local entre a menina e os três cães mais perto dela.

A Glock oscilou de um lado para o outro, como se fosse um pêndulo, os olhos pretos dos cães na arma de cor preta.

Um deles, um sarnento de pelagem amarela, rosnou e aproximou-se da direita de Sachs.

A menina continuava a choramingar:

– Mamãe...

Sachs moveu-se lentamente. Inclinou-se, agarrou a camiseta da menina e puxou-a para suas costas. O cão amarelo aproximou-se mais.

– Xô – disse ela.

Mais perto ainda.

– Vá embora!

Os cães atrás do amarelo ficaram tensos quando ele arreganhou os dentes marrons quebrados.

– Porra, vão embora daqui! – rosnou Sachs e bateu com o cano da Glock no focinho do cão. O cão pestanejou de medo, ganiu e subiu correndo a escada.

Pammy gritou, deixando os outros transtornados. Eles começaram a brigar entre si, um redemoinho de dentes estalando e baba. Um Rottweiler cheio de cicatrizes jogou um vira-lata no chão em frente a Sachs. Ela bateu com o pé ao lado da esquelética criatura marrom, que se levantou rapidamente e correu escada acima. Os outros perseguiram-na, como galgos atrás de um coelho.

Pammy começou a soluçar. Sachs agachou-se ao lado dela e varreu o porão com a lanterna. Nenhum sinal do elemento desconhecido.

— Está tudo bem, querida. Vamos levá-la logo para casa. Você vai ficar bem. Aquele homem que esteve aqui? Você se lembra dele?

A menina assentiu.

— Ele foi embora?

— Não sei. Eu quero minha mamãe.

Sachs ouviu outros policiais chamando-a. O primeiro e segundo andares estavam seguros.

— O carro e o táxi? – perguntou. – Algum sinal deles?

Um policial respondeu.

— Desapareceram. Ele provavelmente fugiu.

*Ele não está aí, Amelia. Isso seria ilógico.*

Do alto da escada, um policial gritou:

— Porão seguro?

— Vou ter que checar – respondeu ela. – Espere.

— Nós vamos descer.

— Negativo para isso – respondeu Sachs. – Temos uma cena de crime muito clara aqui embaixo e quero que fique assim. Apenas mande um paramédico aqui para examinar a menina.

O jovem enfermeiro, de cabelos amarelados, desceu a escada e agachou-se ao lado de Pammy.

E foi então que Sachs viu a trilha que levava aos fundos do porão – para uma porta de metal baixa, pintada de preto. Foi até ela, evitando a trilha em si, para conservar quaisquer pegadas, e agachou-se. A porta estava entreaberta e parecia haver um túnel no outro lado, escuro mas não inteiramente, e que levava a outro prédio.

Uma rota de fuga. Filho-da-puta.

Com os nós da mão esquerda, abriu mais a porta, que não rangeu. Olhou para dentro do túnel. Luz fraca a 7, 10 metros. Nenhuma sombra se movendo.

396

Se via alguma coisa na escuridão, era o corpo contorcido de T.J. pendurado do cano preto, o corpo redondo, mole, de Monelle Berger enquanto o rato preto rastejava para sua boca.

– Radiopatrulha 5885 para PC – disse ao microfone.

– Continue, câmbio – respondeu a voz seca de Haumann.

– Descobri um túnel levando para o prédio ao sul do prédio do elemento desconhecido. Mande alguém cobrir as portas e janelas.

– Será feito, câmbio.

– Vou entrar no túnel – disse ela.

– No túnel? Vamos lhe dar apoio tático, Sachs.

– Negativo. Não quero que a cena seja contaminada. Apenas, mande alguém ficar de olho na menina.

– Repita isso.

– Não. Nenhum apoio tático.

Apagou a luz e começou a rastejar para dentro.

Claro, o currículo da Academia não incluía trabalho em túnel de ratos. As coisas que Nick tinha lhe dito sobre manter segura uma cena de crime hostil voltaram naquele momento. Arma junto ao corpo, não estendida muito longe, onde poderia ser jogada para um lado. Três passos – bem, arrastamentos – para a frente. Pare. Escute. Mais dois passos. Pare. Escute. Quatro passos em seguida. Não faça nada previsível.

Merda, está escuro aqui.

E esse *cheiro*? Ela estremeceu de nojo com o fedor quente, desagradável.

A claustrofobia a envolveu como uma nuvem de fumaça oleosa e ela teve que parar por um momento, concentrando-se em tudo, menos na proximidade das paredes. O pânico diminuiu aos poucos, mas o cheiro ficou pior. Teve náuseas.

Calma, garota, calma!

Controlou o reflexo e continuou a arrastar-se.

Que barulho é esse? Alguma coisa elétrica. Um zumbido. Subindo e descendo.

Três metros até o fim do túnel. Através da entrada viu um segundo e grande porão. Escuro, mas não tão escuro quanto aquele em que estava Pammy. Luz entrava suja através de uma janela sebosa. Viu pontinhos de poeira movendo-se na escuridão.

Não, não, moça, a arma está muito à frente de você. Um pontapé e ela já era. Perto de seu rosto. Mantenha o peso baixo e para trás! Use os braços para fazer pontaria, o rabo como ponto de apoio.

Nesse momento chegou à porta.

Teve náuseas novamente e fez força para abafar o som.

Ele está me esperando ou não?

Cabeça para fora, um olhar rápido. Você está de capacete. Vai desviar qualquer coisa, menos uma bala de metal puro ou teflon e, lembre-se, ele usa um 32 milímetros. Uma arma de mulher.

Tudo bem. Pense. Olhar em primeiro lugar para onde?

O *Manual do patrulheiro* não ajudava em nada e, nesse momento, Nick não tinha nenhum conselho. Tire cara ou coroa.

Esquerda.

Projetou rápido a cabeça, olhando para a esquerda. De volta ao túnel.

Nada viu. Uma parede vazia, sombras.

Se ele está no outro lado, ele me viu e tem agora bom posicionamento do alvo.

Ok, foda-se tudo. Simplesmente vá em frente. Rápido.

*Quando você se move...*

Sachs saltou para dentro do porão.

*... eles não podem pegá-la.*

Bateu com força no chão e rolou.

A figura estava escondida nas sombras da parede à direita, sob a janela. Localizando o alvo, começou a atirar. Em seguida, parou, dura.

Amelia Sachs arquejou.

Oh, meu Deus...

Seus olhos foram inexoravelmente atraídos para o corpo da mulher, encostado na parede.

Da cintura para cima, ela era magra, de cabelos castanhos-escuros, rosto encovado, seios pequenos, braços ossudos. Tinha a pele coberta por enxames de moscas – o zumbido que ouvira.

Da cintura para baixo, ela era... nada. Ossos sanguinolentos de quadris, fêmur, a base da espinha, os pés... Toda a carne tinha sido dissolvida no banho repulsivo próximo ao lugar onde estava – um guisado horrível, marrom-escuro, pedaços de carne flutuando. Lixívia ou algum tipo de ácido. Os vapores picaram-lhe os olhos, enquanto o horror – e a fúria, também – ferviam em seu coração.

Oh, você, pobre coitada...

Vagamente, espantou as moscas que, nesse momento, metralhavam a nova intrusa.

As mãos da mulher estavam relaxadas, palmas para cima, como se estivesse em meditação. Olhos fechados. Ao lado, um uniforme de caminhada roxo.

Mas não era a única vítima.

Outro esqueleto – inteiramente descarnado – estava ao lado de um tonel semelhante, mais antigo, sem sinal do ácido corrosivo, mas coberto por uma lama escura de sangue e músculos derretidos. Faltavam o antebraço e a mão. E, mais adiante, ainda outro – esta vítima esquartejada, os ossos cuidadosamente lixados e sem carne alguma, limpos, arrumados meticulosamente no chão. Viu uma pilha de folhas de lixa ao lado do crânio. A curva elegante da cabeça brilhava como um troféu.

Em seguida, ouviu um som às costas.

Respiração. Baixa mas inconfundível. O estalo de ar profundo em uma garganta.

Virou-se rapidamente, furiosa com seu descuido.

Mas só viu o vazio do porão. Passou a luz da lanterna pelo chão, que era de pedra e onde as pegadas não apareciam com tanta clareza quanto no chão sujo de 238 no prédio vizinho.

Outra inalação.

Onde estava ele? *Onde?*

Sachs agachou-se mais uma vez, apontando o facho da lanterna para os lados, para cima e para baixo... Nada.

Onde, com todos os diabos, estava ele? Outro túnel? Uma saída para a rua?

Olhando novamente para o chão, notou o que lhe pareceu uma fraca trilha estendendo-se para as sombras da sala. Acompanhou-a.

Pare. Escute.

Respiração?

Sim. Não.

Idiotamente, virou-se e olhou mais uma vez para a morta.

*Venha!*

Olhou mais uma vez para trás.

Continuou a mover-se.

Nada. Como é que posso ouvi-lo, mas não vê-lo?

A parede à frente era maciça. Nada de portas ou janelas. Recuou de costas na direção dos esqueletos.

De algum lugar, voltaram-lhe as palavras de Lincoln Rhyme. "*Cenas de crimes são tridimensionais.*"

Subitamente, olhou para cima, levantando a lanterna. Os dentes do enorme Doberman refletiram a luz – deles pendendo pedaços de carne cinzenta. A 60 centímetros de distância, em cima de uma alta laje. Ele estava à espera dela, como um gato selvagem.

Nenhum dos dois se moveu por um momento. Ficaram absolutamente imóveis.

Instintivamente, Sachs baixou a cabeça e, antes de poder erguer a arma, o cão lançou-se contra seu rosto, os dentes chocando-se com o capacete. Segurando furiosamente a correia, ele a sacudiu com violência, tentando quebrar-lhe o pescoço quando ambos caíram para trás, à beira de um buraco cheio de ácido. A pistola voou para longe.

O cão continuou a prender o capacete com os dentes, enquanto as patas traseiras como que galopavam, as unhas lhe furando o colete, o ventre e as coxas. Sachs bateu nele com toda força dos punhos, mas era como se estivesse socando madeira. O cão não sentia absolutamente os golpes.

Soltando o capacete, o cão recuou e, em seguida, mergulhou para o rosto. Sachs lançou o braço esquerdo sobre os olhos e, enquanto ele

400

lhe agarrava o antebraço e ela sentia os dentes penetrarem na pele, tirou o canivete do bolso e enfiou a lâmina entre as costelas do animal. Ouviu um ganido, um som alto, e ele rolou para longe dela, mas continuou a mover-se, rápido, em linha reta para a porta.

Sachs pegou a pistola e correu atrás dele, andando quase às cegas pelo túnel. Saiu do outro lado a tempo de ver o animal correr diretamente para Pammy e o paramédico, que ficaram paralisados quando o Doberman saltou alto no ar.

Sachs agachou-se e disparou dois tiros. Um deles atingiu a parte traseira do crânio do animal e o outro perdeu-se na parede de tijolo. O cão caiu, trêmulo, aos pés do paramédico.

— Tiros disparados — ouviu ela no rádio e meia dúzia de policiais desceram correndo a escada, puxaram o cão para longe e se posicionaram em volta da menina.

— Tudo bem! — gritou Sachs. — Fui eu que atirei!

O grupo levantou-se da posição defensiva.

Pammy começou a gritar:

— O cachorrinho está morto... Ela matou o cachorrinho!

Sachs embainhou a arma e puxou a menina para seu colo.

— Mamãe!

— Você vai ver logo sua mamãe — disse. — Vamos ligar para ela agora mesmo.

No andar superior, pôs Pammy no chão e virou-se para um policial da UOE que estava próximo.

— Perdi minha chave de algema. Você poderia tirar, por favor, as algemas dela? Abra-as sobre um pedaço de papel limpo, embrulhe-as no papel e ponha tudo dentro de um saco plástico.

O policial revirou os olhos.

— Escute aqui, beleza, vá procurar um recruta para dar ordens.

E começou a afastar-se.

— Policial — berrou Bo Haumann —, faça o que ela mandou.

— Senhor — protestou ele —, eu sou UOE.

— Boa notícia — murmurou Sachs. — Você agora é Cena do Crime.

CAROLE GANZ estava deitada em um quarto bege, olhando fixamente para o teto, pensando numa época, algumas semanas antes, quando ela, Pammy e um grupo de amigos estavam sentados em torno de uma fogueira de acampamento em Wisconsin, na propriedade de Kate e Eddie, conversando, contando histórias, cantando.

A voz de Kate não era lá essas coisas, mas Eddie poderia ter sido um profissional. Podia mesmo tocar compassos inteiros. Apenas para ela, cantou "Tapestry", de Carole King, e ela, Carole, acompanhou através de lágrimas, pensando talvez, apenas talvez, que estava realmente esquecendo a morte de Ron e dando prosseguimento a sua vida.

Lembrou-se da voz de Kate naquela noite.

– Quando estamos zangados, a única maneira de enfrentar isso é embrulhar a raiva e dá-la a alguém. Faça isso. Ouviu o que eu disse? Não a conserve dentro de você. Dê para alguém.

Bem, ela estava zangada nesse momento. Furiosa.

Um garotão – um merdinha débil mental – havia seqüestrado seu marido e lhe dado um tiro nas costas. E agora um louco tinha levado sua filha. Queria explodir. E precisou de toda a sua força de vontade para não começar a jogar coisas na parede e uivar como um coiote.

Continuou deitada e, com cuidado, pôs o pulso quebrado sobre a barriga. Havia tomado Demerol, que aliviara a dor, mas não conseguia dormir. E por isso, nada mais fez além de permanecer ali o dia inteiro, tentando entrar em contato com Kate e Eddie e esperando notícias de Pammy.

Continuou a ver Ron, continuou a ver sua raiva, imaginando-se realmente colocando-a dentro de uma caixa, embrulhando-a com todo cuidado, fechando o embrulho...

Nesse momento, o telefone tocou. Olhou para o aparelho e, em seguida, tirou-o com um arranco do gancho.

– Alô!

Ouviu a patrulheira dizer que haviam encontrado Pammy, que ela estava no hospital, mas que estava bem. Um momento depois, a própria Pammy veio ao telefone e as duas choraram e riram ao mesmo tempo.

Dez minutos depois, Carole seguia para o Manhattan Hospital, sentada no assento traseiro de um sedã preto da polícia.

Carole praticamente correu por todo o corredor até o quarto de Pammy e ficou surpresa ao ser detida por um policial de plantão. Então não haviam capturado ainda o filho-da-puta? Mas tão logo viu a filha o esqueceu, e esqueceu o pavor no táxi e no porão insuportavelmente quente. Enlaçou a menina.

– Oh, querida, como senti sua falta! Você está bem? Bem, de verdade?

– Aquela mulher, ela matou o cachorrinho...

Carole voltou-se e viu a policial alta, ruiva, de pé em um lado do quarto, a mulher que a havia salvado do porão da igreja.

– ... mas foi tudo bem, porque ele ia me comer.

Carole abraçou Sachs.

– Não sei o que dizer... Eu, simplesmente... Obrigada, obrigada...

– Pammy está bem – garantiu-lhe Sachs. – Alguns arranhões... nada grave... e um pouco de tosse.

– Sra. Ganz? – Um rapaz entrou no quarto, trazendo a mala e a mochila. – Sou o detetive Banks. Encontramos suas coisas.

– Oh, graças a Deus.

– Está faltando alguma coisa? – perguntou ele.

Ela examinou a mochila. Tudo estava ali. O dinheiro, a boneca de Pammy, o pacote de massa de modelar, o Sr. Cabeça-de-Batata, os CDs, o radio-relógio... Ele não havia tirado nada dali. Espere...

– Sabe, acho que está faltando uma foto. Não tenho certeza. Eu pensava que tinha mais do que essas. Mas tudo o que é importante está aqui.

O detetive deu-lhe um recibo para assinar.

Um jovem médico residente entrou no quarto. Brincou com Pammy sobre o ursinho, enquanto lhe media a pressão.

– Quando poderemos sair daqui? – perguntou Carole.

– Bem, gostaríamos que ela ficasse por alguns dias, apenas para termos certeza...

– Alguns *dias*? Mas ela está bem.

– Ela está com um pouco de bronquite, que quero acompanhar. E... – baixou a voz – vamos trazer também um especialista em abuso sexual. Apenas para termos certeza.

– Mas ela ia ficar comigo amanhã. Nas cerimônias nas Nações Unidas. Prometi a ela.

A policial disse:

– Será mais fácil mantê-la sob guarda aqui. Não sabemos onde está o elemento desconhecido... o seqüestrador. Teremos também uma policial para lhe fazer companhia.

– Bem, acho que sim. Posso ficar com ela por algum tempo?

– Claro que pode – respondeu o residente. – Pode passar a noite aqui. Vamos mandar trazer outra cama.

E Carole ficou mais uma vez a sós com a filha. Sentou-se na cama e envolveu com os braços os ombros magros da criança. Teve um mau momento lembrando-se como *ele*, aquele louco, tinha tocado em Pammy, a expressão de seus olhos quando perguntou se podia esfolá-la... Carole estremeceu e começou a chorar.

E foi Pammy quem a trouxe de volta à realidade.

– Mamãe... me conte uma história... Não, não, cante uma musiquinha. Cante pra mim a música do amigo. Por favooor, sim?

Acalmando-se, Carole perguntou:

– Quer ouvir essa?

– Quero!

Carole puxou a filha para o colo e, em voz esganiçada, começou a cantar "You've Got a Friend". Pammy acompanhou-a em alguns trechos da música.

Aquela canção era uma das favoritas de Ron e, nos dois últimos anos, após a morte dele, ela não conseguia ouvir mais do que alguns dos compassos sem prorromper em lágrimas.

Naquele dia, ela e Pammy terminaram juntas a canção, bem afinadas, olhos sem lágrimas e rindo.

404

# 33

Amelia Sachs voltou finalmente para casa, para seu apartamento em Carroll Gardens, Brooklyn.

Que ficava exatamente a seis quarteirões da casa de seus pais, onde a mãe ainda morava. Logo que entrou, apertou o botão de discagem rápida do telefone da cozinha.

– Mãe? Sou eu. Vou levá-la para um *brunch* no Plaza. Na quarta-feira. É o meu dia de folga.

– Por quê? Para comemorar sua nova designação? Como é Assuntos Públicos? Você não ligou.

Uma pequena risada. Sachs compreendeu que a mãe não fazia a menor idéia do que estivera fazendo no último dia e meio.

– Você vem acompanhando os noticiários, mãe?

– Eu? Você sabe que sou admiradora secreta de Brokaw.

– Ouviu falar, nestes últimos dias, naquele seqüestrador?

– Quem não ouviu?... O que você está dizendo, amor?

– Eu conheço toda a história, por dentro.

E contou à espantada mãe a história – sobre o salvamento das vítimas, sobre Lincoln Rhyme e, com alguns cortes, sobre as cenas dos crimes.

– Amie, seu pai ficaria tão orgulhoso de você.

– De modo que você não vai trabalhar na quarta-feira. Plaza. Ok?

– Esqueça isso, querida. Economize seu dinheiro. Eu tenho *waffles* e Bob Evans* no congelador. Você pode vir aqui pra casa.

– Não é tão caro assim, mãe.

– Não é caro? É uma *fortuna*.

– Bem, neste caso – disse Sachs, tentando parecer espontânea –, você gostaria de ir ao Pink Teacup, não?

---

*Cadeia de restaurantes norte-americana. (*N. do E.*)

Era um lugarzinho no West Village que servia, praticamente de graça, os melhores ovos e panquecas da Costa Leste.

Uma pausa.

– Isso pode ser bom.

Essa era a estratégia que Sachs usara com sucesso ao longo destes anos todos.

– Preciso descansar um pouco, mãe. Eu ligo amanhã.

– Você trabalha demais. Amie, esse seu caso... não foi perigoso, foi?

– Eu estava fazendo apenas trabalho técnico, mãe. Cena do crime. Nada é mais seguro do que isso.

– E eles pediram especialmente *sua* ajuda? – perguntou a mãe. E repetiu: – Seu pai ficaria orgulhoso.

Desligaram, Sachs dirigiu-se para o quarto e despencou na cama.

Depois de deixar o quarto de Pammy, tinha visitado as outras vítimas sobreviventes do Elemento Desconhecido 238. Monelle Gerger, cheia de ataduras e com uma dose completa de vacina anti-rábica, tinha recebido alta e ia voltar para junto da família em Frankfurt, "mas apenas pelo restante do verão", explicou, durona. "Não para sempre." E apontou para o aparelho estéreo e para a coleção de CDs no apartamento decrépito na Deutsche Haus, como para demonstrar que nenhum psicopata do Novo Mundo ia expulsá-la definitivamente da cidade.

William Everett continuava no hospital. O dedo quebrado não era problema sério, claro, mas o coração andou fazendo besteira, novamente. Sachs, espantada, descobriu que ele tinha sido dono, anos antes, de uma loja no Hell's Kitchen, e que podia ter conhecido seu pai.

– Eu conhecia todos os policiais de ronda – disse. Ela lhe mostrou a foto que tinha na carteira, do pai em uniforme de gala. – Acho que sim. Não tenho certeza. Mas acho que sim.

As visitas foram sociais, mas levara a caderneta de notas. Nenhuma das vítimas, porém, pôde lhe dizer mais alguma coisa sobre o Elemento desconhecido 238.

406

No apartamento, olhou pela janela. Viu as nogueiras-do-japão e os bordos balançarem sob o forte vento. Tirou o uniforme, coçou-se embaixo dos seios – onde sempre sentia uma coceira horrorosa, por ficar apertada sob o colete à prova de bala. Pegou um roupão de banho.

O elemento desconhecido não fora avisado, mas tinha sido o suficiente. A casa segura na Van Brevoort foi submetida a uma varredura completa com aspirador de pó. Embora o senhorio dissesse que ele havia se mudado para ali há algum tempo – no 1º de janeiro último (com uma carteira de identidade falsa, ninguém se espantou em saber) –, o Elemento Desconhecido 238 tinha ido embora com tudo o que levara para ali, incluindo lixo. Depois que ela havia processado a cena do crime, as equipes de Impressões Digitais Latentes desceram ao local e pincelaram com pó todas as superfícies existentes. Até então, os relatórios preliminares nada tinham de animadores.

– Parece que ele usava luvas até quando cagava – disse o jovem Banks.

Uma unidade móvel encontrou o táxi e o sedã. Inteligentemente, o Elemento Desconhecido 238 os deixou estacionados perto da esquina da avenida D com rua 9. Sellitto calculou que, muito provavelmente, uma gangue local só precisou de sete ou oito minutos para reduzir os carros ao chassi. Quaisquer provas materiais que os veículos pudessem ter fornecido estavam agora divididas por uma dezena de ferros-velhos espalhados pela cidade.

Sachs ligou a televisão e sintonizou os noticiários. Nada sobre os seqüestros. Todas as matérias eram sobre as cerimônias inaugurais da conferência de paz das Nações Unidas.

Olhou para Bryant Gumbel, olhou para o secretário-geral da ONU, olhou para algum embaixador do Oriente Médio, olhou com muito mais atenção do que seu interesse justificaria. Estudou até mesmo os comerciais, como se os estivesse memorizando.

Porque se havia alguma coisa em que ela definitivamente *não queria* pensar era em seu trato com Lincoln Rhyme.

O trato era claro. Estando Carole e Pammy em segurança, era a vez de ela fazer o que tinha prometido: providenciar uma hora de Rhyme sozinho com o Dr. Berger.

Quanto a *ele*, Berger... Não havia gostado absolutamente da aparência do médico. Podia-se ver um ego enorme naquele corpo compacto, atlético, nos olhos evasivos. Nos cabelos pretos, penteados com perfeição. Nas roupas caras. Por que Rhyme não conseguia encontrar alguém como Kevorkian? Ele podia ser estranho, mas pelo menos parecia um vovô velho e sábio.

As pestanas se fecharam.

*Esquecer os mortos*...

Trato é trato. Mas, droga, Rhyme...

Bem, não podia deixar que ele morresse sem fazer uma última tentativa. Ele a pegou desprevenida no quarto. Ela estava irritada. Não pensara em nenhum argumento realmente bom. Segunda-feira. Tinha até o dia seguinte para convencê-lo a não fazer aquilo. Ou, pelo menos, esperar um pouco. Um mês. Droga, um dia.

O que poderia dizer a ele? Iria pôr no papel seus argumentos. Escrever um pequeno discurso.

Abrindo os olhos, saiu da cama e foi procurar caneta e papel. Eu poderia...

Endureceu-se, a respiração entrando com um assovio nos pulmões, como o vento no lado de fora.

Ele usava roupa escura, a máscara de esquiador e as luvas eram pretas como óleo.

O Elemento Desconhecido 238 estava no meio de seu quarto.

Instintivamente, a mão dirigiu-se para a mesa-de-cabeceira – a Glock e o canivete. Mas ele estava preparado. A pá desceu rápida e pegou-a em um lado da cabeça. Uma luz amarela explodiu em seus olhos.

Estava de quatro no chão quando o pé atingiu sua caixa torácica e ela caiu de bruços, lutando para respirar. Sentiu as mãos sendo algemadas às costas e um pedaço de veda-juntas ser colado à boca. Ele se movia rápido, eficiente. Rolou-a de costas e o roupão se abriu.

Chutando furiosamente, lutando contra as algemas.

Outro golpe no estômago. Ela sufocou e caiu imóvel, enquanto ele estendia as mãos. Levantando-a pelas axilas, puxou-a pela porta dos fundos para o grande jardim privativo atrás do apartamento.

Os olhos dele permaneceram fixos em seu rosto, sequer olhando para os seios, para o monte de Vênus com seus poucos pêlos ruivos encaracolados. Poderia facilmente lhe ter dado aquilo, se isso lhe pudesse salvar a vida.

Mas, não. O diagnóstico de Rhyme estava certo. Não era desejo sexual que condicionava 238. Ele tinha outra coisa em mente. Deixou cair o corpo esguio, de rosto para cima, em um canteiro de flores, longe da vista dos vizinhos. Pegou a pá e enfiou a lâmina na terra.

Amelia Sachs começou a chorar.

Esfregando a nuca no travesseiro.

Compulsivo, disse certa vez um médico depois de observar esse comportamento – uma opinião que ele, Rhyme, não tinha pedido. Nem queria. Esse gesto, refletiu, era apenas uma variação do hábito de Amelia Sachs de rasgar as carnes com as unhas.

Esticou os músculos do pescoço, fazendo um movimento circular com a cabeça, enquanto olhava para a tabela do perfil na parede. Acreditava que toda a história da loucura daquele homem estava ali a sua frente. No cursivo preto, rápido – e nos claros espaços as palavras. Mas não podia ver o fim da história. Não ainda.

Examinou novamente as pistas. Só havia algumas que permaneciam sem explicação.

A cicatriz no dedo.

O nó.

A loção pós-barba.

A cicatriz era inútil para eles, a menos que tivessem um suspeito cujos dedos pudessem examinar. E não haviam tido sorte na identificação do nó – apenas a opinião de Banks de que não era um nó de marinheiro.

O que dizer da loção pós-barba barata? Supondo que a maioria dos elementos desconhecidos não toma banho de perfume antes de iniciar uma farra de seqüestros, por que ele a usava? Só podia concluir que ele estava tentando esconder outro cheiro obscuro, revelador. Passou em revista as possibilidades: comida, bebida, produtos químicos, fumo...

Sentiu olhos fitando-o e olhou para a direita.

Os pontos pretos das órbitas oculares ósseas da cascavel fitavam a Clinitron. Essa era a única pista fora do lugar. Não tinha propósito, salvo provocá-los.

Ocorreu-lhe uma coisa. Usando o trabalhoso mecanismo de virar páginas, voltou atrás no *Crime na velha Nova York*. Ao capítulo sobre James Schneider. Encontrou o parágrafo de que tinha se lembrado.

Um conhecido médico da mente (praticante da disciplina "psicologia", que andou aparecendo muito nos noticiários nos últimos tempos) sugeriu que o objetivo de James Schneider pouco tinha a ver com machucar as vítimas. Em vez disso – sugeriu o culto doutor –, o malfeitor procurava vingar-se daqueles que achava que lhe fizeram mal: o corpo de vigilantes da cidade, se não a sociedade em geral.

Quem pode saber onde estava a origem desse ódio? Talvez, como o antigo Nilo, suas nascentes fossem escondidas do mundo – e possivelmente do próprio malfeitor. Ainda assim, uma razão pode ser encontrada em um fato pouco conhecido: o jovem James Schneider, à tenra idade de 10 anos, viu o pai ser arrastado por vigilantes apenas para morrer na prisão por um roubo que, descobriu-se mais tarde, não cometera. Após essa infeliz prisão, a mãe do rapaz caiu na vida das ruas e abandonou o filho, que foi criado em um asilo do Estado.

Teria o louco cometido esses crimes para lançar seu ódio na face do mesmo grupo de vigilantes que lhe haviam inadvertidamente destruído a família?

Indubitavelmente, jamais saberemos.

Ainda assim, o que parece claro é que, ao zombar da ineficiência dos protetores dos cidadãos, James Schneider – o "colecionador de ossos" – estava se vingando tanto da própria cidade quanto de suas inocentes vítimas.

Lincoln Rhyme recostou-se outra vez no travesseiro e voltou a olhar para a tabela do perfil.

Terra é mais pesado do que qualquer outra coisa.

É a terra em si, a poeira de um núcleo de ferro, e ela não mata cortando o ar dos pulmões, mas ao comprimir as células até morrerem do pânico da imobilidade.

Sachs desejou que *tivesse* morrido. Rezou para morrer. Logo. De medo ou de um ataque cardíaco. Antes que a primeira pá de terra lhe atingisse o rosto. Rezou por isso com mais força do que Lincoln Rhyme rezava pelos comprimidos e pela bebida.

Deitada na cova que o elemento desconhecido tinha cavado em seu próprio quintal, sentiu o acúmulo da terra rica, densa e cheia de vermes acompanhando os contornos de seu corpo.

Sadicamente, ele a estava enterrando devagar, lançando apenas uma pá rasa de cada vez, espalhando cuidadosamente a areia em torno dela. Começou com os pés. Agora, chegava à altura do peito, a terra entrando no roupão em volta de seus seios como se fossem os dedos de um amante.

Mais pesada, cada vez mais pesada, comprimindo, prendendo os pulmões: só podia sugar um pouco de ar de cada vez. Ele parou uma ou duas vezes para olhá-la e, em seguida, recomeçou.

*Ele gosta de olhar...*

Mãos por baixo do corpo, pescoço espichando-se para manter a cabeça acima da maré de terra que subia.

Finalmente, o peito foi coberto por completo. Os ombros, a garganta. A terra fria subiu para a pele quente do rosto e foi comprimida em volta da cabeça, impedindo-a de mexê-la. Finalmente, ele se curvou e arrancou a fita da boca. Quando ela tentou gritar, ele lhe jogou um punhado de terra no rosto. Ela arrepiou-se, sufocada com a terra preta. Ouvidos ressoando, ouvindo, por alguma razão, uma velha canção da infância – "The Green Leaves of Summer", uma canção que o pai tocava repetidamente no hi-fi. Triste, obcecante. Fechou os olhos. Tudo estava ficando preto. Abriu a boca mais uma vez e recebeu outra golfada de terra.

*Esquecer os mortos.*

E ficou embaixo da terra.

Inteiramente imóvel. Nem sufocando nem arquejando – a terra era uma vedação perfeita. Não tinha ar nos pulmões, não podia emitir som algum. Silêncio, exceto pela melodia obcecante e o rugido cada vez maior nos ouvidos.

Em seguida, a pressão no rosto cessou quando o corpo ficou dormente, tão dormente quanto o de Lincoln Rhyme. A mente começou a fechar-se.

Escuridão, escuridão. Nenhuma notícia do pai. Nenhuma notícia de Nick... Nenhum sonho de passar da quarta para a quinta marcha e chegar a três dígitos no velocímetro.

Escuridão.

*Esquecer os...*

A massa pressionando-a, empurrando, empurrando. Vendo apenas uma imagem: a mão erguendo-se da cova na manhã de ontem, pedindo compaixão. Quando nenhuma compaixão seria oferecida.

Acenando para ela, para que a seguisse.

Rhyme, vou sentir falta de você.

*Esquecer...*

## 34

Alguma coisa bateu em sua testa. Com força. Sentiu a batida, mas não a dor.

O que, o quê? A pá? Um tijolo? Talvez, em um momento de compaixão, 238 tivesse resolvido que morte lenta era mais do que qualquer pessoa podia suportar e estivesse lhe procurando a garganta para cortar as veias.

Outro golpe, mais outro. Não podia abrir os olhos, mas estava consciente de luz crescendo em volta. Cores. Cuspiu com força um bocado de terra e tomou pequenas respirações, tudo o que podia. E começou a tossir em um zurro alto, vomitando, escarrando.

Abriu subitamente as pálpebras e, com olhos lacrimejantes, teve uma visão borrada de Lon Sellitto ajoelhado a seu lado, além de dois paramédicos da UOE, um dos quais enfiou em sua boca dedos calçados de látex e puxou mais terra, enquanto o outro preparava uma máscara de oxigênio ligada a um tanque verde.

Sellitto e Banks continuaram a descobrir o corpo, afastando com as mãos musculosas a terra para longe. Colocaram-na sentada e o roupão ficou para trás, como se fosse uma pele descartada. Sellitto, velho divorciado que era, desviou castamente a vista do corpo de Sachs, enquanto punha o paletó em volta de seus ombros. O jovem Jerry Banks olhou, claro, mas ela continuaria gostando dele mesmo assim.

— Vocês... o...? — perguntou ela com um espirro e, em seguida, sucumbiu a um acesso de tosse dilacerante.

Sellitto olhou interrogativamente para Banks, o mais sem fôlego dos dois. Ele devia ter sido o que mais tinha corrido no encalço do elemento desconhecido. O jovem detetive sacudiu a cabeça.

— Escapou.

Espigando-se, sentada, Sachs inalou oxigênio.

— Como? — perguntou ela. — Como vocês souberam?

— Rhyme — respondeu ele. — Não me pergunte como. Ele lançou um 10-13 a todo o pessoal da equipe. Quando soube que estávamos bem, mandou-nos vir para cá. O mais rápido possível.

Então o torpor desapareceu, de estalo, em um relâmpago. E, pela primeira vez, ela compreendeu o que quase tinha acontecido. Deixou cair a máscara de oxigênio, recuou em pânico, lágrimas escorrendo, o ganido de pânico tornando-se cada vez mais alto:

— Não, não, não...

Começou a bater nos braços e nas coxas, frenética, tentando sacudir para longe o horror que se colava a ela como se fosse um enxame de abelhas.

— Oh, Deus, oh, Deus... Não...

— Sachs? — disse Banks, alarmado. — Ei, Sachs?

O detetive mais velho afastou o parceiro com um gesto.

– Está tudo bem.

Envolveu-lhe os ombros com os braços quando ela caiu de quatro no chão e vomitou violentamente, soluçando, soluçando, apertando em desespero a terra entre os dedos como se quisesse estrangulá-la.

Por fim acalmou-se e sentou-se sobre a bunda nua. Começou a rir, baixinho no começo e, em seguida, mais alto e mais alto, histérica, atônita ao ver que os céus haviam se aberto e que estivera chovendo – grossos pingos de verão – e que ela nem mesmo tinha percebido.

BRAÇOS EM VOLTA dos ombros dele. Rosto colado ao dele. Ficaram assim durante um longo momento.

– Sachs... Oh, Sachs...

Amelia afastou-se da Clinitron e foi buscar uma velha espreguiçadeira em um canto da sala. Usando moletom azul-marinho e uma camiseta do Hunter College, despencou na cadeira e passou as belas pernas sobre um dos braços, como se fosse uma adolescente.

– Por que nós, Rhyme? Por que ele veio atrás de nós?

A voz era um murmúrio rouco, conseqüência de toda terra que engolira.

– Porque os seqüestrados não são as verdadeiras vítimas. Somos nós.

– Nós, quem?

– Não tenho certeza. Talvez a sociedade. Ou a municipalidade. Ou as Nações Unidas. Voltei a ler a bíblia dele... o capítulo sobre James Schneider. Lembra-se da teoria de Terry sobre o motivo pelo qual o elemento desconhecido deixava pistas?

– Como se fosse para tornar-nos seus cúmplices – disse Sellitto. – Para dividir a culpa. Para lhe tornar mais fácil matar.

Rhyme assentiu mas acrescentou:

– Mas não acredito que a razão seja essa. Acho que as pistas foram uma maneira de *nos* atacar. Cada vítima morta era uma perda para nós.

Usando roupas velhas, os cabelos amarrados para trás em um rabo-de-cavalo, Sachs parecia mais bela do que em qualquer outra ocasião nos dois últimos dias. Mas os olhos estavam sombrios. Ela reviveria cada pá de terra, pensou Rhyme, e achou tão insuportável a idéia de ser enterrado vivo que precisou desviar o olhar.

— O que ele tem contra nós? – perguntou ela.

— Não sei. O pai de Schneider foi preso por engano e morreu na prisão. Nosso elemento desconhecido? Quem sabe a razão? Só me preocupo com provas...

— ... e não com motivos – disse Amelia, terminando a frase por ele.

— Por que ele passou a nos perseguir diretamente? – perguntou Banks, indicando Sachs com a cabeça.

— Nós achamos o esconderijo dele e salvamos a menina. Acho que ele não nos esperava tão cedo assim. Talvez ele tenha simplesmente ficado puto. Lon, todos nós vamos precisar de babás durante as 24 horas do dia. Ele poderia simplesmente ter se mandado depois que salvamos a menina, mas ficou por aqui para fazer alguma maldade. Você e Jerry, eu, Cooper, Haumann, Polling, todos nós estamos na lista dele, pode apostar. Enquanto isso, mande os rapazes de Peretti à casa de Sachs. Tenho certeza de que ele a manteve limpa, mas talvez possa haver alguma coisa por lá. Ele foi embora muito mais rápido do que planejava.

— É melhor eu ir até lá – disse Sachs.

— Não – cortou-a Rhyme.

— Eu tenho que processar a cena.

— Você tem é que descansar um pouco – ordenou ele. – É *isso* que tem de fazer, Sachs. Se não se importa que eu diga, você está um lixo.

— Isso mesmo, policial – reforçou Sellitto. – É uma ordem. Estou lhe dizendo para ficar parada o resto do dia. Temos duzentos homens à procura dele. E Fred Dellray lançou na busca mais 120 federais.

— Eu tenho uma cena de crime no meu próprio quintal e vocês não vão deixar que eu percorra a grade?

— Resumindo, é isso aí – disse Rhyme.

Sellitto foi até a porta.

— Algum problema com isso, policial?

– Não, senhor.

– Vamos, Banks, temos trabalho a fazer. Quer uma carona, Sachs? Ou ainda estão lhe confiando veículos?

– Não, obrigado, tenho um carro lá embaixo – disse ela.

Os dois detetives saíram. Rhyme ouviu as vozes ecoando pelo vestíbulo vazio. Em seguida, a porta foi fechada e eles saíram.

Rhyme notou que as luzes cegantes do teto estavam ligadas. Clicou vários comandos e reduziu sua intensidade.

Sachs espreguiçou-se.

– Bem... – disse ela, exatamente no momento em que Rhyme dizia "Então...".

Sachs olhou para o relógio.

– É tarde.

– Claro que é.

Levantando-se, foi até a mesa em que tinha deixado a bolsa. Pegou-a. Abriu-a com um estalido. Puxou o pó compacto e examinou, no espelho, o lábio cortado.

– Não parece tão ruim assim – comentou Rhyme.

– Frankenstein – respondeu ela, tocando o ferimento. – Por que eles não usam pontos cor da pele? – Guardou o espelho, pendurou a bolsa no ombro. – Você moveu a cama – notou ela. – Para mais perto da janela.

– Thom fez isso. Agora posso olhar para o parque. Se quiser.

– Oh, isso é ótimo.

Foi até a janela. Olhou para baixo.

Oh, pelo amor de Deus, pensou Rhyme. Faça isso. O que pode acontecer? Impulsivamente, perguntou:

– Você quer ficar aqui? Quero dizer, está ficando tarde. E o pessoal de Impressões Digitais Latentes vai empoeirar seu apartamento durante horas.

E sentiu uma pontada forte de anuidade bem no coração. Bem, acabe com isso, pensou, furioso consigo mesmo. Até que o rosto dela se abriu num sorriso.

– Eu gostaria.

– Ótimo. – O queixo lhe tremia com a descarga de adrenalina. –
Maravilhoso. Thom!

Ouvir música, beber um pouco de uísque escocês. Talvez ele con-
tasse mais alguma coisa sobre cenas de crime famosas. O historiador
nele estava também curioso sobre o pai dela, sobre o trabalho policial
nas décadas de 1960 e 1970. Sobre a infame delegacia de Midtown
South, nos velhos tempos.

– Thom! – berrou Rhyme. – Pegue alguns lençóis. E um cobertor.
Thom! Não sei que diabos ele está fazendo. *Thom!*

Sachs ia dizer alguma coisa quando o ajudante apareceu à porta e
disse secamente:

– Um único grito rude teria sido suficiente, como você sabe,
Lincoln.

– Amelia vai passar a noite aqui outra vez. Você poderia arranjar
alguns cobertores e travesseiros para o sofá?

– Não, o sofá de novo, não – protestou ela. – É a mesma coisa que
dormir sobre pedras.

Rhyme sentiu-se apunhalado por uma lasca de rejeição. E pensou
melancolicamente: faz alguns anos desde que senti *essa* emoção. Resig-
nado, ainda assim sorriu e disse:

– Há um quarto lá embaixo. Thom pode arrumá-lo para você.

Sachs, porém, recolocou a bolsa na mesa.

– Tudo bem, Thom. Você não precisa fazer isso.

– Não é trabalho nenhum.

– Está tudo bem. Boa noite, Thom. – E dirigiu-se para a porta.

– Bem, eu...

Amelia sorriu.

– Mas... – começou ele, olhando dela para Rhyme, que cerrou as
sobrancelhas e sacudiu a cabeça.

– Boa *noite*, Thom – repetiu ela, firme. – Cuidado com onde pisa.

Fechou a porta lentamente, quando ele saiu para o corredor, e
trancou-a com um alto clique.

Sachs chutou para longe os sapatos, tirou o agasalho e a camiseta. Usava um sutiã de renda e calcinha frouxa de algodão. Subiu

para a Clinitron ao lado de Rhyme, demonstrando toda a autoridade que mulheres belas exercem quando a questão é subir na cama com um homem.

Contorceu-se sobre as bolinhas e riu.

– Esta cama é danada de boa – disse, espreguiçando-se como um gato. Olhos fechados, perguntou: – Você se importa?

– Não, absolutamente.

– Rhyme?

– O quê?

– Fale mais um pouco sobre seu livro? Mais algumas cenas de crimes?

Ele começou a descrever um esperto maníaco sexual do Queens, mas, em menos de um minuto, ela pegou no sono.

Ele olhou de relance para baixo e notou os seios colados a seu peito, o joelho descansando em sua coxa. Cabelo de mulher aninhou-se em seu rosto pela primeira vez em anos. Fez cócegas. Havia esquecido que isso acontecia. Para alguém que vivia tanto no passado, com uma memória tão boa, ficou surpreso ao descobrir que não podia lembrar-se exatamente de quando tinha experimentado essa sensação pela última vez. O que podia lembrar era uma série de noites com Blaine, antes do acidente, pensou. Mas *lembrou-se* de fato de que havia resolvido suportar a coceira, e não empurrar para longe aqueles fios de cabelo, para não perturbar a esposa.

Naquele momento, claro, não podia afastar os cabelos de Sachs, nem mesmo se Deus tivesse pedido. Mas não pensaria em fazer isso. O que queria era justamente o oposto: prolongar a sensação até o fim do universo.

# 35

Na manhã seguinte, Lincoln Rhyme ficou sozinho novamente.

Thom foi fazer compras e Mel Cooper voltou a trabalhar no laboratório da DIRC, no centro. Vince Peretti tinha completado o trabalho de CC na mansão da Van Brevoort e na casa de Sachs. Infelizmente, tinham encontrado pouquíssimas provas, embora Rhyme atribuísse a falta de PM à inteligência do elemento desconhecido, e não aos escassos talentos de Peretti.

Aguardava agora o relatório sobre a cena do crime. Dobyns e Sellitto, porém, acreditavam que 238 havia se enfurnado em algum lugar – pelo menos temporariamente. Não houve mais ataques à polícia e não houve denúncia de outras vítimas de seqüestro nas últimas 12 horas.

O guarda-costas de Sachs – um patrulheiro corpulento – a acompanhou até uma consulta com um otorrinolaringologista em um hospital no Brooklyn. A terra fez um grande estrago em sua garganta. O próprio Rhyme tinha agora um guarda-costas – um policial uniformizado da 20ª Delegacia, estacionado em frente a sua casa –, um policial simpático que conhecia há anos e com o qual gostava de discutir sobre os méritos da turfa irlandesa em comparação com a turfa escocesa na produção de uísque.

Estava em um excelente estado de espírito. Ligou para baixo pelo interfone:

– Estou esperando um médico dentro de poucas horas. Você pode deixá-lo subir.

O policial disse que tudo bem.

O Dr. William Berger tinha garantido que, nesse dia, chegaria na hora marcada.

Rhyme recostou-se no travesseiro e percebeu que não estava inteiramente sozinho. No peitoril da janela, os falcões andavam de um lado para outro. Raramente agitados, eles pareciam nervosos. Outra frente fria estava se aproximando. A janela mostrava um céu calmo, mas podia-se confiar nas aves. Elas eram barômetros infalíveis.

## ELEMENTO DESCONHECIDO 238

| Aparência | Residência | Veículo | Diversos |
|---|---|---|---|
| • Branco, homem, estatura baixa<br>• Roupa escura<br>• Luvas velhas, pelica, avermelhadas<br>• Loção pós-barba: para encobrir cheiro?<br>• Máscara de esquiador? Azul-marinho?<br>• Luvas são escuras<br>• Loção pós-barba = Brut<br>• Cabelo não é castanho<br>• Cicatriz profunda, dedo indicador<br>• Roupa esporte<br>• Luvas são pretas | • Prov. tem casa segura<br>• Localizada perto de: Houston & Lafayette, ShopRite<br>• Prédio antigo, mármore cor-de-rosa<br>• Pelo menos 100 anos de idade, prov. mansão ou prédio público<br>• Prédio em estilo federal, Lower East Side | • Táxi Yellow Cab<br>• Sedã modelo recente<br>• Cinza-claro, prateado, bege<br>• Carro de aluguel, prov. roubado<br>• Hertz, Taurus prateado, modelo deste ano | • Conhece proc. de CC<br>• Possivelmente tem antec. criminais<br>• Conhece levantamento de impressões digitais<br>• Arma = Colt 32 milímetros<br>• Amarra vít. com nós incomuns<br>• O "antigo" o atrai<br>• Chamou uma vít. de "Hanna"<br>• Sabe alemão básico<br>• Atraído por locais subterrâneos<br>• Dupla personalidade<br>• Talvez padre, assist. social, cons. psicológico<br>• Desgaste incomum nos sapatos. Lê muito?<br>• Escutou som com prazer, enquanto quebrava dedo de uma vítima<br>• Deixou serpente como provocação aos investigadores<br>• Queria esfolar pé de uma vít.<br>• Chamou uma vít. de "Maggie"<br>• Mãe e Filha. Algum significado especial para ele?<br>• Livro *Crime na velha Nova York* como modelo?<br>• Localizado perto escavação arqueológica<br>• Baseia crimes em James Schneider, o "Colecionador de Ossos"<br>• Odeia a polícia |

Olhou para o relógio de parede. Onze horas da manhã. Ali estava ele, exatamente como dois dias antes, esperando a chegada de Berger. A vida é assim, pensou, um adiamento em cima de outro, mas, no fim, com alguma sorte, chegamos aonde queremos estar.

Ficou vendo programas de televisão durante vinte minutos, procurando reportagens sobre os seqüestros. Todos os canais, porém, estavam exibindo reportagens especiais sobre a abertura da conferência da ONU. Achou tediosa a cobertura e passou para uma reprise de *Matlock*, voltou a uma deslumbrante repórter da CNN do lado de fora do prédio da ONU e, em seguida, desligou o aparelho.

O telefone tocou e ele iniciou o complicado procedimento para atender.

– Alô.

Houve uma pausa, antes de ouvir uma voz masculina:

– Lincoln?

– Sim?

– Jim Polling. Como está você?

Rhyme deu-se conta de que não tivera muito contato com o capitão desde a véspera, exceto pela entrevista coletiva na noite anterior, quando ele sussurrou as respostas corretas que o prefeito e o chefe Wilson deveriam dizer.

– Bem. Alguma notícia de nosso elemento desconhecido? – perguntou.

– Nada ainda. Mas vamos pegá-lo. – Outra pausa. – Ei, você está sozinho?

– Estou.

Uma pausa mais longa.

– Tudo bem se eu der uma passada por aí?

– Claro.

– Dentro de meia hora?

– Estarei aqui – respondeu jovialmente Rhyme.

Descansou a cabeça no grosso travesseiro e os olhos passaram para a corda de varal com o nó, pendurada ao lado da tabela do perfil. Ainda nenhuma solução sobre o nó. Era – e riu alto com a piada – um fio solto. Odiou a idéia de deixar o caso sem descobrir que tipo de nó era aquele. Em seguida, lembrou-se de que Polling era um pescador. Talvez ele reconhecesse...

Polling, refletiu Rhyme.

James Polling...

Era curioso que o capitão tivesse insistido para que ele se encarregasse do caso. E como lutou para mantê-lo nessa posição, em vez de Peretti – que, politicamente, era a melhor opção para ele, Polling. Lembrou-se também de como ele perdeu a paciência com Dellray quando o federal tentou tomar, na marra, o caso do DPNY.

Agora que pensava nisso, todo o envolvimento de Polling no caso era um mistério. O 238 não era o tipo de assassino que uma pessoa se ofereceria para capturar – mesmo que estivesse à procura de casos suculentos para enfeitar o currículo. Eram grandes demais as probabilidades de perder vítimas, grandes demais as oportunidades de a imprensa e os chefões caírem no couro do cara por ter feito algo que não devia.

Polling... Lembrou-se de como ele tinha passado rapidamente por seu quarto, perguntara sobre o progresso obtido e fora embora.

Claro, ele estava subordinado ao prefeito e ao chefe. Mas – e o pensamento aflorou subitamente à mente – haveria alguém *mais* a quem Polling prestasse contas?

Alguém que quisesse manter-se a par das investigações? O próprio elemento desconhecido?

Mas como, em nome de Deus, Polling podia ter qualquer ligação com 238? Parecia...

E nesse momento, uma luz.

Poderia Polling *ser* o elemento desconhecido?

Claro que não. Isso era ridículo. Risível. Mesmo pondo de lado motivo e meios, havia a questão da oportunidade. O capitão estava ali, em seu quarto, quando ocorreram os seqüestros...

Estava mesmo?

Rhyme olhou para a tabela do perfil.

Roupa escura e calça comprida amassada de algodão. Polling usando roupa esporte escura nos últimos dias. Mas e daí? O mesmo acontecia com um bocado de...

No térreo, uma porta foi aberta e fechada.

– Thom?

Nenhuma resposta. O ajudante demoraria a voltar.

– Lincoln?

Oh, não. Diabo. Começou a discar o ECU.

*9-1-*

Com o queixo, tocou e levou o cursor para o 2.

Passos na escada.

Tentou nova discagem, mas, em desespero, empurrou a vareta para longe de seu alcance.

E Jim Polling entrou no quarto. Rhyme esperava que o guarda-costas ligasse primeiro de lá de baixo. Mas qualquer policial de ronda deixaria um capitão de polícia entrar sem pensar duas vezes.

O paletó escuro de Polling estava aberto e Rhyme viu a automática na cintura. Não pôde ter certeza se era uma arma regulamentar. Mas sabia que Colts 32 milímetros figuravam na lista de armas pessoais aprovadas do DPNY.

– Lincoln – disse Polling.

Estava evidentemente nervoso, cauteloso. Os olhos dele caíram sobre o fragmento esbranquiçado de coluna vertebral.

– Como vai você, Jim?

– Nada mal.

Polling, o homem que gostava de vida ao ar livre. Teria a cicatriz no dedo sido deixada por anos jogando uma linha de pesca na água? Ou por um acidente com uma faca de caça? Tentou olhar, mas Polling mantinha as mãos enfiadas nos bolsos. Estaria ele segurando alguma coisa ali? Um canivete?

Polling, sem a menor dúvida, conhecia o trabalho da polícia técnica e cenas de crime – sabia como *não* deixar provas.

A máscara de esquiador? Se Polling era o elemento desconhecido, ele teria que usar a máscara, claro – porque uma das vítimas poderia

**423**

vê-lo mais tarde. Quanto à loção pós-barba... e se o elemento desconhecido não tivesse *usado* absolutamente aquele produto, mas apenas levado um vidro consigo, borrifando algumas cenas de crime para levá-los a *acreditar* que usava Brut? De modo que, quando ele aparecesse por ali, não usando nenhuma loção, ninguém desconfiaria dele.

– Você está sozinho? – perguntou Polling.

– Meu assistente...

– O policial lá embaixo disse que ele ia demorar.

Rhyme hesitou por um momento:

– Isso é verdade.

Polling era enxuto de corpo mas forte, um homem de cabelos amarelados. Lembrou-se das palavras de Terry Dobyns: uma pessoa prestativa, de boa reputação. Assistente social, conselheiro psicológico, político. Alguém que ajudava outras pessoas.

Como um policial.

E pensou nesse momento se estava prestes a morrer. E, com um choque, reconheceu que não queria isso. Não nesses termos, não nos termos de outra pessoa.

Polling aproximou-se da cama.

Ainda assim, nada havia que pudesse fazer. Estava inteiramente à mercê daquele homem.

– Lincoln – repetiu gravemente Polling.

Os olhos se encontraram e a sensação de uma conexão elétrica tocou os dois. Fagulhas secas. O capitão olhou rapidamente pela janela.

– Você andou especulando, não?

– Especulando?

– Por que eu o queria à frente desse caso.

– Pensei que era por causa de minha personalidade.

Essas palavras provocaram um sorriso no capitão.

– Por que você me *quis*, Jim?

O capitão cruzou os dedos. Finos, mas fortes. As mãos de um pescador, um esporte que, sim, pode ser cavalheiresco, mas cujo objetivo é, apesar de tudo, arrancar um pobre animal de seu lar e abrir-lhe a barriga macia com uma faca afiada.

424

– Há quatro anos, o caso Shepherd. Trabalhamos juntos nele.

Rhyme assentiu.

– Os operários encontraram o corpo daquele policial na estação do metrô.

Um gemido, lembrou Rhyme, como o som do *Titanic* afundando no filme *Somente Deus por testemunha*. Em seguida, uma explosão alta como um tiro, quando a viga caiu sobre seu infeliz pescoço e a areia lhe cobriu o corpo.

– E você processou a cena. Você mesmo, como sempre fazia.

– Fiz isso, sim.

– Sabe como condenamos Shepherd? Tivemos uma testemunha.

Uma testemunha? Rhyme nunca tinha ouvido falar nisso. Após o acidente, perdera qualquer contato com o caso, exceto saber que Shepherd foi condenado e que, três meses depois, acabou assassinado a facadas na ilha Riker por um agressor jamais capturado.

– Uma testemunha ocular – continuou Polling. – Ele reconheceu Shepherd na casa de uma das vítimas, tendo consigo a arma do crime. – O capitão aproximou-se mais da cama e cruzou os braços. – Encontramos a testemunha um dia *antes* de encontrarmos o último corpo... aquele no metrô. Antes que eu pedisse que você processasse a cena do crime.

– O que você está dizendo, Jim?

Os olhos do capitão voltaram-se para o chão.

– Nós não precisávamos de você. Não *precisávamos* de seu relatório.

Rhyme ficou calado.

Polling inclinou a cabeça.

– Entende o que estou dizendo? Eu queria tanto prender aquele canalha do Shepherd... Eu queria um caso à prova de qualquer dúvida. E você sabe o que um relatório de Lincoln Rhyme sobre cena de crime faz com advogados de defesa. Eles se cagam todos.

– Mas Shepherd teria sido condenado mesmo sem meu relatório sobre a cena do metrô.

– Isso é verdade, Rhyme. Mas é pior do que isso. Entenda, eu recebi um aviso da MTA Engineering, dizendo que aquele canteiro de obras não era seguro.

**425**

– O canteiro do metrô. E você me mandou trabalhar na cena antes que eles a tornassem segura?

– Shepherd era um matador de policiais. – O rosto de Polling contorceu-se de nojo. – Eu queria muito pegá-lo. Eu teria feito tudo para pegá-lo. Mas...

Baixou a cabeça para as mãos.

Rhyme permaneceu calado. Ouviu o gemido da viga, a explosão da madeira se partindo. Em seguida, o farfalhar de terra caindo em volta de seu corpo. Sentiu uma paz curiosa, quente, no corpo, enquanto o coração disparava de pavor.

– Jim...

– Foi por isso que quis você neste caso, Lincoln. Entende? – Uma expressão de sofrimento cruzou o rosto duro do capitão. Ele olhou fixamente para o disco de coluna vertebral sobre a mesa. – Continuei a ouvir essas histórias, de que sua vida era uma merda. Que você estava se acabando aqui. Falando em se matar. E me senti horrivelmente culpado. Eu queria lhe dar de volta uma parte de sua vida.

– E você tem convivido com isso pelos três últimos anos – disse Rhyme.

– Você me conhece, Lincoln. *Todo mundo* me conhece. Prendo alguém, ele me causa alguma merda de problema, e ele *morre*. Sinto tesão por alguns criminosos. Não paro até que o filho-da-puta seja preso e condenado. Não posso controlar isso. Sei que, às vezes, desgracei pessoas. Mas eram criminosos... ou suspeitos, pelo menos. Elas não eram minha gente, não eram policiais. O que aconteceu com você... isso foi um pecado. Foi simplesmente uma bosta de um erro.

– Eu não era nenhum recruta – disse Rhyme. – Não *tinha* que processar uma cena que considerasse perigosa.

– Mas...

– Cheguei em má hora? – disse da porta outra voz.

Rhyme levantou a vista, esperando ver Berger. Mas era Peter Taylor quem tinha subido a escada. Rhyme lembrou-se de que ele viria naquele dia para examiná-lo, após o ataque de disreflexia. Achava

426

também que o médico ia lhe dizer o diabo sobre Berger e a Sociedade Lethe. Não estava com paciência para tolerar isso, queria um tempo a sós... para digerir a confissão de Polling. Ele estava simplesmente ali, entorpecido como a sua coxa. Mas disse:

— Entre, Peter.

— Você tem um sistema de segurança muito engraçado, Lincoln. O guarda perguntou se eu era médico e me deixou subir. O quê? Advogados e contadores são chutados para longe?

Rhyme riu.

— Falarei com você em um segundo. – Virou-se para Polling. – É o destino, Jim. Foi isso o que me aconteceu. Eu estava no lugar errado, na ocasião errada. Essas coisas acontecem.

— Obrigado, Lincoln.

Polling pôs a mão sobre o ombro direito de Rhyme e apertou-o suavemente.

Rhyme inclinou a cabeça e, para desviar a gratidão embaraçosa, apresentou os dois:

— Jim, este é Pete Taylor, um de meus médicos. E este aqui é Jim Polling. Trabalhamos juntos no passado.

— Prazer em conhecê-lo – disse Taylor, estendendo a mão direita.

Era um gesto generoso e os olhos de Rhyme o seguiram, notando, por alguma razão, a profunda cicatriz em forma de crescente no indicador direito de Taylor.

— Não! – berrou Rhyme.

— Então, você é um policial também.

Taylor agarrou firmemente a mão de Polling, enquanto enfiava a faca, mantida firme na mão esquerda, três vezes no peito do capitão, passando-a em volta das costelas com a delicadeza de um cirurgião. Indubitavelmente, para não arranhar o osso precioso.

# 36

Em duas longas passadas, Taylor chegou à cama. Arrancou o controle ECU do dedo de Rhyme e jogou-o para o outro lado da sala.

Rhyme inspirou para gritar. O médico, porém, disse:

– Ele está morto, também. O vigilante.

E indicou com a cabeça a porta, referindo-se ao guarda-costas. E ficou olhando fascinado enquanto Polling estrebuchava como um animal com a espinha partida, esguichando sangue pelo chão e paredes.

– Jim! – exclamou Rhyme. – Não, oh, não...

As mãos do capitão se dobraram sobre o peito ferido. Um gorgolejo repugnante saiu de sua garganta e encheu o quarto, acompanhado de batidas frenéticas dos sapatos no chão, enquanto morria. Os olhos vidrados, pintalgados de sangue, fitavam o teto.

Virando-se para a cama, Taylor manteve os olhos em Lincoln Rhyme, enquanto dava uma volta em torno dela. Circulou devagar, o canivete na mão. Respirava com dificuldade.

– Quem é você? – arquejou Rhyme.

Em silêncio, Taylor deu um passo à frente, pôs os dedos em volta do braço de Rhyme, apertou várias vezes o osso, talvez com força, talvez não. A mão desceu para o dedo anular esquerdo. Tirou-o do ECU e acariciou-o com a lâmina gotejante do canivete. Enfiou a ponta aguda sob uma unha.

Rhyme sentiu uma leve dor, uma sensação fraca. Em seguida, mais forte. Arquejou.

Nesse momento, Taylor notou alguma coisa e imobilizou-se. Abriu a boca de espanto. Inclinou-se à frente. Olhou para o exemplar do *Crime na velha Nova York*, montado na armação de leitura.

– *Então* foi assim que... Você descobriu, realmente... Os vigilantes devem estar orgulhosos de contar com você em suas fileiras, Lincoln Rhyme. Pensei que passariam dias antes que você chegasse a casa. Eu pensava que, a essa altura, Maggie já teria sido comida até os ossos pelos cães.

– Por que você está fazendo isso? – perguntou Rhyme.

Taylor, porém, não respondeu. Examinava-o com todo cuidado, falando baixo, em parte apenas para si mesmo:

– Você não era tão competente assim, sabia? Nos velhos dias. Naqueles tempos você deixou passar muitas coisas, não? Nos velhos dias.

*Nos velhos dias...* O que ele queria dizer com isso?

Sacudiu a cabeça com indícios de calvície, os cabelos grisalhos – não castanhos –, e lançou um olhar ao *Manual de polícia técnica* escrito por Rhyme. Havia reconhecimento em seus olhos e, aos poucos, Rhyme começou a compreender.

– Você leu meu livro – disse o criminalista. – Estudou-o. Na biblioteca, certo? Na filial da Biblioteca Pública perto de sua casa?

O 238 era, afinal de contas, um leitor.

De modo que ele conhecia os métodos usados em CCs. Por isso varria com tanto cuidado o chão, por isso usava luvas para tocar em superfícies que a maioria dos criminosos não teria pensado que conservariam impressões digitais, por isso borrifava loção pós-barba nas cenas de crime – por que sabia, exatamente, o que Sachs procuraria.

E, claro, o manual não era o único livro que ele tinha lido.

Leu o *Cenas de crime*, também. Foi esse livro que lhe deu a idéia de deixar pistas propositadamente – pistas da velha Nova York. Pistas que só Lincoln Rhyme poderia compreender.

Taylor pegou o disco de coluna vertebral, que tinha lhe dado oito meses antes. Apertou-o distraído entre os dedos. E Rhyme viu no presente, tão comovente naquele tempo, o horrível prefácio que de fato era.

Os olhos de Taylor estavam desfocados, distantes. Lembrou-se de que tinha visto isso antes – quando o examinou nos meses anteriores. Havia atribuído isso à concentração do médico, mas agora sabia que era loucura. O controle que ele lutava para manter estava desaparecendo.

– Diga – pediu. – Por quê?

– Por quê? – murmurou Taylor, passando a mão pela perna de Rhyme, sentindo mais uma vez joelho, canela, tornozelo. – Porque você era algo notável, Rhyme. Único. Você era incólume

– Como assim?

– Como podemos castigar um homem que quer morrer? Se o matamos, fazemos o que ele quer. De modo que tive de fazer você querer viver.

A solução ocorreu finalmente a Rhyme.

*Os velhos dias...*

– Foi falso, não? – perguntou baixinho. – O laudo do óbito do legista de Albany. Você mesmo o escreveu.

Colin Stanton. O Dr. Taylor era Colin Stanton.

O homem cuja família tinha sido massacrada à sua frente nas ruas de Chinatown. O homem que ficou paralisado em frente aos corpos da esposa e dos filhos, enquanto sangravam até morrer, e que não pôde fazer a opção indecente sobre qual deles deveria salvar.

*Você deixava passar coisas. Nos velhos dias.*

O fato de ficar observando as vítimas: T.J. Colfax, Monelle e Carole Ganz. Ele se arriscou a ser capturado ao ficar por perto e olhar para elas – da mesma maneira que Stanton tinha ficado olhando para a família, vendo-os morrer. Queria vingança, mas era um médico, que havia jurado jamais tirar uma vida e, a fim de matar, tinha que se transformar em seu ancestral espiritual – no colecionador de ossos, James Schneider, um louco do século XIX cuja família tinha sido destruída pela polícia.

– Depois que saí do sanatório, voltei a Manhattan. Li o relatório do inquérito, informando que você não percebeu a presença do assassino na cena do crime, que ele saiu do apartamento. Eu sabia que tinha que matá-lo. Mas não podia. Não sei por quê... Continuei a esperar, a esperar que acontecesse alguma coisa. Então, descobri o livro. James Schneider... Ele tinha passado exatamente pelo que passei. Ele tinha feito aquilo. Eu podia fazer o mesmo, também.

*Eu os reduzi até o osso.*

– O laudo cadavérico – disse Rhyme.

– Certo. Eu mesmo o redigi em meu computador e enviei-o por fax ao DPNY, de modo que não pudessem suspeitar de mim. Em seguida, tornei-me outra pessoa. O Dr. Peter Taylor. Não compreendi

**430**

até muito depois o motivo por que escolhi esse nome. Você consegue descobrir a razão? – Os olhos de Stanton desviaram-se para a tabela. – A resposta está lá.

Rhyme examinou o perfil.

- Sabe alemão básico.

– *Schneider*! – disse Rhyme, suspirando. – É a palavra alemã para *taylor*.

Stanton assentiu.

– Passei semanas na biblioteca, lendo tudo sobre trauma na coluna vertebral e, em seguida, liguei para você, disse que seu caso tinha sido recomendado a mim pela SCI, da Universidade de Columbia. Pensei em matá-lo durante a primeira consulta, cortar sua carne em tiras, uma de cada vez, deixar que sangrasse até morrer. Isso poderia ter levado horas. Até dias. Mas o que aconteceu? – Os olhos dele se escancararam. – Descobri que você queria *se* matar.

Inclinou-se mais para Rhyme.

– Ainda me lembro da primeira vez em que o vi. Seu filho-da-puta. Você *estava* morto. Eu sabia o que tinha que fazer... tinha que fazê-lo *querer* viver. Eu tinha, mais uma vez, que lhe dar um objetivo na vida.

Dessa maneira, não importava quem ele seqüestrasse. Qualquer um serviria.

– Você nem mesmo se importava se as vítimas viviam ou morriam.

– Claro que não. Tudo o que eu queria era obrigar *você* a tentar salvá-las.

– O nó – perguntou Rhyme, notando a volta na corda de varal ao lado do pôster. – É um ponto cirúrgico?

Ele assentiu.

– Claro. E a cicatriz no seu dedo?

– Meu dedo? – Ele franziu as sobrancelhas. – Como foi que você... O pescoço *dela*! Você tirou a impressão digital do pescoço dela, de Hanna. Eu *sabia* que era possível. Não pensei nisso. – Ficou furioso consigo mesmo. – Quebrei um copo na biblioteca do sanatório. – E continuou: – Para cortar os punhos. Apertei-o tanto que o copo quebrou. – Como um louco, mostrou a cicatriz no indicador da mão esquerda

– As mortes – disse Rhyme em voz calma – de sua mulher e das crianças. Foi um acidente. Um acidente horroroso. Mas não intencional. Foi um erro. Sinto muito por você e por eles.

Em voz monótona, Stanton repreendeu-o:

Lembra-se do que você escreveu? No prefácio de seu manual? – E recitou com absoluta fidelidade ao original: – "O criminalista sabe que para cada ação há uma conseqüência. A presença do criminoso altera todas as cenas de crime, por mais sutilmente que isso aconteça. É por esse motivo que podemos identificar e localizar criminosos e conseguir que a justiça seja feita."– Stanton agarrou Rhyme pelos cabelos e puxou-lhe a cabeça para a frente. Estavam a centímetros um do outro. Rhyme sentiu o cheiro da respiração do louco, observou uma fina camada de suor sobre a pele cinzenta. – Bem, eu sou a conseqüência de *suas* ações.

– O que vai conseguir com isso? Você me mata e eu não fico em pior situação do que aquela em que estive.

– Oh, mas eu não vou matá-lo. Ainda não. – Soltou os cabelos de Rhyme e deu um passo para trás. – Você quer saber o que vou fazer? – perguntou baixinho. – Vou matar seu médico, Berger. Mas não da maneira como ele está acostumado a matar. Oh, para ele nada como analgésicos e bebida alcoólica. Vamos descobrir se ele vai gostar de morte no velho estilo. Em seguida, seu amigo Sellitto. E a policial Sachs? Ela, também. Ela teve sorte uma vez. Mas eu a pego na próxima. Outro enterro para ela. E Thom, também, claro. Ele vai morrer bem aqui, na sua frente. Vou trabalhar nele até chegar ao osso... Com perfeição e devagar. – Stanton respirava rápido. – Talvez a gente cuide dele hoje. Quando ele vai voltar?

– *Eu* cometi os erros. É minha... – De repente, Rhyme tossiu com força. Pigarreou e recuperou o fôlego. – Foi culpa *minha*. Faça o que quiser comigo.

– Não, todos vocês pagarão. É...

– Por favor. Você não pode...

Rhyme recomeçou a tossir. A tosse se transformou em um acesso. Mas conseguiu controlá-lo.

Stanton fitou-o.

– Você *não pode* fazer mal a eles. Eu farei o que quer que...

A voz de Rhyme prendeu-se na garganta. A cabeça voou para trás, os olhos se esbugalharam.

E a respiração de Lincoln Rhyme parou por completo. A cabeça bateu, os ombros tremeram violentamente. Os tendões do pescoço endureceram como se fossem cordas de aço.

– Rhyme! – exclamou Stanton.

Cuspindo, saliva voando dos lábios, Rhyme tremeu uma, duas vezes, pareceu que um terremoto passava por todo o seu corpo. A cabeça caiu para trás, sangue escorreu por um canto da boca.

– Não! – berrou Stanton, e bateu com as mãos no peito de Rhyme. – Você não pode morrer!

O médico ergueu-lhe as pálpebras e só viu branco.

Abriu violentamente a maleta de Thom, preparou uma injeção para controlar pressão arterial e aplicou-a. Puxou o travesseiro para longe e colocou Rhyme na horizontal. Inclinou para trás a cabeça mole, limpou os lábios e colou sua boca à de Rhyme, soprando com força nos pulmões parados.

– Não! – disse furioso. – Não vou deixar você morrer! Você *não pode* morrer!

Nenhuma reação.

Mais uma vez. Examinou os olhos imóveis.

– Acorde! *Acorde!*

Outra respiração boca a boca. Batendo no peito imóvel.

Em seguida, recuou, paralisado pelo pânico e o choque, olhando, olhando, observando-o morrer à sua frente.

Finalmente, inclinou-se e, pela última vez, soprou profundamente na boca de Rhyme.

E quando Stanton virou a cabeça e baixou o ouvido para escutar o leve som de respiração, qualquer som fraco de respiração, qualquer minúscula exalação, a cabeça de Rhyme projetou-se à frente como num ataque de serpente. Ele cravou os dentes no pescoço de Stanton, rasgando a carótida e pegando uma parte da própria espinha daquele homem.

*Até o...*

Stanton gritou e tropeçou para trás, puxando Rhyme por cima dele. Juntos, caíram como uma pilha no chão. O sangue quente, vermelho-acobreado, jorrou e continuou a jorrar, enchendo a boca de Rhyme.

*... osso.*

Seus pulmões, seus pulmões impressionantes, já haviam passado um minuto sem ar, mas ele recusou-se a aliviar a mordida e respirar, ignorando as dores excruciantes dentro da bochecha, onde tinha mordido a pele tenra, tirando sangue para dar credibilidade a seu falso ataque de disreflexia. Rosnou de raiva – vendo Amelia Sachs ser enterrada na terra, vendo o vapor cobrir o corpo de T.J. Colfax – e sacudiu a cabeça, sentindo o estalo de osso e cartilagem que se quebravam.

Batendo violentamente no peito de Rhyme, Stanton gritou novamente, escoiceando para livrar-se do monstro que estava colado a ele.

O aperto de Rhyme, porém, era inquebrável. Era como se o espírito de todos os músculos mortos de seu corpo tivesse subido para a mandíbula.

Stanton conseguiu arrastar-se para a mesa-de-cabeceira e pegar o canivete. Enfiou-o no corpo de Rhyme, uma, duas vezes. Mas os únicos lugares que podia atingir eram as pernas e os braços do criminalista. A dor é que incapacita, e a dor era a única coisa à qual Lincoln Rhyme estava imune.

O torno das mandíbulas apertou ainda mais e o grito de Stanton foi cortado quando a traquéia cedeu. Ele enfiou fundo a lâmina do canivete no braço de Rhyme. Que parou quando atingiu o osso. Começou a puxá-la para atacar de novo, mas o corpo imobilizou-se, entrou em espasmo violento e, mais uma vez e subitamente, amoleceu por completo.

Stanton tombou, puxando Rhyme por cima. Com um alto estalo, a cabeça do criminalista bateu no piso de carvalho. Ainda assim, não o soltou. Apertou com força e continuou a esmagar o pescoço daquele homem, sacudindo-o, rasgando a carne como um leão esfomeado, enlouquecido pelo sangue e pela satisfação imensurável de desejo satisfeito.

# Parte V

# Quando você se move, eles não podem pegá-la

"O dever do médico não é prolongar a vida,
mas acabar com o sofrimento."

Dr. Jack Kevorkian

# 37

*Segunda-feira, das 19h15 às 22 horas*

Já era quase noite quando Amelia Sachs cruzou a porta da casa de Rhyme.

Não usava mais a roupa esporte. Nem uniforme. Usava jeans e uma blusa verde-floresta. No belo rosto, Rhyme viu vários arranhões que não reconheceu, embora, dados os acontecimentos dos três últimos dias, achasse que aqueles ferimentos não haviam sido auto-infligidos.

– Argh – disse ela, contornando a parte do piso onde Stanton e Polling haviam morrido. O local tinha sido tratado com alvejante – com o corpo do criminoso ensacado, o trabalho de polícia técnica se tornava discutível –, mas a mancha cor-de-rosa era enorme.

Rhyme a observou parar e inclinar a cabeça num frio cumprimento ao Dr. Berger, que estava junto à janela dos falcões, tendo ao lado a infame pasta.

– De modo que você o pegou, não? – perguntou, indicando a mancha com a cabeça.

– Peguei – confirmou Rhyme. – Ele pegou.

– Tudo isso sozinho?

– Aquilo dificilmente foi uma luta leal – sugeriu ele. – Eu me obriguei a bancar o morto.

No lado de fora, a luz vermelha do sol poente incendiou os topos de árvores e a fileira de elegantes prédios ao longo da Quinta Avenida, do outro lado do parque.

Sachs lançou um olhar para Berger, que disse:

– Lincoln e eu estávamos tendo uma pequena conversa.

– Estavam?

Caiu um longo silêncio.

– Amelia – disse ele –, resolvi ir em frente com aquilo. Já decidi.

– Compreendo. – Os belos lábios, prejudicados pelas linhas pretas de minúsculos pontos cirúrgicos, cerraram-se ligeiramente. A única reação visível dela. – Sabe de uma coisa? *Odeio* quando você usa meu primeiro nome. Odeio com toda força.

De que maneira poderia explicar-lhe que ela era a principal razão por que ia em frente com o projeto de suicídio? Ao acordar naquela manhã, com ela a seu lado, compreendeu com profunda mágoa que ela logo depois saltaria da cama, se vestiria e sairia porta afora – para levar sua própria vida, para uma vida *normal*. Ora, eles estavam tão condenados quanto amantes podiam ser – se ousasse sequer pensar neles como amantes. Era apenas questão de tempo até que ela conhecesse outro Nick e se apaixonasse. O caso do 238 estava encerrado, e sem aquilo para uni-los, suas vidas teriam que se separar. Era inevitável.

Oh, Stanton foi mais bem-sucedido do que poderia ter imaginado. Ele havia *sido* atraído mais uma vez para as fronteiras do mundo real e, sim, como esteve nele.

Sachs, eu menti. Às vezes, não podemos esquecer os mortos. Às vezes, temos apenas que seguir com eles...

Mãos crispadas, ela foi até a janela.

– Eu tentei descobrir um argumento-bomba para convencê-lo a desistir disso. Você sabe, alguma coisa realmente boa. Mas não consegui. A única coisa que posso dizer é, apenas, que não quero que você faça isso.

– Trato é trato, Sachs.

Ela olhou para Berger.

– Merda, Rhyme.

Aproximando-se da cama, debruçou-se, pôs a mão em seu ombro, e acariciou-lhe a testa com os cabelos.

– Mas você fará uma única coisa por mim?

– O quê?

– Dê-me mais algumas horas.

– Não vou mudar de idéia.

– Eu compreendo. Só duas horas. Há uma coisa que você tem que fazer antes.

Rhyme olhou para Berger, que disse:

– Não posso ficar aqui por muito mais tempo, Lincoln. Meu avião... Se quiser esperar uma semana, poderei voltar...

– Tudo bem, doutor – concordou Sachs. – Eu o ajudarei.

– Você? – perguntou o médico, cauteloso.

Relutante, ela baixou a cabeça e disse:

– Ajudo.

Essa não era a natureza *dela*. Rhyme podia compreender perfeitamente. Mas lançou a vista para os olhos azuis de Sachs, que, embora molhados, estavam notavelmente claros.

– Quando eu estava... – disse ela – quando ele estava me enterrando, Rhyme, não pude me mover. Nem um centímetro. Por um instante, quis em desespero morrer. Acabar logo com aquilo. Sei como você se sente.

Rhyme assentiu devagar e disse a Berger:

– Está tudo bem, doutor. Você poderia simplesmente deixar... qual é o eufemismo do dia?

– Que tal "parafernália"? – sugeriu Berger.

– Você poderia deixá-la simplesmente aí, em cima da mesa?

– Tem certeza? – perguntou o médico a Sachs.

Ela assentiu mais uma vez.

O médico pôs os comprimidos, o conhaque e o saco plástico em cima da mesa-de-cabeceira. Em seguida, procurou alguma coisa na pasta.

– Não tenho aqui nenhum elástico, sinto muito. Para o saco.

– Tudo bem – respondeu Sachs, olhando para os próprios sapatos. – Eu tenho alguns.

Berger aproximou-se mais da cama e pôs um dos braços no ombro de Rhyme.

– Eu lhe desejo uma tranqüila autolibertação.

– Autolibertação – comentou ele ironicamente quando Berger saiu. E em seguida, voltando-se para Sachs: – Agora, o que é isso que eu tenho que fazer?

**441**

ELA FEZ A CURVA a 50 por hora, e passou suavemente a quarta marcha.

O vento entrava forte pelas janelas abertas e lançava para trás os cabelos de ambos. As rajadas de vento eram brutais, mas, para Amelia Sachs, nem pensar em dirigir com janelas fechadas.

– Isto seria antiamericano – anunciou ela, rompendo a barreira dos 160 quilômetros.

*Quando você se move...*

Rhyme sugeriu que seria mais prudente fazer a corrida na pista de treinamento do DPNY, mas não ficou surpreso quando Sachs disse que isso era coisa de maricas. Tinha desistido da pista em sua primeira semana na Academia. Nesse momento, portanto, estavam na estrada para Long Island, com desculpas já preparadas para a polícia do condado de Nassau, ensaiadas e marginalmente convincentes.

– A grande coisa a respeito de alta velocidade é que a quinta marcha não é a mais rápida. Ela é um dispositivo para medir quilometragem. Eu cago e ando para quilometragem.

Em seguida, pegou a mão esquerda dele, colocou-a sobre o cabeçote preto da alavanca de câmbio, cobriu-a com a sua e reduziu a marcha.

O motor uivou e eles saltaram para 200 por hora, enquanto árvores e casas ficavam para trás e cavalos inquietos pastando nos campos olhavam para o risco preto do Chevrolet.

– Este carro não é o *máximo*, Rhyme? – gritou ela. – Cara, melhor do que sexo. Melhor do que qualquer coisa.

– Posso sentir as vibrações – disse ele. – Acho que posso. No dedo.

Ela sorriu e ele achou que ela lhe apertara a mão com a sua. Finalmente, acabou-se a estrada deserta, população apareceu e, relutante, Sachs maneirou, deu a volta e apontou o nariz do carro para o contorno da lua que se erguia sobre a cidade distante, quase invisível na fumaça de um quente dia de agosto.

– Vamos tentar 250 – sugeriu ela.

Lincoln Rhyme fechou os olhos e perdeu-se na sensação do vento, do perfume de relva recém-cortada e da velocidade.

A NOITE ERA A mais quente do mês.

De sua nova perspectiva, Lincoln Rhyme podia olhar de cima para baixo para o parque e ver tipos esquisitos sentados nos bancos, os corredores exaustos, as famílias reclinadas em volta de fogueiras quase apagadas de churrasco, como sobreviventes de uma batalha medieval. Algumas pessoas que levavam cães para passear, incapazes de esperar que diminuísse o calor da noite, cumpriam suas rondas obrigatórias, levando nas mãos saquinhos para apanhar "aquilo".

Thom pôs para tocar um CD – o elegíaco *Adágio para cordas*, de Samuel Barber. Rhyme, porém, soltou uma risada de desprezo, declarou que aquilo era um lamentável clichê e lhe ordenou que substituísse aquela peça por um Gershwin.

Amelia Sachs subiu a escada e entrou no quarto. Notou que ele olhava para fora.

– O que você está vendo? – perguntou.

– Pessoas com calor.

– E as aves? Os falcões?

– Ah, sim, estão lá.

– Com calor, também?

Rhyme examinou o macho.

– Acho que não. Por alguma razão, eles parecem acima desse tipo de coisa.

Ela pôs a sacola ao pé da cama e tirou de dentro, uma garrafa de conhaque caro. Ele lhe lembrou do uísque escocês, mas ela respondera que ia contribuir com a bebida. Colocou-a junto dos comprimidos e do saco plástico. Parecia uma daquelas mulheres que voltam do Balducci's com pilhas de verduras, frutos do mar e tempo de menos para transformá-los em um jantar.

Trouxe também um pouco de gelo, a pedido de Rhyme. Ele se lembrou do conselho de Berger, sobre o calor no saco. Tirou a tampa do Courvoisier, serviu-se de um cálice, encheu o copo de boca larga e aprumou o canudinho na direção da boca de Rhyme.

– Onde está Thom? – perguntou ela.

– Saiu.

– Ele sabe?

– Sabe.

Tomaram pequenos goles de conhaque.

– Você quer que eu diga alguma coisa a sua esposa?

Rhyme estudou a pergunta por um momento, pensando: temos anos para conversar com alguém, falar impulsivamente e tresvariar, explicar nossos desejos, raivas e arrependimentos – e, oh, como desperdiçamos esses momentos. Conhecia Amelia Sachs havia três dias e eles tinham desnudado muito mais seus corações do que ele e Blaine em quase uma década.

– Não – respondeu. – Enviei a ela um e-mail. – Uma risadinha. – Isso é um comentário sobre nossos tempos, diria eu.

Mais conhaque, a picada amarga na língua se dissipando, tornando-se mais macio, mais entorpecente, mais leve.

Sachs inclinou-se para a cama e fez tintim com o copo dele.

– Eu tenho algum dinheiro – começou Rhyme. – Vou dar uma parte muito grande dele a Blaine e a Thom. Eu...

Ela, porém, calou-o com um beijo na testa e um meneio negativo da cabeça.

O estalido suave de pedras quando derramou na mão os minúsculos comprimidos de Seconal.

Instintivamente, Rhyme pensou: reagente de teste de cores Dillie-Koppanyi. Adicione um por cento de acetato de cobalto em metanol ao material suspeito, seguido por cinco por cento de isopropilamina em metanol. Se a substância for um barbitúrico, o reagente se transformará em uma bela cor violeta-azulada.

– De que maneira devemos usar isso? – perguntou ela, olhando para os comprimidos. – Realmente, não sei.

– Misture-os com a bebida – sugeriu ele.

Ela deixou-os cair no copo de boca larga. Os comprimidos dissolveram-se rapidamente.

Como eram frágeis. Frágeis como os sonhos que induziam.

Ela mexeu a mistura com o canudo. Rhyme olhou para as unhas machucadas de Amelia, mas nem por elas conseguiu sentir pena. Esta era *sua* noite e uma noite de alegria.

Teve uma recordação súbita da infância em um subúrbio de Illinois. Ele nunca bebia o leite e, para obrigá-lo a fazer isso, a mãe comprava canudinhos com sabores na parte interna. Morango, chocolate. Não tinha pensado neles até então. Era uma grande invenção, lembrou-se. Ele sempre esperava com prazer o leitinho da tarde.

Sachs aproximou mais o canudo da boca de Rhyme. Ele prendeu-o entre os lábios. Ela segurou-lhe o braço.

Luz ou sombra, música ou silêncio, sonhos ou a meditação de um sono vazio? O que vou encontrar?

Começou a sugar. O gosto não era realmente diferente da bebida pura. Um pouco mais amargo, talvez. Era como...

Do térreo subiu o som de violentas batidas à porta. De pés e mãos, ao que parecia. Vozes gritando, também.

Lincoln tirou os lábios do canudo. Lançou um olhar ao escuro vão da escada.

Ela fitou-o, franzindo as sobrancelhas.

– Vá ver o que é – pediu ele.

Ela desceu a escada e, um momento depois, voltou, parecendo triste, seguida por Lon Sellitto e Jerry Banks. Rhyme notou que o jovem detetive fizera, com uma gilete, outro trabalho de açougueiro no rosto. Ele, realmente, teria que pôr aquilo sob controle.

Sellitto lançou um olhar para a garrafa e o saco. Seus olhos voltaram-se para Sachs, que cruzou os braços e permaneceu na sua, ordenando-lhe em silêncio que fosse embora. Esta não era uma questão de hierarquia, o olhar dizia ao detetive, e o que estava acontecendo não era da conta dele. Os olhos de Sellitto acusaram o recebimento da mensagem, mas ele não estava disposto a ir a lugar nenhum, não naquele momento.

– Lincoln, preciso falar com você.

– Fale. Mas fale rápido, Lon. Estamos ocupados.

O detetive sentou-se pesadamente na barulhenta cadeira de vime.

– Há uma hora, uma bomba explodiu nas Nações Unidas. Bem junto do salão de banquete. Durante o jantar de boas-vindas oferecido aos delegados da conferência de paz.

– Seis mortos e 54 feridos – acrescentou Banks. – Vinte em estado grave.

– Deus do céu – disse Sachs baixinho.

– Conte a ele – murmurou Sellitto.

Banks tomou a palavra:

– Para a conferência, a ONU contratou um bocado de empregados temporários. O criminoso foi um deles... uma recepcionista. Umas 12 pessoas viram-na levando uma mochila para o trabalho e colococando-a em uma sala de depósito perto do salão de banquetes. Ela deixou o local pouco antes da explosão. O esquadrão antibomba calcula que foi cerca de um quilo de C4 ou Semtex.

Sellito voltou a falar:

– Linc, a bomba era uma mochila amarela, foi o que disseram as testemunhas.

– Amarela? Por que isso me parece familiar?

– O departamento de recursos humanos da ONU identificou a recepcionista como Carole Ganz.

– A mãe – disseram simultaneamente Rhyme e Sachs.

– Isso mesmo. A mulher que você salvou na igreja. Ganz é um nome falso. O nome verdadeiro dela é Charlotte Willoughby. Era casada com Ron Willoughby. Isso lhe lembra alguma coisa?

Rhyme respondeu que não.

– Foi notícia há uns dois anos. Ele era um sargento do Exército que servia em uma força de paz da ONU na Birmânia.

– Continue – disse o criminalista.

– Willoughby não queria ir... achava que um soldado americano não devia estar usando uniforme da ONU e recebendo ordens de alguém, exceto do Exército dos Estados Unidos. Mas foi, de qualquer maneira. Não tinha ainda nem completado uma semana no local quando foi morto por algum sacana em Rangum. Baleado nas costas. Tornou-se um mártir conservador. O Esquadrão Antiterror diz que a viúva foi recrutada por algum grupo extremista nos subúrbios de Chicago. Por tipos formados pela Universidade de Chicago que caíram na clandestinidade. Edward e Katherine Stone.

446

Banks reassumiu a narrativa:

— O explosivo estava em um pacote de massa de modelar de criança, juntamente com alguns outros brinquedos. Achamos que ela ia levar a menininha com ela, para que a segurança na entrada do salão de banquete não desconfiasse de nada. Mas, com Pammy no hospital, ela não tinha seu álibi, de modo que desistiu do salão e simplesmente plantou a bomba na sala de depósito ao lado. Mesmo assim, causou grandes danos.

— Deu no pé?

— Deu. Nem um único vestígio.

— E a menininha? – perguntou Sachs. – Pammy?

— Desapareceu. A mulher tirou-a do hospital mais ou menos na hora da explosão. Nenhum sinal das duas.

— A célula? – perguntou Rhyme.

— O grupo de Chicago? Sumiu, também. Tinha uma casa segura em Wisconsin, que está sendo pesquisada. Não sabemos onde eles estão.

— Então *esse* era o boato que o informante de Dellray ouviu – comentou Rhyme, rindo. – Era *Carole* que ia chegar ao aeroporto. Ela nada tinha a ver com o Elemento Desconhecido 238.

Rhyme notou que Banks e Sellitto olhavam-no fixamente.

Oh, novamente, o velho macete do silêncio.

— Esqueça isso, Lon – disse Rhyme, consciente demais do copo a centímetros dele, emitindo um calor convidativo. – Impossível.

O detetive mais velho soltou a camisa suada do corpo, arrepiando-se.

— Está terrivelmente frio aqui, Lincoln. Jesus. Olhe aqui, simplesmente pense nesse caso. Que mal faz isso?

— Eu não posso ajudá-los.

— Houve um bilhete – disse Sellitto. – Carole escreveu-o e enviou-o ao secretário-geral por correio interno. Repetindo críticas ao governo mundial e à anulação das liberdades americanas. Um bocado de merda desse tipo. Reivindicava também o crédito pelo ataque a bomba contra a Unesco em Londres e dizia que haveria mais da mesma coisa. Temos que pegá-los, Lincoln.

Pegando a deixa, o "scarface" Banks continuou:

– O secretário-geral e o prefeito pediram sua colaboração. O superintendente do FBI em Nova York, Perkins, também. E você vai receber um telefonema da Casa Branca, se precisar de mais convencimento. Certamente esperamos que isso não seja necessário, detetive.

Rhyme não comentou o erro relativo a seu cargo.

– A equipe PERT do FBI está pronta para agir. Fred Dellray está à frente do caso e pediu... respeitosamente, sim, foi essa mesma a palavra que ele usou... ele pergunta *respeitosamente* se você quer se encarregar do trabalho de perícia técnica. E a cena está virgem, exceto pelo trabalho de retirar de lá os mortos e feridos.

– Neste caso, ela *não* está virgem – respondeu secamente Rhyme. – Está profundamente contaminada.

– Mais razão ainda por que precisamos de você – sugeriu Banks, acrescentando um "senhor" para desarmar o pavio do olhar furioso de Rhyme.

Rhyme suspirou, olhou para o copo e para o canudo. A paz estava tão perto dele nesse momento. E a dor, também. Somas infinitas das duas.

Fechou os olhos. Nem um único som foi ouvido naquele quarto por algum tempo.

Sellitto finalmente voltou a falar:

– Se fosse simplesmente a mulher em si, bem, o caso não seria tão importante assim. Mas ela está com a menininha, Lincoln. Na clandestinidade com uma criança? Você sabe que tipo de vida essa garota vai ter?

Eu o pego por essa também, Lon.

Descansou a cabeça no travesseiro. E então abriu de repente os olhos.

– Haverá algumas condições.

– Diga quais, Linc.

– Em primeiro lugar – disse ele –, eu não trabalho sozinho.

E olhou para Amelia Sachs.

Ela hesitou por um momento, sorriu, levantou-se e tirou de baixo do canudo o copo de bebida batizada. Abriu a janela e jogou o líquido fulvo naquele ar saturado, quente, acima do beco onde se localizava a casa, enquanto, a alguns centímetros de distância, o falcão ergueu os olhos, olhou zangado para o movimento de seu braço, inclinou para um lado a cabeça cinzenta e em seguida voltou a alimentar a companheira faminta.

*fim*

# Apêndice

*Excertos de: "Glosário de termos", Lincoln Rhyme, Prova Material, 4ª ed. (Nova York: Forensic Press, 1994). Reproduzido com permissão.*

*Amostras de controle*: Prova física recolhida em uma cena de crime, originária de fonte conhecida, usada para comparação com prova de origem desconhecida. O sangue e os cabelos da vítima, por exemplo, constituem amostras de controle.

*Antropólogo-legista*: Especialista em restos de esqueletos que auxilia investigadores de cenas de crime a avaliar e identificar restos e na escavação de locais de sepultamento.

*Birrefringência*: Diferença entre duas medições de refração revelada por certas substâncias cristalinas. Útil para identificar areia, fibras e sujeira.

*Cadeia de Custódia*: Registro do nome de todas as pessoas que tiveram posse de um elemento de prova, desde o momento de sua coleta em uma cena de crime até sua exibição em julgamento.

*CDC*: Causa da morte.

*Cristas de atrito*: Linhas elevadas da pele nos dedos, palmas das mãos e solas dos pés, cujas configurações são únicas em cada indivíduo. As cristas de atrito em cenas de crime podem ser classificadas como: 1) plásticas (deixadas em uma substância impressionável, como massa de vidraceiro); 2) evidentes (deixadas por pele coberta por substância estranha, como poeira ou sangue); 3) latentes (deixadas por pele contaminada por secreções corporais, como gordura ou suor e, na maior parte, invisíveis).

*Cromatógrafo a Gás/Espectrômetro de Massa*: Dois instrumentos usados em análise de Polícia Técnica para identificar substâncias desconhecidas, tais como drogas e prova vestigial. Freqüentemente, são usados juntos. O cromatógrafo a gás separa os componentes da substância e os transmite ao espectrômetro de massa, que identifica definitivamente cada um desses componentes.

*Deposição de metal a vácuo*: O meio mais eficiente para visualizar impressões latentes de cristas de atrito em superfícies lisas. Ouro ou zinco evaporados em uma câmara de vácuo cobre o objeto a ser examinado com uma fina camada de metal, tornando, destarte, visíveis as impressões digitais.

*DNA, verificação do tipo*: Análise e mapeamento da estrutura genética no interior das células de certos tipos de prova biológica (por exemplo, sangue, sêmen, cabelo) para fins de comparação com amostras de controle de um suspeito conhecido. O processo implica o isolamento e a comparação de fragmentos de DNA – ácido desoxirribonucléico –, o bloco de construção básico do cromossomo. Alguns tipos de classificação de DNA indicam a mera probabilidade de que a prova tenha vindo de um suspeito; outros são conclusivos, com probabilidades em centenas de milhões de que a prova seja de um determinado indivíduo. Denominada também de "análise genética" ou – erroneamente – de "impressão digital de DNA" ou "impressão digital genética".

*Elemento desconhecido*: Sujeito desconhecido, isto é, um suspeito não identificado.

*Espectrômetro de Massa*: Ver "Cromatógrafo a Gás".

*Fonte alternativa de luz*: Qualquer um de vários tipos de lâmpadas de alta intensidade, de comprimentos de onda variáveis e cor clara, usados

452

para visualizar cristas de atrito latentes de impressões digitais e certos tipos de prova vestigial e biológica.

*Grade*: Método comum de busca de prova, com o qual o investigador cobre de um lado uma cena de crime em uma direção (digamos, norte-sul) e, em seguida, cobre a mesma cena na direção perpendicular (leste-oeste).

*Identificação de prova material*: Determinação da categoria ou classe do material em que se inclui uma peça de prova. Difere de "individuação", que é a determinação da única fonte de onde proveio a peça. Um pedaço de papel rasgado encontrado em uma cena de crime, por exemplo, pode ser identificado como gramatura de 20 quilos usada freqüentemente na impressão de revistas. E pode ser individuada se a peça se ajustar exatamente à seção que falta de uma página rasgada de determinado número de revista, encontrada na posse de um suspeito. A individuação, claro, tem muito mais valor probatório do que a identificação.

*Individuação de prova material*: Ver "Identificação de prova material".

*Lividez*: Descoloramento arroxeado de partes da pele de indivíduo morto em decorrência do escurecimento e da coagulação do sangue após a morte.

*MCCC*: Morte confirmada na cena do crime.

*Microscópio Escaneador Eletrônico*: Instrumento que dispara elétrons sobre um espécime de prova a ser examinada e projeta a imagem resultante no monitor de um computador. Ampliação de cem mil vezes é possível com este modelo, em comparação com cerca de quinhentas vezes no caso da maioria dos microscópios ópticos. O microscópio escaneador eletrônico trabalha freqüentemente com uma unidade dispersora de raios X, que pode identificar os elementos em uma amostra na mesma ocasião em que os técnicos a estão examinando.

*Montagem*: Trabalho de um criminoso para rearrumar, acrescentar ou remover provas de uma cena de crime, a fim de dar a impressão de que o crime que ele cometeu não ocorreu ou foi cometido por outra pessoa.

*Ninhidrina*: Produto químico que permite a visualização de impressões latentes de cristas de atrito em superfícies porosas, tais como papel, papelão e madeira.

*Odontólogo-legista*: Especialista que ajuda investigadores de cenas de crime a identificar vítimas por meio de exame de arcada dentária e análise de provas de mordidas.

*Princípio de Troca de Locard*: Formulado por Edmond Locard, criminalista francês, essa teoria sustenta que há sempre uma troca de prova material entre o criminoso e a cena do crime ou a vítima, por mais minúscula ou difícil de detectar que possa ser a prova.

*Prova material*: Em direito criminal, a prova material se refere a itens ou substâncias apresentados em juízo para dar respaldo à afirmação, pela defesa ou a acusação, de que uma dada proposição é verdadeira. A prova material compreende objetos inanimados, materiais corporais e impressões (tais como impressões digitais).

*Prova vestigial*: Fragmentos minúsculos, às vezes microscópicos, de substâncias tais como poeira, terra, material celular, fibras etc.

*Resíduo de pólvora*: O material – particularmente bário e antimônio – depositado nas mãos e na roupa de pessoa que dispara arma de fogo. O resíduo de pólvora permanece na pele humana até seis horas, se não for removido intencionalmente por lavagem ou inadvertidamente por contato excessivo quando um suspeito é preso ou algemado (o risco é maior se as mãos são algemadas atrás das costas).

*Sistema Automatizado de Identificação de Impressões Digitais*: Um de vários sistemas computadorizados para escaneamento e armazenamento de impressões digitais de cristas de atrito.

*Teste de gradiente de densidade*: Técnica para comparar amostras de solo, a fim de determinar se procedem do mesmo local. O teste implica pôr em suspensão amostras em tubos que são enchidos com líquidos de densidade diferente.

*Teste de presunção de sangue*: Uma das técnicas químicas para determinar se um resíduo de sangue está presente em uma cena de crime, mesmo que não seja visível a olho nu. Os mais comuns são os testes que usam luminol e ortotolidina.

# Nota do autor

Sou grato a Peter A. Micheels, autor de *The Detectives*, e a E.W. Count, autor de *Cop Talk*, cujos livros foram não só extraordinariamente úteis na pesquisa para este trabalho, mas constituem também leitura maravilhosa. Obrigado a Pam Dorman, cujo hábil toque editorial é evidente em todas as partes desta história. E, claro, agradecimentos a minha agente literária, Deborah Schneider. O que faria eu sem você? Sou grato também a Nina Salter, da Calmann-Lévy, por seus comentários percucientes sobre uma versão anterior do livro, e a Karolyn Hutchinson, da REP, em Alexandria, Virginia, pela ajuda inestimável sobre cadeiras de rodas e outros equipamentos disponíveis a tetraplégicos. E a Teddy Rosenbaum – detetive ela mesma – pelo excelente trabalho de copidesque. Estudiosos da manutenção da lei podem ter dúvidas sobre a estrutura do DPNY e do FBI, da forma aqui apresentada. Mexer nos organogramas foi de minha exclusiva responsabilidade. Oh, sim... os interessados em ler *Crime na velha Nova York* podem ter alguma dificuldade em encontrar um exemplar. A história oficial é que se trata de uma obra de ficção, embora eu tenha ouvido também o boato de que o único exemplar existente foi recentemente furtado da Biblioteca Pública de Nova York por pessoa ou pessoas desconhecidas.

J.W.D.

ATENDIMENTO AO LEITOR E VENDAS DIRETAS

Você pode adquirir os títulos da BestBolso através do Marketing
Direto do Grupo Editorial Record.

- Telefone: (21) 2585-2002
  (de segunda a sexta-feira, das 8h30 às 18h)
- E-mail: mdireto@record.com.br
- Fax: (21) 2585-2010

Entre em contato conosco caso tenha alguma dúvida, precise de
informações ou queira se cadastrar para receber nossos informa-
tivos de lançamentos e promoções.

Nossos sites:
www.edicoesbestbolso.com.br
www.record.com.br

EDIÇÕES BESTBOLSO

## *Alguns títulos publicados*

1. *O jogo das contas de vidro*, Hermann Hesse
2. *Baudolino*, Umberto Eco
3. *O diário de Anne Frank*, Otto H. Frank e Mirjam Pressler
4. *O pastor*, Frederick Forsyth
5. *O negociador*, Frederick Forsyth
6. *O poderoso chefão*, Mario Puzo
7. *A casa das sete mulheres*, Leticia Wierchowski
8. *O primo Basílio*, Eça de Queirós
9. *Mensagem*, Fernando Pessoa
10. *O grande Gatsby*, F. Scott Fitzgerald
11. *Suave é a noite*, F. Scott Fitzgerald
12. *O silêncio dos inocentes*, Thomas Harris
13. *Pedro Páramo*, Juan Rulfo
14. *Toda mulher é meio Leila Diniz*, Mirian Goldenberg
15. *Pavilhão de mulheres*, Pearl S. Buck
16. *Uma mente brilhante*, Sylvia Nasar
17. *O príncipe das marés*, Pat Conroy
18. *O homem de São Petersburgo*, Ken Follett
19. *Robinson Crusoé*, Daniel Defoe
20. *Acima de qualquer suspeita*, Scott Turow
21. *Fim de caso*, Graham Greene
22. *O poder e a glória*, Graham Greene
23. *As vinhas da ira*, John Steinbeck
24. *A pérola*, John Steinbeck
25. *O cão de terracota*, Andrea Camilleri
26. *Ayla, a filha das cavernas*, Jean M. Auel
27. *A valsa inacabada*, Catherine Clément
28. *O príncipe e o mendigo*, Mark Twain
29. *O pianista*, Władysław Szpilman
30. *Doutor Jivago*, Boris Pasternak

Este livro foi composto na tipologia Minion, em corpo 10,5/13, e impresso em papel off-set 56g/m² no Sistema Cameron da Divisão Gráfica da Distribuidora Record.